SAS

UNE LETTRE POUR LA MAISON-BLANCHE

GÉRARD DE VILLIERS

SAS

UNE LETTRE POUR LA MAISON-BLANCHE

EDITIONS
GERARD de VILLIERS

DU MÊME AUTEUR
AUX PRESSES DE LA CITÉ

Nº 1 S.A.S. À ISTANBUL
Nº 2 S.A.S. CONTRE C.I.A.
Nº 3 S.A.S. OPÉRATION APOCALYPSE
Nº 4 SAMBA POUR S.A.S.
Nº 5 S.A.S. RENDEZ-VOUS À SAN FRANCISCO
Nº 6 S.A.S. DOSSIER KENNEDY
Nº 7 S.A.S. BROIE DU NOIR
Nº 8 S.A.S. AUX CARAÏBES
Nº 9 S.A.S. À L'OUEST DE JÉRUSALEM
Nº 10 S.A.S. L'OR DE LA RIVIÈRE KWAÏ
Nº 11 S.A.S. MAGIE NOIRE À NEW YORK
Nº 12 S.A.S. LES TROIS VEUVES DE HONG-KONG
Nº 13 S.A.S. L'ABOMINABLE SIRÈNE
Nº 14 S.A.S. LES PENDUS DE BAGDAD
Nº 15 S.A.S. LA PANTHÈRE D'HOLLYWOOD
Nº 16 S.A.S. ESCALE À PAGO-PAGO
Nº 17 S.A.S. AMOK À BALI
Nº 18 S.A.S. QUE VIVA GUEVARA
Nº 19 S.A.S. CYCLONE À L'ONU
Nº 20 S.A.S. MISSION À SAÏGON
Nº 21 S.A.S. LE BAL DE LA COMTESSE ADLER
Nº 22 S.A.S. LES PARIAS DE CEYLAN
Nº 23 S.A.S. MASSACRE À AMMAN
Nº 24 S.A.S. REQUIEM POUR TONTONS MACOUTES
Nº 25 S.A.S. L'HOMME DE KABUL
Nº 26 S.A.S. MORT À BEYROUTH
Nº 27 S.A.S. SAFARI À LA PAZ
Nº 28 S.A.S. L'HÉROÏNE DE VIENTIANE
Nº 29 S.A.S. BERLIN CHECK POINT CHARLIE
Nº 30 S.A.S. MOURIR POUR ZANZIBAR
Nº 31 S.A.S. L'ANGE DE MONTEVIDEO
Nº 32 S.A.S. MURDER INC. LAS VEGAS
Nº 33 S.A.S. RENDEZ-VOUS À BORIS GLEB
Nº 34 S.A.S. KILL HENRY KISSINGER !
Nº 35 S.A.S. ROULETTE CAMBODGIENNE
Nº 36 S.A.S. FURIE À BELFAST
Nº 37 S.A.S. GUÊPIER EN ANGOLA
Nº 38 S.A.S. LES OTAGES DE TOKYO
Nº 39 S.A.S. L'ORDRE RÈGNE À SANTIAGO
Nº 40 S.A.S. LES SORCIERS DU TAGE
Nº 41 S.A.S. EMBARGO
Nº 42 S.A.S. LE DISPARU DE SINGAPOUR
Nº 43 S.A.S. COMPTE À REBOURS EN RHODÉSIE
Nº 44 S.A.S. MEURTRE À ATHÈNES
Nº 45 S.A.S. LE TRÉSOR DU NÉGUS
Nº 46 S.A.S. PROTECTION POUR TEDDY BEAR
Nº 47 S.A.S. MISSION IMPOSSIBLE EN SOMALIE
Nº 48 S.A.S. MARATHON À SPANISH HARLEM
Nº 49 S.A.S. NAUFRAGE AUX SEYCHELLES
Nº 50 S.A.S. LE PRINTEMPS DE VARSOVIE
Nº 51 S.A.S. LE GARDIEN D'ISRAËL
Nº 52 S.A.S. PANIQUE AU ZAÏRE
Nº 53 S.A.S. CROISADE À MANAGUA
Nº 54 S.A.S. VOIR MALTE ET MOURIR
Nº 55 S.A.S. SHANGHAÏ EXPRESS
Nº 56 S.A.S. OPÉRATION MATADOR
Nº 57 S.A.S. DUEL À BARRANQUILLA
Nº 58 S.A.S. PIÈGE À BUDAPEST
Nº 59 S.A.S. CARNAGE À ABU DHABI
Nº 60 S.A.S. TERREUR À SAN SALVADOR
Nº 61 S.A.S. LE COMPLOT DU CAIRE
Nº 62 S.A.S. VENGEANCE ROMAINE
Nº 63 S.A.S. DES ARMES POUR KHARTOUM
Nº 64 S.A.S. TORNADE SUR MANILLE
Nº 65 S.A.S. LE FUGITIF DE HAMBOURG
Nº 66 S.A.S. OBJECTIF REAGAN
Nº 67 S.A.S. ROUGE GRENADE
Nº 68 S.A.S. COMMANDO SUR TUNIS
Nº 69 S.A.S. LE TUEUR DE MIAMI

Nº 70 S.A.S. LA FILIÈRE BULGARE
Nº 71 S.A.S. AVENTURE AU SURINAM
Nº 72 S.A.S. EMBUSCADE À LA KHYBER PASS
Nº 73 S.A.S. LE VOL 007 NE RÉPOND PLUS
Nº 74 S.A.S. LES FOUS DE BAALBEK
Nº 75 S.A.S. LES ENRAGÉS D'AMSTERDAM
Nº 76 S.A.S. PUTSCH À OUAGADOUGOU
Nº 77 S.A.S. LA BLONDE DE PRÉTORIA
Nº 78 S.A.S. LA VEUVE DE L'AYATOLLAH
Nº 79 S.A.S. CHASSE À L'HOMME AU PÉROU
Nº 80 S.A.S. L'AFFAIRE KIRSANOV
Nº 81 S.A.S. MORT A GANDHI
Nº 82 S.A.S. DANSE MACABRE À BELGRADE
Nº 83 S.A.S. COUP D'ÉTAT AU YEMEN
Nº 84 S.A.S. LE PLAN NASSER
Nº 85 S.A.S. EMBROUILLES À PANAMA
Nº 86 S.A.S. LA MADONE DE STOCKHOLM
Nº 87 S.A.S. L'OTAGE D'OMAN
Nº 88 S.A.S. ESCALE À GIBRALTAR

L'IRRÉSISTIBLE ASCENSION DE MOHAMMAD REZA, SHAH D'IRAN
LA CHINE S'ÉVEILLE
LA CUISINE APHRODISIAQUE DE S.A.S.
PAPILLON ÉPINGLÉ
LES DOSSIERS SECRETS DE LA BRIGADE MONDAINE
LES DOSSIERS ROSES DE LA BRIGADE MONDAINE

AUX ÉDITIONS DU ROCHER

LA MORT AUX CHATS
LES SOUCIS DE SI-SIOU

AUX ÉDITIONS GÉRARD DE VILLIERS

Nº 89 S.A.S. AVENTURE EN SIERRA LEONE
Nº 90 S.A.S. LA TAUPE DE LANGLEY
Nº 91 S.A.S. LES AMAZONES DE PYONGYANG
Nº 92 S.A.S. LES TUEURS DE BRUXELLES
Nº 93 S.A.S. VISA POUR CUBA
Nº 94 S.A.S. ARNAQUE À BRUNEI
Nº 95 S.A.S. LOI MARTIALE À KABOUL
Nº 96 S.A.S. L'INCONNU DE LENINGRAD
Nº 97 S.A.S. CAUCHEMAR EN COLOMBIE
Nº 98 S.A.S. CROISADE EN BIRMANIE
Nº 99 S.A.S. MISSION À MOSCOU
Nº 100 S.A.S. LES CANONS DE BAGDAD
Nº 101 S.A.S. LA PISTE DE BRAZZAVILLE
Nº 102 S.A.S. LA SOLUTION ROUGE
Nº 103 S.A.S. LA VENGEANCE DE SADDAM HUSSEIN
Nº 104 S.A.S. MANIP À ZAGREB
Nº 105 S.A.S. KGB CONTRE KGB
Nº 106 S.A.S. LE DISPARU DES CANARIES
Nº 107 S.A.S. ALERTE AU PLUTONIUM
Nº 108 S.A.S. COUP D'ÉTAT À TRIPOLI
Nº 109 S.A.S. MISSION SARAJEVO
Nº 110 S.A.S. TUEZ RIGOBERTA MENCHU
Nº 111 S.A.S. AU NOM D'ALLAH
Nº 112 S.A.S. VENGEANCE À BEYROUTH
Nº 113 S.A.S. LES TROMPETTES DE JÉRICHO
Nº 114 S.A.S. L'OR DE MOSCOU
Nº 115 S.A.S. LES CROISÉS DE L'APARTHEID
Nº 116 S.A.S. LA TRAQUE CARLOS
Nº 117 S.A.S. TUERIE À MARRAKECH
Nº 118 S.A.S. L'OTAGE DU TRIANGLE D'OR
Nº 119 S.A.S. LE CARTEL DE SÉBASTOPOL
Nº 120 S.A.S. RAMENEZ-MOI LA TÊTE D'EL COYOTE
Nº 121 S.A.S. LA RÉSOLUTION 687
Nº 122 S.A.S. OPÉRATION LUCIFER
Nº 123 S.A.S. VENGEANCE TCHÉTCHÈNE
Nº 124 S.A.S. TU TUERAS TON PROCHAIN
Nº 125 S.A.S. VENGEZ LE VOL 800
LE GUIDE S.A.S. 1989

Photo de la couverture : Michael MOORE
Arme fournie par : armurerie COURTY ET FILS, à Paris
Maquillage : Georges DEMICHELIS

ISBN : 2-7386-5844-X

ISSN : 0295-7604

CHAPITRE PREMIER

Lee Brookner regarda de la fenêtre de sa chambre du *Radisson-Slavanski* les tours du Kremlin noyées au loin dans le brouillard. Il faisait exceptionnellement doux pour un mois de décembre à Moscou. La veille, il avait parcouru des kilomètres à pied dans cette ville qu'il découvrait. Bien que parlant parfaitement russe, grâce à une mère arménienne, Lee Brookner n'avait jamais mis les pieds en Russie, avant ce voyage. Six mois plus tôt, atteint par la limite d'âge – soixante ans –, il avait quitté la CIA après trente-deux ans de bons et loyaux services au sein de la Division des Opérations, et dit adieu à Langley.

C'est le directeur de la Division des Opérations, David Cohen, qui l'avait rappelé pour une mission ponctuelle et totalement secrète, en raison de son expérience, de sa réputation irréprochable et de sa connaissance du russe. Lee Brookner était arrivé à Moscou deux jours plus tôt de Washington, *via* New York, afin de « solidifier » sa couverture de businessman. Sur sa demande de visa, il avait précisé être le représentant d'un « Pension Fund » new-yorkais explorant les possibilités d'investissements dans des sociétés russes récemment privatisées, cotées à la bourse de Moscou. Il avait pris différents rendez-vous avec des hommes d'affaires russes, grâce à un journaliste des *Financial Izvestia* contacté depuis New York. Comme la plupart des businessmen américains, il était descendu au *Radisson*, un nouvel hôtel sur le quai Berejkovskaïa, à deux kilomètres du Kremlin à vol d'oiseau.

Son statut de NOC (1) ne lui causait pas d'inquiétude. Les temps avaient changé depuis l'Union soviétique. Le SVR (2) entretenait des relations cordiales avec la CIA, grâce à de régulières visites mutuelles. Les deux grandes agences de renseignement collaboraient même sur certains terrains : le terrorisme, la lutte anti-mafia et la prolifération nucléaire. Mais, bien sûr, le « noyau dur » du renseignement, de part et d'autre, restait protégé par un secret absolu. La CIA continuait à recueillir le maximum d'informations secrètes sur la Russie et le SVR avait poursuivi les activités du KGB. Il utilisait d'ailleurs le même complexe de bâtiments ultramoderne de Yasnovo, à l'extérieur du second boulevard périphérique, au sud de Moscou.

Dans ce contexte, si Lee Brookner se faisait repérer, il risquait au plus quelques semaines de prison, suivies d'une expulsion discrète. Désormais, on était entre gentlemen. C'est du moins ce dont il essayait de se persuader, car sa mission à Moscou touchait un domaine tellement sensible qu'en cas de pépins, les règles de bonne conduite risquaient de voler en éclats...

Son regard se reporta sur les flots gris de la Moskova, pas encore gelée, puis il baissa les yeux sur la trotteuse de sa Breitling *Navitimer* qui se déplaçait avec une lenteur exaspérante. Il n'était que 9 h 05 et il était réveillé depuis sept heures. La tension nerveuse. Il avait rendez-vous à onze heures à la station de métro *Biblioteka Lienina*, sur la ligne Sokolnicheskaïa. De l'hôtel, il lui fallait au maximum quarante-cinq minutes. D'abord, cinq minutes de marche jusqu'à la station *Kievskaïa* sur la ligne Koltsevaïa, puis changement à *Park Kulturny*, enfin deux sta-

(1) Non Official Cover.
(2) Sloujba Vnechoi Razvedki, successeur du Premier Directorate du KGB, équivalent de la DGSE.

tions jusqu'à *Biblioteka Lienina*. Le métro moscovite était une des rares choses à avoir toujours fonctionné parfaitement, même aux heures les plus noires de l'Union soviétique ; il n'avait donc pas à craindre une difficulté imprévue.

Il ôta ses lunettes et en essuya les verres pour s'occuper encore quelques secondes, puis se regarda dans la glace. Il ne ressemblait pas à un espion. Dans le miroir, ses traits un peu empâtés lui parurent sans grande personnalité, avec ses cheveux gris coupés très court. Il prit un livre et tenta de se plonger dans la lecture, mais les lettres dansaient devant ses yeux. Son cœur battait sourdement dans sa poitrine, comme pour lui rappeler que dans moins de deux heures, il allait se trouver en face du détenteur d'un des secrets les mieux gardés du KGB de jadis et du SVR d'aujourd'hui. Un homme qui lui aussi devait prendre des précautions extraordinaires pour ce rendez-vous.

Lee Brookner ignorait tout de lui. Son nom, la façon dont il avait pris contact avec les Américains, sa situation exacte au sein du SVR. David Cohen, le DDO, lui avait seulement dit que si cet homme à qui on avait donné le nom de code de « Potato » changeait de camp, ce serait la plus belle opération de retournement que l'agence ait jamais menée. Une revanche éclatante sur la déshonorante affaire Aldrich Ames (1). Bien entendu, Lee Brookner n'avait pas pris contact avec la station de la CIA à Moscou, afin de ne pas risquer de « polluer » sa couverture. Il posa son livre et se remit à compter les minutes. Comme il aurait voulu être plus vieux d'une heure !

*
**

Un grand arbre de Noël décorait le hall du *Radisson*, clignotant de toutes ses ampoules. Une hôtesse qui montait la garde à côté adressa un chaleureux sourire commercial

(1) Traître de la CIA découvert en 1992.

à Lee Brookner lorsqu'il passa devant elle, engoncé dans sa pelisse beige, le *Herald Tribune* à la main. Il s'éloigna rapidement sur le quai Berejkovskaïa, ignorant les appels des chauffeurs de taxi pour déboucher deux cents mètres plus loin sur la place de la gare de Kiev. Il s'approcha d'un fleuriste repéré la veille et lui acheta pour dix mille roubles (1) une petite gerbe d'œillets, la fleur la plus répandue à Moscou. Ces stands pullulaient près des gares et des stations de métro.

Le *Herald Tribune* sous le bras et ses œillets à la main, il gagna l'escalier roulant du métro. Il était paré, arborant les deux signes de reconnaissance convenus. Il n'y avait pas trop de monde, mais son élégante pelisse tranchait avec les manteaux de cuir et les canadiennes fatiguées de ses voisins. Pourtant, personne ne s'intéressait à lui : il y avait belle lurette que les Moscovites étaient habitués aux étrangers.

Une rame arrivait lorsqu'il parvint à la station. Il y monta. Trente-cinq minutes plus tard exactement, il débarquait sur le quai de *Biblioteka Lienina* et se plongeait dans l'étude d'un plan de Moscou pour se donner une contenance. Il avait vingt minutes d'avance. Le lieu avait été bien choisi : contrairement à certaines stations qui comportaient plusieurs niveaux, des couloirs, des croisements, il n'y avait ici qu'un seul quai, donc aucun risque de se rater. En raison de sa proximité du Kremlin, la station était assez fréquentée. Toutes les cinq minutes, une rame vomissait une foule pressée.

Lee Brookner se rapprocha d'un vieux en guenilles, un bonnet de laine noire enfoncé jusqu'aux yeux, qui traînait une voiture d'enfant pleine d'œillets. Probablement un ancien combattant d'Afghanistan à qui les miliciens fichaient la paix. Il sentait les battements de son cœur se calmer. A *Park Kulturny*, il avait effectué une rupture de filature, descendant de son wagon au moment où la rame

(1) Environ 10 francs.

démarrait pour prendre la suivante. Aucune précaution n'était superflue, bien que son rôle fût très limité : rencontrer « Potato » qui lui remettrait une enveloppe et fixerait un prochain rendez-vous. Lee Brookner ignorait même si c'était lui qui viendrait. L'opération était rigoureusement cloisonnée.

Un grondement se fit entendre sous le tunnel : une nouvelle rame approchait. Lee Brookner, automatiquement, regarda autour de lui. La même foule morne et mal habillée. Son regard s'arrêta sur un homme chauve, trapu, sans cravate, l'air négligé, les mains dans la poche d'une canadienne sans couleur. Il avait l'air d'un Russe, mais lorsqu'il sortit la main de sa poche, Lee Brookner se dit qu'il ne l'était pas. Il sortait de son emballage une tablette de chocolat Mars qu'il engouffra d'une seule bouchée.

Les Russes se contentaient de chocolat finlandais...

La rame pénétra dans la station dans un bruit assourdissant. Des vieux wagons verdâtres qui n'avaient pas été repeints depuis un demi-siècle. Lee Brookner jeta un bref coup d'œil à sa Breitling. C'était l'heure du rendez-vous. Les voyageurs s'égaillèrent comme une volée de moineaux, sauf l'inconnu au chocolat. Lee Brookner sentit son pouls s'emballer. Qui était ce type ? Il était trop tard pour modifier le rendez-vous. Pour se rassurer, il fit quelques pas vers le couloir de sortie. L'inconnu ne bougea pas. Maintenant, il était plongé dans l'examen d'un plan de Moscou. Rassuré, Lee Brookner revint sur ses pas.

Nouveau grondement. Brouhaha, bousculade et le quai se vida.

A 9 h 10, Lee Brookner commença à paniquer. La trotteuse de sa Breitling *Navitimer* grignotait inexorablement les secondes. Il s'adossa au mur noir de crasse, décidé à attendre aussi longtemps qu'il le faudrait sur ce quai glacial du métro moscovite. Mais il se mit soudain à transpirer, imaginant mille scénarios catastrophes. Le grondement d'une nouvelle rame entrant dans la station l'arracha à ses pensées. Les voyageurs le bousculèrent, mais il resta stoïque au milieu d'eux. Personne ne semblait le voir. Pour tromper son angoisse, il alluma une cigarette avec le Zippo garanti à vie qui ne le quittait jamais depuis le Vietnam.

L'inconnu au chocolat s'éloigna enfin vers la sortie, passant devant la brochette de *babouchkas* alignées le long du mur qui, emmitouflées comme des Esquimaux dans de vieilles hardes, offraient au chaland des jouets, des vêtements d'enfants, de pauvres objets.

Le marchand d'œillets sortit une bouteille de vodka de sous ses fleurs et s'en offrit une discrète rasade. Un bruit incongru venant du couloir brisa soudain le silence. Le pas cadencé de talons frappant le sol.

Lee Brookner tourna la tête vers l'entrée du couloir et vit déboucher une apparition à couper le souffle.

Une femme mesurant près d'un mètre quatre-vingts, coiffée d'une chapka, emmitouflée dans une longue pelisse dont les pans s'écartaient à chaque enjambée, découvrant des hautes bottes de cuir noir. Elle martelait le sol de ses talons avec l'énergie d'un militaire en plein défilé. La chapka et la pelisse étaient en zibeline blonde, la fourrure la plus chère du monde. L'inconnue portait à l'épaule une grande besace de cuir noir assortie à ses bottes. De longs cheveux blonds s'échappaient de sa chapka, cascadant sur ses épaules. Hautaine, détachée, le menton haut, elle passa devant les *babouchkas* émerveillées. Lee Brookner observa les sourcils très fournis se rejoignant presque, un nez droit, des yeux bleu cobalt, une grande bouche épaisse et un menton volontaire.

Une beauté rare.

La femme à la zibeline dépassa l'Américain et s'arrêta près du marchand de fleurs qui bondit sur ses pieds, brandissant ses œillets. Elle lui jeta un regard de commisération, plongea la main dans sa besace, en sortit une liasse de billets de dix mille roubles et en laissa tomber un sur les fleurs avant de se détourner.

Lee Brookner contemplait cette apparition inattendue, intrigué. Chez *Maxim's* ou dans les casinos élégants de

Moscou, on croisait ce genre de « New Russian », symbole de la Russie postcommuniste. Celle-là, entre la zibeline et les bracelets qui scintillaient à ses poignets, portait sur elle dix siècles de salaire d'un Russe moyen... Que faisait-elle dans le métro ? Généralement, ce genre de créature ne se déplaçait qu'en Mercedes 600...

En bordure du quai, elle semblait hésiter. Le grondement d'une rame se rapprochait. Elle recula quand celle-ci pénétra dans la station, demeurant immobile sur le quai, tandis que les voyageurs descendaient des wagons sans un regard pour elle. Ils prenaient probablement la zibeline pour du synthétique... La plupart des Russes n'en avaient jamais vu, même en rêve. Mêlée aux derniers voyageurs, l'inconnue s'éloigna alors du quai en direction de Lee Brookner. Leurs regards se croisèrent fugitivement. Celui de la jeune femme descendit et se fixa sur les œillets et le *Herald Tribune* coincé sous le bras de l'Américain. En une fraction de seconde, Lee Brookner fut balayé par une vague de sentiments contradictoires. L'émotion, la stupéfaction, l'excitation. Ainsi, son « contact » était cette déesse hiératique !

Elle était déjà devant lui. Les pans de la pelisse en zibeline rejetés par sa démarche énergique dévoilèrent une minijupe serrée noire qui couvrait à peine le tiers de longues cuisses gainées de nylon noir. Lorsqu'elle ne fut plus qu'à cinquante centimètres de lui, il sentit un parfum capiteux, français sans aucun doute. Les mains dans la poche de la zibeline, elle demanda d'une voix égale, en russe :

– *Vy zhdeté Potato ?* (1)

A cause du brouhaha de la station, on n'entendait pas sa voix à plus de trente centimètres. Ses yeux cobalt ressemblaient à deux pierres dures. Le pouls de Lee Brookner grimpa à cent cinquante.

– *Da,* répondit-il.

(1) Vous attendez Potato ?

L'inconnue plongea la main dans son sac et en sortit une enveloppe brune.

– Ceci est pour vous. Prochain rendez-vous dans une semaine, même heure, à la station *Smolenskaïa* comme convenu. *Da svidania.*

Il eut à peine le temps de mettre l'enveloppe dans sa poche. La superbe inconnue, faisant voler les pans de sa zibeline, avait pivoté et grimpait avec grâce dans un wagon, quelques secondes avant que les portes ne se referment. Lee Brookner, médusé, regarda la rame s'ébranler et disparaître dans le tunnel. L'inconnue avait agi en professionnelle, réduisant au minimum le contact avec lui.

Il se retourna, balaya du regard le quai qui achevait de se vider. Son pouls remonta à toute vitesse : l'inconnu au chocolat était réapparu, venant du couloir de sortie, et se dirigeait dans sa direction, les mains dans les poches de sa canadienne, la tête baissée. Lee Brookner ignorait s'il avait pu assister à sa brève rencontre.

Il n'eut pas le temps de se poser de questions. L'homme était déjà en face de lui. Il releva la tête et Lee Brookner aperçut deux petits yeux pleins de méchanceté et des dents en mauvais état.

Sans un mot, l'homme sortit la main de sa poche. Lee Brookner vit un pistolet automatique aux lignes carrées et instinctivement tendit la main pour l'écarter. Posément, l'homme tira. Trois fois. Visant la poitrine. Lee Brookner eut l'impression de recevoir des coups de poing géants, puis sa vision se brouilla, il se sentit devenir très lourd et il perdit connaissance, s'effondrant sur le quai.

Les *babouchkas*, dans le dos de l'inconnu, s'égaillaient en hurlant. Le marchand d'œillets, médusé, s'aplatit sur le sol dans un vieux réflexe. L'assassin remit son arme dans la poche de sa canadienne et se pencha sur Lee Brookner pour retirer de sa poche l'enveloppe remise par la femme à la zibeline. Puis, sans se presser, il s'éloigna vers l'autre extrémité du quai, où se trouvait également une sortie. Une rame de métro qui arrivait en sens inverse couvrit les glapissements des *babouchkas*. Des voyageurs recommençaient à envahir le quai. Aucun n'eut l'envie ou le courage de se pencher sur le cadavre de Lee Brookner. Ceux qui l'apercevaient de loin pensèrent à un ivrogne, les autres préférèrent ne pas se mêler de ce qui ne les regardait pas.

L'homme à la canadienne parvint sans encombre au bout du quai et s'engagea dans le couloir. Quelques instants plus tard, il émergeait à l'air libre, juste en face des jardins entourant les hauts murs du Kremlin. Il s'éloigna vers la place du Manège, se mêlant à la foule.

CHAPITRE II

La voix basse et rocailleuse de Franck Capistrano semblait venir de la pièce voisine tant la communication était claire, et pourtant, le *Special Advisor for National Security* de la Maison-Blanche se trouvait à plus de sept mille kilomètres du château de Liezen, à Washington. C'était la première fois que Malko lui parlait depuis l'épilogue provisoire de l'affaire du vol 800 de la TWA. Après sa longue mission au Pakistan (1), Malko s'était rendu à Washington pour recevoir les félicitations de Capistrano et lui raconter de vive voix la fin de son enquête.

Deux mois s'étaient écoulés et, aujourd'hui, l'Américain semblait particulièrement détendu, bavardant de choses et d'autres, ce qui intriguait Malko. Capistrano ne l'avait quand même pas appelé pour commenter le mauvais temps à Washington... Occupé à s'habiller pour son dîner au *Schloss* voisin de Marienstadt, Malko avait branché le haut-parleur pour avoir les mains libres, et ponctuait ses préparatifs de quelques gorgées d'une bouteille de Taittinger Comtes de Champagne au frais dans un seau. Il jeta un coup d'œil à sa Breitling *Chronomat.* Sept heures, donc une heure de l'après-midi à Washington. Toujours soucieux de sa ligne, Franck Capistrano devait préférer une conversation amicale à un hamburger. Le pouls

(1) Voir SAS n° 125, *Vengez le vol 800.*

de Malko s'accéléra brusquement, mais ce n'était pas à cause des propos de son interlocuteur. Alexandra, sa pulpeuse fiancée, venait d'émerger du dressing-room, uniquement vêtue d'une guêpière mauve lacée sur le devant qui la faisait ressembler à une amphore. De très longs bas gris foncé moulaient ses jambes fuselées. Maquillée, parfumée, ses cheveux blonds coulant sur les épaules, elle incarnait le Péché, avec un grand P. Sans souci du téléphone, elle brandit deux robes, une dans chaque main.

– Alaya ou Hervé Léger ? demanda-t-elle. Avec celle d'Hervé Léger, on verra que je porte des bas.

Malko n'écoutait plus que d'une oreille distraite les propos de l'Américain, le regard rivé aux quelques boucles blondes qui s'échappaient espièglement de la guêpière, tout en haut des cuisses.

– Ici aussi, il fait froid, lança-t-il à Franck Capistrano.

Sans attendre la suite, il rejoignit Alexandra, sa main droite plongea directement entre ses cuisses, s'emparant d'elle d'un geste possessif. Les paupières d'Alexandra s'abaissèrent doucement, cachant son regard trouble, et elle dit d'une voix étouffée :

– Tu es une brute !

En dépit de ce reproche, Malko sentit très vite le miel couler entre ses doigts. Alexandra, adossée à la boiserie, respirait plus vite. La voix de Franck Capistrano continuait à sortir du récepteur posé sur le lit.

– Tu vas mettre celle-là ! murmura Malko en désignant le fourreau audacieusement décolleté d'Hervé Léger. Mais plus tard.

– Il faut qu'on soit là-bas à vingt heures, objecta la jeune femme, et il y a de la neige.

Sans même répondre, les doigts crochés dans son sexe, Malko la poussa jusqu'au lit à baldaquin en fer forgé dont Alexandra était tombée amoureuse lors de sa dernière visite chez Claude Dalle, à Paris. Pris d'une pulsion comme il n'en éprouvait qu'avec elle, il se défit en un clin d'œil, déjà roide comme une lance. Alexandra lâcha les deux robes et se laissa mollement aller sur le dos. Malko était déjà entre ses cuisses. D'un seul coup de reins, il s'enfonça pour la millième fois au fond de son ventre, si loin qu'elle poussa un cri bref. Ses seins gonflés s'échappèrent de la guêpière, les pointes dressées et dures comme des sexes minuscules !

– Oui, défonce-moi ! souffla-t-elle.

Malko se retira et replongea dans le sexe ouvert avec la même furie. Il réalisa soudain que le visage d'Alexandra se trouvait à quelques centimètres du téléphone. Il n'eut pas le temps de se demander si Franck Capistrano avait entendu la requête d'Alexandra.

– *Fuck you !* fit dans le haut-parleur la voix vibrante de fureur de l'Américain. Vous croyez que je vous appelle pour vous entendre baiser ?

– Je suis désolé, dit Malko. Je ne m'attendais pas à votre appel.

L'Américain émit un grognement réprobateur.

– Vous êtes un foutu dégénéré... Sans compter que le FBI écoute probablement.

Alexandra, emmanchée jusqu'à la garde et dérangée dans son plaisir montant, ne put s'empêcher d'en rajouter.

– *Putzy,* continue, fais-moi jouir !

En même temps, elle ondulait sous Malko, avivant encore son désir. La situation devenait incontrôlable.

– Je vous rappelle, lança Malko à Franck Capistrano.

– *No way,* répliqua Franck Capistrano. (L'Américain avait repris sa voix habituelle, dure et un peu traînante.) Je prends l'avion d'Air France tout à l'heure et je serai à Paris à 8 h 45 demain matin. Si vous prenez le vol Air France de sept heures demain à Vienne, vous arriverez quarante-cinq minutes plus tard. Cela nous laisse une bonne heure pour bavarder au *hub* de Roissy.

– Pourquoi une heure ? interrogea Malko, suffoqué.

– Parce que je reprends le Concorde d'Air France pour New York à onze heures, précisa calmement Franck Capistrano.

Malko demeura muet. Fou de rage. Pour prendre le vol de sept heures à Vienne, il était obligé de se lever à cinq heures ! Une horreur. Son regard croisa celui d'Alexandra posé sur lui, plein d'ironie. Elle ne pouvait qu'enregistrer la baisse inexorable de son désir. Elle se dégagea et lança, assez fort pour que Franck Capistrano l'entende :

– Il vaut mieux que j'aille m'habiller, *Putzy,* tu n'as plus très envie de moi.

Malko l'aurait tuée et Capistrano avec. Encore un bon moment gâché à cause de la CIA. Le métier de barbouze hors cadre ne comportait pas que des avantages. L'Américain émit un ricanement désagréable, amplifié par le haut-parleur.

– *Don't worry !* Vous avez encore toute la soirée...

Alexandra venait de disparaître dans la salle de bains, la robe d'Hervé Léger à la main. Furieux, Malko lança :

– Pourquoi voulez-vous me faire lever à cinq heures du matin ? On ne peut pas se retrouver à une heure normale ?

– J'ai un client pour vous, répliqua paisiblement le *Special Advisor* de la Maison-Blanche ; un gros client qui ne peut pas attendre.

– Bien, fit Malko résigné. Je vais en profiter pour emmener Alexandra faire son shopping de Noël à Paris. Vous n'y voyez pas d'inconvénient ?

La réponse ne tarda pas.

– Si, trancha l'Américain. Vous venez seul et vous ne parlez de ce voyage à personne. De toute façon, nous ne resterons pas assez longtemps à Paris, même pour acheter un paquet de Gauloises blondes !

Alexandra venait de ressortir de la salle de bains, hyperbandante dans la robe d'Hervé Léger qui la moulait comme une seconde peau. De nouveau, l'adrénaline se rua dans les artères de Malko. Ce n'était pas possible, il fallait qu'il la baise avant de partir.

– Tu viens, *Putzy,* lança-t-elle. Nous sommes très en retard.

Franck Capistrano avait entendu.

– Allez-y ! conseilla-t-il à Malko, il ne faut pas faire attendre une femme. A demain matin.

Il raccrocha avant que Malko ait le temps de l'insulter. Alexandra l'observait, ironique et agacée.

– Alors, tu vas à Paris ?

– Je ne resterai pas longtemps, assura Malko.

Il se leva, caressant au passage la croupe cambrée de sa fiancée, moulée par le tissu élastique. Un pousse-au-viol. De nouveau, il l'étreignit mais elle se dégagea.

– Je n'aime pas être en retard, dit-elle. On aura tout le temps ce soir en rentrant.

Pendant quelques secondes, Malko se demanda s'il n'allait pas annuler son dîner, tant il avait envie d'elle. Effectivement, on voyait les jarretelles sous la robe. Mais c'était encore plus excitant. Hélas, Alexandra enfilait déjà son vison. Il vida d'un trait sa coupe de Taittinger pour dénouer ses nerfs et la suivit, se demandant qui était le « client » que Franck Capistrano lui réservait. Pour que le *Special Advisor* de la Maison-Blanche effectue ce voyage éclair, ce n'était pas une histoire banale.

*
**

– Tout a commencé il y a quatre mois, fit Franck Capistrano à voix basse. Leslie Whalen, notre COS (1) de Moscou, trouve dans la boîte aux lettres de son appartement une enveloppe contenant un billet pour le théâtre Bolchoï. Ce soir-là, c'était un ballet. Sans le moindre mot d'accompagnement. Une place au troisième rang d'orchestre. Intrigué, il décide d'y aller. A l'entracte, il remarque un homme qui semble le suivre. La soixantaine, pas très grand, cheveux gris, l'air d'un fermier endimanché. Ils échangent quelques regards et Leslie Whalen « sent » qu'il y a quelque chose. Lorsque l'inconnu se dirige vers les

(1) Chief of Station.

toilettes, il le suit. Dès qu'ils sont seuls, l'homme se rapproche et lui dit rapidement en russe : « Je suis le général Evgueni Trofimovitch Polyakov. Je désire quitter mon pays. Je pense que je peux vous apporter des informations très précieuses... » Vous me suivez ?

– Oui, oui, bredouilla Malko.

Il en était à son sixième café et avait toujours l'impression de dormir debout, rêvant d'un lit comme un chien rêve à un os. Sa soirée au Schloss Marienstadt s'était prolongée jusqu'à deux heures du matin, Alexandra alternant les valses et les coupes de Taittinger ! A trois heures, ils étaient à Liezen. Au prix d'un effort surhumain, Malko avait repris son entreprise là où il l'avait interrompue. La menant, Dieu merci, à bien, pour leur plus grande satisfaction. A quatre heures moins le quart, il avait commencé ses bagages.

Dans l'Airbus d'Air France, il s'était endormi à peine assis... et à l'arrivée à Roissy, il avait trouvé Franck Capistrano frais comme un gardon, en train de grignoter des pistaches, confortablement installé dans le salon Air France du *hub* de Roissy.

L'Américain continua son récit :

– La sonnerie signalant la fin de l'entracte retentissait déjà. Leslie Whalen a posé la question qui l'intéressait le plus : « Pour quel organisme travaillez-vous ? » « Je dirige le centre d'Information et d'Analyse inter-directorates du SVR, a répondu le général Polyakov. Ce que vous appelez la “Chambre Rouge”. Maintenant, nous devons nous quitter. Si ma proposition vous intéresse, laissez-moi un message dans une “boîte aux lettres morte”. Il y a une bouée de sauvetage accrochée au parapet du pont Luzhnetski en face de la colline Lénine. On peut glisser un papier entre la bouée et la pierre. » Les deux hommes se séparèrent aussitôt et le général Polyakov se perdit dans la foule.

– Ça commence bien, commenta Malko, un peu réveillé. Que se passa-t-il ensuite ?

– Leslie Whalen a commencé par vérifier si le général

Polyakov se trouvait dans les ordinateurs de la *Company*. Le soir même, en retournant à son bureau. Surprise : il n'y était pas ! Ce n'est que trois jours plus tard qu'on l'a localisé, en « criblant » tout ce qu'on savait sur les officiers du KGB. Evgueni Trofimovitch Polyakov est né le 10 octobre 1928 à Sverdlovsk. Il a fait l'école numéro 101 du KGB. A sa sortie, il a été affecté au XVe département du Premier Directorate, celui des archives. D'où, apparemment, il n'a jamais bougé, grimpant simplement les échelons hiérarchiques jusqu'au poste qu'il occupe aujourd'hui. Comme il n'a jamais mis les pieds hors du pays, on sait très peu de choses sur lui. Et pourtant, là où il est, il sait tout.

– C'est-à-dire ? se fit préciser Malko en bâillant.

Même cette histoire excitante n'arrivait pas à le réveiller. Franck Capistrano alluma une Gauloise blonde avec son Zippo aux armes de la Maison-Blanche et se pencha vers lui :

– La « Chambre Rouge », comme nous l'avons appelée, regroupe toutes les informations les plus secrètes du KGB et maintenant du SVR. C'est là que sont répertoriées les véritables identités de toutes les « sources » humaines de la centrale de renseignement. Chez eux comme chez nous, dès que l'on a recruté quelqu'un, on lui donne un nom de code qui est utilisé dans ces rapports. Seuls l'officier traitant qui l'a tamponné, le directeur du KGB et le responsable de la « Chambre Rouge » savent qui se cache derrière les noms de code. Cependant, les officiers traitants ne connaissent qu'une source, et les directeurs changent au fil des années, tandis que le responsable de la « Chambre Rouge » possède seul toutes les informations sur ces sources, depuis la création du KGB.

« C'est-à-dire qu'il peut identifier tous ceux, Russes ou étrangers, qui participent à la collecte des renseignements. Notamment tous les traîtres recrutés par le KGB et du temps de l'Union soviétique, par les services des pays du pacte de Varsovie, partout dans le monde.

Il se tut pour laisser à Malko le temps d'assimiler l'importance de ce qu'il venait de dire. Dans son fauteuil douillet, ce dernier avait toutes les peines du monde à ne pas se rendormir.

– C'est dommage, remarqua-t-il perfidement, que vous n'ayez pas été branché sur le général Polyakov du temps de l'affaire Aldrich Ames...

Franck Capistrano s'ébroua, furieux.

– Jusqu'à il y a trois mois, protesta-t-il d'une voix âpre, nous savions tout juste que la « Chambre Rouge » existait, mais nous ignorions qui la dirigeait et n'avions aucun moyen de le savoir. Ceux qui y travaillent n'ont jamais quitté la Russie. Ce sont des ombres, des hauts fonctionnaires anonymes et dévoués, n'ayant jamais eu le moindre contact avec l'étranger. Comme le général Evgueni Trofimovitch Polyakov.

Malko commençait à se réveiller. Et son cerveau se remettait en route.

– Cela ne vous semble pas étonnant, demanda-t-il, qu'un homme comme lui, élevé dans le communisme depuis sa plus tendre enfance, mijotant au sein du KGB depuis des dizaines d'années, se mette brutalement à trahir ? Parce que c'est de cela qu'il s'agit... Ce n'est pas un autre Vitaly Yourtchenko ?

Ce dernier était un colonel du KGB, en charge des opérations nord-américaines. En 1985, il était passé à l'Ouest spontanément. Bien entendu, la CIA l'avait reçu à bras ouverts et avait goulûment avalé ses informations concernant quelques « petits » traîtres au sein de la CIA. Hélas, six mois plus tard, il échappait à la vigilance du FBI et repartait en Union soviétique après avoir prétendu que la CIA l'avait kidnappé. Sept ans après, la CIA découvrait l'existence d'Aldrich Ames, agent de la CIA retourné depuis 1983, qui avait livré aux Soviétiques les noms de tous les traîtres du KGB ou du GRU travaillant pour la CIA.

Malko précisa :

– Vitaly Yourtchenko avait été volontairement envoyé par le KGB aux Etats-Unis pour persuader la CIA qu'il n'y avait pas en son sein d'autres « taupes » que celles qu'il avait dénoncées. Il protégeait ainsi Aldrich Ames, qui a pu continuer à trahir paisiblement.

Un ange passa, masqué, et s'éloigna dans le sillage d'un Boeing qui décollait. Franck Capistrano prit un air ulcéré et tira une bouffée de sa Gauloise blonde avant de laisser tomber :

– Nous ne sommes pas naïfs. Après la rencontre du Bolchoï, Leslie Whalen a déposé un message dans le « dead drop » du pont Luzhnetski, confirmant son intérêt et demandant pourquoi le général Polyakov avait envie de changer de camp. Il lui a réclamé aussi quelques précisions sur sa carrière. Le « dialogue » a duré plusieurs semaines. Je vous le résume : Polyakov a expliqué qu'il avait pris la direction de la « Chambre Rouge » en 1981, après une carrière au XVe département. Il archivait toutes les sources du KGB recrutées par le « Groupe North » et les détails des opérations les plus secrètes entreprises contre les Etats-Unis.

– Qu'est-ce que c'est que le « Groupe North » ?

– Une unité d'élite du KGB spécialisée dans le recrutement des Américains et des Canadiens. Nous connaissons son existence. Elle existe toujours au sein du SVR. Polyakov, dans ses messages, a aussi expliqué ses motivations. Il avait toujours été « protégé » par Evgueni Primakov, l'ancien patron du SVR, et pensait terminer sa carrière dans deux ans à son poste. Or, le nouveau patron du SVR, le général Troubnikov, venait de lui signifier qu'il était mis à la retraite à la fin de l'année.

– C'est un motif suffisant pour trahir ? s'étonna Malko.

Franck Capistrano lui jeta un regard ironique.

– Aujourd'hui, Polyakov vit très bien. Il habite un appartement dans le centre de Moscou, il a une datcha, une Mercedes, et il dispose de notes de frais illimitées. Une fois à la retraite, il va se retrouver avec très peu de choses. Mais il y a aussi, à mon avis, une raison qu'il n'a pas mentionnée à son désir de quitter la Russie : il sait trop de choses et craint d'être discrètement liquidé. Un banal accident de voiture ou une mauvaise grippe mal soignée...

– Ils utilisent toujours ces méthodes ?

– Bien sûr.

– Ainsi, il veut aller vivre aux Etats-Unis ?

– Absolument. Il a même précisé ses goûts : l'Oregon, le Wyoming ou la Californie du Nord.

– Vous n'avez pas parlé argent ? s'étonna Malko.

– Si. Il estime que les informations qu'il détient valent dix millions de dollars.

Encore un communiste qui avait parfaitement assimilé l'univers capitaliste. Pour un Russe qui n'était jamais sorti de son pays, le général Polyakov semblait un « mutant » bien adapté... Malko jeta un coup d'œil discret à sa Breitling *Chronomat*. 10 h 05. Franck Capistrano allait bientôt embarquer. Son histoire était certes passionnante, mais il ne voyait toujours pas pourquoi il s'était levé si tôt.

– Donc, tout est parfait, conclut-il. Vous ne lui avez pas demandé de preuves de sa bonne volonté ?

– Si, bien sûr. Et il les a données, toujours par le même moyen. La première est une « pénétration » technique : la machine à écrire de la secrétaire de notre chef de station de Moscou contenait, dissimulé dans ses entrailles, un micro-émetteur émettant sur une fréquence voisine de celle de la télévision russe. Tous les textes tapés étaient automatiquement transmis au SVR...

– Comment ont-ils pu faire cela ? demanda Malko, suffoqué.

– Cette machine était affectée par le State Department à notre ambassade d'Helsinki, expliqua Franck Capistrano. Pour une obscure raison administrative, elle a été transférée ici à Moscou. Là-bas, elle était utilisée dans un département non sensible. Les Russes l'ont interceptée pendant son voyage et ont placé leur émetteur à l'intérieur...

– Astucieux, reconnut Malko. Et l'autre preuve ?

Le visage de l'Américain se rembrunit.

– Encore un traître ! Notre « ami » Evgueni Trofimovitch Polyakov a révélé que notre chef de station de Singapour avait été recruté par le SVR en 1994. Un type qui travaillait pour l'agence depuis seize ans ! Harold Nicholson, en poste à Manille, à Bucarest, à Bangkok, à Tokyo... Un élément sûr, d'après la sécurité.

– Vous êtes certain de sa trahison ?

– Hélas oui ! Pokyakov nous a donné les coordonnées d'un virement de vingt-cinq mille dollars fait à son nom sur un compte secret des Bahamas... Le FBI l'a surveillé et l'a piqué en train de photocopier des documents...

– Il a été arrêté ?

– Non. Pas encore. Muté à la section antiterroriste... On attend le dénouement de l'affaire Polyakov, mais il ne perd rien pour attendre. Il est suivi jour et nuit par le FBI.

Un ange passa, en secouant des menottes. La section antiterroriste de la CIA était devenue la poubelle de l'agence. On y mutait les éléments soupçonnés de trahison ou d'imprudence, les ivrognes et les incapables...

– Donc, conclut Malko, vous êtes sûr de la bonne foi du général Polyakov ?

Franck Capistrano lui jeta un regard noir.

– Vous savez bien que dans ce domaine, on n'est jamais sûr de rien. C'est pour cela qu'en dépit des preuves de bonne volonté de Polyakov, rien n'a été encore entrepris pour son exfiltration. Et aussi, parce qu'elle s'annonce extrêmement délicate : il est « protégé » jour et nuit par des gardes du SVR qui se relaient.

Le haut-parleur l'interrompit, annonçant le départ pour New York du Concorde Air France. Le temps pressait.

– En quoi puis-je vous aider ? demanda Malko. Tout cela me semble très bien géré.

L'Américain s'ébroua.

– Attendez la suite. Sentant probablement que nous étions réticents, Polyakov a frappé un grand coup. Il a proposé de nous remettre un dossier hypersecret concernant le président des Etats-Unis, le dossier « Venona ». De quoi éventuellement empêcher son élection. C'était fin octobre.

– Bigre, fit Malko.

– On a demandé des précisions, continua Franck Capistrano. Et il en a donné. Il s'agissait d'une affaire de financement électoral de la campagne présidentielle de Bill Clinton.

– Vous lui en avez parlé ? demanda Malko, suffoqué.

Franck Capistrano fit claquer sèchement le capot de son Zippo « White House ».

– Je n'avais pas le choix. John Deutch m'a transmis un mémo résumant l'affaire Polyakov. Jusqu'à ses derniers développements. J'ai dû en faire état lors d'une réunion du NSC (1). Bill Clinton a éclaté de rire, en disant qu'il s'agissait sûrement d'une manip.

– Et qu'avez-vous fait ?

L'Américain dut attendre que s'achève le second appel du haut-parleur pour dire froidement :

– J'ai retiré le dossier à la CIA. Officiellement, en raison des possibilités de fuites de la part des « taupes » encore présentes. Et j'ai repris l'affaire en main. A ce stade, seules trois personnes connaissaient le nom du général Polyakov : Leslie Whalen, David Cohen, le DDO, et John Deutch. Leslie Whalen, dans ses rapports, l'appelait « Potato », parce qu'il a l'air d'un fermier. Même le président des Etats-Unis ne sait pas son nom. Il y a quinze jours, Leslie Whalen m'a transmis le dernier message de « Potato » : celui-ci proposait une rencontre pour remettre le dossier « Venona », afin, probablement, de nous motiver pour son exfiltration.

– A Moscou ?

(1) National Security Council.

– Oui. A la station de métro *Biblioteka Lienina*. J'ai dit à Leslie de confirmer le rendez-vous par le biais du « dead drop » et de décrocher. Que je reprenais l'affaire.

Malko regarda l'embarquement. Tous les passagers du Concorde d'Air France avaient embarqué. Une hôtesse cherchait des yeux le manquant.

– Dites-moi vite la suite, conseilla-t-il.

Franck Capistrano se leva.

– J'ai choisi un ancien de la *Company* en qui j'ai toute confiance, Lee Brookner, pour aller au rendez-vous. Il a pris sa retraite il y a six mois, mais il a accepté de me dépanner. J'ai mis le NSC au courant et Lee a pris l'avion pour Moscou. C'était il y a quatre jours.

– Il a ramené le dossier « Venona » ?

– C'est lui qu'on a ramené, dans un cercueil en plomb. On a retrouvé son cadavre sur le quai de la station *Biblioteka Lienina* avec trois balles dans la poitrine et pas le moindre dossier dans la poche. C'est la Milicija qui a prévenu notre ambassade. Ils l'ont identifié grâce à son passeport. Apparemment, ce meurtre n'a pas eu de témoin. Les gens du FSB (1) ont conclu à un règlement de comptes. Ce n'est pas le premier businessman qui se fait flinguer à Moscou. Là-bas, ça coûte moins cher que d'envoyer un huissier...

– Qui l'a tué, à votre avis ?

L'hôtesse d'Air France s'avançait, souriante.

– Monsieur, il faut absolument embarquer. Vous êtes le dernier.

– Je n'en sais rien, fit sombrement Franck Capistrano. Les Russes peut-être. Mais c'est peu probable. S'ils ont « pénétré » l'opération, c'est à Polyakov qu'ils se seraient attaqués. Ce ne sont pas des fous sanguinaires, mais enfin, on ne peut jurer de rien. Il a pu y avoir une bavure. J'espère que c'est ça...

L'hôtesse commençait à trépigner.

(1) Ex-KGB intérieur, équivalent de la DST.

Malko et Franck Capistrano échangèrent un long regard, ils pensaient la même chose. Et si quelqu'un, venu des Etats-Unis, avait abattu Lee Brookner pour l'empêcher de transmettre des documents compromettants ? Le Watergate et l'Irangate avaient amplement prouvé que les hauts responsables américains n'étaient pas toujours irréprochables. Mais de là à faire assassiner l'envoyé spécial de la Maison-Blanche...

– On ignore si le général Polyakov est venu au rendez-vous ?

Franck Capistrano secoua la tête.

– Pour le moment, oui. Mais j'espère bientôt le savoir.

– Comment ?

– Il avait été prévu un rendez-vous de secours, à une semaine d'intervalle, cette fois à la station *Smolenskaïa*. A onze heures du matin. Un bouquet d'œillets, et le *Herald Tribune* à la main. C'est dans trois jours. Vous avez juste le temps de prendre votre visa à Vienne. Vous parlez russe, n'est-ce pas ?

– Oui, reconnut Malko.

Franck Capistrano s'engagea sur la passerelle, houspillé par l'hôtesse. Avant de disparaître, il lança à Malko un sonore *good luck !* Celui-ci le regarda disparaître dans le supersonique. Son « *good luck* » lui rappelait fâcheusement celui de l'officier serbe posté à l'entrée du *no man's land* entourant Sarajevo, quatre ans plus tôt, lorsqu'il envoyait les gens à une mort quasi certaine.

CHAPITRE III

Evgueni Trofimovitch Polyakov quitta son vieux fauteuil de chêne pivotant, poli par l'usage, pour aller s'installer à l'orgue électronique qui occupait un des murs de son bureau. Ayant quelques notions de solfège, il avait appris à en jouer tout seul. L'orgue, importé des Etats-Unis, était un cadeau du général Primakov pour ses étoiles de général.

Ses doigts se mirent à courir sur le clavier, la musique emplit le vaste bureau et le général Polyakov oublia provisoirement ses soucis. Un voyant rouge interdisait l'accès de son sanctuaire. Seul le général Viatcheslav Ivanovitch Troubnikov, nouveau patron du SVR, pouvait le déranger.

Tout en jouant, Evgueni Polyakov laissa son regard errer au-delà de la grande baie vitrée dominant les sapins enneigés de la forêt de Yasnovo. Son bureau se trouvait au septième étage d'un des buildings d'aluminium et de verre qui abritaient depuis une quinzaine d'années le Premier Directorate du KGB, devenu le SVR. Juste au sud du second périphérique de Moscou, tout le complexe était protégé par des clôtures électrifiées, équipées de caméras vidéo, et placé sous la responsabilité de l'unité de sécurité de l'ex-KGB, en uniforme kaki à bandes bleues. Chaque matin, en arrivant dans le grand hall de marbre du building numéro 1, Evgueni Polyakov devait montrer sa carte plastifiée couleur chamois avec sa photo et un code magnétique donnant accès à l'ascenseur et ensuite à son bureau.

Après avoir joué quelques minutes, il abandonna son orgue pour un petit bar niché dans le coin sud de la pièce. Il se versa un grand verre de *kompota* et contempla son antre, en proie à des sentiments mitigés. C'est là qu'il avait passé le plus clair de son temps depuis une vingtaine d'années. Il l'avait aménagé selon ses désirs et ses goûts, et on ne se serait jamais cru en Russie... Les murs étaient recouverts de boiseries sombres en acajou, l'éclairage indirect dissimulé dans des corniches. Les tableaux surréalistes de grands peintres étaient accrochés partout, et tranchaient avec une foule de gadgets, tous américains, qui s'entassaient dans la pièce. De l'orgue électronique aux radios, télévisions portables, maquettes, plus un énorme jeu vidéo interactif, venu directement de Chicago... Tout un pan de mur était occupé par une vitrine contenant une collection de briquets Zippo. Certains avaient été trouvés sur des soldats américains tués au Vietnam, d'autres venaient des Etats-Unis comme le dernier-né, réplique d'un modèle de 1937 pour le 65e anniversaire de la marque. Son dernier achat était un magnifique juke-box Wurlitzer qu'il avait garni de disques russes. Même la climatisation était américaine...

Sans y avoir jamais mis les pieds, Evgueni Polyakov était fasciné par l'Amérique et ses techniques d'avant-garde. Régulièrement, il demandait à des agents du SVR de lui rapporter un petit gadget dont il avait lu la description dans un magazine américain.

Son interphone bourdonna et une voix annonça :

– Je suis revenue, *tovaritch* général.

C'était Fedora Kulak, la responsable de sa sécurité, installée dans le petit bureau contigu au sien. Elle filtrait les communications téléphoniques, assurait la logistique quotidienne du général Polyakov, commandait ses gardes du corps et, surtout, partageait son lit.

Un jour de 1981, la vie d'Evgueni Polyakov avait basculé. Veuf depuis une douzaine d'années, il n'avait jamais pensé à se remarier. Satisfaisant ses pulsions sexuelles avec les plus belles « hirondelles » du KGB mises à sa disposition par le département K.

Le lieutenant commandant sa sécurité étant appelé à d'autres fonctions, on lui avait proposé pour le remplacer une femme officier, lieutenant elle aussi. Fedora Dimitrova Kulak possédait un impeccable background. Née à Vorkuta d'un père affecté à la surveillance du goulag, elle avait intégré une école d'officiers. Bref, née dans le sérail, elle était idéologiquement sans faille.

Evgueni Polyakov se souviendrait toute sa vie de leur première rencontre.

On avait frappé à sa porte et il avait crié d'entrer. Au lieu de la mémère asexuée à laquelle il s'attendait, il avait vu débarquer une somptueuse blonde aux yeux cobalt, au visage énergique mais plein de sensualité, et qui mesurait près d'un mètre quatre-vingts. Son tailleur d'uniforme kaki n'arrivait pas à dissimuler une poitrine orgueilleuse et la courte jupe d'uniforme découvrait des jambes admirables. Une stature de reine, le regard assuré, à la fois autoritaire et féminine, elle avait lancé d'une voix claire :

– Je suis le lieutenant Fedora Dimitrova Kulak. *Slouchayaus ! tovaritch* colonel.

Décontenancé, Evgueni Polyakov l'avait examinée un long moment en silence. Jamais il ne s'était attendu à voir surgir une créature pareille. On aurait dit une « hirondelle » de grande classe. En même temps, si on la lui envoyait, au poste où il se trouvait, c'est qu'elle était irréprochable, tant du point de vue idéologique que professionnel. Comme un automate, il s'était levé, avait fait le tour de son bureau pour se planter devant elle. Il lui arrivait à l'épaule...

Ce n'était pas possible, il allait être ridicule ! Au moment où il allait ouvrir la bouche pour la congédier, Fedora Kulak avait respiré profondément. Evgueni Polyakov avait eu l'impression que sa veste allait exploser sous la pression de ses seins. Son regard était descendu, caressant le ventre plat, puis les longues cuisses et les jambes bien galbées, s'attardant au centre de son corps, avant de remonter à son visage.

Leurs regards s'étaient croisés, étaient restés soudés l'un à l'autre. Evgueni Polyakov avait brutalement éprouvé un désir irrésistible pour cette superbe femelle, une pulsion comme il n'en avait pas connu depuis très longtemps.

Mais il était paralysé, incapable de prendre l'initiative. C'était trop inattendu, trop violent.

C'est Fedora Kulak qui avait agi. Faisant un pas en avant, s'approchant de lui à le toucher, elle avait vu l'éclair de désir bestial dans ses yeux et, en une fraction de seconde, avait décidé de jouer son avenir à quitte ou double.

En postulant à ce poste, elle n'avait qu'un but : fuir la Sibérie et venir vivre à Moscou, voir enfin la « civilisation ». Elle n'en pouvait plus du Grand Nord, des bleds perdus, des interminables hivers. Elle avait reçu une éducation militaire et idéologique qui en avait fait un animal communiste typique. Aucune morale, et quelques règles simples pour arriver : mentir, être obséquieux avec ses supérieurs, feindre sans cesse, être d'un cynisme absolu. Un stage de trois mois chez les Spetnatz (1) avait achevé de l'endurcir. On lui avait enseigné que la règle numéro un était la survie. Même s'il fallait pour cela manger des camarades blessés et décédés.

Elle savait aussi que son affectation dépendait du bon vouloir du général Polyakov. Ce qu'elle devinait à cet instant chez son futur chef lui ouvrait des horizons inespérés. Ce n'était plus seulement Moscou, mais une vie de rêve : les hauts dirigeants du KGB vivaient comme des nababs, grâce à leurs innombrables avantages.

Ses yeux plongés dans ceux d'Evgueni Polyakov, elle

(1) Forces spéciales.

avait dit d'une voix infiniment douce, contrastant avec son allure martiale :

– *Pajolsk, tovaritch* colonel. (1)

Sans lui laisser le temps de répondre, elle était tombée à genoux devant lui, s'attaquant aussitôt au zip de son pantalon, en prenant soin que la masse de ses seins se presse contre les cuisses de son futur chef. C'étaient les secondes les plus délicates. S'il la repoussait, elle retournerait en Sibérie, et pour longtemps...

Le cœur battant la chamade, Fedora n'avait senti s'envoler son angoisse que lorsque le sexe du colonel Polyakov s'était enfoncé dans sa bouche jusqu'à la garde.

Alors seulement, elle avait osé lever les yeux sur lui. Mais il avait fermé les siens, pour mieux profiter de l'exquise caresse. Fedora en avait profité pour achever de le libérer. Son pantalon et son caleçon sur les chevilles, les jambes tremblantes, Evgueni Polyakov avait savouré la plus extraordinaire fellation de sa vie. D'habitude, les « hirondelles » mal dégrossies envoyées dans son service s'acquittaient de leur tâche avec un mélange de maladresse et de mauvaise volonté. Rien de tel avec le lieutenant Fedora Kulak. Elle avait prolongé le supplice voluptueux à ses extrêmes limites. Lorsque le colonel Polyakov s'était vidé dans sa bouche avec des cris sauvages, pieusement recueillis par les micros dissimulés dans la pièce, il avait eu l'impression qu'elle aspirait sa moelle épinière...

Elle avait pudiquement détourné les yeux tandis qu'il se rajustait, et attendu quelques instants pour dire d'une voix neutre :

– *Kvachym ouslougan !* (2) *tovaritch* colonel.

Ensuite, elle avait salué, tourné les talons et refermé doucement la porte derrière elle.

Le lendemain matin, elle avait appris que sa candidature avait été acceptée. Tout était allé très vite. En quarante-

(1) Je vous en prie, camarade colonel.
(2) A votre disposition !

huit heures, on lui avait affecté un studio à l'hôtel *Ukrainia,* remis un viatique conséquent pour s'acheter des vêtements civils, et on l'avait briefée sur sa mission. A quelques remarques du major qui s'entretenait avec elle, Fedora avait compris que son intermède voluptueux avait été pris en compte, ce qui ne gênait personne. Fedora Kulak était considérée comme une communiste responsable, c'est-à-dire capable de dénoncer son amant, en cas de conduite « déviante ».

Les années avaient passé et Fedora était devenue l'unique maîtresse d'Evgueni Polyakov qui n'arrivait pas à se rassasier de sa beauté et de sa compétence sexuelle. Avec elle, il avait pu assouvir tous ses fantasmes, s'abîmer dans sa croupe comme un sodomite biblique, l'emmener passer des week-ends sur la mer Noire où ils restaient couchés trois jours, explorer le Kama-sutra dans ses moindres recoins. Evgueni Polyakov s'était même accoutumé à leur différence de taille, tellement il était fier de sa magnifique compagne. Fedora n'avait que très peu remis l'uniforme, préférant s'habiller de façon de plus en plus luxueuse. Sur le papier, Evgueni Polyakov n'avait qu'une solde modeste, mais en réalité, il disposait de fonds pratiquement illimités, grâce aux caisses noires du KGB. Plus une superbe datcha avec du personnel, une Zil qui s'était muée en Mercedes et un magnifique appartement en plein cœur de Moscou. Toutes les semaines, il lui remettait des « bons » pour les magasins secrets réservés au KGB, où les plus rares marchandises étaient pratiquement données.

Fedora Kulak avait eu l'intelligence de ne jamais devenir envahissante. Son seul souci semblait être de rendre Evgueni Polyakov heureux. Elle était toujours disponible sexuellement, lui faisait la cuisine et ne lui avait jamais parlé travail. Bien qu'ayant conservé son minuscule studio de fonction à l'*Ukrainia,* elle passait le plus clair de son temps chez son amant. Bien entendu, ses supérieurs n'avaient jamais cherché à la déplacer. De lieutenant, elle était passée capitaine, puis major, lorsque Evgueni Polyakov avait eu ses étoiles.

Peu à peu, à leur entente sexuelle s'était ajoutée une grande complicité. Fedora savait que son sort dépendait de celui de son amant et Evgueni Polyakov ne se serait séparé pour rien au monde de ce fantasme sexuel incarné. Lorsque, dans les réceptions, il voyait les abominables mémères dont étaient affublés ses camarades de promotion, il avait envie de crier sa fierté et son bonheur.

Leur sort était si indissolublement lié qu'ils n'avaient plus de secrets l'un pour l'autre. Habilement, Fedora faisait tout pour que la passion du général ne faiblisse pas. Ses dessous raffinés, introuvables en Russie, venaient de l'Ouest. Si Evgueni s'amusait à soulever sa jupe, il trouvait dessous des bas et des dessous excitants. Pour son anniversaire, Fedora avait taillé sa fourrure intime en forme de cœur. Pour s'offrir ensuite sur le coin du bureau. Il était un fétichiste du nylon et le seul contact d'un bas lui donnait une érection. Peut-être parce qu'il avait éprouvé une de ses premières émotions sexuelles avec une amie de sa mère qui en portait...

Le téléphone rouge de son bureau sonna. La ligne directe qui le reliait au nouveau directeur du SVR, le général Troubnikov.

– Evgueni Trofimovitch, pouvez-vous venir avec le dossier 334 ? demanda le patron du SVR.

– Tout de suite, *tovaritch* général, répondit Polyakov.

Bien que Troubnikov ait programmé sa mise au rancart à la fin de l'année, il lui manifestait une soumission respectueuse et totale. Sans se faire d'illusions : il était un homme de Primakov, l'ancien directeur ; le successeur de ce dernier voudrait un homme à lui à ce poste de confiance.

Il se leva et alla entrouvrir la porte du bureau de Fedora Kulak. Elle était plongée dans le planning des gardes, mais leva la tête et lui expédia un sourire éblouissant.

– Ta migraine va mieux ?

Evgueni était sujet à de fréquentes migraines, toujours atroces, que personne n'avait pu lui guérir. Secrètement, il se disait qu'à l'Ouest, il y avait peut-être des médicaments pour en venir à bout.

– Dès que je te vois, je me sens mieux, dit-il en souriant. Je vais voir Troubnikov et, après, on y va.

Il avait du mal à détacher son regard de la jeune femme. Avec son chemisier jaune moulant des seins en obus, sa jupe noire moulante, ses bas noirs et ses bottes, elle attirait les hommes comme le miel attire les ours.

Irrésistiblement.

Il se dirigea vers l'autre extrémité de son bureau. Une porte d'acier circulaire était encastrée dans l'épais mur de brique renforcé de plaques d'acier. Elle mesurait un mètre cinquante de diamètre et était verrouillée par quatre vérins s'enfonçant dans des gâches d'acier. Au centre se trouvait un tableau digital de contrôle d'accès. Le général Polyakov glissa dans une fente la carte magnétique qui ne le quittait jamais et un voyant vert s'alluma, suivi d'un rouge. Il tapa alors le code digital à dix chiffres qui changeait chaque semaine et le second voyant passa au vert.

Il ne restait plus qu'à tourner le volant central faisant dégager les vérins de leurs gâches et à pousser la porte qui s'ouvrait grâce à un dispositif hydraulique. Lourde de plusieurs centaines de kilos, elle était impossible à ouvrir autrement.

Le général Polyakov enjamba le seuil en se baissant et pénétra dans la pièce. C'était une véritable chambre forte, sans autre ouverture que cette porte, dont les murs avaient été doublés de plaques de métal et qui disposait d'une alarme sophistiquée se déclenchant par les vibrations de l'air. C'était la pièce la mieux protégée de tout le complexe du SVR. Seuls Evgueni Polyakov et le directeur en possédaient le code d'accès.

Il y avait bien plusieurs pièces réservées au département des archives, au troisième étage, mais, dans ces dossiers, les noms *véritables* des agents étaient remplacés par des noms de code.

Evgueni Polyakov appuya sur le bouton de fermeture et se dirigea vers le classeur numéro 3. A l'intérieur de cette pièce, rien n'était fermé à clef, puisque la pièce elle-même était un véritable coffre-fort. Pour protéger les identités réelles des innombrables « sources » du KGB devenu le SVR.

Le général du SVR tira à lui un long tiroir métallique et y prit le dossier demandé. A force de travailler sur ces archives, il les connaissait presque par cœur. Depuis longtemps, il exerçait sa mémoire pour s'amuser et aurait presque pu retranscrire les secrets de la « Chambre Rouge » mot à mot.

Depuis des décennies, ces archives secrètes étaient toute sa vie. Il sortit son dossier, referma le classeur, appuya sur le bouton « ouverture » de la porte blindée et regagna son bureau, après avoir reverrouillé la porte blindée et brouillé la combinaison. Se disant que le jour où il remettrait à son supérieur la carte magnétique donnant accès à ce saint des saints, son univers basculerait. Et qu'il serait en danger de mort à la seconde où il quitterait son poste. Officiellement, tout était parfait. Le général Troubnikov, son nouveau directeur, lui avait assuré qu'il continuerait à percevoir une importante gratification en dollars sur les fonds secrets du SVR, qu'il conserverait son appartement avec vue sur le Kremlin, sa Mercedes 260 et sa datcha. Plus les innombrables avantages d'un carnet d'adresses bien rempli. Les places de théâtre, les réservations d'hôtels, les accès aux clubs les plus fermés. Fedora Kulak serait maintenue à ses côtés.

Evgueni Polyakov avait chaleureusement remercié l'homme qui le mettait au rancart. Pour ne pas éveiller de soupçons. Il était pourtant sans illusions. D'abord sur les avantages matériels : la Russie s'en allait à vau-l'eau, dès qu'il ne serait plus utile, on l'oublierait. Et il se retrouverait avec sa pension en roubles, autant dire rien... Et l'impossibilité de se déplacer à l'étranger ; d'ailleurs il ne possédait même pas de passeport, ayant l'interdiction formelle de quitter le territoire de la Russie. Mais surtout, il risquait de ne pas profiter longtemps de sa retraite. Il savait trop de choses, et on ne pouvait pas effacer sa mémoire comme celle d'un ordinateur... Un jour, il aurait un stupide accident de la circulation, ou un médecin se tromperait de médicament...

Il existait, au sein du service de sécurité du SVR, une toute petite unité spécialisée dans ce genre de mesures discrètes et définitives. Personne n'en saurait jamais rien et Fedora Kulak risquait de connaître le même sort.

Amer, il s'était dit que c'était injuste. Et aussitôt il avait échafaudé un plan pour échapper à ce funeste destin.

*
**

Lorsqu'il revint dans son bureau, Fedora Kulak avait déjà enfilé sa pelisse en zibeline qui descendait jusqu'à ses chevilles – le cadeau de son amant pour ses quarante ans. Avec sa chapka assortie, elle avait l'allure d'une reine. Ils gagnèrent l'ascenseur, après avoir activé le système de sécurité.

Dans le hall, ils s'arrêtèrent au stand de journaux près de la cafétéria pour acheter le *Herald Tribune,* et passèrent ensuite devant la statue de Dzerjinski plantée au milieu du hall de marbre et toujours fleurie.

*
**

La Mercedes 260 remontait Vernaskogo Prospekt à vive allure, précédée d'une Volvo banalisée occupée par quatre hommes du SVR munis de radio qui faisaient passer les feux au vert sur le parcours de la voiture du général Evgueni Polyakov. Dernier petit privilège depuis le bouleversement de 1989. Avant, on roulait à cent vingt à l'heure au milieu de la chaussée, sur la voie réservée aux officiels.

A l'arrière de la voiture, Evgueni et Fedora demeuraient silencieux. Il fallait près de quarante-cinq minutes, de Yasnovo, pour parvenir à la rue Sadovinskaïa, en plein cœur de Moscou, entre la Moskova et le canal Vodovodni, dans un des quartiers les plus recherchés de la capitale. Dans cette rue calme, un certain nombre d'immeubles avaient été restaurés, modernisés, pourvus du confort occidental. Ils étaient tous réservés aux dignitaires de la Russie. Evgueni Polyakov occupait au numéro 24, tout près de l'ancien Institut de technologie, un grand appartement au troisième étage, plus de deux cents mètres carrés, avec des boiseries, des tapis du Caucase, des meubles anciens, des tableaux de maîtres. A deux pas de l'hôtel *Kempinski.*

La Mercedes ralentit, ils arrivaient. Le chauffeur du SVR se gara devant l'entrée et ouvrit les portières.

– On va marcher un peu, lança le général Evgueni Polyakov en prenant Fedora par le bras.

Ils s'éloignèrent vers le quai Sofiyskaïa d'où on apercevait les murs du Kremlin. Promenade habituelle pour eux, quel que soit le temps.

Automatiquement, deux des membres de leur sécurité rapprochée leur emboîtèrent le pas, à distance respectueuse. Armés et reliés par la radio à leur PC, ils assuraient officiellement la sécurité d'Evgueni Polyakov. En réalité, ils avaient pour mission de le surveiller étroitement. Non qu'il soit soupçonné ou soupçonnable, mais c'était le système... Un homme dépositaire de tels secrets ne pouvait pas être livré à lui-même. Cependant, ils se tenaient assez loin pour ne pas entendre les conversations du couple. Celui-ci s'accouda à la balustrade de pierre dominant la Moskova pas encore gelée.

Enfin seuls !

Nulle part, dans le building du SVR ou dans l'appartement, on ne pouvait parler. Evgueni Polyakov savait que les pièces étaient truffées de micros dont les piles duraient au moins deux ans, et qui recueillaient toutes leurs conversations.

– Tu as pu apprendre quelque chose ? demanda anxieusement Fedora.

Le lendemain de son rendez-vous avec l'envoyé spécial de la CIA, elle avait découvert le meurtre de ce dernier dans les journaux, ce qui leur avait fait un énorme choc à tous les deux.

Depuis qu'Evgueni Polyakov avait décidé de passer à l'Ouest, il avait associé Fedora à son projet. D'abord, parce qu'il ne voulait pas s'en séparer, ensuite, parce qu'il avait besoin d'elle : il ne pouvait se déplacer et c'est Fedora qui assurait la liaison avec les Américains grâce aux « dead drops ».

– Pas tout, répondit Evgueni Polyakov.

Il lui était très difficile de faire une enquête sur ce meurtre sans éveiller les soupçons. Mais un officier du département K – le contre-espionnage – était venu lui demander s'il avait dans ses dossiers le nom de Lee Brookner. Les Russes avaient identifié le mort comme un ancien agent de la CIA, sans lien particulier avec la Russie. Evgueni Polyakov n'avait rien trouvé non plus, mais il était pratiquement certain que le meurtrier venait de l'extérieur. Si le FSB avait été dans le coup, Fedora aurait été arrêtée sur-le-champ. Et ils n'auraient pas abattu l'Américain.

– Ça ne vient pas de chez nous ? interrogea Fedora.

– Non, dit-il, j'en suis pratiquement sûr, mais c'est encore plus dangereux.

Elle fronça les sourcils.

– Pourquoi ?

– Je pense avoir fait une erreur en parlant du dossier « Venona », admit-il. Il intéresse des gens puissants qui ne veulent pas que je vienne en Amérique.

« Je suis persuadé qu'on a tué l'homme que tu as rencontré pour récupérer le dossier que tu lui avais remis. Il n'y a pas d'autre explication.

– Mais qu'est-ce qu'on va faire, alors ? Nous avons besoin des Américains pour quitter le pays.

Evgueni Polyakov demeura silencieux quelques secondes, regardant un bateau-mouche qui remontait la Moskova.

– Nous allons nous débrouiller pour partir très vite, fit-il. Il est trop dangereux d'attendre. Maintenant, il y a souvent des réunions Est-Ouest. Si on prononce mon nom, même sans preuve, nous ne pourrons plus rien faire.

– Mais pourtant, les gens de la CIA ici donneraient n'importe quoi pour que tu viennes avec eux...

– Eux, oui, reconnut le Russe, mais il y en a d'autres. Je comptais sur les Américains pour nous exfiltrer. Il va falloir nous débrouiller nous-mêmes. J'ai une idée, mais j'ai encore besoin des Américains pour une chose. Tu vas aller au rendez-vous de *Smolenskaïa*. J'espère qu'il y aura quelqu'un. Sois très prudente.

– Ne crains rien, dit-elle. Maintenant, je suis sur mes gardes.

Elle était championne de tir à l'arme de poing et possédait un Makarov avec lequel elle s'entraînait régulièrement.

– Voilà ce que tu demanderas... expliqua Evgueni Polyakov tandis qu'ils regagnaient leur appartement.

Derrière eux, les étoiles rouges lumineuses brillaient au sommet des tours du Kremlin et, pour la première fois de sa vie, Fedora Kulak les trouva menaçantes.

*
**

Malko sortit de l'hôtel *Metropol,* et, ignorant les taxis, s'éloigna à pied vers le Bolchoï. Il était arrivé la veille de Vienne, avec un visa « business » délivré sans problème par le consulat de Russie en Autriche.

Il s'engouffra dans l'entrée du métro, en face du Bolchoï, là où pullulaient les marchands de billets au marché noir. Aussitôt entouré par une meute, il en acheta deux pour deux cent mille roubles, ce qui lui permit de s'assurer qu'il n'était pas suivi, et regagna le métro. La station *Teatralnaïa* était au croisement de deux lignes : Zamotzvoreskaïa et Arbatsko-Pokrovskaïa, qui desservait *Smolenskaïa*. Il attendit d'abord sur le quai de la première, puis traversa les quais et s'engagea dans l'interminable couloir tapissé de vendeurs à la sauvette qui menait à l'autre ligne. On était loin de certaines stations luxueuses du métro moscovite, croulant sous le marbre, les cathédrales du communisme, comme Komsomolskaïa ou Mayakovskaïa. La plupart des stations étaient sales, mal éclairées, pas entretenues. Là encore, il attendit la dernière seconde pour monter dans une rame. Ensuite, il laissa passer *Smolenskaïa* pour descendre à la gare de Kiev et repartir en sens inverse.

Enfin, il débarqua à la station *Smolenskaïa* et laissa s'écouler les gens en faisant semblant d'examiner un plan collé au mur. Son pouls battait à cent vingt. Le rendez-vous était prévu dans un quart d'heure. Il ignorait si on le guettait. Les nerfs aux aguets, il regarda autour de lui. Il aurait donné cher pour avoir une arme, mais il n'aurait pu passer les contrôles de sécurité des aéroports.

Une rame entra en gare, déversant un flot de voyageurs qui le bousculèrent sans ménagement. Il se dit que, dans cette foule, il était facile de le tuer.

CHAPITRE IV

Fedora Kulak regarda les voyageurs qui l'entouraient dans le wagon. Elle avait pris le métro à la gare de Koursk, après avoir laissé sa petite Saab dans un parking. Souvent, elle n'allait pas au SVR et circulait dans Moscou pour faire son shopping ou celui de son amant. Elle savait qu'on ne la surveillait pas. Des sondages de temps à autre, son téléphone sur écoute, et des micros dans son studio de l'*Ukrainia* suffisaient. Pour passer inaperçue, elle avait laissé sa zibeline, se contentant d'une veste de cuir noir très ajustée, rehaussée de vison noir, d'une chapka assortie et d'un pantalon de cuir moulant qui disparaissait dans ses hautes bottes. Dans son éternel sac noir porté à l'épaule, il y avait cette fois un pistolet Makarov 9 mm, une balle dans le canon.

Chaque lundi, de huit heures à dix heures, elle s'entraînait au tir dans le stand souterrain réservé aux membres du KGB, à Yasnovo. Son arme était enregistrée et elle était autorisée à l'avoir sur elle.

La rame ralentit. Elle lut le nom de la station qui défilait : *Smolenskaïa*. Elle était arrivée. Avec sa haute taille, encore grandie par les hauts talons de ses bottes, elle dépassait la plupart des gens d'une tête. Elle sauta sur le quai en souplesse. A quarante ans, grâce à la gymnastique, elle était aussi en forme qu'à vingt ans. Elle suivit la foule sans se presser, examinant les voyageurs qui attendaient sur le quai, et repéra tout de suite l'homme avec qui elle avait rendez-vous. Un blond, nu-tête, grand et mince, le visage énergique. Il avait dans la main gauche une petite gerbe d'œillets et un exemplaire du *Herald Tribune* dépassait d'une poche de sa pelisse. Lui aussi dévisageait les voyageurs. Elle passa d'abord devant lui sans le regarder, continuant vers la sortie et s'engageant dans les escaliers roulants. Arrivée en haut, elle redescendit à pied, lentement, regardant autour d'elle. Parvenue à l'entrée du quai, elle s'arrêta. L'homme aux œillets était toujours là et le quai se remplissait à nouveau.

Elle examina rapidement les voyageurs. Tous avaient des allures de Russes. Pourtant, Fedora Kulak attendit encore, laissant passer une nouvelle rame. Puis, elle s'avança et se planta en face de l'inconnu, remarquant pour la première fois ses prunelles couleur d'or.

– *Gospodine. Vy zhdeté Potato ?*

Elle vit la surprise dans les prunelles dorées, se sentit déshabillée du regard et se dit instantanément que cet homme aimait les femmes.

– J'attendais un homme, fit l'inconnu, en excellent russe.

Elle vit la méfiance dans ses yeux et se hâta de dire :

– Evgueni n'a pas pu venir. Je suis sa partenaire.

Elle vit son interlocuteur se détendre.

– C'est vous qui avez rencontré Lee Brookner la semaine derrière à la station *Biblioteka Lienina* ?

– Oui.

– Vous savez ce qui lui est arrivé ?

– Oui, par les journaux. Il a été assassiné. Mais j'étais déjà repartie.

Une nouvelle rame pénétra dans la station dans un fracas d'enfer. Des gens les bousculaient sans cesse.

– Venez, dit Malko.

Elle le suivit jusqu'aux escaliers mécaniques et ils émergèrent sur le boulevard Novinskiy, à quelques pas de la place *Smolenskaïa* dominée par l'hôtel *Praga.* Juste à l'entrée de l'Arbat, devenue rue piétonnière, se trouvait un petit kiosque qui servait sur des tables en plein air des sandwiches et des boissons chaudes.

Malko alla chercher deux thés et ils s'installèrent. Le cœur battant, Fedora Kulak ouvrit sa veste de cuir, révélant sa lourde poitrine moulée par un pull orange. Elle but quelques gorgées de son thé brûlant et demanda :

– Qui a tué cet Américain ?

– Nous n'en savons rien, reconnut Malko. J'espérais que vous le sauriez.

– Evgueni Trofimovitch pense que ce sont des gens de chez vous, à cause du dossier que je lui avais remis, répliqua la jeune femme.

– Le dossier « Venona » ?

– Oui.

Un ange passa. Franck Capistrano allait être conforté dans ses soupçons.

– Qui êtes-vous ? demanda Malko. Quel est votre lien avec le général Polyakov ?

– Je m'appelle Fedora Dimitrova Kulak, dit-elle. Je suis major du KGB et mon sort est lié à celui d'Evgueni.

Soutenant son regard, elle ajouta :

– Le général Polyakov ne peut pas prendre de contact lui-même. C'est avec moi que vous devez tout mettre au point.

– Bien, dit-il. Je pense qu'il faut organiser une exfiltration, le plus vite possible. Probablement par la Carélie et la Finlande. Les Britanniques l'ont déjà fait. Cependant, cela va prendre quelque temps.

– Non, fit calmement Fedora Kulak.

Malko la regarda, surpris.

– Non, quoi ?

– Nous ne voulons pas que vous organisiez une exfiltration pour nous. Pour deux raisons. D'abord, cela prendra trop de temps et, depuis l'incident de la semaine dernière, nous sommes pressés de partir. Ensuite, si votre opération a été interceptée une fois, elle peut l'être une deuxième fois.

Elle se tut, sortit de son sac un paquet de Gauloises blondes et en plaça une entre ses lèvres. Malko s'empressa de l'allumer avec son Zippo en argent massif à ses armes.

– *Spasiba,* fit-elle d'une voix plus douce.

Malko jeta un coup d'œil circulaire. Une foule épaisse se pressait dans l'Arbat et plusieurs autres couples faisaient comme eux, profitant de la température relativement clémente.

Il trempa les lèvres dans son thé brûlant. Il ne s'attendait pas à trouver cette femme sexy à l'allure de star à la place du général du KGB. Leurs regards se croisèrent. Il n'y avait aucune émotion dans les grands yeux bleu cobalt. Leur froideur contrastait avec la sensualité de la bouche épaisse. La compagne du général Polyakov était une professionnelle.

– Que voulez-vous faire, dans ce cas ? demanda-t-il. Vous renoncez à votre projet ?

– Pas du tout, affirma-t-elle aussitôt, mais nous agirons de notre côté. Nous vous demandons une seule chose qu'il doit vous être facile de nous procurer : deux passeports russes en blanc. Ils doivent être authentiques. Nous les remplirons à des noms que nous serons seuls à connaître.

Malko la regarda, sidéré.

– Mais le général Polyakov est trop surveillé. Comment franchirez-vous une frontière officiellement ?

– C'est notre problème, coupa-t-elle sèchement. Vous acceptez ou non ?

– Je pense que cela doit être possible, admit Malko.

Elle plongea la main dans son sac, si brutalement qu'il crut qu'elle allait en sortir une arme. Ce n'était qu'une pochette transparente contenant des photos d'identité.

– Voilà pour les passeports, dit-elle.

Malko mit les photos dans sa poche.

– Comment vais-je vous les faire parvenir ? Par le « dead drop » du pont Luzhnetski ?

– Non, dit-elle, nous ignorons si cet endroit n'est pas « pollué ». Lorsque vous aurez les passeports, vous passerez une annonce dans le *Herald Tribune* disant simplement : « Clara est arrivée à Paris. Attends nouvelles. » Le lendemain de la parution de cette annonce, il faut que les passeports se trouvent dans la chasse d'eau de la cabine de gauche des toilettes pour dames de l'hôtel *Kèmpinski...* Dans une enveloppe étanche, bien entendu. Il faudra y ajouter dix mille dollars.

Ils avaient tout prévu. Sans attendre de réponse, Fedora Kulak reboutonna sa veste de cuir, faisant disparaître ses seins magnifiques. Elle jeta un dernier coup d'œil à Malko.

– Vous n'êtes pas américain ?

– Non, fit-il, autrichien.

– Votre russe est excellent.

– Merci, je l'ai appris lorsque j'étais enfant.

– Qu'allez-vous faire ?

– Retourner à Washington et rendre compte.

– A qui ?

– A un homme qui ne vous trahira pas. Il a juré de vous faire venir aux Etats-Unis. Il n'y a plus que lui et moi qui traitions cette affaire.

Fedora Kulak sembla soulagée. Elle glissa de son tabouret et sourit à Malko. Celui-ci demanda aussitôt :

– Comment allons-nous savoir que vous avez réussi ?

Elle hésita.

– Je vous recontacterai dès que nous serons sortis de Russie. Comment puis-je vous joindre ?

Malko lui tendit une carte de visite, avec ses numéros à Liezen.

– C'est chez moi, dit-il. Appelez de la part de M. Potato.

Elle lui tendit la main.

– *Karacho. Da svidania.*

Il la vit s'éloigner et pénétrer dans l'étrange bâtiment rond de la station *Smolenskaïa*, en face de l'Arbat. Resté seul, il regarda les photos. Celles de Fedora Kulak ne l'avantageaient pas, accentuant la dureté de son visage slave. Quant au général Polyakov, il ressemblait à un vieux fermier du Middle West. Son nom de code était bien choisi.

Le voyage de Malko avait été payant. Il n'avait plus qu'à regagner dare-dare Washington.

*
**

Il faisait plus froid à Washington qu'à Moscou ! Même à la cafétéria de l'hôtel *Willard,* Franck Capistrano n'avait pas ôté sa pelisse, réchauffant ses grosses mains autour de sa tasse de café.

– Voilà les photos, fit Malko en lui tendant le sachet transparent.

Le *Special Advisor for National Security* les examina longuement, puis leva les yeux.

– C'est elle que vous avez rencontrée ?

– Oui, mais elle est mieux au naturel.

L'Américain hocha la tête avec un demi-sourire.

– On comprend que le camarade Polyakov ne la laisse pas derrière lui.

– Vous connaissiez son existence ?

Franck Capistrano secoua la tête.

– Non, mais nous ne savons rien de cet homme. Cette photo est la première à lui.

– Et si c'était une manip ? avança Malko.

Un silence pesant se prolongea d'interminables secondes.

– On ne peut pas totalement l'exlure, reconnut l'Américain de sa voix rocailleuse. Mais je ne crois pas. Autre chose me préoccupe.

– Quoi ?

– Le meurtre de Lee Brookner. Ce n'était pas le SVR, ni le FSB. Cela vient de chez nous et on voulait bien voler cette enveloppe. Mais ceux qui ont tué Lee Brookner feront tout pour liquider Polyakov, s'il sort de Russie. Et nous avec, si nous apprenons des choses qu'il ne faut pas savoir.

La serveuse s'approcha pour leur resservir du café. A cette heure, la cafétéria était vide. Malko ne savait plus où il se trouvait, malgré la mélatonine prise pour effacer le décalage horaire. Il se sentait bizarre. La veille, il était encore à Moscou... Moscou-Paris, puis le Concorde d'Air France et le *shuttle* pour Washington. C'était quand même long...

– Qui peut avoir fait assassiner Lee Brookner ? demanda-t-il. Qui était au courant de ce rendez-vous ?

– Très peu de gens, avoua Franck Capistrano. Seul le président savait qui allait au contact à Moscou. J'avais dû lui demander son feu vert, qu'il m'a donné sans réticence.

Malko réprima un haut-le-corps.

– Vous ne voulez pas dire que...

– Non. Mais j'ai fait un mémo pour les membres du NSC. Il a pu y avoir des fuites. Ou Brookner a été imprudent.

– Vous allez dire au président ce qui s'est passé ?

Franck Caspitrano eut un soupir découragé.

– Je ne peux pas lui mentir. Il sait que je vous ai envoyé là-bas. La seule chose qu'il ignore, c'est le nom de Polyakov. Et ça, je ne suis pas obligé de le lui dire.

– Et pourtant, quelqu'un de très bien informé a tué Lee Brookner.

– Je sais, reconnut Franck Capistrano. Il lui a fallu des complicités au plus haut niveau.

– Que peut contenir le dossier « Venona » ?

– Je l'ignore. Mais cela doit être très « *hot* ». D'après Polyakov, cela impliquerait le président... Souvenez-vous de l'Irangate. Il y a eu aussi des cadavres. Une « bavure » au plus haut sommet de l'Etat. Impliquant des gens insoupçonnables...

Un ange traversa la cafétéria, les ailes dégoulinantes de

sang. A l'époque, la Maison-Blanche avait organisé un trafic d'armes clandestin au profit de l'Iran – l'ennemi officiel sous embargo –, pour financer les « Contras » au Nicaragua, dans le dos du Congrès...

– Qu'allez-vous faire pour les passeports ? demanda Malko.

Franck Capistrano s'ébroua après un regard à sa Breitling.

– J'ai encore des amis à la TD (1), fit-il. Cela ne devrait pas poser de problème. Ils ont des passeports russes qu'il suffit de « rafraîchir ». Donnez-moi quarante-huit heures. OK ?

– OK, fit Malko, je vais pouvoir dormir.

– Vous êtes certain de vouloir rapporter vous-même ces passeports à Moscou ? Nous ignorons ce qui se passe dans cette histoire. Et si les « sponsors » du meurtre de Lee Brookner apprennent que vous continuez, c'est vous qu'ils vont « taper ».

– Et si on ramène ici Evgueni Trofimovitch et ses secrets ?

Le visage de Franck Capistrano s'éclaira.

– Ce sera le plus beau coup de votre carrière ! Et vous aurez droit à une poignée de main...

– C'est un bon deal, fit Malko en se levant.

« *Nachrichten Dienst ist Herren Dienst* »... (2)

*
**

Evgueni Trofimovitch Polyakov regardait CNN capté par sa parabole, en essayant de ne pas trop penser. Depuis trois jours, il avait beaucoup réfléchi, et agi. Sur le papier, son exfiltration était au point. Mentalement, il en avait cherché les failles sans les trouver. Mais il fallait toujours

(1) Technical Division.
(2) Le Renseignement est un métier de Seigneurs.

compter avec les imprévus. Et là, le moindre dérapage coûtait la vie.

Il regarda le carton qu'il venait de recevoir. Une grandiose réception dans les salons d'honneur du SVR, pour fêter la fin de sa carrière. Même l'ancien patron du SVR, Evgueni Primakov, devenu ministre des Affaires étrangères de la Russie, serait là. Ce serait le 29 décembre.

Fedora Kulak, éblouissante dans une robe de lainage orange tranchant sur ses bas noirs, entra dans le salon, portant sur un plateau une boîte de caviar Beluga Petrossian, une bouteille de Taittinger Comtes de Champagne rosé 1991, des blinis et de la crème.

Leur dîner. Contrairement à la plupart des Russes, Evgueni Polyakov préférait le champagne à la vodka, avec le caviar... Et comme celui qu'on trouvait à Moscou était infâme, il s'en faisait envoyer de Paris par le *rezident* du SVR.

Il caressa la cuisse de sa maîtresse debout près de son fauteuil, remonta le long du bas jusqu'à la chair nue. Elle était toujours aussi sexy, mais il n'avait pas la tête à la bagatelle.

– Toujours rien ! remarqua-t-il tandis qu'elle déposait le caviar dans les assiettes.

– C'est normal, assura-t-elle. Il n'est parti que depuis trois jours.

Chaque matin, il recevait à son bureau le *Herald Tribune* avec les journaux russes et le *Times* de Londres. La petite annonce n'était toujours pas parue. Fedora se pencha sur lui et l'embrassa.

– Tout va bien se passer, *moi dorogoy* (1).

Elle s'assit sur le bras de son fauteuil pour qu'il puisse la caresser. Le contact de son corps scuptural était pour Evgueni Polyakov le meilleur euphorisant du monde. Il prit la cuillère en cristal et avala une bouchée de caviar. Il fallait absolument faire fondre la boule qui lui bloquait

(1) Mon chéri.

l'estomac. Il avait commis une faute en révélant trop tôt ce qu'il savait. Jamais il n'aurait imaginé une telle réaction des Américains. Finalement, leur univers était aussi féroce que le sien.

*
**

Il y avait un monde fou dans l'immense hall du Dulles Airport, l'aéroport international de Washington, et personne ne prêtait attention aux deux hommes en train de bavarder au fond d'un box de l'un des bars. Franck Capistrano poussa une épaisse enveloppe marron vers Malko.

– Les deux passeports sont là, annonça-t-il. Des vrais qu'on avait récupérés sur des citoyens ordinaires. Il n'y a plus qu'à les remplir. Regardez.

Malko examina les deux passeports à la couverture rouge, frappés du sigle « CCCP » (1) et de l'ancien emblème de l'Union soviétique. Il les ouvrit à la première double page qui recelait l'identification du porteur.

La photo d'Evgueni Polyakov était collée sous un timbre bleu à l'encre. Le passeport, valable cinq ans, avait été émis à Moscou le 16 juillet 1995. Il portait le n° 21 N. 110 5252, et comportait trente-quatre pages vierges numérotées, d'un rose pisseux. Le second, celui de Fedora Kulak, était tout aussi parfait. Il ne restait plus qu'à remplir les blancs.

Il aperçut dans l'enveloppe une épaisse liasse de billets de cent dollars nouveau modèle, tout neufs...

– Votre viatique, expliqua l'Américain. Pour acheter les billets et couvrir les frais. Il ne faut aucune trace de chèque ou de carte de crédit. Il y a trente mille dollars, j'espère que cela suffira. Ne me demandez pas d'où ils viennent, je ne vous le dirai pas. Maintenant, *good luck*. Je ne bouge pas de Washington. Appelez-moi dès que vous serez revenu de Moscou.

(1) En russe : Union des Républiques socialistes soviétiques.

– Ce que j'ai à faire n'est pas très difficile, remarqua Malko.

Franck Capistrano secoua la tête, le visage sombre.

– C'est ce que pensait aussi Lee Brookner... Vous ne vous rendez pas compte à quoi vous touchez... J'espère que cela en vaut la peine. *Take care.*

Malko le regarda s'éloigner. Qu'est-ce qui l'attendait à Moscou ? Le SVR pouvait avoir été averti de la trahison en cours et l'attendre au nouveau « dead drop » de l'hôtel *Kempinski.* Ou « les autres » pouvaient déjà le surveiller. Et là, c'était encore plus dangereux. A Moscou, il ne serait même pas armé. Il avait l'impression de se préparer à plonger dans un bassin d'eau sale rempli de requins.

CHAPITRE V

Le maître d'hôtel de la salle à manger de l'hôtel *Jefferson* se précipita pour aider le nouveau venu à ôter son imperméable.

– Votre table est prête, Mr Moody, annonça-t-il, mais vous êtes le premier.

La petite salle à manger en L, aux murs couverts de boiseries, à l'éclairage volontairement réduit – une bougie sur chaque table –, était un des endroits les plus « in » de Washington. Situé sur la 16e Rue, à quelques centaines de mètres de la Maison-Blanche, c'était un rendez-vous discret très apprécié. Beaucoup de chambres de l'hôtel étaient louées au mois, et servaient parfois de lieu de rendez-vous galant ou professionnel.

– OK, fit Howard Moody, je vais au bar.

Il s'installa au bar désert et commanda un double Defender « Very Classic Pale » *on ice*, qu'il but pratiquement d'un trait.

Pour la première fois depuis son arrivée à Washington, trois ans plus tôt, Howard « Tell'em Nothing » Moody n'était pas bien dans sa peau. *Lawyer* très connu de Little Rock, intime de Bill Clinton, il était arrivé à Washington dans les bagages du nouveau président des Etats-Unis. Comme conseiller très spécial, en charge des affaires délicates. Sa formation d'avocat et son cynisme l'avaient très vite fait connaître. Avec sa haute taille, son visage buriné et ses cheveux gris ondulés, il ressemblait à un play-boy sur le retour. Mais il ne se contentait pas d'emmener dans les chambres du *Jefferson* quelques minettes d'occasion appâtées par ses liens présidentiels...

Son portable se mit à sonner au fond de sa poche et il le sortit en maugréant. La conversation fut brève.

– Je te rappelle, Charlie, je n'ai encore rien, fit-il. Et, *for Christ's sake*, appelle-moi sur l'autre numéro !

Il avait deux portables, dont l'un réservé aux conversations vraiment importantes. Il allait commander un second Defender lorsqu'une brune plutôt pulpeuse, avec une masse énorme de cheveux frisés, fit son apparition. Débarrassée de son vison par le maître d'hôtel, elle apparut dans une robe en lainage bleu électrique qui la moulait comme un gant. La plupart des clients mâles du restaurant la suivirent des yeux tandis qu'elle et Howard Moody allaient s'installer à une table dissimulée dans un renfoncement.

– Qui est-ce ? demanda un *congressman* californien en train de déjeuner avec un haut fonctionnaire du Trésor.

– Une putain de salope bandante ! répliqua son vis-à-vis. Yolanda Casas. Il paraît qu'elle s'est tapé le président. En tout cas, elle est au NSC et a le bras vachement long. Elle fait partie des « Little Rock Hillbillies » (1) qui ont envahi la ville.

Les « Little Rock Hillbillies », c'était la bande de copains de Bill Clinton qui s'étaient abattus comme des vautours sur Washington, cherchant à grappiller les miettes juteuses du pouvoir grâce à leurs relations privilégiées avec le nouveau président des Etats-Unis.

– *You care for a cocktail, miss Casas ?* demanda le maître d'hôtel.

– « Original Margarita », fit la jeune femme. Avec beaucoup de Cointreau.

(1) Les ploucs de Little Rock.

– Et moi, un autre Defender « V.C.P. », réclama Howard Moody.

Comme la plupart des Américains, ils ne buvaient pas de vin au déjeuner. Dès qu'ils eurent commandé leur New York steak et qu'ils furent seuls, Howard Moody demanda nerveusement à voix basse :

– Alors ? Il y a du nouveau ?

– Oui, laissa tomber Yolanda Casas en allumant une cigarette.

– Mauvais ?

Elle fit la moue.

– Ça pourrait être pire.

A voix basse, elle lui résuma la situation. L'avocat ne sembla pas rassuré par les faits nouveaux.

– Ça va nous retomber sur la gueule ! conclut-il.

Yolanda Casas fit la moue.

– L'opération d'exfiltration a très peu de chances de réussir. A mon avis, nous serons tranquilles d'ici peu de temps. Définitivement. De toute façon, pour l'instant, il n'y a rien à faire. Et si, par malheur, les choses ne se passaient pas comme nous le souhaitons, il reste la possibilité d'intervenir plus tard. Comme nous l'avons déjà fait. J'ai assez d'éléments pour cela.

– On va vivre sur un putain de volcan, conclut Howard Moody.

Lui qui avait gagné son surnom en conseillant une méthode très simple à ses clients – ne dites rien ! – semblait avoir perdu toute sa superbe. Ils attaquèrent leur steak sans trop d'appétit. La salle se vidait. A Washington, on déjeunait à midi et demi. Arrivés au café, ils n'étaient plus que deux dans la salle à manger. Howard Moody héla le garçon :

– Apportez-nous deux cognacs Gaston de Lagrange XO, si vous avez.

Yolanda Casas acheva de se remaquiller et laissa tomber :

– *Take it easy !* Ça s'arrangera, mais vous avez été

vachement imprudent. Maintenant, il faut préserver le président. A tout prix.

L'avocat prit son cognac et en huma le parfum, ce qui lui remonta un peu le moral. Yolanda sourit.

– Ça a marché une fois, ça marchera deux. Allez, il faut que je retourne à la W.H. *We keep in touch.*

Elle se leva et il la suivit des yeux, se disant que quand tout serait terminé, il lui donnerait rendez-vous directement dans une des chambres du *Jefferson.*

*
**

Comme tous les matins, Fedora Kulak pénétra dans le bureau du général Polyakov avec un plateau de thé et de charcuterie. Elle y avait ajouté un exemplaire du *Herald Tribune* plié de façon à découvrir la page des petites annonces.

L'officier du SVR s'en empara aussitôt. Les deux lignes lui sautèrent aux yeux : « Clara est arrivée à Paris. Attends nouvelles. » Ils échangèrent un long regard, et Fedora Kulak sentit son pouls s'envoler. Aussi fort que le jour lointain où elle s'était agenouillée devant Evgueni Polyakov pour lui administrer sa première fellation. Dans les deux cas, c'était le début d'une longue aventure.

Leur silence ne se prolongea pas. Le *Herald Tribune* était celui de la veille, donc les passeports devaient se trouver dans le « dead drop » de l'hôtel *Kempinski.*

– *Tovaritch* général, demanda Fedora Kulak d'un ton neutre, puis-je m'absenter en début d'après-midi ? Je voudrais acheter quelques cadeaux.

Evgueni Polyakov lui répondit aussitôt :

– Je déjeune avec le major Nabokov, fit-il, à la salle à manger du sixième. Ensuite, nous avons une réunion de travail. Soyez de retour pour quinze heures.

– *Karacho, spasiba bolchoi, tovaritch* général, répondit avec chaleur Fedora Kulak.

Elle ressortit du bureau, quand même émue, en songeant que dans quelques heures, elle aurait les passeports. Le bureau était écouté en « temps réel », donc le service de sécurité était déjà au courant de ses projets. Cela n'avait pas d'importance car elle s'absentait fréquemment pour faire du shopping, notamment dans la galerie commerciale du *Kempinski* où se trouvaient une boutique Versace et un hall d'exposition des meubles du décorateur parisien Claude Dalle qu'elle pillait régulièrement. Elle y avait acheté récemment un lit de repos en acajou Napoléon III, qui avait appartenu à Noureïev.

Il restait l'autre risque. Pour ça, elle avait son Makarov, et était bien décidée à s'en servir.

*
**

Malko venait de rentrer d'une promenade dans les rues de Moscou qui l'avait mené jusqu'au *Kempinski*. La veille, il y avait déposé, à l'endroit convenu, les deux passeports dans leur pochette étanche ainsi que les dix mille dollars. Il aurait voulu retourner vérifier qu'ils ne s'y trouvaient plus, mais une femme de ménage zélée l'en avait empêché, occupant les toilettes dames avec son seau et sa serpillière. Il en serait quitte pour y retourner le lendemain.

Son téléphone se mit à sonner, envoyant une sacrée décharge d'adrénaline dans ses artères. Qui pouvait l'appeler ? Personne ne connaissait sa présence à Moscou. Il décrocha et fit « allô ».

– *Gospodine* Linge ?

Une voix russe qui lui disait vaguement quelque chose.

– *Da*, fit Malko.

– C'est votre ami, Anatoly Roudzik ! *Welcome in Moscow !*

Malko crut que son cœur s'arrêtait ! Le général Roudzik était le directeur d'une des branches du FSB, l'homme à qui il avait eu affaire lors de son dernier séjour à

Moscou (1). Comment l'avait-il retrouvé ? Et surtout, qu'est-ce que cela voulait dire ?

– C'est une bonne surprise, dit-il. Mais comment...

L'officier russe le coupa et précisa d'une voix chaleureuse :

– Ce sont mes amis des gardes-frontière qui m'ont signalé votre présence à Moscou. Vous restez quelques jours ?

– Je repars demain ou après-demain.

– Venez donc dîner avec moi ce soir, proposa le général Roudzik. Nous avons un petit club très agréable. Je vais vous donner l'adresse... Au 8 Murmanskyi Pereulok. Ça donne dans Mira Prospekt, juste en face du Pyanitskoe. Vers vingt heures. *Dobre ?*

– *Dobre*, fit Malko avant de raccrocher.

Le pouls à cent cinquante au moins.

Que signifiait cette invitation ? Ce n'était pas vraiment une surprise que les services russes aient repéré sa présence à Moscou. La question était : avait-il été suivi ? Et ce dîner était-il un piège ? De toute façon, il ne pouvait pas ne pas s'y rendre. Mais c'eût été d'une imprudence folle désormais de retourner au *Kempinski*.

*
**

Enfermés dans leur chambre, Fedora Kulak et Evgueni Polyakov examinaient les deux passeports trouvés dans la chasse d'eau des toilettes pour dames du *Kempinski*. Ils étaient parfaits, visiblement authentiques, avec des numéros qui ne se suivaient pas.

Fedora les avait récupérés à une heure, achetant au passage un pull chez Versace. Elle avait ensuite commandé à la galerie de décoration une superbe salle à manger Art Déco de Claude Dalle pour l'appartement de la rue Sadovinskaïa, versant mille dollars d'arrhes. Le géné-

(1) Voir SAS n° 123, *Vengeance tchétchène.*

ral Polyakov disposait de dix mille dollars par mois de « prime » et Fedora s'appliquait à les dépenser jusqu'au dernier *cent*. Au cas où elle aurait été surveillée. Quelqu'un qui commande des meubles ne se prépare pas à quitter le pays... Ensuite, elle avait pris un taxi jusqu'à Tverskaïa, avait flâné un peu, pour terminer au bureau de l'Aeroflot de l'hôtel *Intourist*. L'avant-dernier pas vers la liberté. Elle était de retour à Yasnovo à quinze heures trente pile.

Evgueni Polyakov leva sur elle un visage transfiguré par la joie.

– Maintenant, dit-il, cela ne dépend plus que de nous.

*
**

Malko regarda l'immeuble miteux aux volets fermés du 8 Murmanskyi Pereulok en se disant qu'il avait dû mal comprendre l'adresse. A tout hasard, il sonna. Trente secondes plus tard, le battant s'ouvrit sur un jeune homme en uniforme, au crâne rasé. Il aperçut un hall de marbre, des meubles anciens, un énorme lustre et le général Roudzik, en civil, se matérialisa devant lui, l'étreignant comme une femme amoureuse.

– Quelle joie de vous revoir, fit-il chaleureusement. Vous nous avez rendu un tel service !

– Ce n'est rien, répliqua Malko qui n'avait pas envie de s'étendre sur son aventure tchétchène.

– Venez ! fit le général.

Malko le suivit dans un salon à l'éclairage tamisé, aux boiseries sombres, au sol recouvert de tapis. Aux murs, des tableaux plutôt osés et des gravures japonaises. On se serait cru, avec les canapés de velours rouge, dans un lupanar 1900 ! Une douce musique classique imprégnait l'atmosphère et on s'attendait presque à voir surgir un valet en perruque.

Deux jeunes femmes étaient déjà installées sur un des canapés. Une blonde au décolleté vertigineux et une brune.

En robes longues. La brune avait un nez retroussé, une énorme bouche trop rouge, les cheveux tirés en arrière et ramenés en chignon.

Roudzik fit les présentations, désignant d'abord la brune Valentina et son amie Tatiana.

La blonde au décolleté vertigineux adressa à Malko un sourire entendu. Le général Roudzik arracha du seau à glace une bouteille de Taittinger Comtes de Champagne, blanc de blancs 1988 et remplit des coupes.

– Buvons à nos retrouvailles ! proposa-t-il.

La bouteille dura cinq minutes... Ce n'est qu'après avoir terminé la troisième que Malko parvint à placer un mot.

– C'est gentil de m'inviter, dit-il. Je ne m'attendais pas à trouver un endroit aussi agréable...

Le général Roudzik cligna de l'œil.

– C'est une de nos *safe-houses*, comme vous dites en anglais, mais nous l'avons aménagée de façon à pouvoir recevoir des amis. Ce soir, je fête ma troisième étoile ! Et votre retour à Moscou. *Davai !*

Et le Taittinger se remit à couler à flots. Le garçon rasé n'arrivait plus à suivre la cadence... Valentina vint s'asseoir près de lui, le regard allumé, décidée à faire mieux connaissance, mais le général Roudzik frappa dans ses mains.

– A table ! Nous allons nous servir, j'ai congédié Igor pour être tranquille.

Il s'arracha à Tatiana et au profond divan et se dirigea en titubant légèrement vers la salle à manger, suivi de Malko. Un gigantesque buffet froid était dressé sur une grande table : du caviar dans des bols de cristal, du saumon fumé à la caucasienne, comme chez Petrossian, de la charcuterie, du bœuf strogonoff, des poulets à la Kiev, des pâtisseries et surtout des boissons. Les bouteilles étaient rangées les unes à côté des autres. Vodka d'abord : Absolut et Smirnoff ! Une honte en Russie. Puis des magnums de Taittinger Comtes de Champagne, du cognac Gaston de Lagrange XO et VSOP, du Cointreau, de la tequila, et d'autres liqueurs moins répandues. De quoi abreuver une cinquantaine de personnes.

Anatoly Roudzik empila une montagne de caviar dans une assiette, planta dedans une cuillère en vermeil et regagna son canapé.

La fête commençait.

*
**

La Breitling *Chronomat* de Malko indiquait 1 h 10 du matin. Il ne voulait même pas penser à ce qu'il avait bu. Depuis un moment, Valentina mélangeait de la vodka et du Cointreau avec du citron vert dans un carafon et lui servait ce cocktail dans d'énormes verres en cristal... Ils étaient quand même venus à bout du caviar...

Il tourna la tête en entendant un rire chatouillé. Le général Roudzik, qui avait depuis longtemps ôté veste et cravate, la chemise ouverte jusqu'au ventre, venait de faire glisser les épaulettes de la robe de Tatiana, la dénudant jusqu'à la taille. Et il était en train de lui arroser les seins de Taittinger Comtes de Champagne ! La bouteille vide, il se mit à lécher le champagne à grands coups de langue, la main droite enfoncée jusqu'au coude sous la robe de la jeune femme qui gloussait comme une folle...

Mise en appétit, Valentina avala ce qui restait de « Balalaïka » et fit à son tour glisser les épaulettes de sa robe, découvrant deux superbes seins en poire. Elle se laissa glisser sur le tapis en face de Malko et s'attaqua derechef à la ceinture de celui-ci.

– Tu vas voir comme je sais bien me servir de ma bouche, lança-t-elle d'un ton canaille. Tu n'arrêtes pas de la regarder depuis que tu es arrivé.

Déjà, ses doigts se refermaient autour de la virilité de Malko, très vite remplacés par ses lèvres épaisses. De l'autre canapé, le général Roudzik cria, entre deux hoquets :

– Ne crains rien, *tovaritch* ! Je leur ai dit que je les expédiais au goulag si elles nous filaient le sida.

On était entre gens de bonne compagnie.

Malko comprit très vite pourquoi Valentina s'était dépoitraillée. Dès qu'il fut présentable, elle l'ôta de sa bouche et emprisonna son membre entre les deux masses tièdes de ses seins. Le regard trouble – un vrai regard de salope – qu'elle lui adressa montrait qu'elle s'amusait vraiment...

Pendant un long moment, elle fit monter et descendre ce fourreau aux longues pointes brunes, guettant dans les yeux d'or de Malko le moment critique où il allait exploser. Lui avait maintenant envie de s'enfoncer dans la bouche charnue qui semblait le narguer.

Valentina le guignait du coin de l'œil. Tenant ses seins à deux mains pour emprisonner confortablement le sexe érigé, elle s'inclina un peu plus et cette fois, ses lèvres épaisses effleurèrent leur cible. Malko en éprouva une véritable décharge électrique. Puis, une langue aiguë l'agaça une fraction de seconde... Involontairement, il se tendait en avant mais Valentina esquivait habilement, se contentant de touches imperceptibles.

Ce fut Malko qui céda le premier.

– Donne-moi ta bouche ! fit-il.

Elle lui adressa un regard triomphant et cette fois, les lèvres se refermèrent quelques secondes sur lui, tandis que la langue virevoltait autour de son gland gorgé de sang. Valentina continua ainsi. A chaque génuflexion, elle l'enfonçait un peu plus, le caressant de sa langue.

C'était infernal et il sentait la sève s'accumuler dans ses reins. Au moment où elle acceptait enfin de le prendre à demi, il ne put résister davantage et posa la main sur son chignon, pesant de toute sa force. Il crut mourir de plaisir en sentant son membre avalé tout entier dans la caverne brûlante. Brutalement, Valentina se mit à le happer à toute vitesse, déclenchant une sensation si violente que Malko hurla, au moment où il se vidait dans sa bouche.

Machinalement, il avait crispé ses mains sur la tête de Valentina, se maintenant enfoncé jusqu'à la luette. Son cri attira l'attention du général Roudzik qui avait maintenant la tête enfouie entre les cuisses de Tatiana. Il se redressa et hurla :

– Hurrah ! Hurrah ! Hurrah !

Attrapant une bouteille de Defender entamée, il en but au goulot une formidable rasade, comme pour saluer l'orgasme de Malko. Valentina, elle, se rinçait la bouche à la « Balalaïka », dégustant la saveur contrastée du Cointreau, de la vodka et du citron.

Malko se redressa. Il avait assez donné pour ce soir. Comme le général Roudzik essayait de le retenir, il lui expliqua qu'il se levait très tôt le lendemain, pour reprendre son avion pour Vienne.

– *Karacho ! Karacho !* fit le général du FSB. Je te raccompagne.

Les yeux injectés de sang, titubant, il escorta Malko jusqu'au hall. Puis au moment d'ouvrir la porte, d'une voix brusquement menaçante, il lança :

– A propos, *tovaritch* Malko, pourquoi es-tu venu à Moscou ?

CHAPITRE VI

Malko eut l'impression de recevoir un coup de poignard en plein cœur. Ainsi, tout cela n'était qu'un piège. Il avait été idiot de croire à un simple événement « social ». Le général Roudzik le dévisageait avec un sourire ambigu. Il fallait tout de suite trouver une réponse adéquate. Parce que le Russe n'était pas aussi ivre qu'il le paraissait. En dépit de la quantité fantastique d'alcool qu'il avait absorbée... Les pensées s'entrechoquaient dans le crâne de Malko. Instinctivement, il choisit la solution la plus audacieuse.

– Anatoly Ivanovitch, dit-il, tu ne m'en voudras pas, mais je ne peux pas te le dire. Tu sais bien que nos maisons ont encore des secrets l'une pour l'autre.

Le général Roudzik demeura muet quelques secondes, puis éclata d'un rire énorme.

– *Nitchevo !* Je m'en fous, mais je te le demande parce qu'on va me le demander ! Je leur dirai ce que tu m'as répondu. De toute façon, nous sommes camarades de combat. Nous avons vaincu ensemble ces « culs-noirs » de Tchétchènes, que Dieu les fasse pourrir vivants !

Dans son élan fraternel, il embrassa Malko sur la bouche, l'haleine lourde de Cointreau, de champagne et de whisky mélangés !

En le lâchant, il baissa les yeux sur le poignet de Malko et fit :

– Tu as une bien belle montre, *tovaritch* !

Malko n'hésita pas. Défaisant le bracelet de sa Breitling *Chronomat,* il la mit dans la main du général russe.

– Si tu en prends soin, dit-il, tu la légueras à ton fils. *Da svidania.*

Il fila avant que Roudzik lui rende la montre, et se retrouva dans la nuit froide de Moscou.

Son hôte était quand même très soûl... Il saurait le lendemain si la soirée était un piège ou non. En prenant son avion à Cheremetievo.

*
**

Elle se leva doucement. Le cadran lumineux du réveil indiquait 6 h 10. D'habitude, le dimanche, Evgueni et elle dormaient tard et allaient ensuite prendre le breakfast au premier étage du *Kempinski.* Mais ce dimanche-ci était exceptionnel.

– Fais du thé ! demanda Evgueni Polyakov en l'entendant se lever.

Lui non plus ne dormait plus depuis deux heures déjà. Ils burent leur thé et s'habillèrent. Sans un mot. Tout avait été dit la veille, sur les quais. En silence, Evgueni Polyakov s'installa à son bureau et vérifia pour la dixième fois les billets d'avion pris deux jours plus tôt par Fedora, puis les deux passeports qu'il avait remplis lui-même avec un soin maniaque à des noms correspondant à ceux des billets. Ils étaient parfaits, un peu fatigués, et seule la confrontation de leurs numéros dans l'ordinateur central du FSB aurait permis de découvrir la supercherie. Evgueni Polyakov s'appelait maintenant Serguei Ivanovitch Vorontsov et Fedora, Dimitrova Fedorova Koleshnichenko.

Lui était ingénieur, elle professeur.

A huit heures, tout était prêt, ce qui avait d'ailleurs été

rapide, ils n'emportaient rien. Ils traînèrent encore un peu, regardant Vremia, les informations, et lisant les journaux déposés dans l'entrée. Durant les week-ends, le général disposait d'une protection allégée. Deux hommes du service de sécurité, dans une Volvo banalisée, selon les ordres de Fedora Kulak. Evgueni Polyakov avait donné congé à son chauffeur, comme cela lui arrivait parfois.

– Si on allait à Ismailovo ? suggéra Fedora d'une voix parfaitement naturelle.

– Tu crois qu'il y a encore des choses à acheter ?

– Il paraît, insista Fedora. Si on y va ce matin, on pourra déjeuner ensuite au japonais du *Rossia.*

Le restaurant le plus cher de Moscou.

– *Karacho !* approuva le général Polyakov. Je prends de l'argent et on y va.

Il alla jusqu'à un petit coffre électronique dissimulé dans sa penderie et l'ouvrit. Il en retira des liasses de billets de cent dollars qu'il avait amassées depuis quelques mois, complétées par l'argent de la CIA. Un quart d'heure plus tard, ils étaient prêts. Fedora dans sa longue pelisse de zibeline, avec tous ses bijoux et sa montre Breitling *Wings Lady* au superbe cadran vert qu'elle ne mettait que dans les grandes occasions. Evgueni Polyakov, en pelisse, portait sa chapka en vison, son seul luxe. Il balaya son appartement d'un long regard.

Il ne le reverrait jamais, quoi qu'il arrive ; il le savait... C'était dur de ne pas pouvoir emporter un seul souvenir. Rien. Avant de descendre, il appela la sécurité pour qu'on sorte sa voiture. Quand ils arrivèrent en bas, le moteur tournait et le *praportchik* s'avança, saluant respectueusement.

– Nous allons à Ismailovo, annonça le général Polyakov, ensuite, on déjeune au *Rossia.* Vous pouvez en faire autant.

– *Karacho,* fit le garde, avant de regagner sa Volvo hérissée d'antennes.

Evgueni Trofimovitch Polyakov prit le volant de sa Mercedes pour gagner l'autre rive de la Moskova, puis s'engagea le long du canal Yauza. Dans le parc d'Ismailovo, au nord-est de la ville, se trouvait, outre un complexe hôtelier, une immense foire aux puces où on trouvait de tout, depuis les fausses icônes jusqu'aux boîtes en papier mâché, et aux souvenirs de guerre... tout ce que les Moscovites pauvres vendaient pour vivre. Des petits stands offraient même des briquets Zippo volés à des touristes pour cinquante mille roubles. Les étrangers s'y ruaient mais aussi certains Moscovites.

Une demi-heure plus tard, il était à peine plus de neuf heures, la Mercedes se gara dans un des petits bois clairsemés qui cernaient les allées de la foire aux puces. La Volvo de protection en fit autant. Evgueni Polyakov adressa un signe amical à ses deux gardes.

– Venez, il y aura peut-être des paquets à porter.

De toute façon, ils avaient pour instruction de ne pas le lâcher d'une semelle... Tous les quatre, ils gagnèrent les allées où s'alignaient les stands et commencèrent à flâner, happés par les innombrables marchands. Fedora jeta un coup d'œil au cadran vert de sa Breitling. Ils avaient encore trois heures devant eux. Et beaucoup de choses à faire... C'est elle qui tomba en arrêt devant un vieux coffre de bois et commença à le marchander. Dix minutes plus tard, elle tendait trois cent mille roubles à la vieille vendeuse.

Un des gardes se précipita pour prendre le coffre.

– On rentre ! proposa Evgueni Polyakov, je voudrais passer à la galerie du *Metropol,* avant d'aller déjeuner.

Ils reprirent le chemin du bois, sans croiser personne. Le garde portant le coffre marchait en tête, suivi d'Evgueni et de Fedora, l'autre fermait la marche. Il faisait frais, sans plus. Arrivée à quelques mètres de la voiture, Fedora Kulak plongea la main dans son grand sac noir et en sortit un paquet de cigarettes. Elle en prit une et remit le paquet, farfouilla dans son sac, puis se retourna avec un sourire.

– Boris, tu as du feu ?

Le garde se fouilla aussitôt, déboutonnant son manteau. Il avait encore la main dans sa poche quand Fedora Kulak sortit la sienne de son sac, les doigts serrés sur la crosse du Makarov. Le bras tendu, elle tira une balle en plein visage, à moins d'un mètre.

La détonation claqua sèchement dans les bois. Le *praportchik* se retourna d'un bloc, tenant toujours son coffre, pour se heurter au regard glacial de la femme. Le bras tendu, comme au stand de tir, elle visa la tête et appuya sur la détente. Le premier projectile traversa la gorge du garde, le second pénétra au-dessus de la bouche, s'enfonçant dans le cerveau... L'homme tomba en arrière, lâchant le coffre.

Evgueni Polyakov était déjà agenouillé à côté de Boris et le fouillait. Il trouva immédiatement ses clefs et se rua vers la Volvo dont il ouvrit le coffre. Fedora, après avoir rangé son arme, regardait autour d'elle. Personne ne semblait avoir été alerté par les coups de feu. Elle aperçut entre les arbres, à deux cents mètres, un homme avec son chien qui n'avait pas bronché. A Moscou, les coups de feu étaient fréquents et il valait mieux ne pas se mêler des affaires des autres.

– Vite, aide-moi ! lança Evgueni Polyakov en traînant le corps de Boris vers le coffre ouvert.

A deux, ils parvinrent à le faire basculer à l'intérieur et l'officier referma aussitôt le coffre. Déjà, Fedora, avec la force d'un homme, traînait sa seconde victime vers la Mercedes. Evgueni Polyakov ouvrit le coffre et le second corps disparut à l'intérieur. Ils se regardèrent, tendus. Maintenant, c'était irréversible. L'Amérique ou le peloton d'exécution... Sans un mot, Evgueni Polyakov prit le volant. Fedora fut heureuse de s'asseoir : ses jambes ne la portaient plus.

*
**

Malko tendit son passeport au garde-frontière enfermé dans son box vitré et attendit, le cœur battant. Il s'était réveillé avec une affreuse migraine et avait pris directement un taxi pour Cheremetievo II. Il avait passé la douane sans le moindre problème. Le fonctionnaire avait pris et tamponné sa déclaration sans même la regarder. Maintenant, c'était le dernier obstacle...

Il essaya de se composer un air indifférent. Si on l'empêchait de quitter la Russie, c'était le début d'un processus long et pénible, pour ne pas dire dangereux. Il n'avait pas pu vérifier si les passeports destinés au général Polyakov avaient disparu du « dead drop » et il quittait Moscou à regret. Mais retourner au *Kempinski* après les questions du général Roudzik eût été de la folie.

– *Pajolsk !* (1)

La voix du garde-frontière le fit sursauter. Ce dernier venait de poser son passeport sur la tablette, l'air profondément blasé, et tendait la main vers le suivant.

Malko se retrouva dans la zone de départ, avec l'impression d'être rempli d'oxygène. Le général Roudzik ne lui avait pas raconté d'histoires. Il ne regrettait pas de lui avoir fait cadeau de sa Breitling...

Il lui restait une heure et il fila au *duty free shop* pour se détendre. Il en ressortit quelques minutes plus tard avec une bouteille de cognac Gaston de Lagrange XO, de quoi traiter dignement les invités du château de Liezen. Les Autrichiens raffolaient du cognac français... Il s'assit en face du tableau d'affichage des départs et essaya de deviner comment le général Evgueni Polyakov et sa maîtresse allaient pouvoir sortir de Russie.

*
**

(1) S'il vous plaît !

Les immeubles bordant Ismailovaskaïa Chosse défilaient à toute vitesse. Evgueni Polyakov conduisait très vite, sans se soucier du GAI (1). Avec sa carte du SVR, il ne craignait rien. A côté de lui, Fedora Kulak avait allumé une Gauloise blonde et fumait en silence, comptant intérieurement les minutes.

Vingt minutes plus tard, ils débouchèrent place du Manège et Evgueni Polyakov tourna à droite dans Tverskaïa. Il trouva facilement une place pour se garer, presque en face de l'hôtel *Intourist*. La Mercedes fermée à clef, lui et Fedora s'éloignèrent vers le passage souterrain menant à la place du Manège et s'y engouffrèrent. C'était une véritable caverne d'Ali Baba, avec des dizaines de boutiques et deux fois plus de marchands ambulants, offrant de tout, de la maroquinerie aux alcools frelatés.

En une demi-heure, ils eurent acheté deux valises et des vêtements. Ils ne pouvaient pas se présenter à l'aéroport les mains vides. Aucun Russe ne voyageait sans bagages.

Leurs valises à la main, ils remontèrent à la surface et marchèrent jusqu'à la station *Teatralnaïa*, place du Bolchoï, sur la ligne numéro 1. Ils attendirent une rame douze minutes. Quand elle démarra, Evgueni Polyakov vérifia le temps passé à sa montre. Il était 10 h 48. Ils devaient arriver au plus tard à l'aéroport de Vnukovo à 11 h 45. Ils avaient deux réservations sur le vol 1741 de Air Moldova à destination de Kichinev, capitale de la Moldavie, décollant à 12 h 55.

Le général Evgueni Polyakov avait choisi cette destination parce que les contrôles à Vnukovo, qui ne desservait pratiquement que la Russie et les Etats de la CEI, étaient infiniment moins stricts qu'à Cheremetievo. Les Russes n'avaient pas besoin de visa pour se rendre en Moldavie, encore occupée par la XVe armée du général Lebed. Et de Moldavie, on pouvait ensuite passer en Rou-

(1) Police routière.

manie, où les Américains étaient très influents. Ou partir directement vers l'Ouest. A partir du moment où ils étaient à Kichinev, ce serait à la CIA de se débrouiller.

Lorsqu'ils descendirent à la dernière station de la ligne 1, *Yugozapatnava*, il n'était que 11 h 10. C'était déjà la campagne, mais plusieurs taxis attendaient. La plupart des Moscovites se rendant à l'aéroport de Vnukovo partaient de là, car c'était beaucoup moins cher que de prendre un taxi dans le centre de Moscou. Evgueni Polyakov négocia le trajet pour quinze mille roubles et ils prirent place dans une vieille Volga cabossée qui semblait avoir fait la guerre de Tchétchénie... Son chauffeur ne valait guère mieux, grillant les feux et lampant de la vodka à même la bouteille. Si une voiture du GAI les repérait, les ennuis risquaient de commencer.

Vingt minutes plus tard, le taxi les déposa devant l'aérogare de Vnukovo. Le progrès n'était pas passé par là... Tout était sale, hors d'usage, pas entretenu. A l'entrée, un milicien mal rasé vérifiait les billets d'avion. Il jeta un coup d'œil distrait aux leurs, visiblement beaucoup plus intéressé par la bouche de Fedora Kulak.

Le hall ressemblait à un camp de réfugiés, avec des gens qui dormaient sur des bancs ou à même le sol, encombrés de paquets informes, les ivrognes de service, et deux minuscules kiosques vendant des journaux et à manger. Fedora Kulak se précipita vers le panneau d'affichage qui, par miracle, n'était pas hors d'usage.

Le vol Air Moldova à destination de Kichinev, prévu pour 12 h 55, n'était même pas affiché, alors qu'il était 11 h 30 !

Elle revint vers Evgueni Polyakov, du plomb dans l'estomac.

– Il est sacrément en retard ! annonça-t-elle d'une voix blanche.

A partir de maintenant, chaque seconde valait une éternité. Normalement, on ne découvrirait pas leur disparition tout de suite. Personne n'irait s'intéresser à la Volvo et la

Mercedes était bien garée. Mais les deux gardes devaient contacter régulièrement leur centrale par radio, et le risque était là. Sans nouvelles d'eux, le service de sécurité pouvait s'alarmer. Et pour un personnage de l'importance du général Evgueni Trofimovitch Polyakov, on mettrait les petits plats dans les grands...

– Allons nous enregistrer, suggéra Evgueni Polyakov.

Une grosse femme rogomme officiait au guichet de Air Moldova. Elle prit leurs tickets, les examina, en détacha les coupons de vol et bougonna :

– Bagages ?

Ils mirent les deux valises sur la balance et les virent disparaître sur le tapis mécanique. L'employée leur rendit les billets avec les coupons de vol.

– Sortie 3.

Elle n'avait même pas regardé leur coupon de retour. Un billet aller-retour passait plus inaperçu qu'un aller simple.

– Le vol est à quelle heure ? demanda Fedora.

– J'en sais rien, fit l'employée sans même relever la tête, il est pas encore arrivé. Il aura sûrement beaucoup de retard... Allez passer la douane.

Un douanier sommeillant s'intéressa à peine à eux. Il restait le box des gardes-frontière où une douzaine de personnes faisaient la queue.

Volontairement, ils ne se mirent pas ensemble dans celle-ci. Le tour d'Evgueni Polyakov arriva le premier. Le garde-frontière était jeune, blond, apparemment consciencieux. Il examina soigneusement les billets et le passeport. Evgueni Polyakov essayait de maîtriser les battements de son cœur. Il n'y avait rien d'anormal : en Russie, les fonctionnaires étaient toujours tatillons. Une seconde nature. Le blond leva les yeux, comparant la photo du passeport au visage devant lui, et demanda d'une voix égale :

– Qu'allez-vous faire en Moldavie ?

Il n'avait aucun droit de poser cette question, mais Evgueni Polyakov lui répondit d'un ton respectueux :

– J'ai des parents à Tiraspol... et mon entreprise m'a mis en chômage technique. Alors, j'en profite.

Le garde-frontière hocha la tête, compatissant, et lui rendit ses papiers.

– Bon voyage. Il doit faire plus chaud là-bas qu'ici.

Evgueni Polyakov se retrouva dans une salle d'attente aux vitres sales donnant sur le tarmac. Une demi-douzaine de vols étaient en partance. Il s'assit sur une banquette de bois, surveillant la zibeline de Fedora. Il avait l'impression de courir une épuisante course d'obstacles. Dont chaque étape présentait un risque mortel.

*
**

– *Praportchik* Boris Ivanovitch, répondez ! C'est la centrale.

Le sergent de permanence installé dans un sous-sol de Yasnovo commençait à s'impatienter. Depuis trente minutes, il tentait en vain de joindre l'équipe attachée aux pas du général Polyakov.

– Sa radio doit être encore en panne, suggéra son adjoint.

La panne, c'était la hantise des Russes : tout tombait en panne, même leur président. Le pays entier était en « *remontié* » (1).

– Si on ne réagit pas, on va se faire engueuler, répliqua le *praportchik*. Je demande des ordres...

Il se lança dans un marathon téléphonique épuisant : trouver un responsable un dimanche matin... Enfin, il obtint un capitaine de méchante humeur, à qui il expliqua les faits.

– Où sont-ils supposés être allés ? demanda ce dernier.

– A Ismailovo, *tovaritch capitan.*

Avant tout, il avait appelé l'équipe de surveillance rap-

(1) Réparation.

prochée, qui avait, bien entendu, enregistré la conversation entre le général et sa maîtresse.

– Où, à Ismailovo ?

– Au marché aux puces.

– Ce n'est sûrement qu'un incident technique, mais envoyez une voiture et rendez-moi compte.

Dix minutes plus tard, une Audi noire s'engageait sur le périphérique extérieur, avec à son bord deux hommes du Premier Directorate.

CHAPITRE VII

Il était 13 h 40 et le vol Air Moldova 1741 n'était toujours pas affiché, alors qu'il aurait dû partir quarante-cinq minutes plus tôt... Evgueni Polyakov et Fedora Kulak, la gorge nouée, ne cessaient de consulter le tableau d'affichage désespérément muet. La jeune femme avait franchi l'obstacle des gardes-frontière aussi facilement que son amant. Maintenant, tout reposait sur Air Moldova. Or, les vols de ce genre de compagnie pouvaient facilement avoir un jour de retard...

Le général du SVR consultait sa montre toutes les cinq minutes et Fedora se retournait sans cesse vers les bureaux vitrés des gardes-frontière. Bien que n'ayant pas déjeuné, ils n'avaient faim ni l'un ni l'autre. A chaque annonce cafouilleuse des haut-parleurs, leur cœur s'arrêtait, ils s'attendaient à ce qu'on annonce l'annulation du vol, ou, pire, à ce qu'on les appelle.

Fedora Kulak avait abandonné son Makarov dans la Mercedes. Pas question de franchir un portail magnétique avec. Et puis, à quoi bon ? Ils n'allaient pas engager une bataille rangée.

Le général Polyakov s'agita sur son banc et se pencha vers elle.

– Si dans une heure il n'est pas arrivé, nous repartons. On dira qu'on rentre chez nous.

– Mais on ira où ? demanda Fedora, folle d'angoisse.

– Je ne sais pas, avoua Evgueni Polyakov. On peut essayer par la Carélie de passer en Finlande.

Il ne croyait pas lui-même à ce qu'il disait. A la seconde où on se rendrait compte de leur disparition, tout l'appareil secret de la Russie se mettrait en branle pour les retrouver. Rien ne serait négligé.

L'enjeu était trop important. Pour y avoir travaillé trente ans, Evgueni savait de quoi le KGB était capable. Tant qu'ils ne seraient pas sortis de l'espace aérien russe, ils étaient en danger. Le Kremlin n'hésiterait pas à arraisonner ou même à abattre l'appareil qui les transportait.

Il y avait encore des dizaines de pilotes militaires, en Russie, capables d'abattre un avion civil s'ils en recevaient l'ordre...

Fedora se leva.

– Je vais aux nouvelles.

Elle y était déjà allée dix fois. Sans succès. Tout le monde se foutait de tout à Vnukovo. Elle se dirigea vers les grandes baies vitrées pour interroger un employé d'Aeroflot qui surveillait le décollage d'un Tupolev 134 à destination de Tula. Cette fois, elle avait ôté sa pelisse en zibeline et se présenta à lui dans un pull jaune canari moulant sa magnifique poitrine. Elle eut beau lui parler, il gardait le regard obstinément fixé plus bas que son visage.

Mais, par radio, il commença à se renseigner...

– Le vol en provenance de Kichinev va se poser dans quelques minutes, annonça-t-il enfin.

Fedora l'aurait embrassé ! Elle se contenta de lui adresser un regard qui le poursuivrait jusque dans sa tombe et concentra son attention sur le tarmac. Effectivement, un avion se posait puis roulait vers l'aérogare. Quand il se rapprocha, elle distingua sur son fuselage une bande bleue et l'inscription Air Moldova.

Elle revint vers Evgueni Polyakov et lui prit la main.

– Nous sommes sauvés, murmura-t-elle.

Elle se voyait mal arpenter la forêt glacée de Carélie, traquée par les gardes-frontière...

– Pas encore, corrigea Evgueni Polyakov, pas tant que nous ne serons pas là-bas. Et encore.

Le haut-parleur crachouilla, annonçant l'arrivée du vol de Kichinev. Le départ pour Kichinev aurait lieu dans quarante-cinq minutes.

*
**

L'Audi noire du SVR s'arrêta à côté de la Volvo, immobilisée dans les bois d'Ismailovo. Les deux gardes de la sécurité avaient tourné un long moment avant de la trouver. C'est en interrogeant des marchands qui se souvenaient du couple et de leur escorte qu'ils avaient pu arriver jusque-là.

L'un, qui s'appelait Serguei, descendit et tenta d'ouvrir la voiture.

– Ils sont peut-être tombés en panne, suggéra-t-il, et ils sont partis dans la Mercedes.

– C'est bizarre, fit le second, ils auraient dû appeler.

Ils restèrent là à se demander quoi faire, puis Serguei appela sa centrale et rendit compte. Immédiatement, l'officier de permanence fut sur ses gardes.

– Il est arrivé quelque chose à Evgueni Trofimovitch, lança-t-il, il faut le retrouver coûte que coûte. Ouvrez la Volvo, vérifiez que la radio marche.

Toutes les voitures du service avaient un double de leurs clefs collé sous le pare-chocs avant... Serguei le trouva et ouvrit la portière puis s'installa dans la Volvo, essayant immédiatement la radio. Elle marchait... Il rendit compte.

Le capitaine de permanence jura intérieurement : ça ne pouvait tomber que sur lui.

– Fouillez cette voiture de fond en comble, ordonna-t-il.

Lorsque le coffre s'ouvrit, les deux gardes eurent l'impression que le ciel leur tombait sur la tête. Le visage ensanglanté du garde Boris Salaguine les glaça d'horreur. Le sergent se rua à la radio.

– *Tovaritch capitan,* nous avons retrouvé un des gardes. Il a été tué.

L'officier sentit le sang se retirer de son visage.

– Trouvez l'autre, aboya-t-il. Signalez la Mercedes au GAI et à la Milicija. Il s'agit sûrement d'un enlèvement ! Il faut retrouver le général Polyakov.

A peine l'appareil raccroché, il appela les numéros d'urgence de tous les responsables concernés, à commencer par le général Troubnikov.

Il fallait retrouver le disparu coûte que coûte.

*
**

La file des voyageurs progressait avec une lenteur exaspérante. Un milicien et un garde-frontière vérifiaient les papiers de chaque passager avant qu'il ne franchisse la porte donnant sur le tarmac, où un vieux bus attendait en soufflant une fumée noire.

Evgueni Polyakov avait l'impression d'avoir cent ans. Son cœur cognait dans sa poitrine comme s'il avait avalé un litre d'adrénaline. Il se retourna, échangea un regard éloquent avec Fedora Kulak.

Enfin, il franchit la porte donnant sur le tarmac.

Cinq minutes plus tard, ils étaient dans le bus qui s'ébranla enfin. Jamais ils ne s'étaient assis dans un avion avec autant de plaisir. Leur joie fut cependant de courte durée. Tous les passagers semblaient être là et pourtant, on ne fermait pas les portes. De nouveau, l'angoisse les submergea. Fedora alla se renseigner auprès de l'hôtesse.

– On a perdu un passager, expliqua celle-ci. On le cherche...

Evgueni Polyakov essaya de se plonger dans les *Izve-*

tsia, mais les lettres dansaient devant ses yeux. Un air glacé s'engouffrait par la porte encore ouverte. L'équipage bavardait gaiement et lui était à l'agonie. Il était 14 h 45.

*
**

– Le GAI a retrouvé la Mercedes du général Evgueni Trofimovitch Polyakov garée rue Tverskaïa, annonça la radio.

– Qu'ils n'y touchent pas ! rugit l'officier de permanence. J'arrive.

Il n'y fut pas le premier, l'équipe de Serguei l'ayant précédé. Deux voitures du GAI étaient déjà là. Quand le capitaine stoppa, sirène hurlante, les radios crépitaient dans tous les coins. Il sauta à terre et courut à la Mercedes.

– Elle est fermée à clef, annonça Serguei.

– Cassez une vitre, forcez le coffre.

Ce fut fait en quelques secondes. Quand le cadavre du second garde apparut au grand jour, il y eut un grand silence et le capitaine crut se trouver mal. D'autant qu'un de ses hommes venait de sortir un pistolet Makarov de la boîte à gants. Il ôta le chargeur et vit qu'il ne contenait plus que quatre cartouches...

– Voilà l'arme du crime ! annonça-t-il.

Ils se regardèrent, tous pensant la même chose. Cela ne ressemblait plus à un enlèvement, mais à quelque chose de plus grave encore. De sa voiture, le capitaine appela le général Troubnikov dans sa datcha. Le directeur du SVR l'écouta en silence, puis laissa tomber d'une voix glaciale :

– Prévenez immédiatement le général Nicolaiev. Qu'il diffuse un avis de recherche avec arrestation immédiate d'Evgueni Trofimovitch Polyakov et de la femme qui l'accompagne. Ne parlez à personne de cette affaire. Dites au GAI qu'il s'agit d'une affaire criminelle. Faites remorquer les deux voitures à Yasnovo. Qu'une équipe commence à fouiller l'appartement du général Polyakov, ainsi que son bureau. Je vous retrouve à Yasnovo dans une heure.

Le capitaine raccrocha, abasourdi. Cela lui paraissait impossible qu'un homme comme le général Polyakov ait trahi. Il pensa aussitôt à l'ambassade américaine, sans trop d'illusions. Il était près de quinze heures et le général Polyakov avait plus de quatre heures d'avance.

– Envoyez des gens autour de l'ambassade américaine, ordonna-t-il. Si le général Polyakov se présente, arrêtez-le.

Il faudrait une bonne heure pour que les consignes du général Nicolaiev, le patron des gardes-frontière, redescendent jusqu'aux points sensibles. Un homme comme Evgueni Polyakov avait sûrement tout prévu.

Décidément, la Russie partait en quenouille. Si des hommes comme lui changeaient de camp... Les passants qui regardaient la meute des voitures officielles rassemblées autour de la Mercedes ne se doutaient pas qu'ils assistaient au début d'une affaire d'Etat.

*
**

– On l'a trouvé ! annonça l'hôtesse, radieuse.

Evgueni Polyakov crut que son cœur n'allait pas résister. Depuis une heure, il éprouvait une migraine atroce, avec des troubles de la vue. Trente-cinq minutes qu'ils attendaient dans le Tupolev 134, les yeux rivés sur l'aérogare. Chaque véhicule qui s'en détachait lui donnait un coup au cœur. Deux stewards hissèrent dans l'appareil un homme mal rasé, au regard hébété, visiblement ivre mort. On l'avait trouvé dormant roulé en boule dans les toilettes.

A peine fut-il installé que les réacteurs grondèrent. Evgueni Polyakov ne se détendit un peu que lorsque les roues de l'appareil quittèrent le sol. Mais tant qu'ils survolaient le territoire russe, il garda une boule d'angoisse au fond de l'estomac. De temps à autre, il se retournait pour échanger un faible sourire avec Fedora, assise trois rangs plus loin. C'est elle qui se dérangea pour venir le voir et se pencher à son oreille.

– Le plus dur est fait ! murmura-t-elle.

Il sourit.

– Non, le plus dur est devant nous. Nous avons bénéficié de la surprise. C'est fini, maintenant. Tu les connais. Ils vont tout faire pour nous retrouver et nous tuer.

– Les Américains nous veulent, répliqua-t-elle, eux aussi vont tout faire, pour nous sauver.

– Que Dieu t'entende ! soupira-t-il.

*
**

La neige avait envahi la campagne autrichienne et le château de Liezen ressemblait à un manoir de contes de fées. Installé dans sa bibliothèque, Malko, redevenu Son Altesse Sérénissime le prince Linge, noble autrichien, classait ses cartons d'invitation et les photos de ses soirées dans un grand album. La plupart des gens qui se trouvaient là ignoraient tout de sa double vie, pensant qu'il tenait son rang grâce à une fortune personnelle. Dans ce milieu, on ne posait pas de questions indiscrètes...

Elko Krisantem s'affairait dans le château à de menues réparations, huiler les gonds des portes, remplacer une lame de plancher ou vérifier les radiateurs. La vieille Ilse touillait un ragoût dans sa cuisine. Malko avait mis une cassette de musique classique et se sentait emporté dans un autre univers. Alexandra allait revenir de Vienne où elle était allée faire son shopping, ils dîneraient en tête à tête puis monteraient dans la chambre bleue au lit à baldaquin, faire l'amour. Le lendemain soir, ils avaient un grand raout dans un château voisin, et, le surlendemain, une chasse. Entre deux missions, Malko se lavait le cerveau, sans parvenir à oublier que les vieilles pierres de son château ne suintaient pas d'humidité, mais de sang. Jusqu'à son dernier souffle, il lutterait pour maintenir cette vieille demeure où avaient vécu ses ancêtres.

Il ouvrit la bibliothèque pour ranger son album et son regard tomba sur son pistolet extra-plat. L'arme était toujours à portée de la main, une balle dans le canon. Prête à servir. Elko Krisantem, lui, ne se séparait jamais de son vieux Parabellum Astra, toujours bien graissé. Depuis l'attaque surprise contre le château de Liezen (1), des années plus tôt, Malko était toujours sur ses gardes. Il y avait de par le monde pas mal de gens qui souhaitaient le voir mort. Chaque fois qu'un véhicule inconnu entrait dans la cour de Liezen, il éprouvait un petit pincement au cœur...

Un coup de klaxon l'attira à la fenêtre. Alexandra, au volant de la Rolls Silver Spirit, venait de franchir le portail. Elle arrêta la voiture et sauta à terre, son manteau sur le bras. Malko ne put s'empêcher de l'admirer. Son pull en laine très fine moulait une poitrine de dessin animé, ses jodhpurs glissés dans ses bottes accentuaient la courbure de ses fesses. Une silhouette impériale. Une minute plus tard, elle était dans les bras de Malko. Ils échangèrent un baiser plein de sensualité, puis elle se détacha avec un petit rire.

– Je suis gelée. Prépare-moi une « Balalaïka ». Un tiers de Cointreau et deux tiers de Stolychnaya, avec beaucoup de citron. C'est bon pour la grippe.

Malko ouvrit le bar en laque noire acheté deux ans plus tôt à Paris chez l'architecte d'intérieur Claude Dalle et s'affaira au milieu des bouteilles et des carafons de cristal. Il venait de terminer la préparation du cocktail lorsque le téléphone sonna. Se trouvant à côté de l'appareil, Alexandra décrocha. Malko la vit se rembrunir et elle lui tendit le récepteur.

– C'est une de tes putes, lança-t-elle sèchement.

Du coup, elle avala sa « Balalaïka » d'un trait et sortit de la bibliothèque en claquant la porte. Malko ramassa le

(1) Voir SAS n° 62, *Vengeance romaine*.

récepteur et le porta à son oreille. Il entendit d'abord un bruit de fond accentué. Cela venait de loin.

– Allô, dit-il, ici le prince Malko Linge.

– *Gospodine* Linge ? insista une voix de femme.

– *Da*.

– Nous nous sommes vus il n'y a pas longtemps, à une station de métro... fit la voix. Vous vous souvenez ?

Malko sentit son pouls s'accélérer. C'était Fedora Kulak ! Il n'en croyait pas ses oreilles : jamais il n'aurait pensé qu'elle et le général Polyakov puissent s'échapper de Russie. Il se revit en train de prendre un thé avec elle sur l'Arbat.

– Où êtes-vous ? demanda-t-il.

– A Kichinev.

– A Kichinev ! Mais où est-ce ?

– C'est la capitale de la Moldavie, précisa-t-elle avec un rire moqueur.

– Ah bon ! fit Malko qui situait vaguement la Moldavie entre l'Ukraine et la Roumanie.

– J'aimerais bien vous revoir, continua Fedora. Si vous avez le temps...

– Je vais le prendre, affirma Malko. Je vous ai trouvée absolument ravissante...

– *Spasiba !* minauda-t-elle. Je suis à l'hôtel *Seabaco*, le téléphone est le 23 28 75, chambre 80. Venez vite, je n'ai pas envie de rester longtemps ici, il fait trop mauvais temps.

– Je vous rejoins le plus vite possible, assura Malko avant de raccrocher.

Quiconque avait surpris cette conversation n'y verrait qu'un flirt téléphonique. Maintenant, il fallait prévenir Franck Capistrano...

La porte de la bibliothèque s'ouvrit à la volée sur une Alexandra aux traits déformés par la fureur.

– Je savais bien que c'était une de tes putes, glapit-elle, déchaînée. Et, en plus, tu vas la rejoindre ! Et elle n'hésite pas à téléphoner ici ! Eh bien, bon vent.

– Mais, protesta Malko, elle n'est pas seule, elle accompagne un général du SVR qui vient de passer à l'Ouest...

Alexandra le fusilla du regard.

– Parce qu'elles sont deux ! Je ne voudrais pas te fatiguer, *auf wiedersehen* !

Elle sortit en claquant la porte et, quelques instants plus tard, Malko la vit remonter dans la Rolls et repartir dans une gerbe de graviers. La récupération du défecteur commençait bien.

Il consulta un atlas et trouva la Moldavie. Elle était bien coincée entre l'Ukraine et la Roumanie, délimitée par deux fleuves, le Dniepr et le Prout. Quatre millions d'habitants et les restes de la XVe armée du général Lebed. Un Etat bâtard tiraillé entre deux civilisations, avec une forte minorité russophone. Le SVR devait y avoir encore le bras long.

Ce qui n'était pas de bon augure.

*
**

Par les hautes fenêtres, on apercevait la Place Rouge, mais aucun des hommes assis autour de la longue table rectangulaire ne pensait à s'intéresser au paysage. Cette salle, au premier étage du Sénat, où se trouvaient les bureaux du président de la Russie, servait à toutes les réunions importantes du Kremlin.

En l'absence du président Eltsine, Michael Batourine, secrétaire du Conseil de sécurité, présidait la réunion. Il parcourut des yeux les participants. A sa droite, se trouvait le général Troubnikov, directeur du SVR, qui ressemblait à un Britannique avec sa cravate club et ses lunettes sans monture. Son visage énergique au menton proéminent semblait taillé dans la pierre. A sa gauche, en uniforme avec ses trois étoiles sur ses épaulettes, le général Nicolaiev, responsable des cent quatre-vingt-dix mille gardes-frontière de la Russie. Assis à côté de lui, le général

Ladyguine, en uniforme lui aussi, les yeux dissimulés derrière des lunettes aux verres fumés. Patron de l'organisme le plus secret de Russie, le GRU (1), le renseignement militaire. A côté de lui, un autre général, Gregory Starovoitov, directeur de la FAPSI, agence gouvernementale des communications. Son agence était chargée de la surveillance des systèmes de communication et des banques de données. Enfin, le général Nicolai Kovalyov, responsable du FSB depuis juillet 1996 – l'ancien Second Directorate du KGB –, de la Milicija et des forces spéciales du ministère de l'Intérieur, qui semblait accablé.

Michael Batourine rompit le silence d'une voix pesante et lente :

– Le général Evgueni Trofimovitch Polyakov a disparu depuis trois jours, annonça-t-il. Nous sommes maintenant certains qu'il s'agissait d'une disparition préméditée. Il a abattu froidement les deux gardes chargés de sa sécurité. Il est accompagné de sa maîtresse, Fedora Kulak. Avez-vous des informations ?

Son regard parcourut lentement les visages. Seul un silence de plomb lui répondit. Le général Troubnikov était blême. Il ôta ses lunettes pour les essuyer, les mâchoires serrées. Michael Batourine lui lança d'une voix chargée de venin :

– Viatcheslav Ivanovitch, c'est vous qui le connaissiez le mieux ici. Rien ne vous avait laissé prévoir cet... incident ?

– Rien, avoua d'une voix blanche le chef du SVR. Mais je n'ai pris mes fonctions qu'en janvier.

– Vous étiez directeur-adjoint depuis 1992, cingla Batourine.

Le général Troubnikov s'agita, mal à l'aise.

– Je ne voyais pas beaucoup le général Polyakov. Il avait surtout une fonction d'archiviste, il ne participait pas aux opérations.

(1) Glavnoye Razvedyvatelnoye Upralevmé.

Batourine ne le lâcha pas.

– Avez-vous une idée des informations qu'il détenait et qu'il a pu emporter ? demanda-t-il d'une voix douce, bien qu'il connût parfaitement la réponse.

Troubnikov pâlit encore un peu plus.

– C'était la mémoire du service, bredouilla-t-il. Il était chargé de répertorier toutes les « sources » humaines, depuis des années, sous leur nom réel ; et nos opérations les plus secrètes. S'il est passé à l'étranger, nous allons perdre une grande partie de nos capacités offensives.

– Quelles peuvent être ses motivations ?

Un silence pesant lui répondit. Puis Troubnikov se lança à l'eau.

– J'ai fait effectuer une enquête par notre service de sécurité intérieure. Le général Polyakov était irréprochable. Il allait prendre sa retraite dans quelques jours. Il aurait déjà dû quitter le service depuis deux ans, mais le général Primakov l'avait prolongé.

Façon habile de déplacer les responsabilités. Batourine ne s'y laissa pas prendre.

– Vous alliez laisser partir un homme détenant tant de secrets d'Etat ?

Troubnikov baissa la tête.

– Certaines mesures étaient prévues. Une opération « humide ». Mais pas avant quelques semaines.

– Polyakov s'en doutait-il ?

– Non, je ne pense pas.

Le général Troubnikov ne voyait pas la fin de son supplice. S'il avait eu Polyakov sous la main, il l'aurait écartelé vivant. Michael Batourine continua :

– On a retrouvé sa voiture rue Tverskaïa. Depuis, plus rien.

Le général Kovalyov prit la parole :

– Je pense qu'il a quitté le pays. Le FSB a lancé une opération de grande envergure. Nous avons interrogé tous ceux qui le connaissaient, sans résultat. La Milicija le recherche activement. Bien sûr, il peut se cacher quelque part à Moscou...

Michael Batourine le coupa :

– S'il n'est plus chez nous, il est à l'étranger. Général Nicolaiev, où en est votre enquête ?

Le directeur des gardes-frontière s'ébroua.

– Nous avons vérifié tous les aéroports du pays, tous les points de passage. Le général Polyakov et sa maîtresse n'ont pas été repérés. Je dois ajouter qu'aucun des deux ne possédait de passeport. Ils ont donc dû sortir clandestinement du pays.

– Par la Carélie ?

– C'est possible.

Michael Batourine hocha la tête.

– Je suis persuadé qu'en effet, Polyakov ne se trouve plus sur le territoire national. Qu'il a reçu l'aide d'un service étranger. Je ne vois que les Américains ou les Britanniques. Général Starovoitov, vos services ont-ils intercepté des communications pouvant avoir trait à cette affaire ?

Le directeur de la FAPSI secoua la tête.

– Rien. Mais nous sommes vigilants.

Michael Batourine s'empourpra.

– Ce salaud de Polyakov ne s'est pas volatilisé ! On va bien trouver une piste. Général Ladyguine, qu'en pensez-vous ?

L'homme aux lunettes fumées tourna lentement la tête dans sa direction et dit d'une voix glaciale :

– Il faudra trouver les responsables de cette épouvantable affaire et les punir. Sévèrement.

Un froid polaire envahit le grand bureau. Du temps de Staline, la plupart des responsables présents à cette réunion auraient déjà été fusillés... C'est ce que voulait dire le directeur du GRU. Michael Batourine comprit que rien de plus ne sortirait de cette réunion. D'une voix sévère, il lança :

– Je vous donne l'ordre de retrouver coûte que coûte

le général Polyakov. Où qu'il soit. Et de procéder à son élimination physique. Cette mission est une priorité absolue. Général Troubnikov, je crains que ce ne soit votre service qui soit concerné au premier chef. Car Polyakov se trouve déjà sûrement à l'étranger. Utilisez tous les moyens, mais trouvez-le et tuez-le.

Au moment où il allait lever la séance, un colonel frappa à la porte et vint déposer un pli devant le général Kovalyov, responsable du FSB. Celui-ci l'ouvrit et le lut rapidement.

– J'ai peut-être une information, annonça-t-il dans un silence de mort. Le général Roudzik me signale la présence d'un agent de la CIA à Moscou, juste avant la disparition du général Polyakov. Cet homme, un Autrichien nommé Malko Linge, est spécialiste des opérations délicates. Il pourrait avoir un lien avec...

– Arrêtez-le ! lança Michael Batourine.

– Il n'est plus à Moscou, précisa le général Kovalyov.

– Trouvez-le. Nous avons peut-être encore une chance de mettre la main sur ce salaud de Polyakov !

Aucun des présents n'avait jamais vu le général Evgueni Polyakov. Il faisait partie des obscurs, des bureaucrates qui ne se mettent jamais en avant. Seulement, en raison de sa fonction, il détenait les secrets les plus brûlants du SVR. Ce qui faisait de cet officier falot l'ennemi public numéro un de la Fédération de Russie.

CHAPITRE VIII

Malko suivait des yeux le Concorde d'Air France qui venait de se poser à 17 h 45 en provenance de New York et roulait vers l'aérogare. Franck Capistrano devait se trouver à l'intérieur. Immédiatement après l'appel de Fedora Kulak, la veille au soir, Malko avait joint le *Special Advisor* de la Maison-Blanche. Franck Capistrano avait tout de suite réagi.

– Retrouvons-nous au même endroit que la dernière fois, avait-il suggéré. Vers dix-huit heures.

Ce qui signifiait le *hub* Air France de Roissy, mais à l'arrivée du Concorde. Malko avait pu partir de Vienne à 15 h 25, ce qui l'avait fait arriver vingt minutes avant le vol de New York. Il en avait profité pour acheter au *free-shop* une nouvelle Breitling *Crosswing* pour remplacer celle offerte au général Roudzik. Franck Capistrano apparut quelques minutes plus tard, un petit *brief case* à la main. Avec son chapeau écossais, il avait plus que jamais l'air d'un mafioso. Il entraîna Malko jusqu'au salon des premières, commanda un café et s'assit.

– Maintenant, je vous écoute.

– Ils sont en Moldavie, à Kichinev, annonça Malko.

Franck Capistrano alluma une Gauloise blonde et souffla la fumée, jouant avec son Zippo aux armes de la Maison-Blanche.

– Votre coup de fil ne m'a surpris qu'à moitié, avoua-t-il.

– Comment ? Qui est au courant ?

– Personne, en principe, à part vous, moi et le président, mais la NSA, grâce à ses « grandes oreilles », a capté des messages échangés entre plusieurs agences de sécurité de la Russie : SVR, FSB, gardes-frontière, *rezidenturas* du KGB dans plusieurs pays. Ces messages évoquaient la disparition du général Polyakov et donnaient comme mission prioritaire de le retrouver.

– Pourvu qu'ils n'y arrivent pas avant nous ! remarqua Malko.

– La NSA a rédigé à l'attention de la Maison-Blanche un mémo qui a été communiqué au NSC. Immédiatement, le président m'en a parlé. C'était juste avant votre coup de fil.

– Le président sait que vous êtes venu me retrouver ?

Franck Capistrano sourit.

– Evidemment. Puisqu'il sait que c'est vous qui travaillez à la récupération de Polyakov. Et, à mon retour, demain, je serai obligé de lui rendre compte.

Un ange passa et s'enfuit, horrifié. Si on ne pouvait même plus se fier au président des Etats-Unis. Franck Capistrano continua :

– J'ai convaincu le président de laisser la *Company* en dehors de l'exfiltration et de la récupération de Polyakov. Puisque nous savons qu'il y a des taupes à l'intérieur de l'agence. Il m'a écouté. Le rapport de la NSA n'a pas été transmis à Langley. De ce côté-là, nous sommes tranquilles.

– Je peux être demain à Kichinev, dit Malko. Le mieux n'est-il pas de les emmener à l'ambassade américaine ?

Franck Capistrano secoua négativement la tête.

– Non. Après, on risque de se retrouver coincés. Nous bénéficions d'une petite avance : les Russes ne savent pas encore où ils se trouvent. Il vaut mieux les exfiltrer directement.

– Comment ?

– J'ai une idée. Il y a à Bucarest quelqu'un qui peut nous aider. Un certain Stalian Andreanu. C'était un copain des Ceaucescu qui possédait une affaire d'exportations d'armes. La *Company* a beaucoup travaillé avec lui dans les années 80. Il nous procurait les derniers modèles d'armes soviétiques, au prix fort évidemment. Il a même réussi à nous expédier des chars T. 72. Il possède un avion privé, un Falcon 50. Vous allez le trouver de ma part et faire un *deal* avec lui.

Il sortit son carnet électronique et fit surgir le nom qu'il cherchait sur l'écran, dictant ensuite à Malko des numéros de téléphone. Cela prit un temps fou. Il y en avait partout : en Roumanie, à Londres, à New York, plus deux portables...

– Il est sûr ? demanda Malko.

– Je ne lui achèterais pas une voiture d'occasion, mais pour un cas pareil, oui. Evidemment, il faudra payer.

– Combien ?

– N'allez pas au-delà de deux cent mille dollars, plus les frais. Il ne faut pas lui donner de mauvaises habitudes. Appelez-le dès que vous serez à Bucarest. Le mieux, c'est d'aller dans son avion à Kichinev, de récupérer là-bas nos deux clients et de filer sur l'Italie avec un faux plan de vol.

– Parfait, approuva Malko. Mais il ne me reste que quinze mille dollars environ. Il me fera confiance ?

– *No problem.* Dites-lui qu'il sera payé après. On a toujours fonctionné de cette manière avec lui. A propos, il y a encore quelqu'un qui peut vous aider à Bucarest. Un certain Marin Sorescu. Il a dirigé la branche extérieure de la Securitate jusqu'en 1992. Il est à la retraite maintenant, mais a gardé pas mal de relations.

– Vous faites confiance à un membre de la Securitate ? s'étonna Malko. C'étaient les partenaires du KGB...

Franck Capistrano sourit.

– Les temps ont changé. Tous ces gens ont retourné

leur veste et Sorescu s'est montré très coopératif pour nous remettre certains dossiers. Si vous avez un problème, allez le voir.

Le carnet électronique ressortit et Malko nota un numéro et une adresse : 212 0474 ; 4, rue Gluceru Sandru.

– Vous serez quand à Washington ? demanda Malko.

– Je prends un vol pour Londres tout à l'heure. J'ai un dîner là-bas. Je repartirai demain matin par le Concorde. Vous pourrez me joindre à mon bureau à partir de trois heures de l'après-midi. Mais, sauf urgence absolue, attendez d'avoir atterri à Naples pour appeler.

– Pourquoi Naples ?

– Parce que c'est une base NATO. Notre ami Andreanu connaît bien. C'est là qu'il rencontrait nos gens. (Il soupira.) *For Christ's sake,* j'ai hâte que vous soyez de retour avec Polyakov. On va faire un sacré ménage à la *Company* et on saura qui a tué Lee Brookner.

– Vous apprendrez peut-être aussi des choses désagréables, insinua perfidement Malko. Derrière l'assassin de Lee Brookner...

Un ange passa qui avait la tête de Bill Clinton. Franck Capistrano balaya l'objection d'un geste sans appel.

– Personne ne sera à l'abri, jura-t-il en se levant. J'y veillerai personnellement. *Take care.* Dites à Evgueni Polyakov qu'il sera traité comme un roi.

*
**

Yolanda Casas gara sa voiture dans un petit parking juste en face du 4012 Main Street, une bâtisse blanche en bois, coquette, sans une écaille de peinture. Fairfax, en Virginie, à une trentaine de kilomètres de Washington sur la route 66, c'était l'Amérique profonde. Pratiquement pas de buildings, des petites maisons en bois ou en brique éparpillées dans la campagne, quelques centres commerciaux, concentrés dans Main Street.

Elle traversa en courant sous la pluie battante, gagnant

directement une entrée latérale du 4012. Un petit escalier menait directement au premier étage où se trouvait le bureau de Mark Spry, le patron de Security Inc., une petite boîte de surveillance et d'installation de contrôles d'accès. Ancien de la CIA, affecté à la Central America Task Force, du temps des « Contras » nicaraguayens, Mark Spry avait vu sa carrière fâcheusement compromise, suite à l'Irangate. Obligé de donner sa démission, il s'était reconverti dans le business, sans rencontrer un succès extraordinaire.

Yolanda Casas frappa sans hésiter à la porte blanche encore ornée d'une couronne de gui et entendit la voix de Mark Spry crier *Come on in !* Seuls ses intimes passaient par là, les clients « ordinaires » utilisaient l'escalier partant de la réception, en bas.

Dès qu'il la vit, Mark Spry sauta sur ses pieds, contourna son bureau et vint vers elle. Avec sa moustache noire, son mètre quatre-vingt-cinq légèrement enrobé et son air de play-boy, il avait encore belle allure.

– Babe ! lança-t-il. Quelle bonne surprise ! Pourquoi tu n'as pas téléphoné ?

Yolanda Casas se débarrassa de son imperméable, apparaissant moulée par un pull angora bleu électrique et une jupe noire très courte qui exposait la plus grande partie de ses jambes un peu fortes. Elle se retourna et, tranquillement, poussa le loquet de la porte menant au rez-de-chaussée. Puis, avec un sourire salace, elle s'approcha de Mark Spry. Sans un mot, elle défit sa ceinture, et d'un geste presque brutal, fit tomber sur ses chevilles pantalon et caleçon. Face à cette agression sexuelle, Mark Spry avait déjà une semi-érection.

Dans la foulée, Yolanda se laissa tomber à genoux sur l'épaisse moquette et, d'un seul coup, enfonça le sexe dans sa bouche jusqu'à la racine.

Mark Spry en tituba de bonheur.

– *Oh ! My God !* gémit-il, s'appuyant à son bureau pour ne pas tomber.

Cela le ramenait une douzaine d'années en arrière, à Little Rock, Arkansas. A l'époque, travaillant pour la branche clandestine de la CIA, il expédiait des armes au Honduras pour les « Contras » à partir de l'aéroport de Mena, en Arkansas. Il prenait ses permissions de détente à Little Rock. C'est là qu'il avait rencontré Yolanda Casas, superbe brune pas trop farouche qui travaillait dans un organisme gouvernemental, mais traînait souvent au bar de l'hôtel *Excelsior*. Un soir, après avoir épuisé à deux une bouteille de Defender « Success », il l'avait emmenée dans sa chambre. Trop fatigué pour négocier, il s'était contenté de descendre son pantalon et son caleçon en disant :

– *Suck me off !*

Une chance sur dix que ça marche. Mais, à son émerveillement, Yolanda Casas avait obéi, y prenant visiblement un plaisir certain. Après qu'il se fut répandu dans sa bouche, elle lui avait simplement dit :

– La prochaine fois, laisse-moi tout faire moi-même. Ça m'excite.

C'était ensuite devenu un rite. Dès qu'ils se retrouvaient, d'une façon très irrégulière d'ailleurs, elle se comportait comme elle venait de le faire. Ils n'avaient jamais fait l'amour...

– *Ah ! God !*

Mark Spry se cassa en deux, secoué par un orgasme violent, aspiré jusqu'à la dernière goutte par sa fellatrice. Celle-ci, une main glissée entre ses cuisses, venait également de se faire jouir. Ils reprirent leurs esprits ensemble et l'ex-agent de la CIA se laissa tomber dans un canapé de cuir, les jambes coupées. Yolanda Casas tira sur son pull angora d'un geste machinal et habituel, et s'assit en face de lui. C'est alors que Mark Spry réalisa qu'elle n'était peut-être pas venue de Washington uniquement pour lui administrer cette gâterie...

– Je crois que je vais avoir encore besoin de toi, annonça-t-elle d'une voix neutre.

– Ah bon ! fit Mark Spry, sur la défensive.

Quelques semaines plus tôt, il avait reçu la même visite, et découvert que Yolanda Casas, qu'il n'avait pas vue depuis un an, était parfaitement au courant de sa situation financière peu brillante. Divorcé, il versait tous les mois mille cinq cents dollars à son ex-femme et son découvert à la City Bank montait régulièrement. Les affaires marchaient mal. Alors, quand elle lui avait offert de gagner cinquante mille dollars pour une affaire très particulière, il n'avait pas pu dire non. Mais il avait sous-traité l'exécution du projet à un vieux copain, Dell Claridge, un ancien des « Special Forces » qui se trouvait sous ses ordres au Honduras. Ce dernier ayant un peu abusé des « interrogatoires spéciaux », on avait résilié son contrat, et depuis, il végétait. Il avait ouvert une petite agence de détective privé à Washington, vivait dans son bureau parce qu'il n'avait même pas les moyens de s'offrir un appartement. Lui non plus n'avait pas hésité à gagner vingt mille dollars.

Cela arrangeait bien Mark Spry, qui ne se serait jamais mouillé dans une affaire aussi tordue et dangereuse si Yolanda elle-même ne le lui avait pas demandé. Seulement, la jeune femme travaillait à la Maison-Blanche et ses liens avec le président étaient un secret de Polichinelle. Cela supposait, en cas de problème, un niveau de protection élevé.

Malgré tout, Mark Spry n'avait pas envie de recommencer, sa visiteuse le devinait.

– Cette fois, c'est un peu plus délicat, mais tu gagneras beaucoup plus, précisa-t-elle avant d'expliquer ce qu'elle attendait.

Mark Spry, perturbé, prit une bouteille de Defender « Cinq ans » dans le bar et s'en versa une rasade sans eau ni glace. Il lui fallait du courage pour affronter ce genre de situation.

– Je ne crois pas que je puisse, avança-t-il.

Yolanda Casas lui jeta un regard glacial.

– C'est aussi dans ton intérêt. Si ce type arrive à Washington, cela produira un tremblement de terre. Tu peux prendre des éclats...

Le voyant ébranlé, elle revint à un sourire mielleux, sortit de son sac une lourde enveloppe brune et la jeta sur le bureau.

– Là, il y a cinquante mille, dit-elle. Plus les instructions. Dès que c'est en route, tu en auras autant et, à l'arrivée, encore cent mille. Plus les frais.

Sans attendre la réponse, elle se leva, effleura sa moustache noire d'un chaste baiser, déverrouilla la porte et disparut.

*
**

Le ciel, au-dessus de Bucarest, était plat et noir comme le couvercle d'un cercueil. La chaussée Kiseleff, descendant vers le centre, était encombrée de vieilles Dacia, d'Oltcit aux couleurs qu'on trouvait jadis dans le monde communiste : des rouges délavés, des gris crasseux, des jaunes pisseux. Les boutiques n'avaient guère changé depuis la fin de Ceaucescu, les gens étaient mal habillés, moroses. Tout était noirâtre, sans grâce, usé.

La façade d'un blanc éblouissant de l'hôtel *Lido,* refait récemment, illuminait le boulevard Magheru, comme posée là par erreur. Malko, au volant d'une Daewoo de location, luttait contre la tristesse qui se dégageait de cette ville plate, grise, qui semblait à l'abandon. La pluie fine et glaciale, les passants emmitouflés, les auto-stoppeurs n'égayaient pas l'atmosphère. Il arriva enfin à la haute tour de l'*Intercontinental,* juste à côté du Théâtre national, en plein cœur de la ville.

On lui attribua une chambre, avec une vue imprenable sur la place de l'Université.

A peine installé, il se mit au téléphone. Fedora Kulak et le général Polyakov devaient attendre anxieusement son appel. Mais auparavant, il devait s'organiser. Il attaqua la longue liste des téléphones de Stalian Andreanu, le contact de Franck Capistrano. Au bout de cinq minutes, il était passablement découragé : soit les numéros ne répondaient pas, soit ils n'étaient plus en service. Il passa au portable. Cette fois, on répondit. Une femme qui fit « Da ? » (1).

– Je cherche à joindre Stalian Andreanu, fit Malko en anglais.

– Stalian ? Qui êtes-vous ?

– Un de ses amis. Malko Linge.

Il y eut un silence chargé de méfiance, puis la femme reprit :

– Je suis Ruxandra Andreanu, la femme de Stalian. Je ne vous connais pas...

– En réalité, précisa Malko, c'est Franck Capistrano qui m'envoie.

Immédiatement, l'atmosphère se réchauffa.

– Ah, Franck ? Que devient-il ?

– Il fait toujours la même chose, répondit Malko sans se compromettre. Savez-vous où je pourrais joindre votre mari ?

Ruxandra Andreanu eut un rire léger.

– Tout à fait ! A la prison centrale de Bucarest.

Franck Capistrano n'avait pas prévu ça. Ruxandra Andreanu enchaîna aussitôt :

– Oh, ce n'est pas très grave, il a été un peu fort sur l'immobilier et il avait beaucoup d'ennemis dans l'équipe Ilescu. Il sortira bientôt.

Elle paraissait prendre cet incident de parcours avec une grande philosophie. Malko était catastrophé. Tout le beau plan de Franck Capistrano tombait à l'eau.

– Je suis désolé, dit-il.

– Attendez, fit-elle, sentant qu'il allait raccrocher. Vous êtes à Bucarest ?

– Oui.

– Que vouliez-vous demander à Stalian ?

(1) Oui, en roumain comme en russe.

– C'est difficile à expliquer au téléphone...

– Eh bien, rencontrons-nous. Je pourrai probablement vous aider. Justement, aujourd'hui, je vais à Bucarest pour le voir au parloir de la prison. Nous pouvons nous rencontrer ensuite. Où êtes-vous descendu ?

– A l'*Intercontinental*. Chambre 504.

– Alors, à tout à l'heure. Vingt heures.

A Bucarest, on dînait tôt. A peine eut-il raccroché que Malko appela le second contact de Franck Capistrano, Marin Sorescu, l'ancien patron de la Securitate. Il risquait d'en avoir besoin... Il eut un répondeur en anglais où il laissa un message, donnant son nom, celui de Capistrano et ses coordonnées. Ensuite, il se pencha sur une carte d'Europe de l'Est. Il y avait environ quatre cents kilomètres jusqu'à Kichinev, la capitale de Moldavie. En plus, il fallait un visa. Pas question d'un aller-retour rapide. Mais les deux défecteurs, là-bas, devaient commencer à s'angoisser.

Il composa le numéro de l'hôtel *Seabaco* à Kichinev, puis demanda la chambre 80. On décrocha tout de suite, mais personne ne parla.

– C'est moi, annonça Malko.

– Vous êtes ici ?

C'était la voix de Fedora Kulak. Tendue. Malko répondit d'une voix enjouée :

– Non, je suis à Bucarest, mais je vais venir très vite. J'ai hâte de vous voir...

Il avait volontairement adopté le ton d'une conversation d'amoureux. Fedora Kulak enchaîna aussitôt, sur le même ton :

– Dépêchez-vous. Si vous me laissez trop longtemps seule...

– Je sais, coupa Malko. Tout va bien ?

– Tout va bien.

– A très bientôt.

Il raccrocha, à moitié rassuré. Pourvu qu'il puisse utiliser l'avion de Stalian Andreanu ! Sinon, il faudrait un

« back-up » rapide. Pour se changer les idées, il appela le château de Liezen, afin de persuader Alexandra qu'il n'était pas parti retrouver une « créature »... C'est Elko Krisantem qui répondit.

– La comtesse Alexandra est partie dîner à Vienne, annonça-t-il d'un ton réprobateur.

Le Turc, qui avait des principes, estimait qu'une femme, en l'absence de son homme, ne devait mettre le pied dehors que pour des causes graves : incendie, décès, accouchement...

– Rien d'autre ? demanda Malko, déçu.

– Si. Un monsieur vous a demandé. Il parlait anglais. Ce doit être un de vos amis de Washington. Je lui ai dit que vous étiez à Bucarest, à l'*Intercontinental*. Il ne vous a pas appelé ?

– Non, dit Malko.

A peine eut-il raccroché qu'il composa la ligne directe de Franck Capistrano, chez lui. En Virginie, il était cinq heures du matin.

– C'est vous qui m'avez appelé à Liezen ? demanda Malko dès qu'il l'eut en ligne.

– Non, fit Capistrano, visiblement surpris. C'est moi qui attendais vos nouvelles. Tout va bien ?

– Oui. Votre ami n'est pas là, mais je dois rencontrer son épouse.

– Elle est tout à fait bien, assura l'Américain d'un ton lourd de sous-entendus.

Autrement dit, c'était une franche crapule, comme son mari. Enfin une bonne nouvelle...

Malko raccrocha. Ce mystérieux coup de fil à Liezen l'intriguait. Qui pouvait lui avoir téléphoné, sans chercher ensuite à le joindre en Roumanie ?

Il ne « sentait » pas Bucarest. En Roumanie et en Moldavie, le SVR devait garder le bras long. Il n'y avait plus qu'à prier pour que Ruxandra Andreanu soit vraiment efficace.

*
**

Le lieutenant Georgi Arbatov avait attaqué sa corvée quotidienne, qui consistait à enfourner dans l'ordinateur du SVR de la *rezidentura* de Bucarest les listes de passagers communiquées par son contact au SRI (1) roumain, afin de repérer éventuellement des déplacements intéressant la centrale de Moscou.

Tâche horriblement fastidieuse, car à peine un nom sur cinq cents déclenchait une réaction. Georgi Arbatov s'arrêta quelques instants pour boire un peu de thé. Il régnait dans cette annexe de l'ambassade de Russie, vaste bâtiment situé sur la chaussée Kiseleff, un froid sibérien. Faute d'argent, on ne chauffait plus que les pièces réservées à l'ambassadeur. Puis, il reprit son travail et à 6 h 45, un voyant rouge se mit à clignoter. Le nom qu'il venait de taper était enregistré par l'ordinateur central du SVR, à Yasnovo.

Il nota les informations : Malko Linge, vol Air France 2146 en provenance de Paris. Ensuite, il rédigea une courte note qu'il fit porter immédiatement au chauffeur pour envoi instantané.

(1) Service de renseignement intérieur.

CHAPITRE IX

– On vous attend dans le hall, annonça l'employé de la réception au téléphone.

Il était vingt heures pile. Ruxandra Andreanu était ponctuelle. A peine Malko fut-il en bas qu'une tornade fauve fonça sur lui. Des cheveux blonds tirés en arrière, un profil d'oiseau, moulée dans une veste de cuir mauve cintrée s'arrêtant à une jupe en cuir noir munie d'une énorme fermeture Eclair sur le devant, des bas noirs disparaissant dans des bottes à hauts talons, Ruxandra ne ressemblait pas vraiment à un homme d'affaires.

En plus, elle était littéralement couverte de bijoux ! Une montre-serpent Bulgari, des bagues à tous les doigts, des boucles d'oreilles en diamant, des bracelets à la douzaine. Malko eut du mal à trouver un coin de peau nue pour lui baiser la main. Elle l'enveloppa d'un regard gourmand.

– Vous ressemblez à mon mari, en plus jeune et plus sexy, ajouta-t-elle avec un rire de gorge.

Son regard, planté dans le sien, était sans équivoque. Ruxandra Andreanu était de la race des barracudas.

– J'ai retenu au *Primiera,* annonça-t-elle. C'est très bon. Ma voiture est dehors.

Ils gagnèrent une Mercedes framboise écrasée, d'où jaillit un chauffeur tout juste sorti d'un conte de Dracula. Une bête à la nuque épaisse et au front bas, avec des mains comme des battoirs, une casquette enfoncée jusqu'aux oreilles. Cent mètres plus loin, ils étaient arrivés !

Le *Primiera* ressemblait à un décor de théâtre sophistiqué, avec des dais, des bougies sur les tables, des tableaux aux murs, une atmosphère feutrée. Un pianiste chenu égrenait des notes mélancoliques et plusieurs tables étaient occupées par de très jolies femmes.

Ruxandra Andreanu écarta les dentelles de sa veste, découvrant deux seins pointus qui défiaient les lois de la pesanteur. Le silicone était passé par là. Au garçon accouru, elle commanda une double « Original Margarita » 1/3 Cointreau, 2/3 tequila Don Julio, tandis que Malko se contentait d'une vodka.

– C'est le restaurant à la mode de Bucarest, expliqua-t-elle. Mon mari vient toujours là pour draguer de jeunes créatures. Tenez, là-bas, c'est l'ambassadeur des Etats-Unis...

En un clin d'œil, elle eut avalé sa double « Original Margarita ». Quand elle ne buvait pas, elle parlait... Son regard se posait sans cesse sur Malko, gourmand et intrigué.

– Vous portez des lentilles de contact ? demanda-t-elle un peu plus tard, en attaquant l'agneau.

– Non, pourquoi ?

– Vos yeux ! Ils sont extraordinaires.

Extatique, elle portait, écrit sur le front : « Baise-moi. » Ce n'est qu'à la fin du repas qu'elle demanda d'une voix légèrement pâteuse :

– Quel service vouliez-vous demander à mon mari ?

Malko hésita. Ruxandra Andreanu paraissait un peu folklo, mais il n'avait guère le choix.

– J'ai besoin d'un avion privé, je crois que votre mari...

Elle l'arrêta d'un geste.

– Le Falcon est en réparation à Paris depuis six mois et je ne veux pas payer la note. Il se débrouillera quand il sortira. Où voulez-vous aller ?

– A Kichinev.

– A Kichinev ! Quelle horreur, les Moldaves sont des fous. Ils écrivent notre langue en caractères cyrilliques. Et puis, il y a des avions tous les jours de l'aéroport Baneasa.

– Bien sûr, approuva Malko, mais je voudrais un vol discret. De Kichinev jusqu'à Naples, par exemple. Nous sommes prêts à vous régler une somme importante.

Ruxandra Andreanu sortit une cigarette que Malko s'empressa de lui allumer avec son Zippo armorié.

– Pourquoi voulez-vous aller à Kichinev ?

En dépit des assurances de Franck Capistrano, Malkc hésitait à lui révéler la vérité. Elle se pencha vers lui, effleurant volontairement son oreille d'une bouche chaude.

– Il faut me faire confiance, souffla-t-elle. Je sais que Mr Capistrano a parfois des demandes étranges. Vous avez de la marchandise « sensible » à transporter ?

– Pas de la marchandise.

– Des gens ?

– Oui. Deux défecteurs qu'il faut exfiltrer rapidement de Moldavie.

Ruxandra Andreanu sourit.

– Il n'y a pas besoin d'avion pour cela. Nous pouvons aller à Kichinev par la route. Il y en a pour cinq heures environ. Pour le retour, c'est pareil. On prend les visas à la frontière.

Elle continuait à manger de bon appétit. Malko, lui, touchait à peine à son mixed-grill. La laissant dévorer, il suivit du regard un groupe qui venait d'arriver : trois hommes et une fille splendide aux longs cheveux d'Ophélie, avec un gros pull et des bottes, le regard lointain. Ruxandra Andreanu lui donna un léger coup de pied sous la table.

– Elle est belle, non ? C'est une actrice du Théâtre national. Ce n'est pas gentil pour moi de la regarder comme ça.

Ce n'était pas le moment de vexer sa seule alliée... La botte de Ruxandra, sous la table, resta collée à sa jambe et le regard de la Roumaine se faisait de plus en plus éloquent. Apparemment, elle vivait mal, sexuellement, l'incarcération de son mari.

Malko revint à la charge.

– Si nous payions la facture du Falcon, vous pourriez le récupérer quand ?

– Il faut que je téléphone. Mais j'ai donné congé à l'équipage. Il faut que je le retrouve.

– Tout cela peut prendre combien de temps ?

– Une semaine, peut-être.

– C'est trop long, dit Malko, ces gens sont en danger. J'ai peur de la réaction des Russes.

Ruxandra Andreanu repoussa son assiette, appela la serveuse, commanda une île flottante et un cognac Gaston de Lagrange XO, et se tourna vers Malko.

– J'ai une proposition à vous faire. Demain, vous prendrez un visa pour la Moldavie. C'est facile. Nous partons tous les deux à Kichinev avec ma voiture, c'est plus simple. Après-demain, nous revenons ici à Bucarest avec vos amis, et on les installe chez moi.

– Chez vous ?

– Oui. J'ai une grande maison à Sagov, à vingt kilomètres de Bucarest, là où Ceaucescu avait sa résidence. Lorsqu'il s'est enfui de la ville en hélico, il est venu se poser à côté de chez moi. Là-bas, c'est tranquille, je n'ai que des gens sûrs.

– OK ! Et ensuite ?

Elle prit le temps de boire une gorgée de son cognac avant de répondre :

– Lorsqu'on travaillait avec Mr Capistrano, nous faisions expédier ses marchandises à partir de Constantza, notre port sur la mer Noire. En utilisant des cargos chypriotes dont je connais l'armateur. Celui-ci sera ravi de me rendre service. Et là, c'est discret. Personne ne saura comment ils sont partis. Une fois à bord, on va où on veut.

Malko soupira intérieurement. Ça semblait la solution.

Une fois au large, un sous-marin américain pouvait récupérer les fugitifs.

– Ça me paraît envisageable, dit-il.

– Vous avez une voiture ? demanda soudain la Roumaine.

– Oui.

– Attendez-moi.

Elle se leva et fonça vers la sortie, pour revenir quelques minutes plus tard.

– Il n'y a pas de problème, affirma-t-elle. J'ai renvoyé mon chauffeur.

– Pourquoi ?

Elle eut un rire de gorge.

– Je vais vous montrer ma maison et je dois préserver ma réputation... Je ne veux pas qu'il me voie ramener un homme chez moi la nuit. Même si c'est pour du business...

Sa jambe à nouveau collée à la sienne ne disait pas exactement la même chose...

Ils finirent de dîner, sous le regard gobuleux du pianiste qui semblait prêt à défaillir à chaque note. Pathétique... Ruxandra Andreanu, après avoir consciencieusement réchauffé son cognac Gaston de Lagrange XO entre ses doigts fuselés, l'acheva d'une traite et se leva, le regard allumé. Dehors, elle se pendit au bras de Malko comme une jeune épousée.

– Je suis ravie que vous m'ayez téléphoné, dit-elle. Il y a longtemps que j'ai rien fait d'amusant...

– C'est surtout dangereux, releva Malko. Le SVR ne restera sûrement pas les bras croisés. Or, ils feront n'importe quoi pour récupérer ces deux défecteurs...

– Je connais bien ce pays, affirma Ruxandra Andreanu. On les battra.

– A propos, demanda Malko. Quel est le prix de votre collaboration ?

La Roumaine sourit.

– Je vous dirai cela plus tard.

Cinq minutes après, ils étaient devant l'*Intercontinental*

et Malko récupérait sa Daewoo. Il remonta le boulevard Magheru, puis la chaussée Kiseleff, contournant ensuite un arc de triomphe pour s'engager sur la route Bucarest-Ploesti.

– C'est à vingt minutes, expliqua Ruxandra. Après l'aéroport d'Otopeni.

*
**

La température s'était brutalement refroidie à Moscou et il régnait un froid glacial dans les bureaux du SVR. Depuis la fin de l'Union soviétique, même le chauffage était mesuré. En dépit de l'heure tardive, le général Troubnikov était toujours à son bureau. Broyant du noir.

Deux jours supplémentaires s'étaient écoulés et il n'y avait toujours aucune trace d'Evgueni Polyakov. Or, le président Boris Eltsine lui avait fait savoir de sa clinique que, s'il ne remettait pas la main sur le défecteur, sa carrière était terminée. Au mieux... Troubnikov avait eu beau relancer toutes les *rezidenturas* du SVR à travers le monde, insulter les gardes-frontière, ils n'avaient pas avancé d'un pouce. Sa hantise était que les Américains aient déjà récupéré le défecteur. Ils risquaient de le garder au chaud assez longtemps pour le *débriefer,* avant de le sortir triomphalement auréolé d'un conte de fées expliquant qu'il avait choisi la liberté à partir d'un pays autre que la Russie. Les nouvelles bonnes relations entre les deux pays interdisaient les actions « directes ».

On frappa à la porte du bureau et un sous-officier du chiffre entra, salua et déposa un papier devant lui. Dès qu'il y eut jeté un coup d'œil, le général Troubnikov se sentit rajeunir de vingt ans. Il s'empara du *vatrouchko* (1) et composa la ligne directe de Michael Batourine au Kremlin.

– La *rezidentura* de Bucarest vient de localiser l'agent

(1) Téléphone interministériel.

de la CIA Malko Linge, dont la présence nous avait été signalée à Moscou la semaine dernière par le général Roudzik. Il est arrivé ce matin à Bucarest en provenance de Vienne.

– Cela voudrait dire que ce salaud d'Evgueni Polyakov se trouve en Roumanie ? demanda Batourine.

– Cela ne peut être une coïncidence, plaida le général Troubnikov. Je vais demander aux gardes-frontière de « cribler » tous les vols de ces derniers jours à destination de Bucarest et Kichinev.

– Pourquoi Kichinev ?

– Parce qu'il a pu arriver plus facilement à Kichinev qu'à Bucarest. Il a peut-être bénéficié de complicités au sein de la XVe armée. Ils ont des vols tout le temps, qui ne passent pas par les circuits surveillés.

– Mais ce n'est pas une très bonne nouvelle... laissa tomber Michael Batourine.

– Pourquoi ? demanda Troubnikov, stupéfait.

– Parce que les Américains sont très bien implantés en Roumanie depuis 1991. Polyakov est déjà probablement dans un avion, en route pour Washington...

– Je vais me rendre moi-même à Bucarest, proposa le général Troubnikov, galvanisé.

– Faites ce que vous voulez, conclut Batourine, mais je veux avoir le plaisir d'écarteler moi-même ce salaud de Polyakov.

Le général Troubnikov n'écoutait déjà plus. Il raccrocha et composa un message à coder pour la *rezidentura* de Bucarest. Il avait à peine terminé que son *vatrouchko* sonna. C'était Michael Batourine.

– Finalement, n'allez pas là-bas, ordonna sèchement le bras droit d'Eltsine. Mettez plutôt une équipe de Spetnatz à la disposition de la *rezidentura* de Bucarest. C'est plus utile.

– Parfait, répondit Troubnikov sans discuter. Je me mets en rapport avec le QG de la XVe armée à Tiraspol.

Il appella aussitôt son homologue, le général Ladyguine, directeur du GRU, et parvint à le joindre chez lui. Il lui expliqua qu'il lui fallait absolument des Spetnatz de la XVe armée pour une opération contre le défecteur. Le général Ladyguine n'accueillit par sa requête avec un enthousiasme débordant.

– Je dois demander au général Godionov, qui commande maintenant la XVe armée, l'autorisation de mettre des gens à votre disposition. En Transistrie, la situation est extrêmement volatile. Il ne faudrait pas que le nouveau président moldave Lichinski considère une action de notre part comme une provocation. Je vous rappelle.

Le général Troubnikov raccrocha, écumant de rage. Le GRU avait toujours méprisé le KGB, puis le SVR. En réalité, Ladyguine se frottait les mains de ce qui arrivait. Le GRU en sortirait grandi, comme le seul organisme en qui on pouvait avoir confiance. Il allait être obligé de faire intervenir Batourine.

Il jouait sa tête. A aucun prix, le défecteur ne devait quitter la Roumanie. Il termina son message pour le résident de Bucarest, lui intimant de découvrir, grâce à leurs amis roumains, où se trouvait Malko Linge, l'agent de la CIA. Car c'est par lui qu'on pourrait remonter au général Polyakov, découvrir sa planque et frapper.

*
**

La route, droite comme un I, s'enfonçait tout droit vers le nord, au milieu d'une morne plaine noyée de brouillard. Ils avaient passé l'embranchement de l'aéroport international d'Otopeni et roulaient en pleine campagne.

– Tournez à droite, ordonna soudain Ruxandra en montrant un chemin qui s'enfonçait à travers une forêt de bouleaux.

Malko obéit. Ils ne se trouvaient qu'à une vingtaine de kilomètres de Bucarest, mais il avait l'impression d'être dans un autre monde. Les phares éclairèrent un petit lac, au milieu duquel on apercevait une île minuscule, supportant ce qui semblait être une église.

– C'est le monastère de Sagov, expliqua Ruxandra Andreanu. C'est là qu'est enterré Vlad l'Empaleur, celui que vous nommez Dracula... On n'a jamais retrouvé son corps, mais il est là.

Ils bifurquèrent dans une allée bordée de grandes villas rococo isolées dans des parcs à l'abandon. Le refuge de l'ex-nomenklatura roumainc ct dcs nouveaux riches.

– Le portail noir ! dit Ruxandra Andreanu. A gauche.

Un majestueux portail encadré de deux piliers carrés portait le numéro 24. Les grilles de chaque côté se prolongeaient sur une bonne centaine de mètres. Cela tenait plus du château de Versailles que du pavillon de banlieue.

La Roumaine sortit un bip de son sac et les deux vantaux du portail s'écartèrent lentement, dévoilant une grosse maison rococo, dont l'accès se faisait par un imposant perron. La Mercedes S 320 framboise était garée devant.

Le moteur de la Daewoo éteint, Malko fut frappé par le silence absolu, minéral. L'obscurité empêchait de voir le parc, il n'y avait pas une lumière dans la maison. Ruxandra fit claquer ses talons sur le perron et ouvrit une porte monumentale. Malko la rejoignit dans un hall dont on apercevait à peine le plafond.

– Vos amis seront très bien ici, dit la Roumaine dans la pénombre. Personne ne viendra les y chercher.

– En effet, reconnut Malko. Vous vivez seule ici ?

– Pour le moment. Derrière, il y a une petite maison pour le chauffeur et un couple.

– Bien, conclut-il. Je vais repartir à Bucarest. Il faut que je me lève tôt demain, pour aller chercher mon visa moldave.

– Attendez ! Je veux vous montrer ma tanière ! protesta-t-elle. Venez.

Elle le fit entrer dans un vaste salon entièrement meublé en Art Déco – avec une commode en palissandre au décor de tortues, transformée en bar – entouré de profonds canapés recouverts de cuir rouge très fin.

– Je fais tout venir de Paris, expliqua-t-elle. Mon architecte d'intérieur, Claude Dalle, vient lui-même ici ! C'est superbe, non ?

– Tout à fait ! affirma Malko.

– Venez, fit-elle, il y a encore autre chose.

Il la suivit au long d'un couloir presque pas éclairé, jusqu'à une double porte qu'elle poussa, s'effaçant pour laisser Malko entrer le premier.

D'abord, il ne vit que des dizaines de points lumineux dans un grand trou noir ! Il lui fallut quelques secondes pour réaliser qu'il s'agissait de bougies brûlant dans des chandeliers disséminés dans une pièce immense. A part ces chandeliers en argent, tout était noir ! Les murs, les rideaux, la moquette, les meubles ! Il devina un très grand lit à baldaquin, quelques meubles Haute Epoque et ce qui ressemblait à un attirail de gymnastique, dans un coin. Un parfum entêtant flottait dans la pièce, qui s'élevait de plusieurs brûle-parfums répartis dans la pièce. On aurait dit un sulfureux décor de théâtre.

– Vous aimez ? demanda Ruxandra Andreanu.

– C'est votre chambre ?

– Non, ma salle de jeu...

Il la regarda : dans la pénombre, il distinguait à peine son visage, mais se sentait mal à l'aise. La CIA avait vraiment d'étranges alliés.

– Et à quoi jouez-vous ? demanda-t-il, volontairement enjoué.

Sans répondre, elle s'approcha d'un mur et tourna un commutateur. Une rampe s'alluma qui éclairait un immense tryptique. Malko s'approcha. Cela évoquait le *Jardin des délices,* de Jérôme Bosch, en beaucoup plus cruel et infiniment plus érotique. Une vaste fresque où des femmes superbes et nues subissaient toutes sortes de supplices sexuels.

Le centre était occupé par une femme en partie masquée, maintenue par quatre hommes qui l'empalaient avec lenteur sur un pal impressionnant taillé comme un sexe monstrueux. Son rictus évoquait aussi bien le plaisir qu'une douleur atroce. D'autres se faisaient sodomiser par des ânes, enchaînées sur des machineries complexes ; une autre subissait les assauts d'un dragon à demi humain au membre démesuré.

Des vestales en cuir, à genoux, s'appliquaient à satisfaire des gladiateurs à la musculature puissante, harnachés de cuir. Une blonde extatique au long corps de liane écartait d'interminables jambes devant une créature fantomatique qui présentait un vit torsadé aussi grand que lui. Plus loin, une autre jeune femme, uniquement vêtue de bas, allongée sur un immense coussin mauve porté par des monstres, s'enfonçait langoureusement un olisbos noir sculpté de démons, jusqu'au milieu du corps...

Une autre « victime », le visage renversé en arrière, le regard trouble, subissait l'assaut d'une sorte de guerrier moyenâgeux en armure qui tordait les pointes démesurées de ses seins entre ses gants d'acier. Son visage exprimait une satisfaction morbide, perverse, troublante aussi.

Les estampes japonaises, comparées à cette œuvre, n'étaient que des images de première communiante... La voix de Ruxandra, déjà changée, souffla à l'oreille de Malko :

– C'est à ça que je joue.

Il se retourna. Elle avait ôté sa veste de cuir qui gisait à terre et semblait le menacer de ses seins incroyablement pointus, prolongés par des pointes presque aussi longues que celles du tableau, et qui déformaient la laine de son pull.

– Qui a peint ce tableau ? demanda-t-il.

– Mon mari. Il a beaucoup d'imagination.

Il devait s'ennuyer, en prison...

Ils se mesurèrent du regard quelques instants. Puis Ruxandra adressa un sourire sulfureux à Malko.

– Vous m'aviez demandé mon prix. Le voici. Je n'ai

pas besoin d'argent, seulement de sensations très fortes. Lorsque je vous ai vu, j'ai tout de suite pensé que je pourrais les éprouver avec vous. Vos yeux, et puis, autre chose : vous sentez le danger, la mort.

Il était tombé sur une vraie frappadingue...

– Ce n'est pas vraiment ma forme d'érotisme, plaida-t-il.

Ruxandra Andreanu accentua son sourire.

– Je ne vous force pas. Mais, dans ce cas, notre collaboration s'arrête ici et maintenant. Vous connaissez le chemin du retour. N'essayez plus de m'appeler, je ne répondrai pas.

Il sonda son regard brillant : elle était absolument sincère. Et elle le tenait. Sans logistique, il lui était impossible d'exfiltrer rapidement Evgueni Polyakov et sa maîtresse. C'était bien la première fois qu'il se trouvait confronté à ce genre de dilemme.

– Suis-je tellement repoussante ? demanda Ruxandra.

Elle lui faisait face, les jambes légèrement écartées, la bouche entrouverte : l'incarnation même du vice. Il baissa les yeux sur ses seins pointus et sentit un picotement au bas de sa colonne vertébrale. Comme envoûté, il avait tout à coup envie d'entrer dans le jeu trouble de la Roumaine.

Une expérience qu'on ne fait qu'une fois dans sa vie, sous peine de passer de l'autre côté du miroir...

Il fit un pas en avant et saisit entre ses doigts les longues pointes gainées de laine fine. Puis, il les tordit lentement, serrant de plus en plus fort. Le regard de Ruxandra chavira. Elle émit un soupir rauque. D'une seule main, elle défit le long zip de sa jupe de cuir et glissa l'autre entre les pans ouverts, commençant à fourrager furieusement entre ses cuisses. Il serra encore plus et elle poussa un cri extasié, puis se mit à respirer à toute vitesse, comme si elle allait s'évanouir.

Cela dura un temps qui parut très long à Malko, puis Ruxandra lança un cri aigu, tout son corps fut secoué d'un spasme et elle tomba à genoux, prosternée devant lui, terrassée par un orgasme dévastateur.

La pause ne dura pas longtemps. La Roumaine se releva, le regard halluciné, et prit Malko par la main, l'entraînant vers ce qu'il avait pris pour des instruments de gymnastique.

En fait, c'était un attirail sadomaso ! D'elle-même, Ruxandra s'allongea sur un chevalet en X incliné, équipé de bracelets de cuir sur ces quatre branches.

– Attache-moi et viole-moi, dit-elle d'une voix qui semblait venir du lac de Dracula.

Il lui immobilisa les poignets et les chevilles. Par les pans de sa jupe ouverte, il voyait son ventre et ses cuisses coupées par les jarretelles. Un coup d'œil au tableau lui donna l'inspiration. Au point où il en était, autant satisfaire tous les fantasmes de la belle Roumaine. D'autant qu'il avait une puissante érection, sûrement due à cette mise en scène étrange.

Ruxandra secouait la tête de droite à gauche, comme si elle souffrait. Malko se défit, saisit ses cheveux de la main gauche et lui enfonça brutalement son sexe jusqu'au gosier. Il coulissa ensuite comme dans un sexe. Aux anges, Ruxandra se décollait presque du chevalet, les mâchoires écartées au maximum, les yeux pleins de larmes, sa langue dansant une gigue endiablée. A ce train-là, Malko n'allait pas tarder à rendre l'âme...

Il se dit que c'était sûrement trop simple pour elle et se retira.

C'est alors que son regard tomba sur une rangée d'olisbos d'ébène dressés sur un guéridon, à côté du chevalet. Ils n'étaient assurément pas là par hasard... Sans hésiter, il prit un des plus imposants et s'approcha de Ruxandra. De nouveau, le regard de la jeune femme se révulsa. Elle lança d'une voix rauque et suppliante :

– Non, vous n'allez pas faire ça ! Vous allez me déchirer.

Malko commençait à se prendre au jeu. Sans douceur,

il enfonça l'énorme engin entre les cuisses de la jeune femme. Les parois intimes s'écartèrent difficilement devant cette intrusion. Ruxandra se mit à hurler, si fort qu'il se demanda si le jeu continuait. Mais son expression extatique le rassura, il n'avait pas franchi la ligne.

Soudain, les mouvements spasmodiques de Ruxandra firent pivoter le chevalet et elle lui offrit son dos et sa croupe. Le X du chevalet était juste au creux de ses reins, suivant ensuite la ligne des jambes. Ce qui dégageait les fesses, et n'était sûrement pas un hasard.

Décidé à aller au bout de cette expérience étonnante, Malko saisit le plus gros des olisbos, un membre énorme. Quand il en appuya l'extrémité sur l'entrée de ses reins, Ruxandra commença à gigoter en le suppliant. En roumain, d'une voix aiguë et larmoyante. Elle s'y croyait vraiment...

Bien entendu, Malko ne tenait aucun compte de ces supplications, car l'engin s'enfonçait dans l'étroite ouverture sans trop de mal. Hallucinant ! Malko continua à peser, gagnant millimètre par millimètre, jusqu'à ce que l'olisbos soit totalement englouti ! Le corps de la jeune femme était secoué de sursauts et elle gémissait à fendre l'âme. Malko se demanda ce qu'elle attendait encore de lui. La solution lui parut évidente. Faisant le tour du chevalet, il se plaça en face d'elle et força de nouveau sa bouche. Les yeux noyés de plaisir, elle l'aspira d'une seule traite. Cette fois, il ne se retint pas. Il était si excité qu'en quelques allées et venues, il sentit la sève monter de ses reins. Au bord d'exploser, il se ficha encore plus loin. Ruxandra émit un cri inarticulé et son spasme de plaisir fut si violent que son poignet gauche se détacha du chevalet.

Malko s'ébroua mentalement. Il avait l'impression d'avoir participé à un jeu de rôle un peu malsain. Tandis qu'il se rajustait, Ruxandra Andreanu se détacha, puis se débarrassa des deux olisbos encore enfoncés en elle et s'étira. Les flammes des bougies dansaient sur son visage, lui donnant un air vaguement maléfique, mais elle semblait ravie.

– Il y a huit mois que je n'avais pas joui ainsi, soupira-t-elle. Depuis que Stalian est en prison. Cela me manquait tellement...

Elle paraissait épuisée, les yeux au milieu de la figure, une lueur folle dansant encore au fond des prunelles. Malko voulut en avoir le cœur net.

– Si j'avais refusé...

– Je ne vous aurais jamais revu, dit-elle. Je ne suis pas stupide, je sais que cela va être dangereux. Je connais les Russes. Mais ce que j'ai éprouvé est tellement extraordinaire ! Et je ne peux pas demander cela à n'importe qui. Vous devez me croire folle.

– Non, assura Malko. Spéciale.

Elle le précéda hors de la pièce. Intrigué, il demanda :

– Ces bougies, elles brûlent tout le temps ?

La Roumaine sourit.

– Non, je les ai fait allumer pour vous. J'espérais bien que vous accepteriez. Je vais dire à la femme de chambre de venir les éteindre, quand vous serez parti.

Ils se retrouvèrent dans le hall d'entrée.

– Je viens vous chercher à l'*Intercontinental* vers midi, demain, proposa-t-elle. Prenez votre visa dans la matinée, nous partirons tout de suite.

– Parfait, dit Malko. Et le bateau ?

– Je m'en occuperai demain matin.

Elle alla à une commode et ouvrit un tiroir, en sortit un gros pistolet automatique noir, un Radom 9 mm qu'elle tendit à Malko.

– Prenez cela. On ne sait jamais. Vous retrouverez le chemin ?

– Sans problème, assura Malko.

Elle l'embrassa chastement sur les lèvres et le regarda descendre le perron.

La route de Bucarest était absolument déserte. Vingt minutes plus tard, il se garait devant l'*Intercontinental* et jetait un coup d'œil à sa Breitling : minuit dix. Les jeux sulfureux de Ruxandra n'avaient pas été très longs.

En se dirigeant vers l'ascenseur, il devina, dans le bar circulaire du rez-de-chaussée, plongé dans l'obscurité, deux hommes attablés dans le noir. Il n'y aurait plus pensé si son téléphone n'avait pas sonné quelques minutes plus tard. Il décrocha, mais il n'y avait personne au bout du fil.

Intrigué, il glissa le Radom dans sa ceinture et redescendit. Cette fois, le bar était vide. Il remonta au premier, alla jeter un coup d'œil au casino. A part les croupières et une poignée d'Asiatiques, il n'y avait personne. Son sixième sens lui disait que les deux clients attardés au bar avaient un lien avec le coup de fil blanc. Pris d'une brusque inspiration, il alla récupérer sa voiture, consulta le plan de Bucarest et prit le chemin de la rue Gluceru Sandru, là où demeurait Marin Sorescu, ancienne barbouze de la Securitate, rallié à la CIA.

C'était, dans l'est de la ville, une petite voie calme bordée de pavillons qu'il trouva après avoir suivi l'interminable boulevard Bessarabia. Il déposa une lettre dans la boîte aux lettres du numéro 4. C'est en repartant qu'il repéra une voiture arrêtée au coin du boulevard Bessarabia. Il passa devant. Elle semblait vide. Mais il n'avait pas parcouru cent mètres que ses phares s'allumaient et qu'elle démarrait, le suivant à bonne distance.

Son pouls s'accéléra. Il était suivi. Par qui ? Les gens du SVR ? Des Roumains ? Ou bien ceux qui avaient abattu Lee Brookner à Moscou ?

Lorsqu'il tourna à droite pour gagner l'entrée de l'hôtel, la voiture continua, remontant le boulevard Magheru. Il regagna sa chambre, perturbé. Cette filature modifiait tous ses plans. Il fallait s'en débarrasser avant d'aller à Kichinev. Sinon, il mènerait ceux qui le surveillaient tout droit à Evgueni Polyakov.

CHAPITRE X

Malko s'était réveillé tenaillé par l'angoisse. Qui le surveillait ?

Impossible d'aller même à l'ambassade de Moldavie tant qu'il ne se serait pas débarrassé de cette surveillance. Il avait tenté de joindre Ruxandra Andreanu pour lui demander de venir plus tôt, mais elle était déjà partie et son portable hors circuit. Par ailleurs, le mot qu'il avait déposé chez Marin Sorescu n'avait pas déclenché d'appel. Donc, l'ancien patron de la Securitate ne devait pas se trouver à Bucarest. Encore un allié qui s'évanouissait...

Pour tromper son attente, il contempla la circulation place de la République, réglée au cordeau. Terrifiés par des policiers tatillons, les automobilistes roumains affichaient un respect quasi religieux pour les piétons. On était toujours dans un système communiste où le citoyen n'avait aucun droit.

Les deux coups frappés à sa porte le ramenèrent à des considérations plus immédiates... Ruxandra Andreanu avait troqué sa veste mauve pour un classique vison, gardant toutefois ses cuissardes noires et sa jupe de cuir. Elle ôta ses lunettes noires et sourit à Malko.

– J'ai passé une merveilleuse soirée. Vous avez votre visa moldave ?

– Non.

Il lui expliqua pourquoi. Soucieuse, la Roumaine ôta son manteau, prit un paquet de Gauloises blondes dans son sac et alluma une cigarette. Bucarest s'était toujours considéré comme un petit Paris et les produits français y avaient la cote... L'attitude de la Roumaine envers Malko était totalement différente, presque indifférente. D'un animal, on aurait dit qu'elle n'était plus en chaleur.

– Vous pensez que ce sont des Russes ? demanda-t-elle.

– C'est probable, fit Malko.

S'il n'y avait pas eu l'étrange coup de fil à Liezen, il aurait répondu oui sans hésiter.

– Vous voulez toujours aller à Kichinev ?

– Je dois y aller. Mais sans traîner personne derrière moi.

– Si ce sont des Russes, cela sera très difficile de s'en débarrasser, avança-t-elle. Ils ont encore beaucoup d'amis dans ce pays. Voilà ce que nous pouvons faire. Connaissent-ils nos liens ?

– Je n'en sais rien, avoua Malko.

– Il faut savoir qui vous suit. Je vais redescendre et prévenir mon chauffeur. Il me déposera chez le coiffeur et reviendra ici avec la voiture. Dans vingt minutes, prenez la vôtre et remontez le boulevard Magheru. Sur la droite, vous trouverez la rue Pitar Mos. Garez-vous et continuez à pied. La rue est en sens unique. Ceux qui vous suivent vont sûrement en faire autant. Virgil, mon chauffeur, verra alors dans quelle voiture ils sont et à quoi ils ressemblent. Au bout de la rue Pitar Mos, il y a une petite place où on trouve toujours des taxis. Prenez-en un et filez à l'ambassade de Moldavie, 4, allée Alexander, dans le quartier des ambassades. Rendez-vous ensuite à l'hôtel, nous ferons le point.

– Cela me paraît une bonne idée, approuva Malko.

Ruxandra Andreanu avait décidément plusieurs cordes à son arc.

*
**

Le boulevard Magheru était aux Champs-Elysées ce qu'une merguez est au foie gras, mais c'était quand même le cœur de Bucarest. Avec surtout de vieilles librairies, d'innombrables boutiques de change, trois McDonald's sur deux kilomètres et pas une vitrine attrayante. Seul l'hôtel *Lido,* refait, brillait de sa peinture blanche toute neuve. Malko stoppa à un feu, entouré aussitôt de gosses au visage maussade, un bonnet de laine jusqu'aux yeux, qui se mirent à essuyer mollement son pare-brise. A côté, un policier jaillit d'une Dacia blanche pour aller sermonner le conducteur d'une vieille Oltcit qui avait mordu sur le passage protégé de dix centimètres...

Un peu plus haut, Malko aperçut le début de la rue Pitar Mos et se gara, s'éloignant à pied. C'était une petite rue aux pavés inégaux bordée de vieilles maisons et d'immeubles noircis des années 50 qui avaient très mal vieilli...

Au bout, il trouva la petite place décrite par Ruxandra Andreanu. Un tramway mauve démarra, révélant une station de taxis. Le raisonnement de la Roumaine était imparfait. Lui pouvait sauter dans un taxi, mais son éventuel suiveur en ferait autant... Il revint donc sur ses pas et pénétra dans un des immeubles de la rue Pitar Mos. Il y resta quelques minutes et repartit vers sa voiture.

Retour à l'*Intercontinental.* De nouveau, il dut ronger son frein. Ruxandra débarqua une heure plus tard, toute pimpante et ravie.

– Cela a marché, annonça-t-elle. Ce ne sont pas des Russes !

Malko eut un coup au cœur.

– Comment le savez-vous ?

– Virgil les a suivis. Ils ont une voiture de location. J'ai le numéro B 47AVS. Et puis, ils ne sont pas habillés comme des Russes. Ce sont des Occidentaux. Ils sont deux. L'un est gros, presque chauve, l'autre plus jeune, la peau très foncée, mince.

– Où sont-ils maintenant ?

– Probablement dans la rue Batistei, juste en face de l'hôtel. C'est là qu'ils planquaient. Vous avez votre visa ?

– Non, avoua Malko, je n'irai pas tant qu'on ne se sera pas débarrassé de cette filature. Ce sont peut-être des gens dangereux. Du moins, j'ai des raisons de le croire. Je voudrais les identifier.

Il y avait de fortes chances pour qu'il ait affaire à ceux qui avaient assassiné Lee Brookner à Moscou. Et qui disposaient de complicités haut placées à Washington. Très peu de gens savaient que Malko traitait cette affaire de défecteur.

– J'ai un ami qui peut nous aider, proposa Ruxandra. Je vais l'appeler.

Elle prit le téléphone et eut une longue conversation en roumain. Quand elle raccrocha, elle était radieuse.

– On va déjeuner avec lui. Il s'appelle Vasil Malutan.

– Qui est-ce ?

– Quelqu'un sur qui on peut compter. Mon mari l'a employé un moment. Il trafique les cigarettes et il est un peu maquereau. Mais je sais qu'il a besoin d'argent en ce moment. Il gérait une douzaine de call-girls qui travaillaient ici et au *Lido.* Mais les propriétaires, les frères Peaunescu, les ont virées pour ne pas avoir de problèmes avec le nouveau gouvernement. Depuis, il végète en exploitant les petits Tziganes qu'il loue aux pédophiles étrangers. Mais cela rapporte beaucoup moins et puis ces petits sont d'affreux voyous : ils dissimulent l'argent qu'on leur donne pour ne pas lui verser sa commission.

Encore un allié sympathique... Avec Ruxandra Andreanu, c'était vraiment la bandera des cloportes. Penser que la CIA employait quinze mille personnes, pour la plupart honnêtes et normales !

– Que peut-il faire ? demanda Malko.

Ruxandra lui expédia un sourire dégoulinant de perversité.

– Vasil a été aussi un peu dans le racket... Il pourrait leur faire peur. Ou bien...

Elle laissa sa phrase en suspens, avec une mimique éloquente.

– ... Les tuer ? compléta Malko.

– Si ce sont des étrangers, se hâta de dire Ruxandra, ça ne devrait pas lui poser de problèmes. Mais évidemment, cela coûtera plus cher.

– Je ne veux pas les tuer, précisa Malko. Surtout savoir qui ils sont. Je pense qu'une fois démasqués, ils n'insisteront pas.

– Vasil aura sûrement une idée, affirma la Roumaine. Allons déjeuner.

*
**

La brasserie *Carul cu Bere* semblait née de l'union contre nature d'une taverne bavaroise et d'une église gothique. Des plafonds peints dignes de la chapelle Sixtine, des boiseries sombres, des vitraux délicats, mais le sol était noir de crasse, les tables et les chaises usées jusqu'à la corde. Quant à la clientèle, ce n'était pas les « beautiful people ». Du roumain un peu en dessous de la moyenne, hâve et mal vêtu. La salle immense était presque vide.

– C'est une des tavernes les plus anciennes de Bucarest, expliqua Ruxandra en s'installant à une table en face de la porte.

Une vieille en haillons vint leur proposer des cartes postales, puis un orchestre se mit en place, des musiciens aux costumes élimés, une chanteuse qui, avec sa longue robe noire et ses cheveux jusqu'aux reins, semblait sortir de la *Famille Adams.* D'autorité, la serveuse avait apporté de la bière et des hors-d'œuvre de charcuterie, à la russe. Cinq minutes plus tard, la porte s'ouvrit sur un jeune homme de haute taille coiffé d'un étrange chapeau en daim, très maquereau des années 40, avec des épaules trop larges et une veste de cuir noir. Il les rejoignit, arborant un sourire de jeune premier. Il avait un visage de pâtre grec, de longs cils veloutés qui ombraient des yeux à l'expression dure, des lèvres bien ourlées. Le regard qu'il coula à Ruxandra ne laissa aucune illusion à Malko. Elle avait dû utiliser ses talents. D'ailleurs, dès qu'il fut près d'elle, il posa une main possessive sur sa cuisse. Pas la façon classique de traiter son employeur.

– Il ne parle pas bien anglais, expliqua Ruxandra, je vais lui expliquer.

Vasil Malutan en profita pour prendre une Gauloise blonde dans le paquet de la Roumaine et l'alluma. Il n'y a pas de petits profits. Ruxandra parlait à toute vitesse et Malko ne saisissait que quelques mots. Le garçon apporta le plat du jour : des boulettes de viande nageant dans une sauce rougeâtre, avec des pommes de terre quasiment crues. Le beau Vasil posa enfin une question.

– Il veut être sûr que ce ne sont ni des Russes ni des Roumains, traduisit Ruxandra. Je le lui ai confirmé.

Tout en mangeant de bon appétit, le Roumain lâcha des bribes de phrases.

– Il a une idée, traduisit Ruxandra. Cela peut se faire aujourd'hui, en fin de journée.

– Quoi ?

– On s'empare d'eux. Ensuite, on les fait parler.

– Comment ?

Elle le lui expliqua. Ça parut possible à Malko. Nouveau sourire doux.

– Combien veut-il ?

– Mille dollars.

– Pas plus ? s'étonna Malko, surpris par la modicité de la somme.

– Ici, c'est beaucoup d'argent. Cinq millions de lei. Le salaire moyen est de trois cent mille...

– C'est d'accord.

Vasil Malutan le remercia d'un battement de cils ému. La chanteuse s'approcha de la table, encadrée de deux violonistes. En voyant Vasil Malutan, elle vint littéralement s'enrouler autour de lui. Ruxandra Andreanu se pencha à l'oreille de Malko.

– Ce salaud a baisé tout Bucarest. Il bande sans arrêt et il est monté comme un âne.

Apparemment, cela ne suffisait pas à assurer ses besoins. La chanteuse se décolla de lui avec un bruit de ventouse et reprit ses roucoulades, tandis qu'ils s'attaquaient à une salade de fruits anémiques. Ils terminèrent le déjeuner rapidement, et Vasil Malutan fila le premier, après avoir remis son étonnant couvre-chef. Il se considérait visiblement à la pointe de l'élégance.

– Il est sérieux ? demanda Malko, plutôt inquiet.

Ruxandra lui adressa un sourire de louve.

– Avec moi, très.

*
**

La route Bucarest-Ploesti filait à travers des champs et des bois plats comme la main. Une carte sur ses genoux, Malko se concentrait sur son itinéraire. Il venait de dépasser le petit aéroport de Baneasa. Quelques kilomètres plus loin, il aperçut sur sa droite un embranchement qui s'enfonçait dans un bois clairsemé au nord de l'aéroport. Un bus desservant les villages mornes attendait, vide. Malko tourna à droite sur une route rectiligne et déserte, filant vers l'est. A gauche, une forêt, à droite, le terrain d'aviation.

Il était seul dans la Daewoo. Après avoir roulé un kilomètre, il regarda dans le rétroviseur et aperçut une voiture, assez loin derrière lui.

Encore cent mètres. Il se mit à surveiller les bois sur sa gauche et aperçut une sorte d'auberge en retrait de la route. Un chemin en U y conduisait et permettait d'en repartir, le bâtiment se trouvant au fond du U. Malko s'y engagea. Il arrivait à la hauteur de l'auberge lorsqu'il vit une voiture tourner à son tour dans le chemin. La preuve qu'il était vraiment suivi. Cette auberge n'était fréquentée que l'été. En hiver, il n'y avait pas un chat. Il tourna à gauche, derrière le bâtiment fermé, disparaissant du champ de vision de ses suiveurs.

Il passa derrière le bâtiment désert et repartit vers la route principale par l'autre branche du U. Il aperçut dans le sous-bois une vieille Dacia beige. Le piège était tendu. Il était presque arrivé à la route principale quand la voiture qui le suivait émergea à son tour derrière l'auberge. Au moment où elle accélérait pour le rattraper, la Dacia surgit du sous-bois, lui coupant la route.

Quatre hommes en jaillirent.

Malko stoppa et repartit en marche arrière. Un coup de feu claqua. Un des occupants de la Dacia s'effondra. Les trois autres s'écartèrent. Un homme jaillit de la voiture immobilisée et partit en zigzaguant dans le sous-bois. Il avait un pistolet à la main. Fonçant en marche arrière, Malko parvint à hauteur des deux véhicules.

Le feutre en bataille, Vasil Malutan menaçait d'un long couteau le conducteur de la voiture interceptée, une Golf noire. Deux autres jeunes gens à la tignasse noire et frisée qu'on n'aurait pas aimé rencontrer dans un endroit désert étaient penchés sur leur troisième camarade, étendu sur le dos, paraissant mal en point. Le chauffeur de la Golf, un basané aux cheveux ondulés, au teint olivâtre et au menton chevalin, semblait partagé entre la fureur et la terreur. En voyant Malko, il lui lança :

– *Who are you ? What the Hell it means !*

Il parlait anglais, mais avec un fort accent espagnol.

– Sortez de cette voiture, répliqua Malko, et dites-moi pourquoi vous me suiviez avec votre ami ?

Le visage de l'inconnu se ferma instantanément et il ne répondit pas. Vasil Malutan jeta une interjection en direction de ses trois copains. Les deux en état de marche accoururent. L'un fit le tour de la Golf, se glissa sur le siège avant et piqua le flanc du conducteur avec un couteau, comme on fait avancer un animal, jusqu'à ce qu'il jaillisse de la voiture en proférant des injures, moitié espagnol, moitié anglais.

Vasil Malutan continuait à appuyer la pointe de son couteau contre une de ses carotides. Malko fouilla le prisonnier, trouva une liasse de lei, une de dollars et un passeport américain. Il l'ouvrit et lut le nom : Duarte Gomez, né le 13 juin 1956 à Varadero, Cuba.

– Pourquoi me suivez-vous ? demanda à nouveau Malko, de plus en plus étonné.

Duarte Gomez baissa la tête sans répondre. Son compagnon s'était volatilisé dans les bois. Que faisait un Cubano-Américain au fond de la Roumanie ? Vasil Malutan commençait à jeter autour de lui des regards inquiets. Il lança à Malko :

– *We go ! Politia.*

Visiblement, il craignait l'irruption de la police. Malko désigna le jeune homme étendu qui, visiblement, ne respirait plus.

– Et lui ?

Vasil Malutan eut un geste désinvolte.

– *Tzigan ! No problem !*

Il jeta un ordre aux deux survivants, et, à trois, ils entraînèrent Duarte Gomez vers la Dacia grise. Au passage l'un des deux frisés se pencha sur le mort et lui fit les poches rapidement, mais efficacement, sortant une mince liasse de lei.

Tout cela déplaisait souverainement à Malko... Mais il ne pouvait plus reculer. Il se pencha à l'intérieur de la Golf et ouvrit la boîte à gants. Le contrat de location qui s'y trouvait était établi au nom de Duarte Gomez. Il le laissa sur place. Vasil et ses deux amis venaient de faire entrer leur « prisonnier » dans le coffre de la Dacia, en tapant dessus comme des sourds... Vasil revint vers Malko avec un sourire angélique.

– *Domnul* (1), *we go see my friend,* annonça-t-il.

Malko n'avait plus qu'à suivre la Dacia. Ils regagnèrent la route Ploesti-Bucarest, pour filer vers le centre, descendant ensuite le boulevard Ana Ipatescu. Puis la Dacia s'engagea dans un dédale de ruelles mal pavées, pour s'arrêter finalement sur une petite place triangulaire, bordée de vieilles maisons, en face d'une porte en bois où s'étalait une inscription : « Vulcanizar auto. »

Un garage.

Vasil Malutan jaillit de la Dacia et pénétra dans l'échoppe, après un clin d'œil à Malko. Il y resta une dizaine de minutes, ressortit et rejoignit Malko dans la Daewoo. Avec le même sourire angélique, il expliqua à Malko que le garagiste réclamait cent dollars pour les laisser entrer avec le prisonnier.

Résigné, Malko lui donna l'argent, et le jeune voyou disparut à nouveau pour réapparaître en compagnie d'un type mal rasé en salopette qui ouvrit les deux battants de bois pour laisser entrer la Dacia. Vasil se mit au volant et entra, traversa un premier atelier pour stopper dans un second local encombré de matériels divers. Un établi, des piles de vieux pneus, des moteurs rouillés, des bouteilles d'air comprimé.

Une porte coulissante séparait les deux pièces : le garagiste la fit coulisser, les séparant de son atelier. Aussitôt, un des « assistants » de Vasil Malutan ouvrit le coffre de la Dacia, et, à trois, ils forcèrent Duarte Gomez à se mettre debout. Avec un vieux câble électrique, ils lui ligotèrent les mains derrière le dos, et, d'une bourrade, l'envoyèrent dinguer sur une pile de vieux pneus.

Vasil Malutan ressortit alors son couteau et demanda à Malko dans son anglais quasi incompréhensible :

– *Domnul, you want him talk ?*

En voyant le couteau, le prisonnier se mit à glapir des injures et des menaces. Comme il essayait de se remettre

(1) Monsieur.

debout, un des frisés lui décrocha un formidable coup de pied dans le foie qui le renvoya sur les pneus. Malko était écœuré. Il aurait volontiers relâché l'homme, mais ce dernier savait sûrement qui avait tué Lee Brookner à Moscou. Et cela, il fallait qu'il le dise.

Et surtout, comment il avait retrouvé Malko à Bucarest.

CHAPITRE XI

Malko s'approcha de Duarte Gomez, le passeport de celui-ci à la main. Le Cubain, maintenu par les deux sbires de Vasil Malutan, gardait la tête obstinément baissée, fuyant son regard. Les mâchoires serrées, tous les muscles de son corps bandés, il s'apprêtait visiblement à subir un interrogatoire pénible, sans la moindre intention de dire un mot.

– Mister Gomez, dit Malko, qui vous a envoyé en Roumanie ?

Autant parler à un mur. Malko répéta sa question à plusieurs reprises, sans même obtenir du prisonnier un regard. Duarte Gomez était tassé sur lui-même, comme un animal pris au piège, prêt à saisir la moindre occasion de s'enfuir. Vasil Malutan le fixait, comme un chat affamé regarde un pigeon bien gras, en claquant des mâchoires... Il secoua la tête avec accablement et dit à Malko :

– *Domnul*, il pas parler. Il faut laisser aller.

– Pas question, fit Malko furieux.

C'était justement cette réponse qu'attendait le Roumain... Avec son habituel sourire angélique, il s'interposa entre Malko et le prisonnier.

– *Domnul,* vous laissez moi... suggéra-t-il.

Au même moment, la porte séparant la pièce où ils se trouvaient de l'atelier coulissa, laissant apparaître la tête du « vulcaniseur ». Celui-ci lança quelques mots à Vasil Malutan avant de refermer. Le jeune Roumain traduisit aussitôt :

– Il ferme dans un quart d'heure. *Domnul,* il faudra repartir.

Le Cubain, qui comprenait l'anglais, sembla se détendre. Le temps jouait en sa faveur. Furibond, Malko jeta à Vasil :

– Vous avez une idée pour le faire parler ? Proprement.

L'autre échangea quelques mots avec ses deux complices dont l'un éclata de rire en racontant une histoire visiblement très drôle. Du moins, à ses yeux.

– *Domnul,* Yatcha a idée, dit-il. Pas douleur, mais beaucoup peur.

Si quelqu'un avait inventé la torture indolore, cela se saurait... Sceptique, Malko demanda :

– C'est quoi son idée ?

Vasil Malutan lui expliqua, en dépit de son vocabulaire indigent :

– C'est abominable ! objecta Malko.

Le Roumain baissa ses longs cils sans répondre, arborant un sourire faussement niais signifiant que l'on ne faisait pas d'omelette sans casser des œufs. Les secondes passaient. Malko savait que Duarte Gomez était détenteur d'un secret explosif qui mettait en danger la vie des deux défecteurs et que, dans quelques minutes, il serait obligé de le relâcher.

– Bon, essayez, lança-t-il à Vasil Malutan. Mais faites attention.

Le Roumain n'attendait que cela. Il lança un aboiement et aussitôt les deux Tziganes se ruèrent sur le prisonnier et l'allongèrent sur le ventre. L'un s'assit à califourchon sur son dos, lui donnant des coups de bâton sur la nuque qu'il tentait de redresser. L'autre fit glisser son pantalon et son slip le long de ses hanches, découvrant des fesses poilues. Duarte Gomez se mit à hurler.

Malko détourna la tête, réprimant une sérieuse envie

de vomir. Le renseignement n'était décidément pas toujours un métier de seigneur. Mais il devait penser à l'enjeu de cette mission : arracher les ongles du SVR pour des années et débusquer les « branches pourries » de la Maison-Blanche.

Un des Tziganes était en train de traîner une bouteille d'air comprimé sur le sol, d'où sortait un long tuyau de caoutchouc terminé par un embout de métal. On s'en servait tous les jours moyennant la somme modique de mille lei. Les yeux brillants d'une joie sadique, le jeune Tzigane enfonça violemment la canule métallique dans l'anus du prisonnier. Celui-ci se débattit en vain, hurlant des injures en anglais et en espagnol. Câlin, Vasil Malutan vint s'accroupir devant lui, et dit dans son mauvais anglais :

– Il faut dire...

– *Fuck you !* hurla le Cubain, fou de terreur.

Son cri se termina en un hurlement déchirant. Le Tzigane debout à côté de la bouteille d'air comprimé venait de tourner la valve cannelée. Un jet d'air sous pression avait fusé dans les intestins du prisonnier ! Celui-ci se tordit de douleur, désarçonnant l'homme assis à califourchon sur son dos.

– Arrêtez tout de suite ! cria Malko.

Au lieu d'obéir, le jeune Tzigane, les yeux luisants comme ceux d'un loup, tourna encore un peu la valve, envoyant une giclée supplémentaire d'air sous pression.

Le hurlement de Duarte Gomez fit trembler les murs de l'appentis. De rage, Malko bondit sur le jeune Tzigane qui tenait la bouteille. Au lieu de la lâcher, ce dernier s'y accrocha et dans la bousculade, il perdit l'équilibre, les doigts encore crispés sur la valve. Lui et la bouteille tombèrent en même temps, mais la lourde bouteille pivota dans sa chute et la valve accomplit un quart de tour, libérant une importante quantité d'air comprimé.

Les yeux écarquillés, le second Tzigane continait stupidement à maintenir l'embout enfoncé dans l'anus du Cubain. Une puissante giclée d'air comprimé se déversa dans ses intestins déjà dilatés. Il poussa un nouveau hurlement atroce, en roulant sur le côté.

Malko, d'un coup de pied, venait enfin de faire lâcher prise au Tzigane accroché à la bouteille, et fermait frénétiquement la valve. Il se redressa et son regard tomba sur Duarte Gomez. Bleu à force d'être blanc, la bouche grande ouverte, bavant, les yeux hors de la tête, il n'arrivait même plus à crier. Les intestins éclatés, il risquait une mort atroce.

– Vite, cria Malko, il faut l'emmener à l'hôpital.

Vasil et ses deux équipiers ne bougèrent pas. L'ami de Ruxandra dit avec un sourire de hyène :

– Pas possible, *Domnul*, la *politia*...

– Faites ce que je vous dis, intima Malko, blême de fureur et de dégoût.

Sans obtenir plus que des sourires gênés. Le Cubain se tordait toujours à terre, laissant échapper des jappements horribles. La porte de l'atelier coulissa bruyamment sur le garagiste écarlate, qui interpella Vasil Malutan d'une voix courroucée. Le jeune Roumain lui répondit de son habituelle voix pleine de douceur, tandis que les cris du Cubain devenaient de plus en plus aigus, vrillant les tympans d'une manière atroce.

Malko se pencha sur lui pour défaire ses liens. Il vit à peine le garagiste surgir, brandissant une énorme clef anglaise qu'il abattit avec une violence inouïe sur le crâne de Duarte Gomez. Malko entendit les os craquer et vit la calotte crânienne s'enfoncer sous le choc. Déjà, le garagiste recommençait. Cette fois, le prisonnier cessa de crier d'un coup. Cela sentait le sang, les gaz, la graisse. Malko avait l'impression de vivre un cauchemar...

Le garagiste jeta la clef anglaise sur un tas de ferraille et hurla quelque chose avant de claquer la porte. Vasil Malutan, qui n'avait pas bronché, dit de sa voix douce et respectueuse :

– *Domnul,* il veut nous partis vite. Avec lui...

Malko l'aurait tué. Mais à quoi bon discuter. Devinant sa fureur, le Roumain proposa d'un ton conciliant :

– *Domnul, you go. I take care.*

– Qu'est-ce que vous allez en faire ? demanda Malko.

Vasil Malutan eut un sourire tranquille.

– Beaucoup petits lacs près Baneasa, *Domnul.* C'est hiver. Tranquilles jusqu'au printemps.

Livide, Malko sortit de l'atelier. Dans toute sa carrière, jamais il n'avait vécu une telle scène d'horreur. Répugnant. Il était vraiment chez les brutes. Au passage, le garagiste le salua poliment, comme s'il venait de réparer une roue... L'air frais et humide lui fit du bien, mais quand il se mit au volant, ses mains tremblaient. Il conduisit comme un automate jusqu'à l'*Intercontinental.* Maintenant, personne ne le suivait plus, mais à quel prix...

*
**

Après trois vodkas, Malko n'avait pas encore retrouvé son calme. Il avait feuilleté le passeport du mort sans y trouver la moindre indication utile. Le document était tout neuf, émis un mois plus tôt. Devant l'importance de sa découverte, il se résolut à appeler Franck Capistrano.

– Vous avez du nouveau ? demanda le *Special Advisor* de la Maison-Blanche.

Malko fut évasif, à cause des écoutes possibles, lui communiquant simplement le numéro du passeport et le nom du Cubain.

– Je vérifie avec le State Department et je vous rappelle, promit l'Américain.

A Washington, il était deux heures de l'après-midi, ce qui laissait du temps pour des recherches administratives. Ruxandra Andreanu frappa à sa porte quelques minutes plus tard, visiblement soucieuse.

– Vasil m'a appelée, dit-elle d'emblée. Il est désolé, c'est un accident. Les Tziganes utilisent souvent cette méthode pour faire payer les victimes de racket récalcitrantes. Vous n'auriez pas dû vous en mêler.

– On ne doit pas vivre sur la même planète, fit sèchement Malko. Vasil et ses amis sont d'abominables crapules.

Ruxandra Andreanu n'eut pas le temps de répondre : le téléphone sonnait.

– J'ai appris deux ou trois choses intéressantes, annonça Franck Capistrano. Duarte Gomez était un Cubain anticastriste, qui a fui La Havane en 1970. Il a été récupéré par nos forces spéciales de la Central America Task Force en 1982, quand on participait à la lutte contre les sandinistes, au Nicaragua. Il était alors rattaché à la direction des opérations.

Malko tiqua intérieurement. Duarte Gomez avait donc appartenu à la CIA !

– Il a quitté le Honduras en 1986, continua Franck Capistrano. On ne lui a pas renouvelé son contrat. Il avait détourné cent trente-cinq mille dollars et il avait été convaincu de violences mortelles exercées sur des prisonniers. Il balançait les sandinistes qui refusaient de collaborer du haut d'un pont surplombant un torrent de trente mètres...

Malko se sentit un peu moins coupable.

– C'est tout ? demanda-t-il.

– Non. En 1990, il s'est fait piquer à Miami avec de la cocaïne qu'il ramenait du Honduras. Comme il a collaboré avec le DA (1), il n'a pris que six ans. Grâce aux remises de peine, il est sorti du pénitencier d'Atlanta il y a six mois. Depuis, on n'a rien sur lui.

– Il n'était pas seul, dit Malko, je vais essayer d'identifier et de retrouver l'homme qui se trouvait avec lui.

*
**

(1) District Attorney.

– Je l'ai retrouvé ! souffla Ruxandra, la main sur le récepteur. Il est au *Lido*.

Depuis vingt minutes, elle appelait tous les hôtels de Bucarest en demandant Duarte Gomez.

– On y va, dit Malko, qui grillait d'impatience.

Avant de partir pour Kichinev, il fallait lever cette hypothèque. Or, chaque heure comptait. Affolés par son silence, Evgueni Polyakov et son amie pouvaient commettre une imprudence fatale.

Dix minutes plus tard, il poussait la porte tournante du *Lido*. A l'intérieur, ce n'étaient que boiseries, cuivres, épaisse moquette. Une atmosphère élégante bien éloignée de l'austérité de l'*Intercontinental*. Sur la droite, il y avait un magnifique bar en acajou, désert.

– Attendez-moi là, dit Ruxandra, et commandez-moi une « Original Margarita » une part de citron vert, deux parts de Cointreau, trois parts de tequila « Tres Maguyes ».

Elle fonça à la réception tandis que Malko s'installait au bar. La Roumaine le rejoignit dix minutes plus tard, but son cocktail d'un trait et en recommanda un, après avoir allumé une Gauloise blonde.

– Ce Cubain habitait bien ici, annonça-t-elle, mais seul. Il avait un ami qui venait le chercher tous les jours : un Américain d'une cinquantaine d'années, chauve, gros, d'apparence négligée.

– Son nom ?

– Il ne sait pas. Il ignore aussi où il habitait.

– Vous croyez qu'on pourrait fouiller la chambre de Duarte Gomez ?

Elle sourit.

– Je peux essayer. Attendez-moi là. J'ai son numéro de chambre.

– Non, je viens avec vous, dit Malko.

Ils firent le tour de la salle à manger pour ne pas passer devant la réception et prirent l'ascenseur jusqu'au troisième. Une femme de chambre poussait un chariot de linge et Ruxandra l'aborda avec un sourire innocent.

– On a oublié notre clef. 326. Vous pouvez nous ouvrir ?

Trente secondes plus tard, ils pénétraient dans la chambre de Duarte Gomez. La fouille fut rapide. Quelques affaires, des magazines X, un briquet Zippo de la nouvelle série « Formule 1 ». Pas un papier personnel. Juste un billet d'avion avec un retour open Bucarest-Washington que Malko empocha.

Il n'y avait plus qu'à repartir.

– L'ami de Duarte Gomez est sûrement déjà loin, conclut Malko. Comme nous ignorons son nom, il n'y a aucune chance de le retrouver.

– De toute façon, conclut Ruxandra, il ne vous embêtera plus. Nous pouvons partir pour Kichinev demain, dès que vous aurez votre visa.

*
**

Dell Claridge n'arrivait pas à se débarrasser de son angoisse. Depuis le moment où leur voiture avait été entourée par les quatre Tziganes, son cœur n'avait pas repris un rythme normal. Au début, il avait agi instinctivement, tirant sur ses adversaires pour se frayer un passage, courant ensuite à travers bois à perdre haleine, jusqu'à ce qu'il soit sûr de ne pas être suivi.

Il avait débouché sur la route Ploesti-Bucarest, et était monté dans un bus qui attendait et, Dieu merci pour ses nerfs, avait démarré tout de suite. Il était descendu dans le nord de la ville, gagnant ensuite son hôtel, l'*Ambassador,* en taxi. En cinq minutes, il avait payé et fait sa valise, puis repris un taxi jusqu'à l'aéroport. Jamais il ne s'était autant félicité d'avoir été prudent. La voiture était louée au nom de Duarte Gomez, ils ne séjournaient pas dans le même hôtel, rien ne les reliait l'un à l'autre...

Pendant tout le trajet jusqu'à l'aéroport, il s'était creusé la tête, cherchant à se rappeler s'il avait laissé un indice dans la voiture. Le pire, c'est qu'il ignorait entre les mains de qui le Cubain était tombé et combien de temps il mettrait à parler. Il fallait coûte que coûte que lui, Dell Claridge, ait déjà quitté la Roumanie. Ne parlant pas un mot de roumain, il était paniqué à l'idée de se retrouver traqué dans ce pays.

A l'aéroport, il avait consulté le tableau des départs. Il y avait un vol pour Rome quarante minutes plus tard. Après avoir réservé une place, il était allé dans les toilettes se débarrasser de son pistolet, un Glock qui valait pourtant huit cents dollars et avait déjà franchi plusieurs contrôles, dont celui de l'aéroport de Moscou. Démonté et dissimulé dans sa valise, il ne risquait pas trop de déclencher les alarmes magnétiques, la plupart des pièces n'étant pas métalliques. Mais là, il ne voulait plus courir le moindre risque. Déjà, le retour aux Etats-Unis risquait d'être houleux. Là-bas au moins, il n'était pas seul...

L'Immigration passée, il s'était rendu au *duty free* pour rafler une boîte de chocolats et s'en était bourré jusqu'au départ de l'avion. Maintenant, il avait deux heures à attendre une correspondance pour Londres. Il avait hâte de retrouver un pays où on parlait anglais. Il coucherait là-bas et prendrait un vol le lendemain matin pour Washington.

– Donnez-moi un autre Defender, demanda-t-il au barman.

L'alcool faisait fondre peu à peu la boule dure qui pesait sur son estomac. Tout avait pourtant si bien commencé, avec le coup de fil d'un de ses anciens chefs, Mark Spry, reconverti dans l'immobilier.

Depuis l'époque où ils transportaient des armes destinées aux « Contras » à partir de l'Arkansas, ils ne s'étaient pas beaucoup vus. Un coup de fil de temps à autre. Dell Claridge végétait. Avec l'argent gagné au service de la CIA, il avait ouvert une petite agence de détective privé, dans la 18e Rue, à Washington. Filatures, adultères, recouvrement de créances, toutes les affaires foireuses d'une grande ville. Faute d'argent pour louer un appartement, Dell Claridge dormait dans son bureau et se négligeait de plus en plus.

Lorsque Mark Spry l'avait appelé, deux mois plus tôt, son compte en banque était à découvert de mille sept cent soixante-cinq dollars quarante-cinq et il ignorait comment le couvrir.

Il s'était dit tout de suite que Mark Spry était trop chaleureux pour être honnête, mais avait quand même accepté son invitation à déjeuner à l'*Occidental Grill,* sur Pennsylvania Avenue. Un restaurant qu'il n'avait pas les moyens de s'offrir, même en rêve.

Ce n'est qu'au troisième Defender, sans glace, que Mark Spry avait dévoilé ses batteries... Avec n'importe qui d'autre, Dell Claridge se serait levé et serait parti. Non par scrupules moraux, mais par frousse. Une chose l'avait retenu : du temps où il travaillait pour la CIA, il avait retenu qu'au service de gens puissants, on pouvait faire beaucoup de choses totalement illégales, sans le moindre risque.

Alors, finalement, l'offre de Mark Spry n'était pas idiote. Parce que Mark Spry avait de véritables connexions, au plus haut niveau. L'ancien agent de la CIA avait fait glisser sur la table une enveloppe épaisse en disant à mi-voix :

– Là-dedans, il y a dix mille dollars. Tu auras les quarante mille à ton retour. Plus les frais.

Dell Claridge n'avait pu alors s'empêcher de mettre la main dessus et de l'empocher. C'était inouï. D'un seul coup, il n'avait plus de problèmes !

Et tout s'était bien passé. Il faut dire que Spry lui avait mâché le travail... Le seul point un peu délicat était d'introduire une arme en Russie. Grâce au Glock dont la plupart des pièces étaient en plastique, cela avait marché. L'homme qu'il avait abattu sur le quai du métro lui était inconnu et cela ne lui avait fait ni chaud ni froid. Il l'avait suivi depuis son hôtel.

Le soir même, il reprenait l'avion pour New York avec l'enveloppe dérobée à sa victime et qu'il n'avait même pas été tenté d'ouvrir : Mark Spry l'avait averti que s'il le faisait, il pouvait dire adieu à la vie... De nouveau, ils avaient déjeuné à l'*Occidental Grill.* L'échange, enveloppe contre *brief case* contenant quarante mille dollars, s'était fait dans la Buick de Mark Spry. Dell Claridge avait bien été nerveux, les jours suivants, mais comme rien ne se produisait, il avait retrouvé sa sérénité. Il ne pensait pas revoir Mark Spry avant un bon bout de temps. Et puis, huit jours plus tôt, il y avait eu un nouveau coup de fil et un nouveau rendez-vous.

Cette fois, Mark Spry avait pris moins de précautions, allant droit au but. Il s'agissait d'éliminer trois personnes. Des non-Américains, dans un pays étranger. Pour deux cent mille dollars. Mark Spry avait fait miroiter à Dell Claridge qu'avec cette somme, plus ce qu'il avait déjà gagné, il pourrait monter une petite affaire en Floride et, enfin, se la couler douce... Il allouait encore cinquante mille dollars pour un éventuel complice. En laissant entendre qu'il n'était pas absolument indispensable de ramener celui-ci.

Dell Claridge n'avait pu dire non. Quant au complice, le ciel le lui avait déjà envoyé. Trois jours plus tôt, un Cubain rencontré jadis au Honduras et tout juste sorti de prison lui avait téléphoné pour lui demander un job.

Cette fois, tout avait foiré. Evidemment, il lui restait les cent mille dollars d'acompte, à peine écornés par les frais. Mais l'avenir n'était pas vraiment rose. Mark Spry allait être furieux d'apprendre l'échec de sa mission.

Pour se donner du courage, Dell Claridge commanda un nouveau Defender que le barman lui apporta avec un sourire complice. Il sentait bien que l'Américain n'était pas dans son assiette.

CHAPITRE XII

La voix du général Nicolaiev, directeur des gardes-frontière, vibrait d'émotion. C'était rarissime qu'il appelle lui-même, sans passer par une secrétaire.

– Viatcheslav Ivanovitch ! annonça-t-il, nous avons trouvé.

Le général Troubnikov eut l'impression que son cœur se dilatait. Depuis la disparition du général Polyakov et de sa maîtresse, le seul indice relevé sur leur éventuelle destination ou la façon dont ils avaient quitté la Russie était la présence à Bucarest d'un agent de la CIA, Malko Linge. Or, la *rezidentura* roumaine, en dépit de ses pressions sur le SRI roumain, n'avait pas encore localisé ce dernier.

– Bravo ! Hurrah ! fit-il. Où sont-ils ?

La réponse du directeur des gardes-frontière doucha un peu son enthousiasme.

– Où ils sont aujourd'hui, je n'en sais rien, avoua-t-il. Mais nous savons désormais que le jour du meurtre de leurs deux gardes, ils ont embarqué sur le vol Air Moldova de 12 h 55, à destination de Kichinev, au départ de l'aéroport de Vnukovo. Ils sont arrivés à Kichinev deux heures et demie plus tard.

– Mais comment avez-vous découvert cela ? interrogea le général Troubnikov, bluffé.

– Grâce à l'information que vous nous avez communiquée concernant la présence à Bucarest d'un agent de la CIA, Malko Linge, qui se trouvait à Moscou quelques jours plus tôt. J'ai demandé à mes services de vérifier toutes les listes de passagers à destination de Bucarest ou de Kichinev sur les vols ayant quitté Moscou le jour de la disparition du général Polyakov.

– Mais ils n'ont sûrement pas voyagé sous leur véritable identité, objecta Troubnikov.

– Non, bien sûr. Mais sur les fiches d'embarquement, on est obligé de noter le numéro de leur passeport. Nous avons donc vérifié tous les passeports de tous les passagers de ces vols. Afin de voir s'ils correspondaient à des individus identifiés. Cela a pris du temps. C'est ce matin seulement que mes services ont découvert la vérité. Sur le vol Air Moldova Moscou-Kichinev, il y avait deux passagers dont les numéros de passeport enregistrés par nos services ne correspondaient pas aux noms inscrits sur les fiches de départ.

– C'est-à-dire ?

– Il s'agit de passeports égarés par leur propriétaire et signalés disparus qui ont été « lavés » et maquillés avec de nouvelles photos correspondant à de nouvelles identités. Le général Polyakov est parti sous le nom de Serguei Ivanovitch Vorontsov, et Fedora Kulak sous celui de Dimitrova Fedorova Koleshnichenko.

– Ils sont donc arrivés en Moldavie sous ce nom ?

– Evidemment. Mais s'ils ont utilisé deux passeports, ils en avaient peut-être quatre et ils sont déjà repartis de Moldavie sous d'autres noms. Avec l'aide de l'ambassade américaine de Kichinev.

Le cerveau du général Troubnikov tournait à cent mille tours minute.

– J'alerte la *rezidentura* de Kichinev immédiatement.

– J'espère qu'il sera encore temps, conclut le général Nicolaiev avant de raccrocher.

Le général Troubnikov était déjà en train de rédiger un

message à l'attention du *rezident* de Kichinev. Un poste minuscule où on ne mettait pas les meilleurs... Sa secrétaire le porta aussitôt à la salle du chiffre. Le directeur du SVR eut le temps de fumer la moitié d'un paquet de cigarettes avant de recevoir la réponse de Kichinev.

– Il y a un certain Serguei Vorontsov à l'hôtel *Seabaco* de Kichinev

*
**

La route filait tout droit au milieu d'une plaine grise qui se prolongeait jusqu'à la mer Noire. Pas un relief, rien que cette morne étendue à perte de vue. Peu de circulation : des chariots à cheval, des camions et quelques voitures. En dépit de son nom pompeux, E-581, ce n'était qu'une modeste route à deux voies, plutôt mal entretenue, où on ne pouvait rouler qu'à quatre-vingts kilomètres à l'heure, des voitures de police étant embusquées partout.

Malko, qui conduisait la Mercedes de Ruxandra Andreanu, ralentit à l'entrée d'une agglomération, Birlad, laide et triste avec ses alignements de clapiers décatis.

– Nous ne sommes plus loin, annonça Ruxandra, la carte sur les genoux. Ensuite, il y a Husi et puis la frontière. De là, Kichinev est à une heure environ.

Ils avaient quitté Bucarest vers midi. Malko s'était rendu le matin même à la minuscule ambassade de Moldavie, au 40, allée Alexander où, pour quarante dollars, il avait obtenu instantanément un visa. Depuis, ils roulaient vers l'est, sous un ciel sombre et bas, dans ce paysage désolé. Le plan était simple : récupérer les deux fugitifs à Kichinev, et ensuite reprendre la route jusqu'à la frontière où ils prendraient des visas pour les deux Russes. Ruxandra avait juré que c'était possible... Le couple se cacherait ensuite chez elle jusqu'à son exfiltration par la mer Noire.

Malko se détendait un peu. Personne ne les avait suivis au départ de Bucarest. Il croisait mentalement les doigts pour que tout se passe bien à Kichinev. Il ralentit. La route glissante se faufilait entre quelques modestes collines. Entre les virages que rien n'annonçait et les tracteurs, mieux valait être sur ses gardes. Ils trouvèrent ensuite une longue ligne droite terminée par un panneau annonçant la frontière.

– Il va falloir être patients... soupira Ruxandra.

*
**

La barrière de la douane franchie, la route montait doucement au milieu d'un bois de pins. Ils étaient en République moldave. Malko jeta un coup d'œil à sa Breitling *Crosswing*. Une heure et demie pour franchir la frontière ! Du côté roumain, c'était relativement rapide, mais les Moldaves, jaloux de leur indépendance toute neuve, étaient exaspérants. Une nuée de fonctionnaires s'était abattue sur eux, exigeant toutes sortes de taxes dont ils donnaient reçu sur des bouts de papier grisâtre, pour des sommes microscopiques. Cela sentait le bon vieux communisme... Les visages fermés, les fonctionnaires hautains, les maisons délabrées... Une voiture de police était garée devant le poste-frontière, un pneu crevé. Pour égayer le tout, une petite pluie fine s'était mise à tomber...

– Voilà le Prout ! annonça Ruxandra alors qu'ils franchissaient un pont sur une petite rivière, frontière naturelle entre la Moldavie et la Roumanie.

Le paysage était accidenté et boisé. On ne voyait presque pas de villages et encore moins de voitures. C'était la Russie en 1950. Des paysans emmitouflés et résignés attendaient sur le bord de la route d'improbables bus. On avait l'impression d'un pays abandonné. Ruxandra alluma une Gauloise blonde et annonça :

– Nous serons à Kichinev dans une heure.

Malko se sentit à nouveau étreint par l'anxiété. En Moldavie, les Russes étaient encore puissants. C'était un pays de la CEI, où le SVR était appuyé par les troupes russes de la XVe armée. Le général Polyakov aurait pu trouver un meilleur refuge.

*
**

Fedora Kulak se retenait aux barres d'appui bordant les marches de la piscine intérieure, superbe dans un flamboyant maillot rouge une pièce qui moulait ses formes somptueuses. Sur le carrelage blanc des murs se reflétaient les néons blafards du plafond. Le *Seabaco* était moderne, certes, mais construit selon les normes soviétiques, et la façade avait toute la grâce d'un bunker avec son béton grisâtre... Quatre jours qu'ils se trouvaient à l'hôtel. Chaque heure était une épreuve. Elle n'osait plus téléphoner à l'homme de la CIA, par crainte des écoutes. On se trouvait dans un pays communiste où on écrivait le roumain en caractères cyrilliques... Avec une ambassade russe et une *rezidentura* du SVR.

Evgueni Polyakov et elle ne sortaient de leur chambre que pour se rendre à la salle à manger envahie de juifs new-yorkais d'origine moldave ayant fait fortune et revenant au pays. En l'absence d'instructions précises de la CIA, les deux défecteurs n'osaient pas bouger. La ville de Kichinev, surtout en hiver, était carrément sinistre. Bâtie sur une série de collines dominant le Brac, une rivière sinueuse allant rejoindre le Dniepr, elle avait été totalement détruite en 1941 et n'offrait que peu de curiosités aux touristes. Les rues se coupaient à angle droit, de vieilles maisons de bois les bordaient, quelques rares bâtiments du XIXe siècle subsistaient, et de hideuses constructions futuristes s'élevaient partout, dont la présidence, qui ressemblait à un site de lancement de cap Canaveral...

Au moment où elle allait plonger dans l'eau tiède chlorée, Fedora Kulak accrocha du regard le reflet d'un homme debout dans l'encadrement de la porte menant aux ascenseurs. Les mains dans les poches d'une veste de cuir, un chapeau sur la tête, il la regardait... Son pouls monta d'un coup comme une flèche... L'inconnu ne bougeait pas. Ce n'était pas un admirateur. Elle se retourna lentement, prenant soin de faire saillir sa croupe et ses seins et lui fit face. En une fraction de seconde, elle fut sûre de son intuition et réprima une violente envie de vomir.

Ils les avaient retrouvés.

Elle n'avait plus envie de plonger... C'était sa seule distraction, à part les récréations sexuelles avec son amant. Elle avait toujours pratiqué le sport, depuis l'époque où elle s'entraînait à son métier de garde du corps. C'était un besoin chez elle. Nager dans ce bain de chlore n'était pas ragoûtant, mais c'était mieux que rien. Evgueni Polyakov, lui, s'était mis à écrire. Toutes les informations que dégorgeait son cerveau. Depuis deux jours, il alignait, d'une écriture fine et précise, des noms, des dates, des faits, des numéros de comptes bancaires, des références. La quintessence de ce qu'il avait archivé au cours des trente dernières années. Tout ce qui allait assurer son avenir.

Fedora lui avait proposé de prendre un peu d'exercice, mais il avait refusé. Plus les heures passaient, plus Polyakov et elle reprenaient de l'assurance, en se disant qu'ils avaient vaincu la puissante machinerie répressive de la Russie.

Ils avaient été trop optimistes...

L'inconnu pivota lentement et alluma une cigarette. Elle regarda autour d'elle : pas de téléphone pour prévenir Evgueni Polyakov. Elle réfléchit quelques secondes et sa décision fut vite prise. Elle sortit de l'eau et enfila sur son maillot son peignoir de bain, le nouant lâchement de façon à dévoiler en grande partie ses formes. Puis, elle se dirigea d'un pas naturel vers le couloir. Il était vide. Mais lorsqu'elle arriva devant l'ascenseur, elle aperçut l'homme, assis sur une banquette. Comme la porte de la cabine s'ouvrait, il se leva et la rejoignit, pénétrant dans la cabine à sa suite. Leurs regards se croisèrent fugitivement, ce qui lui apporta une confirmation supplémentaire. Des regards comme celui-là, elle en avait croisé des centaines. Tous sortis du même moule.

Fedora Kulak avait retrouvé tout son calme.

– *Kakoi etage ?* (1) demanda-t-elle en russe avec un sourire, après avoir appuyé sur le troisième.

– *Tot zhe chto i vy* (2), grommela l'homme, sans la regarder.

Les yeux mi-clos, elle l'examina. Il avait probablement une arme dans sa poche, et n'était sûrement pas seul dans l'hôtel. Cela devait grouiller de kagébistes.

Elle se tourna à demi et lui sourit. Engageante. En même temps, de la main gauche, elle défaisait la cordelière du peignoir, qui s'ouvrit, dévoilant son maillot, ses longues cuisses, sa poitrine généreuse. Instinctivement, l'homme regarda. Il ne vit même pas arriver la manchette qui lui brisa net l'arête du nez, l'étourdissant. Un flot de sang s'échappa de ses narines, tandis qu'il glissait le long de la cloison.

Fedora Kulak se pencha, rajusta son peignoir et arracha une des épingles d'acier qui tenaient son chignon. Prenant l'homme par les cheveux de la main gauche, de la droite, elle lui enfonça d'un coup sec l'aiguille dans l'œil gauche... Il eut un sursaut effroyable lorsque son cerveau fut traversé. Ses pieds cognèrent la cloison en une série de spasmes désespérés. Mais en quelques secondes, il retrouva une immobilité définitive...

Tranquillement, la jeune femme arracha l'aiguille souillée de sang et de matière cervicale, l'essuya au manteau de cuir, refit son chignon d'un tour de main et y replanta l'aiguille. C'était un des trucs qu'on lui avait appris. En plus, un homme armé se méfie rarement d'une femme, surtout si elle est belle et à demi nue...

L'ascenseur arrivait au troisième. Vivement, elle

(1) Quel étage ?
(2) Le même que vous.

appuya sur le bouton « sous-sol ». Personne n'utilisant la piscine elle avait peu de chances de croiser quelqu'un. Un peu de sang coulait de l'œil du mort, le long du visage. Sans plus... Arrivée en bas, Fedora sortit de la cabine, prit l'homme sous les aisselles et le traîna jusqu'à la piscine. Elle avait la force d'un homme grâce à son entraînement physique... En moins d'une minute, elle l'eut tassé dans la cabine de déshabillage. Là, on ne le trouverait pas avant le lendemain. La piscine fermait un quart d'heure plus tard. Elle fouilla rapidement le cadavre, trouva un Makarov 9 mm équipé d'un silencieux et un chargeur de rechange.

Elle glissa l'arme dans la poche de son peignoir et se hâta vers l'ascenseur.

*
**

– Vite ! Ils nous ont retrouvés !

Evgueni Polyakov se tenait la tête à deux mains lorsque Fedora surgit, les traits tendus, le souffle court.

– J'ai mal, gémit-il. De plus en plus mal.

– Il faut quitter l'hôtel, insista Fedora Kulak. Tout de suite. Viens.

Le général du SVR se leva péniblement et plia plusieurs feuillets qui se trouvaient sur le bureau. Il les mit dans une enveloppe déjà remplie, qu'il cacheta et glissa dans sa poche.

– Où allons-nous ?

Fedora Kulak, en train de s'habiller, lui jeta :

– Je ne sais pas. On quitte l'hôtel. Si on peut.

Trois minutes plus tard, ils sortaient dans le couloir vide. Fedora appuya sur le bouton du sous-sol. Elle avait glissé le pistolet dans la poche de sa pelisse de zibeline, une balle dans le canon. Evgueni Polyakov tenait son attaché-case à la main. Fedora tourna à gauche, dans un couloir qui menait aux cuisines et remontait ensuite dans le jardin, derrière l'hôtel. De cette façon, ils évitaient le hall où on les attendait sûrement. Ils émergèrent un peu plus bas, dans la rue Chibotaru qui se terminait en impasse, sur un parc. Il fallait traverser à pied ce dernier pour gagner l'avenue principale, le boulevard Stefan Cel Mare, qui coupait la ville d'est en ouest.

C'est là que Fedora Kulak avait garé leur voiture de location. En prévision du pire... Elle se retourna : personne derrière eux. Leur Dacia était toujours là ! Elle se mit au volant et démarra, son pouls se calmant peu à peu. Pendant un moment, elle conduisit au hasard, passant devant la statue d'Etienne-le-Grand, puis la présidence. Une pluie fine tombait sans interruption et dans une heure il ferait nuit. Pas question d'aller dans un autre hôtel. Le *Kosmos* aussi devait être sous surveillance. Même s'ils ne retrouvaient pas tout de suite le corps de l'homme qu'elle avait tué, ses camarades allaient s'apercevoir de sa disparition. Il était impossible de sortir du pays et difficile de se cacher à Kichinev... L'aéroport était sans aucun doute surveillé et, de toute façon, sans visa...

Il ne restait que la frontière roumaine. A passer clandestinement. C'était encore ce qu'il y avait de moins risqué. Mais ensuite ? Le SVR était aussi en Roumanie... Leur seul espoir résidait dans les gens de la CIA qui allaient venir les récupérer au *Seabaco*... Fedora Kulak se tourna vers son amant.

– Allons à l'ambassade américaine. Demandons l'asile. On verra après.

Evgueni, toujours pris par sa migraine, approuva de la tête.

– Essayons.

Elle tourna à droite, remontant la rue Armenasca. L'ambassade américaine se trouvait tout au bout, sur Matervici, dominant une toute petite gentilhommière d'un étage, avec des fenêtres à l'ancienne et quelques colonnades de part et d'autre d'une bannière étoilée. A deux cents mètres de l'ambassade de Russie ! Au moment où elle allait se garer, Fedora aperçut une Volga noire garée sur un parking, juste avant l'ambassade. Le moteur tournait et il y avait quatre hommes à bord.

– Ils sont là ! murmura-t-elle d'une voix étranglée.

Le temps de descendre, ils seraient abattus. Sans ralentir, elle tourna à gauche, s'éloignant vers le moignon d'autoroute menant à l'aéroport. Le cerveau vide. Le seul endroit où ils pouvaient trouver du secours, c'était l'hôtel *Seabaco*. Mais s'en approcher représentait un danger mortel. Que faire ?

Evgueni Polyakov interrompit sa réflexion.

– Trouve un bureau de poste, demanda-t-il d'une voix calme.

Le troisième passant qu'elle interrogea le leur indiqua, c'était non loin de la présidence. Evgueni Polyakov donna sa lettre à poster à Fedora. Quand elle ressortit de la poste, la jeune femme dit :

– On va trouver un endroit pour s'arrêter. Et puis je retournerai à l'hôtel. On ne peut pas rester comme ça.

Evgueni Polyakov ne répondit pas, le visage crispé par la douleur. Il avait l'impression que sa tête allait exploser. Fedora Kulak lui jeta un regard inquiet. Il avait toujours eu d'atroces migraines, mais depuis quelques jours, elle constatait une dangereuse augmentation de ses douleurs. La première chose à faire, s'ils arrivaient aux Etats-Unis, serait de consulter un spécialiste.

CHAPITRE XIII

La pluie fine, combinée à la pénombre et à des essuie-glaces défaillants, obligeait Malko à avancer au pas. De plus, le centre de Kichinev, avec ses multiples sens interdits, était un véritable labyrinthe. Descendant la rue Chibotaru, il aperçut enfin la façade, marron et plutôt austère, de l'hôtel *Seabaco*.

– Je vais voir, proposa Ruxandra Andreanu ; on me remarquera moins.

Malko se gara au bout de la rue, juste avant le parc, et fit demi-tour pour être prêt à repartir. La nuit était tombée et les parages étaient déserts. Dix minutes plus tard, Ruxandra réapparut, le visage sombre.

– Ils ne sont pas là, annonça-t-elle. J'ai appelé dans leur chambre, je suis allée au bar, dans la salle à manger, partout. Personne ne les a vus depuis le déjeuner.

– Ils sont allés faire un tour, suggéra Malko. Il n'y a qu'à les attendre.

La Roumaine lui jeta un regard en coin.

– Il y a des gens bizarres dans le hall, en plus de la sécurité de l'hôtel, et une voiture devant l'entrée avec trois hommes à l'intérieur. On dirait qu'ils surveillent.

L'estomac de Malko se serra.

– Le SVR ?

– J'en ai peur. J'en ai tellement vu, des types comme ça...

Même dans ses cauchemars, Malko n'aurait pas pu imaginer pire. Où les fugitifs pouvaient-ils être allés ?

– Essayons l'aéroport, suggéra Malko. Ils essaient peut-être de partir, s'ils se savent découverts. Ils ont pu prendre des visas au consulat roumain...

Ils repartirent sous la pluie battante, traversèrent des banlieues sinistres faites d'immenses barres de béton noyées sous la grisaille. L'aéroport n'était pas beaucoup plus gai... L'entrée, en travaux, se trouvait sur le côté. Presque pas de lumière. Un hall immense avec trois minuscules guichets de vente de billets. Malko le parcourut dans tous les sens. Personne.

En revanche, il croisa deux hommes qui, eux aussi, semblaient chercher quelqu'un. Au lieu de ressortir, ils s'arrêtèrent sur la galerie supérieure surplombant le couloir d'accès. Le SVR était là aussi...

Il regagna la Mercedes, de plus en plus inquiet.

– Où va-t-on maintenant ? demanda Ruxandra.

– On retourne en ville, s'ils surveillent tout, c'est qu'ils ne les ont pas encore trouvés.

C'était bien le seul point positif...

Une demi-heure plus tard, ils se retrouvaient devant le 37 de la rue Chibotaru. Malko pénétra dans le *lobby* du *Seabaco*. Une douzaine d'hommes y traînaient. Il gagna directement l'ascenseur, comme s'il demeurait à l'hôtel, et monta au troisième. Il ne sortit même pas de la cabine. Deux hommes en canadienne faisaient les cent pas dans le couloir. Avec SVR écrit sur le front...

Il redescendit, alla prendre un verre au petit bar, en face de l'entrée. Il se creusait la tête pour trouver une idée. A la fin, il se risqua à la réception et demanda en russe si Mr Vorontsov n'avait pas laissé de message.

Il n'y avait rien.

Impossible de ne pas remarquer les quatre hommes vautrés dans les canapés et fauteuils du hall, en face de la réception. Ils n'avaient rien de touristes... Il ressortit, la rage au ventre. Avoir réussi à exfiltrer Evgueni Polyakov de Russie pour le perdre en Moldavie, c'était trop bête. Ils ne pouvaient pas tourner dans la ville indéfiniment, ignorant même quelle voiture avaient les fugitifs. D'ailleurs, ceux-ci étaient-ils encore à Kichinev ?

– Allons à l'ambassade américaine, dit-il, je vais interroger l'ambassadeur. Il a peut-être eu des nouvelles.

Il remontait en voiture lorsqu'il aperçut une femme arrivant à pied du fond de la rue Chibotaru. Il faisait trop sombre pour qu'il puisse distinguer son visage, mais deux choses le frappèrent : sa haute taille et la longue pelisse de fourrure claire qui l'enveloppait jusqu'aux chevilles. Il sauta hors de la voiture et marcha vers elle. A trois mètres, il la reconnut. C'était bien Fedora Kulak.

Elle aussi l'avait vu et hâtait le pas.

– *Bozhe moi !* (1) Où étiez-vous ?

Elle était partagée entre la fureur et la peur qui abaissait les coins de sa bouche.

– J'ai été retardé, plaida Malko. Où est Evgueni Polyakov ? Que se passe-t-il ?

– Ils nous ont retrouvés ! souffla-t-elle. Venez vite.

Déjà, elle faisait demi-tour, s'éloignant vers le parc à grandes enjambées. Au moment d'y parvenir, elle se retourna et jura entre ses dents. Malko se retourna à son tour. Deux hommes leur avaient emboîté le pas et venaient rapidement dans leur direction. S'il avait eu le moindre doute, il aurait été vite dissipé, car l'un des deux sortit de sa poche un talkie-walkie et se mit à parler dedans.

– Ce sont eux ! s'exclama Fedora Kulak, ils m'ont repérée.

– Où est le général Polyakov ? répéta Malko.

– Dans la voiture, sur le boulevard. Une Dacia 1300 verte. Vous êtes armé ?

– Oui.

Il avait toujours le Radom prêté par Ruxandra.

– Bien, allez le rejoindre. Attendez-moi trois minutes, pas plus. Si je ne viens pas, partez sans moi.

Sans lui laisser le temps de répondre, elle fit demi-tour

(1) Mon Dieu !

et se dirigea calmement vers les deux hommes. Ceux-ci, surpris, ralentirent. Fedora Kulak continua à marcher sur eux. Lorsqu'ils ne furent plus séparés que par quelques mètres, elle s'arrêta et les attendit.

– Vous cherchez le général Polyakov ? cria-t-elle.

Stupéfaits, ils s'immobilisèrent. C'était trop beau.

– Où est-il ? demanda l'un des deux hommes.

– Là-bas.

Comme ils fixaient la direction indiquée, Fedora Kulak sortit le Makarov pris sur le kagébiste qu'elle avait tué et, calmement, tenant son arme à deux mains, elle ouvrit le feu. Deux fois deux coups. En pleine tête. Comme on le lui avait appris à l'école de tir, dans les sous-sols de la Loubianka.

Les deux hommes s'effondrèrent, sans même avoir le temps de tirer un coup de feu. Les quatre détonations étouffées par le silencieux s'entendirent à peine. Le parc était sombre, désert, et les corps se confondaient déjà avec le sol. Fedora Kulak partit en courant vers le boulevard. Les copains des deux hommes avaient sûrement entendu les coups de feu dans le micro ouvert du talkie-walkie et n'allaient pas tarder à rappliquer.

*
**

– La voilà ! lança Evgueni Polyakov.

Malko et lui n'avaient pas eu vraiment le temps de faire connaissance. Malko avait seulement trouvé le Russe plus émacié et plus vieux que sur la photo donnée pour le passeport. Il avait l'air d'être le père de Fedora...

Celle-ci se jeta dans la voiture dont Malko avait pris le volant.

– Je vais récupérer l'amie roumaine qui m'accompagne, expliqua-t-il. Vous vous cacherez chez elle en attendant d'être exfiltrés de Roumanie.

– Nous sommes encore en Moldavie, fit remarquer sèchement Fedora.

– Ce soir même, nous serons en Roumanie, affirma Malko. Nous avons tout prévu.

Personne n'ouvrit plus la bouche jusqu'au moment où il se gara derrière la Mercedes de Ruxandra Andreanu.

– Venez, dit-il, cette voiture-là est plus rapide que la vôtre et a une plaque roumaine.

Cinq secondes plus tard, ils redémarraient, Ruxandra à côté de Malko, et les deux Russes à l'arrière.

– Où allons-nous ? demanda le général Polyakov.

– En Roumanie.

– Comment ? Nous n'avons pas de visa.

– Vous le prendrez à la frontière, affirma Ruxandra. Je connais les policiers roumains. Avec quelques dollars, tout se passera bien.

L'ancien directeur des archives du SVR laissa tomber, la voix lasse :

– Je ne suis pas certain que nous franchissions la frontière. Ils sont derrière nous. Et probablement aussi devant. Je les connais. Ils nous veulent. Et maintenant, ils sont certains que nous sommes ici.

Sa crise de migraine était passée.

Malko regagnait l'ouest de la ville. Le temps était trop mauvais pour repérer une filature, mais en principe, ils n'avaient pas pu être suivis. Evidemment, les gens du SVR devaient bien se douter qu'ils chercheraient à gagner la frontière...

– Impossible d'aller à l'aéroport, dit-il, il est surveillé. Vers Tiraspol, c'est encore plus dangereux. Nous pouvons tenter l'ambassade américaine, mais ensuite, il faudra en sortir...

– Pas l'ambassade, coupa Fedora, ils sont là-bas aussi.

La voiture ralentit, ils abordaient la grande côte, à la sortie ouest de Kichinev. Fedora Kulak, calmement, était en train de mettre un chargeur neuf de huit cartouches dans le pistolet. Elle avait tué trois hommes en moins d'une heure et n'éprouvait absolument rien, sinon une certaine satisfaction de constater que son entraînement avait été excellent. Le problème, c'est que ceux d'en face avaient le même aussi. Elle avait bénéficié de la surprise, mais cela ne durerait pas.

Ruxandra Andreanu leva les yeux de la carte et annonça :

– Nous atteindrons la frontière dans une heure et quart environ.

*
**

– Si vous les laissez échapper, vous passerez en cour martiale, martela le général Troubnikov. Je demanderai moi-même la peine maximum ! Vous entendez ?

– *Da, tovaritch* général, bredouilla le colonel Kokochine. Nous n'avons pas eu de chance, mais...

– Ne me parlez plus jamais de chance ! hurla le directeur du SVR dans le récepteur. Dites-moi plutôt quel dispositif vous avez adopté.

Le colonel Kokochine était un des meilleurs éléments du Troisième Directorate. Un homme formé dans les Spetnatz, habitué aux missions dangereuses et délicates. Il était arrivé à Kichinev la veille pour coordonner la traque des deux fugitifs. Si lui ne les prenait pas, c'était à désespérer. Ses ordres étaient simples : tuer à vue les deux coupables.

Le colonel essaya de reprendre un ton détaché :

– J'ai quarante hommes sous mes ordres depuis ce matin, *tovaritch* général, annonça-t-il. Une vingtaine surveillent l'hôtel *Seabaco*, l'aéroport et l'ambassade américaine de Kichinev. Huit, répartis dans deux voitures, sont embusqués à proximité du poste-frontière, côté moldave, à l'extrémité de la E-581, la route la plus directe pour rejoindre la Roumanie. Les criminels que nous poursuivons sont obligés de s'y arrêter. Les contrôles sont très tatillons, ce qui donnera le temps d'agir. Trois autres voitures patrouillent actuellement dans Kichinev, avec chacune quatre hommes à bord. Tous mes hommes sont reliés par radio, grâce au PC que nous avons installé à l'ambassade. Nous disposons en plus d'une antenne à Tiraspol, au QG de la XVe armée. Ils ont mis deux hélicoptères

M.26 à notre disposition, mais nous ne pouvons pas les utiliser pour l'instant en raison du temps...

– C'est tout ? demanda le général Troubnikov.

Au fur et à mesure, il pointait les éléments communiqués par son subordonné sur une carte de Moldavie épinglée sur son bureau.

– Non, *tovaritch* général, répliqua le colonel. La *rezidentura* de Bucarest nous a envoyé une demi-douzaine d'hommes. Ils attendent de l'autre côté de la frontière, en Roumanie, et nous sommes en liaison avec eux.

Le général entendit soudain dans l'appareil un bruit de voix, des discussions animées.

Le colonel Kokochine revint en ligne.

– Il y a du nouveau, *tovaritch* général, annonça-t-il. Deux de nos hommes ont repéré la femme alors qu'elle revenait vers l'hôtel. Elle se trouvait en compagnie d'un homme inconnu de nous. Ils se sont enfuis vers le centre-ville.

– Et vous ne les avez pas rattrapés ?

– Les fugitifs ont abattu nos deux camarades, annonça le colonel Kokochine. Nous avons retrouvé leurs cadavres. Chacun avec deux balles dans la tête.

– *Merzavtsy !* (1)

Le général Troubnikov en avait la chair de poule ! Les fugitifs avaient donc fait la liaison avec les Américains. Ce n'était pas bon signe.

– Doublez votre surveillance autour de l'ambassade américaine, ordonna-t-il. Si jamais ces criminels tentent de passer avec une voiture CD, ne les laissez pas faire. Je vous en donne l'ordre exprès.

– *Karacho, tovaritch* général, approuva le colonel.

C'était la première fois qu'on lui donnait l'ordre de tirer sur une voiture diplomatique d'un pays « ami ». Il fallait vraiment que ce général Evgueni Polyakov, dont il n'avait jamais entendu parler, soit un grand criminel.

– Envoyez une voiture patrouiller la route menant à la

(1) Les salauds !

frontière, compléta le général Troubnikov. Je ne pense pas qu'ils restent en ville. Ni qu'ils tentent de passer en Ukraine.

Il regarda la carte étalée sur son bureau. Le dispositif mis en place par son subordonné semblait parfait. La Moldavie n'était pas un pays où on puisse se cacher facilement... Peu de villes, peu de routes et aucune complicité à espérer. Si les fugitifs n'étaient pas déjà refugiés à l'ambassade américaine de Kichinev, il allait les coincer...

Et sauver sa place, du même coup.

*
**

Un silence de plomb régnait dans la Mercedes. Ils avaient quitté Kichinev depuis une demi-heure et se trouvaient en pleine campagne. Pratiquement pas de circulation. La nuit était particulièrerment sombre et il pleuvait. Malko, concentré sur sa conduite, ne pensait qu'à négocier les virages et à éviter les plus gros trous de la chaussée.

Soudain, Fedora rompit le silence.

– Ils nous attendent sûrement à la frontière, dit-elle. Ils savent bien que c'est par là qu'on va passer.

Malko le pensait aussi, mais n'avait pas voulu le dire. Il se tourna vers Ruxandra.

– Par où pourrions-nous passer ?

– Par Jassy, fit-elle, beaucoup plus au nord, mais c'est un grand détour et, ensuite, nous devrons reprendre la même route pour gagner Bucarest.

– Ils ne connaissent pas cette voiture, remarqua Malko pour se rassurer.

A l'arrière, le général Evgueni Trofimovitch Polyakov se tenait très raide, le visage impénétrable. Comme si tout cela ne le concernait pas.

– Ça va ? demanda Malko.

– J'ai mal à la tête, dit le Russe. Très mal à la tête.

A ce moment, Malko aperçut dans le rétroviseur une voiture qui se rapprochait à vive allure. Quand elle fut assez près, il reconnut une BMW grise, avec une plaque moldave.

Bizarrement, au lieu de les doubler, elle ralentit et se plaça derrière eux, après être venue presque à leur hauteur. Malko avait pu deviner quatre silhouettes à l'intérieur. Il ne mit pas longtemps à comprendre.

– J'ai parlé trop vite, dit-il. Maintenant, ils connaissent notre voiture... Ce sont eux, derrière.

Ruxandra et Fedora se retournèrent ; le général Polyakov ne broncha pas.

– Pourquoi ne tentent-ils rien ? demanda Ruxandra d'une voix altérée. Il n'y a personne ici.

C'est Polyakov qui répondit, de l'arrière :

– Ils attendent la frontière. Pour nous coincer entre eux et ceux qui attendent là-bas. Sinon, ils auraient déjà attaqué.

Il énonçait cela comme une vérité première, sans émotion. Comme s'il était déjà mort. Par contre, Fedora Kulak tourna vers Malko un visage courroucé.

– Qu'allez-vous faire ? Tout cela est votre faute. Vous êtes venu beaucoup trop tard ! Nous pourrions être en sûreté depuis longtemps...

Ses yeux flamboyaient de fureur. Malko jeta un coup d'œil dans le rétroviseur. La BMW leur collait au parechocs. Dans moins d'une demi-heure, ils atteindraient la frontière où d'autres kagébistes les guettaient sûrement, et ce serait l'hallali. Ce n'étaient pas les policiers moldaves qui les protégeraient d'un commando puissamment armé des Spetnatz.

– Nous serons à la frontière dans moins d'un quart d'heure, dit Ruxandra Andreanu d'une voix altérée.

C'était, grosso modo, le temps qu'il leur restait à vivre.

CHAPITRE XIV

Malko conduisit comme un automate pendant quelques instants, cherchant désespérément une solution. La BMW était toujours collée à eux.

– Où sommes-nous exactement ? demanda-t-il à Ruxandra penchée sur la carte.

– Nous allons arriver à Leuseni, le dernier village avant la frontière, qui se trouve à une dizaine de kilomètres.

Fedora Kulak poussa alors un cri.

– Ils nous tirent dessus !

Retournée sur son siège, elle fixait la route derrière eux. Malko, dans le rétroviseur, aperçut un homme qui tenait un court pistolet-mitrailleur se pencher hors de la BMW. Il fit un brusque écart au moment où des flammes orange jaillissaient du canon. Puis il accéléra, zigzaguant sur la chaussée défoncée. La BMW s'accrochait. De nouvelles flammes jaillirent du pistolet-mitrailleur, mais aucun projectile ne les atteignit.

Provisoirement.

Leurs adversaires avaient décidé qu'il serait plus discret de régler leurs comptes sur cette route déserte qu'à la frontière.

Malko s'engagea dans une descente assez accentuée. Soudain, les pinceaux des phares révélèrent des lambeaux de brouillard, d'abord épars, puis de plus en plus nombreux à mesure qu'ils descendaient dans la vallée du Prout.

D'abord, Malko n'y prêta pas trop attention, surveillant la BMW dans le rétroviseur. Mais, en quelques minutes, les nappes éparses de brouillard se soudèrent en un mur cotonneux blanchâtre qui allait en s'épaississant ! Malko dut lever le pied : les pinceaux des phares ne portaient plus au-delà de quelques mètres, le paysage avait disparu, il voyait à peine un peu de bitume devant lui.

Il descendit à soixante. Impossible d'aller plus vite, la route tournant sans arrêt. Mais, implacablement, les phares de la BMW continuaient à les talonner. Soudain, il dut écraser le frein : deux feux follets rouges dansaient devant ses yeux, émergeant de la nappe cotonneuse comme les yeux d'un dragon maléfique. Malko mit quelques secondes à réaliser qu'il s'agissait des feux arrière d'un énorme camion transportant des billes de bois qui se traînait à une allure d'escargot, occupant toute la chaussée ! Il ne manquait plus que ça.

Plusieurs chocs sourds ébranlèrent soudain la carrosserie. Ruxandra poussa un cri, tandis qu'un courant d'air glacé envahissait la voiture. Les occupants de la BMW avaient recommencé à tirer et un de leurs projectiles avait fait voler en éclats la lunette arrière, terminant sa course dans le montant du pare-brise... Un miracle que personne n'ait été touché.

Obligé de rouler à trente à l'heure, la Mercedes offrait une cible parfaite et la prochaine rafale risquait d'être la bonne.

Le brouillard était de plus en plus épais, donc le camion n'allait pas accélérer.

Malko se dit qu'il fallait tenter le tout pour le tout. D'un brusque coup de volant, il déboîta à gauche.

– Qu'est-ce que vous faites ? hurla Ruxandra, paniquée. Vous ne pouvez pas doubler. On n'y voit rien.

Effectivement, Malko n'apercevait même pas l'avant du camion ! En plus, celui-ci roulant au milieu de la route, ne laissait qu'à peine un mètre sur sa gauche. Priant de toute son âme, Malko s'engagea dans la bande étroite, ses roues gauches mordant sur le bas-côté. La Mercedes se mit à tanguer et à cogner. Malko accéléra, les dents serrées, remontant le long du camion en faisant d'inutiles appels de phares. Les roues gauches frôlaient le fossé.

Le moindre caniveau et ils explosaient !

Centimètre par centimètre, il gagnait du terrain, arrivant enfin à la hauteur de la cabine du mastodonte, secoué comme un prunier. Il adressa une nouvelle prière au ciel : la route s'incurvait sur la droite. Même sans brouillard, il n'aurait eu aucune visibilité. Si un véhicule arrivait en face, il le prenait phare à phare...

Un silence de mort régnait dans la Mercedes. Tous retenaient leur souffle. Enfin, Malko put se rabattre devant le capot du camion, frôlant son pare-chocs avant.

Pendant quelques mètres, il eut une meilleure visibilité grâce aux antibrouillards du mastodonte, puis, comme il accélérait, ceux-ci s'estompèrent et furent avalés par le brouillard.

Pendant plusieurs minutes, Malko demeura le regard englué au rétroviseur. Mais aucun pinceau de phares n'apparut derrière lui. Le conducteur de la BMW n'avait pas osé doubler le camion. Malko en profita pour accélérer, se guidant sur la ligne blanche indiquant le milieu de la chaussée, rageant, quand, par endroits, elle s'effaçait. Dans le rétroviseur, en tout cas, c'était toujours le mur blanc, sans la moindre trace de phares.

– Je crois que nous les avons semés, annonça Malko.

Sans triomphalisme excessif. La Mort pouvait les attendre ailleurs.

*
**

Malko réalisait à présent la stupidité de cette course de canard sans tête.

– Fedora, dit-il en russe, ils nous attendent sûrement à

la frontière. Même avec le brouillard, nous avons très peu de chances de passer. C'est absurde !

La Russe ne répondit pas, sachant qu'au fond il avait raison. Cela ne servait à rien de se dépêcher. Malko se tourna vers Ruxandra Andreanu.

– Vous avez une idée ?

– Peut-être, dit-elle.

– Laquelle ?

– Nous arrivons à Leuseni. C'est sur notre gauche. On pourrait prendre la route qui va au sud, vers Leova et Cahul. Elle longe le Prout. Grâce au brouillard, ils ne nous repéreront pas.

– C'est une bonne idée, approuva Malko. Où peut-on franchir le fleuve ?

– Il faut descendre beaucoup plus bas, il n'y a pas de pont, et pas de route de l'autre côté. Rien avant Giurgulesti, à une centaine de kilomètres. Là, il y a un pont et une route qui va vers Bucarest.

Cent kilomètres dans le brouillard, c'était long... Mais, peut-être la moins mauvaise des solutions.

– Nous allons tenter cela, décida Malko.

– Alors, surveillez le prochain embranchement sur la gauche.

Il ralentit encore, dans le brouillard devenu impénétrable... Soudain, il aperçut des lumières et s'exclama :

– Voilà le village !

Fedora Kulak poussa un cri.

– *Bozhe moi !* C'est un camion !

Une énorme semi-remorque se traînait sur la pente à vingt à l'heure. Malko n'eut que le temps de donner un coup de volant pour l'éviter. Encore un kilomètre, puis il aperçut un poteau indicateur et Ruxandra cria :

– C'est là !

Effectivement, trois cents mètres plus loin, une route non asphaltée partait à angle droit sur la gauche. Il s'y engagea, mais après un kilomètre, il dut ralentir. Pas à cause du brouillard, toujours aussi épais, mais de l'état de la route. Ils rebondissaient de trou en trou, se cognant au pavillon. A croire que la route avait été défoncée par des mammouths ! Il baissa la glace. Rien : le mur blanchâtre, pas un bruit.

– On devrait traverser un village, non ?

Ruxandra Andreanu dit d'une voix hésitante :

– Oui, Leuseni...

– Vous ne vous êtes pas trompée ?

Elle ne répondit pas, mais Fedora Kulak rugit aussitôt :

– Faisons demi-tour. C'est sûrement plus loin. Ce n'est pas une route ça !

Elle ne devait pas souvent voyager en Russie...

– Je fais encore un ou deux kilomètres, dit Malko. Revenir en arrière est tout aussi dangereux.

Si on lui avait dit que l'exfiltration d'un défecteur l'amènerait là, perdu dans le brouillard en plein cœur de la Moldavie...

Il continua dans un silence tendu. Et soudain, une masse surgit du brouillard, sur sa gauche. Une maison. Puis une autre et une autre. Ils traversaient un village absolument désert. La glace baissée, il entendit soudain le « teuf-teuf » d'un tracteur. L'engin cahotait devant eux, avec deux paysans juchés dessus. Ruxandra ouvrit la glace et leur cria quelque chose. L'un d'eux répondit en montrant la route devant eux. Malko saisit un seul mot : Léova.

Ils étaient sur la bonne route et le brouillard les protégeait ! Les hommes du SVR devaient les chercher à la frontière. Il n'y avait plus qu'à continuer. Une demi-heure plus tard, un nouveau village apparut : Léova. Ils avaient fait le tiers du chemin et Malko reprenait espoir. Même si on était à leurs trousses, ils avaient un peu d'avance et les Russes n'avaient pas pu prévoir ce détour. Le général Polyakov paraissait somnoler, n'ouvrant plus la bouche.

– Nous suivons le Prout, expliqua Ruxandra. Il y aura du brouillard jusqu'au bout.

Avec ce temps, ils ne craignaient pas les hélicoptères... Malko conduisait mécaniquement, au milieu de la route.

Il prit un embranchement vers l'est ; ils allaient atteindre Cahul. Il se détendait un peu quand soudain une masse sombre se matérialisa à quelques mètres devant lui. Il ne réalisa qu'à la dernière seconde... Tirée par un cheval, une carriole avançait en plein milieu de la route, sans la moindre signalisation ! Son coup de volant désespéré n'évita pas le choc.

Ruxandra Andreanu poussa un hurlement ; lui fut projeté vers le pare-brise, la voiture se mit en travers, dérapa dans un grincement effroyable et finit par s'arrêter. Aussitôt, Fedora Kulak ouvrit sa portière et sauta à terre, tirant son amant par la main. Un panache de fumée blanche s'élevait du capot. Malko avait l'épaule endolorie, mais rien de plus.

– La voiture va exploser ! hurla Ruxandra, affolée.

– Mais non, la rassura Malko, c'est de la vapeur, le radiateur est crevé.

Il mit ses feux de détresse et sortit à son tour pour examiner les dégâts. Tout l'avant gauche de la Mercedes était enfoncé : le phare, la calandre, le pare-chocs. L'aile avait reculé, bloquant la portière, et le pneu était crevé. Pas de dommages terribles, mais impossible de continuer. Fedora Kulak jurait en russe entre ses dents. Evgueni Polyakov, les mains dans les poches de son manteau, la chapka enfoncée jusqu'aux yeux, semblait hébété.

Plus aucune trace de la carriole qui avait causé l'accident ! A croire qu'ils avaient rêvé ! Laissant Fedora et Evgueni Polyakov à l'arrière de la Mercedes, Malko et Ruxandra revinrent sur leurs pas et la découvrirent. Ou plutôt ce qu'il en restait. Un amas de morceaux de bois, un cheval coincé dans le fossé, hennissant comme un malheureux, et deux hommes. L'un contemplait, ahuri, son cheval, l'autre était allongé dans le fossé et gémissait en se tenant l'épaule. Ruxandra apostropha celui qui était debout. Il répondit quelques mots inintelligibles et elle cracha, dégoûtée.

– Ce sont des Tziganes ! Ils sont ivres morts. Ils ne savent même pas ce qui est arrivé.

Malko haussa les épaules : le problème était de continuer, coûte que coûte.

– J'ai vu un panneau tout à l'heure, dit-il, Cahul n'est pas loin. Il faudrait y aller à pied. Trouver une voiture.

Le cadran lumineux de sa Breitling *Crosswing* indiquait 8 h 10. Tout le monde ne devait pas être encore couché.

– Je vous accompagne, proposa Ruxandra.

Le temps de revenir à la Mercedes, ils étaient frigorifiés... Fedora Kulak les apostropha d'une voix angoissée :

– Evgueni ne va pas bien. Il a des maux de tête terribles.

Effectivement, le général du SVR gémissait, affalé sur la banquette arrière, la tête dans ses mains. Lorsque Malko lui parla, il ne répondit même pas. A la flamme du Zippo, son visage apparut terreux...

– Nous allons chercher du secours, dit Malko, restez avec lui dans la voiture.

Lui et Ruxandra se mirent en marche, direction Cahul. On n'y voyait goutte, il n'y avait pas un bruit et il faisait un froid sibérien. Malko en claquait des dents. Ils avançaient sans un mot, tendus. Soudain, un faible bruit de moteur leur parvint. Une voiture se rapprochait, venant de Cahul, mais ils ne la distinguèrent, à cause du brouillard, que lorsque les phares surgirent une douzaine de mètres devant eux. Malko se plaça au milieu de la chaussée, au risque de se faire écraser ! Heureusement, le conducteur l'aperçut à temps et stoppa. Il conduisait une vieille Dacia. Ruxandra engagea la conversation avec lui, un homme jeune au visage chevalin, puis se tourna vers Malko.

– Nous avons de la chance ! C'est un taxi du village voisin, il veut bien nous conduire jusqu'à Léova, quand on aura récupéré les autres.

Ils montèrent dans la Dacia pour aller chercher les naufragés de la Mercedes. Ils les trouvèrent dehors. Fedora Kulak soutenait le général Polyakov, en train de vomir...

– Ça ne va pas du tout, annonça-t-elle. Evgueni est très mal. Il y a des moments où je ne comprends pas ce qu'il dit.

Elle le lâcha et il se mit à faire des mouvements désordonnés, marmonnant des paroles incompréhensibles. Fedora dit à voix basse :

– J'ai peur qu'il ne fasse une attaque cérébrale... Il est bizarre. Et ces maux de tête atroces...

Appuyé à la Mercedes, Evgueni Polyakov ne semblait plus sentir le froid, le regard vide, une main agitée de violents tremblements. Ruxandra était en train d'expliquer au chauffeur de taxi que ce devait être consécutif au choc de l'accident. Ils s'entassèrent tant bien que mal dans la Dacia. Ruxandra à l'avant, à côté du chauffeur et, tassés à l'arrière comme des sardines, le général Polyakov, Malko et Fedora Kulak. Le Russe semblait avoir perdu connaissance.

– Nous allons nous en sortir, souffla Malko à Fedora.

La Dacia avançait à une allure d'escargot... Enfin, vingt minutes plus tard, ils aperçurent quelques lampadaires entourés d'un halo de brouillard. Ruxandra se retourna.

– Il propose de nous emmener à l'hôpital.

– Pas d'hôpital, trancha Malko. Il faut continuer jusqu'à la frontière.

Dans un hôpital du fin fond de la Moldavie, on devait entrer avec un rhume et ressortir avec le sida... En plus, il n'était pas question de rester en Moldavie. Le SVR était sans aucun doute toujours à leurs trousses. Ruxandra Andreanu engagea une longue discussion avec le chauffeur qui ne semblait pas chaud pour continuer. Cela devait lui paraître bizarre, ces étrangers qui filaient en abandonnant une voiture de grand prix comme la Mercedes.

– Expliquez-lui que nous voulons faire soigner notre ami à Bucarest, compléta Malko. Que ce sera mieux pour lui. Que nous nous sommes perdus dans le brouillard.

– Je vais lui offrir deux cents dollars, suggéra la Roumaine. Un million de lei roumains, c'est une somme énorme pour lui.

Effectivement, les scrupules du chauffeur fondirent comme neige au soleil à l'énoncé de la somme. Il se lança dans un grand discours aussitôt traduit par Ruxandra.

– Pour rattraper la route de Bucarest, il est obligé d'aller jusqu'à Giurgulesti. C'est à soixante-dix kilomètres, mais il y a le brouillard.

*
**

Rouler dans cette poix blanchâtre finissait par créer une sorte de vertige. Le ronronnement du moteur avait quelque chose d'hypnotique. A l'avant, Ruxandra Andreanu, la tête renversée sur le dossier du siège, s'était endormie. Evgueni Polyakov, à la gauche de Malko, semblait en avoir fait autant. Il ne se plaignait plus, mais ne répondait pas quand on lui parlait... Malko tourna la tête vers Fedora Kulak et leurs regards se croisèrent. La jeune femme semblait épuisée, mais ses yeux bleus brillaient d'un éclat inaccoutumé. Elle se pencha et dit à l'oreille de Malko :

– J'ai eu très peur tout à l'heure. Vous avez été formidable. Si vous n'aviez pas doublé le camion, nous serions tous morts à l'heure actuelle.

– Merci, fit Malko.

La bouche qui effleurait son oreille s'y appuya soudain et il sentit une langue aiguë et chaude s'y insinuer, tandis qu'une main se posait sur sa cuisse. Il eut du mal à réprimer un sursaut, tous les neurones court-circuités ! Son premier réflexe fut de regarder autour de lui. Le chauffeur avait les yeux rivés sur la route. Ruxandra et Evgueni Polyakov étaient aux abonnés absents. La bouche revint à son oreille et Fedora murmura en russe :

– *Ya khotch ou tebya.* (1)

(1) J'ai envie de toi.

Etant donné qu'ils avaient du mal à bouger même un bras, cela semblait relever du vœu pieux plus que du fantasme... Mais la Russe savait ce qu'elle voulait. Elle prit la main droite de Malko et la glissa sous sa zibeline, la posant sur sa poitrine. Il sentit la pointe d'un sein dresser sous ses doigts. A peine l'eut-il effleuré que Fedora Kulak poussa un léger gémissement avant de se mordre les lèvres.

La main posée sur la cuisse de Malko remonta, et se posa sur sa virilité, la massant d'un geste imperceptible. Cette situation tellement inattendue, dans ce brouillard qui réduisait leur univers à une bulle minuscule flottant dans l'espace, avec leurs voisins endormis, et ce chauffeur muet, devenait tout d'un coup terriblement aphrodisiaque. Un huis clos étonnant, et cette femme superbe prise d'une brutale pulsion sexuelle. Ni l'un ni l'autre ne pouvant bouger, Fedora et Malko en étaient réduits à une activité très limitée, un discret et délicieux manège. Ils étaient si serrés que Malko, dont la main était descendue beaucoup plus bas, arrivait tout juste à caresser la jeune femme à travers sa jupe.

Apparemment, ce fut suffisant. Soudain, elle se détendit d'une brusque secousse, ses genoux heurtèrent l'arrière du siège de Ruxandra Andreanu qui ne se réveilla même pas, et ses ongles se crispèrent sur Malko à lui faire mal.

Il n'était pas loin d'exploser, lui non plus. Il sentit des doigts pressés attaquer son zip, le descendre, pour le libérer. Le contact des doigts de Fedora sur son sexe nu faillit le faire jouir. D'un geste très naturel, la Russe posa la tête sur les genoux de Malko, comme si elle s'endormait. Mais sa bouche l'engloutit jusqu'à la racine. Fedora demeura ensuite strictement immobile. Si le chauffeur s'était retourné, il n'aurait vu qu'une femme épuisée profitant d'un sommeil réparateur.

Mais, sournoisement, ses lèvres montaient et descendaient le long du membre de Malko de quelques millimètres. Cela, ajouté au ballet endiablé d'une langue agile, vint à bout de Malko en quarante-sept secondes environ. Il eut toutes les peines du monde à ne pas hurler.

Fedora Kulak se redressa ensuite avec grâce, comme si elle se réveillait. A peine Malko était-il rajusté qu'elle demanda d'une voix parfaitement naturelle :

– Nous sommes encore loin ?

– Je ne pense pas, fit Malko.

Il jeta un coup d'œil à sa Breitling : cela faisait plus d'une heure qu'ils roulaient. Il commençait à comprendre pourquoi Evgueni Polyakov avait emmené la jeune femme, qui faisait l'amour et la guerre avec le même sang-froid détaché. Il se demanda s'il s'agissait d'un changement d'allégeance ou si c'était à mettre sur le compte de l'émotion.

*
**

– Voilà Giurgulesti ! annonça Ruxandra.

Ils se trouvaient encore à plus de deux cents kilomètres de Bucarest et il fallait franchir la frontière. La Dacia traversa la petite ville endormie sans croiser un seul piéton. Soudain, ils passèrent sur un dos d'âne et furent tous projetés contre le pavillon. Réveillé en sursaut, Evgueni Polyakov ouvrit les yeux et se tourna vers Malko. Ce dernier sentit sa gorge se nouer. Le général du SVR était livide, les orbites creuses et les traits agités de tics. Il allongea le bras pour saisir Malko, mais ne put terminer son geste. Fedora Kulak se pencha et lui parla, mais il répondit des mots sans suite.

– *Bozhe moi !* Il va mourir ! s'exclama-t-elle.

Malko crut que le ciel lui tombait sur la tête. De nouveau, le chauffeur proposa de l'emmener à l'hôpital. Fedora se pencha et défit sa cravate. Il était blanc comme un linge. Affolé, le chauffeur ralentit et Ruxandra dut lui promettre que son passager ne mourrait pas dans son taxi...

Un panneau apparut sur le bord de la route. « Frontière de Stat. *Punct vamal rutier*. (1)

Evgueni Polyakov semblait de plus en plus mal, au point que Malko se demanda s'il n'allait pas ramener un cadavre en Roumanie.

(1) Frontière d'Etat. Point de passage routier.

CHAPITRE XV

Après le panneau annonçant la frontière entre la République moldave et la Roumanie, une ligne droite d'une centaine de mètres se terminait par une barrière abaissée interdisant d'aller plus loin. Trois petits bâtiments abritaient la douane et les gardes-frontière. Malko jeta un coup d'œil à Evgueni Polyakov. Le Russe était toujours inconscient. Dès que le chauffeur arrêta la voiture, un fonctionnaire coiffé d'une chapka apparut. Le contrôle des passeports fut relativement rapide : ils quittaient le pays. Mais un nouveau problème surgit. Après un aparté avec le chauffeur, Ruxandra annonça :

– Ça l'ennuie d'aller en Roumanie, il n'a pas son passeport... Il propose qu'on appelle un taxi roumain, du poste frontière roumain.

Il était presque onze heures du soir...

– Offrez-lui cent dollars, suggéra Malko, pour nous emmener au moins jusqu'à la prochaine ville.

Un nouveau billet disparut dans la poche du chauffeur, et la barrière se leva. Trois cents mètres plus loin, c'étaient les Roumains. Etape plus délicate, à cause des deux Russes qui ne possédaient pas de visa et du chauffeur qui n'avait pas de passeport.

A peine la Dacia fut-elle arrêtée en face des bâtiments de l'Immigration, que Ruxandra prit les quatre passeports et sortit de la voiture.

– Laissez-moi faire, dit-elle à Malko.

Il la vit se pencher à un petit guichet, escortée du chauffeur, Gelu, et entamer la négociation... Vingt-cinq minutes plus tard, ils étaient toujours là ! Trois gardes-frontière, qui n'étaient pas en service, étaient venus participer à la discussion : il ne se passait jamais rien à ce poste... Malko descendit à son tour, laissant Evgueni Polyakov veillé par Fedora. Le chauffeur était en train d'expliquer quelque chose avec de grands gestes, comme un Méridional, à un capitaine qui avait plutôt une bonne tête. Ce dernier se déplaça jusqu'à la voiture pour examiner Evgueni Polyakov.

– Gelu a dit qu'il risquait de mourir ici, expliqua Ruxandra. Que nous ne pouvions pas revenir en arrière.

Le capitaine revint et la négociation recommença. Finalement, l'officier accepta de laisser passer la voiture et ses occupants à deux conditions : il gardait les passeports des deux Russes qui recevaient des laissez-passer provisoires et le permis de conduire du chauffeur. Plus deux cents dollars de « caution » qu'on ne reverrait évidemment jamais. Malko en aurait donné dix fois plus...

Il ne respira que lorsque la barrière fut levée. A chaque seconde, il s'était attendu à voir surgir un commando du SVR. Le poste-frontière devait être en liesse. Echanger deux petits bouts de papier contre deux cents dollars, c'était Byzance. Comme le Petit Poucet, Malko semait des dollars derrière lui.

Gelu appuya sur l'accélérateur. La route était absolument plate – ils longeaient le détroit du Danube –, bordée de champs. Et absolument déserte. Ils traversèrent, dix kilomètres plus loin, un village qui semblait abandonné, sans une lumière. Gelu ralentit et annonça à Ruxandra qu'il allait chercher quelqu'un pour prendre la suite, qu'il avait peur de rouler en Roumanie sans permis.

Il avait pris goût aux dollars... Après une discussion sordide sur le parking d'une station-service fermée,

Ruxandra lui promit trois cents dollars de plus pour aller jusqu'à chez elle, à Sagov. Et ils repartirent.

– Nous serons chez moi dans deux heures et demie, annonça Ruxandra.

Malko se détendit un peu. Mais Evgueni Polyakov demeurait plongé dans l'inconscience, et ne se plaignait même plus.

– Vous connaissez un médecin ? demanda-t-il.

– Oui, nous l'appellerons en arrivant, promit la Roumaine. C'est un ami sûr.

La santé d'Evgueni Polyakov n'était pas le seul problème. Les hommes du SVR allaient forcément ratisser les postes-frontières et retrouver leur trace. Donc, impossible d'emmener le général russe dans un hôpital. Le SVR comptait encore beaucoup d'amis dans le pays. Malko se retourna et ne vit que l'obscurité. Gelu avait beau conduire le plus vite possible, la petite Dacia, surchargée, ne dépassait pas le soixante-dix. Un silence total régnait dans la voiture. Fedora semblait avoir oublié ses pulsions et somnolait, elle aussi.

Malko se dit que les dieux avaient été avec eux. Sans le brouillard, ils n'auraient jamais réussi à franchir la frontière, avec le SVR à leurs trousses.

*
**

– Le docteur arrive tout de suite, annonça Ruxandra. Je lui ai décrit les symptômes. Venez prendre un verre, on en a bien besoin.

Malko la suivit dans le bar du living-room, au rez-de-chaussée de son immense demeure. Ils étaient arrivés vingt minutes plus tôt. Gelu avait touché ses dollars avant de repartir, ravi, en direction de la Moldavie. Sans même vouloir boire quelque chose ! Ils avaient installé Evgueni Polyakov dans une chambre du premier étage, dans un magnifique lit à baldaquin, et Fedora Kulak était à son chevet. Elle non plus n'avait rien voulu manger.

Evgueni Polyakov avait brièvement repris connaissance lorsqu'ils l'avaient transporté dans la chambre, mais sans parvenir à parler de façon normale. Ce qui inquiétait le plus Malko, c'était un strabisme divergent apparu au cours des dernières heures et ses gestes saccadés. Ruxandra, tout au bonheur d'être revenue, ne pensait plus au Russe. Elle sortit d'un frigo une bouteille de Taittinger et demanda à Malko de l'ouvrir.

– A notre retour ! fit-elle en trinquant. Je n'ai jamais eu aussi peur de ma vie. Vous avez été formidable.

Elle s'approcha et se frotta à lui, le visage tendu. Visiblement, sa peur avait laissé place à d'autres sentiments. Elle ne s'était pas aperçue de l'intermède avec Fedora Kulak. Ou alors, elle n'était pas jalouse. Malko eut à peine le temps de vider sa coupe de champagne. Déjà, elle l'embrassait fougueusement.

Un coup de klaxon venant de la cour rompit le silence. Le médecin. A regret, la Roumaine alla ouvrir. Malko serra la main du praticien, un homme de haute stature, avec une barbiche à la Lénine, une calvitie naissante et beaucoup d'allure. Tandis que Ruxandra lui expliquait ce qui se passait, Malko surprit le regard du médecin posé sur elle avec une expression nettement lubrique. Il comprit pourquoi : tandis qu'ils flirtaient, Ruxandra, qui ne voulait pas perdre de temps, avait sournoisement défait la fermeture verticale de sa jupe de cuir, exposant son ventre, les serpents de ses jarretelles et les longs bas noirs montant très haut sur ses cuisses.

C'était évidemment plus intéressant que la description d'une attaque cérébrale. Heureusement, Ruxandra les précédait dans l'escalier. Malko pénétra dans la chambre le premier et s'arrêta net. Fedora Kulak braquait sur lui son pistolet. Elle l'abaissa avec un faible sourire d'excuse et s'écarta. Le médecin commença par prendre la tension du malade et en informa Ruxandra, avec une grimace.

– Il a vingt-quatre de tension, traduisit la Roumaine, il dit que c'est dangereux.

Le praticien continuait son examen, le fond de l'œil, les réflexes, la respiration. Evgueni Polyakov ne réagissait pratiquement pas. Le médecin s'adressa à Ruxandra.

– Il a eu une attaque cérébrale, traduisit-elle. Probablement due à une rupture d'anévrisme sur la face arrière de l'encéphale. C'est très grave. Il faut le transporter immédiatement à l'hôpital à Bucarest. Pour lui faire une artériographie et un scanner. Il faudra peut-être le trépaner.

Fedora avait compris le mot « hôpital ». Elle secoua la tête.

– *Nie hospital,* fit-elle.

Malko était de son avis.

– Demandez-lui s'il ne peut rien faire ici.

– Une piqûre d'anticoagulant, de l'héparine, fit répondre le médecin, mais c'est absolument insuffisant. Pourquoi ne voulez-vous pas le transporter à l'hôpital ?

Silence gêné.

– Nous préférons le faire soigner dans un pays de l'Ouest, répondit Malko et Ruxandra traduisit.

Le médecin ne dissimula pas son scepticisme. Toutefois, il administra une piqûre à Evgueni Polyakov, avant de refermer sa serviette.

– C'est tout ce que je peux faire, conclut-il avant de quitter la chambre, escorté de Ruxandra Andreanu.

Le praticien parti, celle-ci rejoignit Malko au bar.

– Maintenant, nous avons le temps, lança-t-elle à mi-voix. Nous avons bien droit à une petite récréation.

– Après, fit Malko. Je voudrais utiliser votre portable.

Le plan prévu de cacher Evgueni Polyakov chez la Roumaine, pour l'exfiltrer ensuite *via* la mer Noire, était caduc en raison de l'état de santé du Russe. En plus, les hommes du SVR pouvaient les surprendre à tout moment. Il était donc urgent de prévoir un plan de secours. De faire envoyer par la CIA un jet privé dès le lendemain matin, pour exfiltrer d'urgence les deux Russes. Ruxandra, visiblement furieuse de passer après le business, tendit son portable à Malko et alluma une Gauloise blonde pour se calmer les nerfs. Malko composa le numéro du portable de Franck Capistrano pour réduire les risques d'interception.

A Washington, il était un peu plus de quatre heures. Dieu merci, l'Américain répondit. Il ne fallut pas longtemps à Malko pour lui expliquer la situation à mots couverts.

– Je vais faire l'impossible pour organiser cela au plus vite, promit-il. Rappelez-moi dans deux heures.

A peine eut-il raccroché que Malko appela Marin Sorescu, l'ancien patron des renseignements extérieurs de la Securitate reconverti en allié de la CIA. Cette fois, miracle, on décrocha !

– Marin Sorescu ? demanda Malko.

– *Da.* Qui êtes-vous ?

Malko se fit connaître et le Roumain se confondit aussitôt en excuses.

– J'ai trouvé votre message trop tard ! expliqua-t-il. Mon répondeur fonctionnait mal et je me trouvais à Brasov. Quand je suis revenu à Bucarest, vous étiez déjà parti. Vous êtes de retour ?

– Oui.

– Que puis-je faire pour vous ?

– Vous avez encore des amis ?

Le Roumain éclata de rire.

– Bien sûr, beaucoup.

– Nous pouvons nous voir demain matin. A l'*Intercontinental.* Chambre 504.

– Venez plutôt chez moi, suggéra Marin Sorescu. Vous avez l'adresse ?

– Oui.

– Alors à neuf heures pour le *breakfast.*

Après avoir raccroché, Malko se demanda s'il n'était pas imprudent de faire appel à un homme comme Marin Sorescu pour une affaire aussi délicate. Certes, il était au mieux avec la CIA, la Roumanie frappait à la porte de l'OTAN, mais Marin Sorescu avait été la star de la Securitate pendant des années. Donc, en liaison constante avec les Russes. Il pouvait avoir conservé des contacts avec ses anciens amis...

Ruxandra lui souffla la fumée de sa Gauloise blonde en plein visage, avec un sourire mutin.

– Vous avez fini de travailler ?

Il y avait une lueur vorace dans son regard allumé. Et aussi une détermination farouche : d'ailleurs, elle passa aussitôt aux actes, écrasant sa Gauloise blonde dans le cendrier et venant se frotter à Malko. Comme il la repoussait, l'esprit ailleurs, elle dit d'un ton lourd de menace :

– Nous avions fait un *deal*...

Il comprit qu'il ne se débarrasserait pas d'elle. Alors, il se reversa une coupe de Taittinger et la laissa s'activer sur lui. Une vraie goule. Jouant des mains et de la bouche, le regardant parfois par-dessous, elle parvint en un temps record à le rendre très présentable. Elle se remit alors debout et, emprisonnant son membre entre ses doigts, le tira comme on traîne un animal.

– Allons là-bas.

« Là-bas », c'était évidemment sa « salle de récréation ». Malko n'avait vraiment pas la tête à ça. En même temps, il ressentait, comme toujours après avoir frôlé la mort, une violente pulsion sexuelle. Il se dégagea et, la prenant par la nuque, la força à s'agenouiller, puis à s'allonger sur le ventre, à même une peau d'ours qui servait de tapis. Il se laissa ensuite tomber entre ses jambes, releva brutalement la jupe de cuir, dévoilant sa croupe. Puis, il la couvrit comme un animal. Allant directement à l'ouverture de ses reins, il pesa de tout son poids, s'enfonçant d'un coup jusqu'à la garde au fond de ses fesses.

Ruxandra poussa un grognement sourd et saisit à pleines mains les poils de la dépouille de l'ours. Sentant ses muscles les plus intimes se resserrer autour de lui, Malko se déchaîna sans ménagement. Ruxandra, les bras écartés comme une crucifiée, un bas filé, les cheveux dans la figure, somptueusement sodomisée, roucoulait comme un pigeon heureux, en bonne disciple de Vlad l'Empaleur...

Quand Malko se vida en elle, tout son corps se mit à trembler et elle arracha des touffes entières de poils de la peau d'ours. Il se releva, étourdi de fatigue, de plaisir, de peur rétrospective, et se versa une dernière coupe de Taittinger Comtes de Champagne. La journée du lendemain allait être longue, avant qu'ils s'envolent de Bucarest. Le silence de cette vieille demeure aux murs épais était tellement profond qu'il finissait par angoisser. Ruxandra tira machinalement sur son bas.

– Si vous voulez vous reposer, suggéra-t-elle, il y a une chambre vide entre celle où se trouvent vos amis et la mienne.

Malko la suivit. Au passage, il entrouvrit la porte de la chambre d'Evgueni Polyakov pour dire à Fedora Kulak où il se trouvait. Elle était assise dans un fauteuil, à côté du lit, son pistolet sur les genoux.

– Il n'a pas bougé depuis tout à l'heure, dit-elle, j'ai l'impression qu'il va mieux.

– Tout va bien se passer, dit Malko, avant de gagner sa chambre.

*
**

Malko se dressa en sursaut. On frappait à la porte. D'abord, il pensa à Ruxandra, puis le battant s'ouvrit sur Fedora Kulak, son pistolet à bout de bras. Elle s'approcha du lit et annonça d'une voix calme :

– Evgueni vient de mourir.

Malko eut l'impression de recevoir le ciel sur la tête. Toute cette odyssée pour rien ! C'était l'histoire du conte oriental de *Ce soir à Samarkand*. Un homme croise la Mort dans son village et s'enfuit aussitôt à Samarkand, la ville voisine, pensant s'y cacher. Il y retrouve la Mort qui lui dit : « J'ai été étonnée de te voir là-bas ce matin, je t'attendais ici, à Samarkand. »

– Si on l'avait emmené à l'hôpital...

Fedora Kulak secoua la tête.

– Non. Il avait déjà eu une alerte, il y a trois ans. On avait diagnostiqué un anévrisme inopérable. C'est ce qui provoquait ses migraines. Il souffrait atrocement. C'était son jour, conclut-elle avec fatalisme.

Malko se rhabilla et gagna la chambre du Russe. Ce dernier était presque debout, adossé à des oreillers, le visage calme, les yeux fermés. Malko prit son Zippo, l'alluma et plaça la flamme devant la bouche d'Evgueni Polyakov. Elle continua à monter tout droit, sans le moindre frémissement. Il ne respirait plus. Parti en emportant ses secrets. Beaucoup de gens allaient en retrouver le sommeil.

– Je vais prévenir Ruxandra, dit Malko.

La Roumaine lui ouvrit, à peine couverte d'un déshabillé violine transparent, apparemment dans de très bonnes dispositions. Elle enlaçait déjà Malko lorsqu'il la mit au courant :

– Evgueni Polyakov est mort.

– *La Dracul !* (1)

Rapidement, elle fit le signe de croix à l'envers, à l'orthodoxe, et dit :

– Je voudrais le voir.

Ils ressortirent dans le couloir. Fedora était retournée dans sa chambre. Au moment où il allait abandonner Ruxandra à sa curiosité morbide, un concert d'aboiements retentit, dans les bois entourant la propriété.

– Qu'est-ce que c'est ? interrogea Malko.

– Des chiens errants, répondit Ruxandra. Il y en a des milliers en Roumanie. Ils vont même dans les hôpitaux. Ils se battent parce qu'ils ont dû attraper quelque chose.

Les aboiements continuaient, sauvages, assourdissants, féroces. Malko alla retrouver Fedora Kulak.

(1) *Au diable !*

CHAPITRE XVI

Le lieutenant Oleg Kalugin savait que c'était la mission de sa vie, et il en était fier. C'était plus drôle que de moisir dans un cantonnement de Tiraspol en buvant une vodka si mauvaise qu'elle rendait aveugle. La bonne vodka russe n'arrivait pas jusqu'en Moldavie, où on ne trouvait que de la Smirnoff ou de l'Absolut, l'autre étant beaucoup trop chère pour un militaire de la XVe armée.

Il avait été convoqué deux jours plus tôt par le colonel Kokochine, commandant de son unité de Spetnatz, qui lui avait donné des ordres précis. Avec huit hommes, il devait liquider deux ennemis de la *Rodina,* des traîtres qui s'apprêtaient à vendre aux Américains d'importants secrets russes. Oleg Kalugin n'avait pas éprouvé le moindre état d'âme. Les ennemis de la Russie étaient ses ennemis personnels. En plus, il avait hâte de mettre à l'épreuve ses années d'entraînement. Une heure plus tard, il roulait avec ses hommes en direction de Kichinev, dans deux grosses Volga immatriculées en Moldavie.

Il avait effectué sa jonction avec son homologue du SVR à l'ambassade de Russie à Kichinev. Là, on lui avait remis les photos d'Evgueni Polyakov et de Fedora Kulak.

– Nous sommes à leur recherche, expliqua l'homme du SVR, un colonel de l'ex-KGB. Dès que nous les avons localisés, nous vous appelons.

Avec leurs pistolets-mitrailleurs équipés de silencieux, leurs grenades éclairantes, leurs tenues noires en kevlar, plus toute une panoplie variée d'engins de mort, Oleg Kalugin et ses hommes étaient prêts à liquider n'importe quel ennemi. Les Spetnatz avaient été dressés à des actions de commando « pointues »...

Hélas, ils avaient poireauté dans leur équipement plus de vingt-quatre heures, maudissant le SVR, jusqu'à ce que le colonel surgisse, essoufflé, et leur explique la situation.

Le couple pourchassé avait pu franchir la frontière de Roumanie, après avoir échappé au piège qui l'attendait. Grâce au concours des gardes-frontière moldaves et d'un chauffeur de taxi, le SVR l'avait maintenant localisé dans une propriété privée au nord de Bucarest. Il fallait frapper le plus vite possible.

– Nous devons être là-bas avant six heures du matin, avait ordonné le colonel.

Le petit convoi avait pris la route, et franchi la frontière en un clin d'œil. Un agent du SVR avait grassement rétribué les douaniers roumains pour qu'ils n'inspectent pas les deux voitures bourrées d'armes et de munitions. Ensuite, ils avaient foncé sur de petites routes désertes, pendant presque quatre heures. Un autre véhicule du SVR les attendait à l'embranchement de Buzau, sur la route de Bucarest, et les avait guidés jusqu'à Sagov, puis à une grosse maison isolée.

Les allées tranquilles de ce village de luxe grouillaient d'agents du SVR venus de la *rezidentura* de Bucarest. A voix basse, on expliqua au lieutenant Kalugin ce qu'on attendait de lui et de ses hommes. On ignorait tout des occupants de la villa numéro 24 et de leur armement. Le chauffeur de taxi retrouvé à la frontière avait seulement parlé de quatre personnes, dont les deux fugitifs. Mais plusieurs heures s'étaient écoulées depuis qu'il les avait déposés à la villa. L'agent de la CIA pouvait avoir fait venir du renfort...

– *Nikakiku problem,* (1) conclut Kalugin, nous y allons.

C'est pour ce genre de mission qu'il avait été entraîné. Il fallait agir avant le lever du jour. Ce fut pour les neuf hommes un jeu d'enfant d'escalader le mur d'enceinte.

Silencieusement, ils se déployèrent autour de la grosse bâtisse, suivis par une meute de chiens errants en quête de nourriture. Il n'y avait qu'une ouverture possible : la porte d'entrée protégée par une glace épaisse. Faute de diamant pour la couper, il fallait la briser, au risque d'alerter les occupants de la villa. Le lieutenant Kalugin eut alors une idée géniale. Prenant une boîte de viande – ration emportée dans toute mission –, il l'ouvrit et la jeta aux chiens, déclenchant une bataille féroce et bruyante. Tandis que les chiens aboyaient à qui mieux mieux, le lieutenant, d'un geste sec, brisa la lourde glace d'un coup de masse.

– *Davai !*

En un clin d'œil, il passa la main par l'ouverture, ouvrit la porte, et fit irruption dans un grand hall. Tous abaissèrent leurs lunettes protectrices et Kalugin jeta devant lui une grenade aveuglante qui explosa avec un bruit sourd. Puis il se rua vers l'escalier avec quatre de ses hommes. Les autres foncèrent dans les pièces du rez-de-chaussée, s'éclairant avec de puissantes torches électriques.

Oleg Kalugin avait choisi le premier étage, parce que les chambres s'y trouvent la plupart du temps. Il jaillit sur le palier, ouvrit à la volée la première porte, balaya la chambre de sa torche, couvert par ses hommes. Vide. Comme la salle de bains. La seconde, pareil. La troisième aussi.

Ils progressaient sans le moindre bruit dans le large couloir circulaire, étonné de ne provoquer aucune réaction. Equipés de lunettes infrarouges, ils y voyaient comme en plein jour.

Oleg Kalugin poussa la quatrième porte. Son pouls

(1) Pas de problème.

grimpa à toute vitesse. Là, il y avait de la lumière ! Il aperçut une femme de dos, penchée sur un homme allongé sur le lit. La femme se retourna avec un cri terrifié et il aperçut le visage de l'homme. C'était celui des photos ! Il avait trouvé son objectif.

Sans perdre une seconde, il pressa la détente de son pistolet-mitrailleur et les balles jaillirent avec des « plouf » sourds. La femme fut atteinte la première : une blonde bien en chair, ce qui correspondait à la description du SVR. Oleg Kalugin arracha son chargeur et presque sans s'interrompre en remit un second. L'homme avait été touché, mais il lui expédia encore une quinzaine de projectiles, hachant son visage et son torse. Il termina le chargeur, le bras tendu, sur la femme allongée par terre dans une mare de sang.

– Couvrez-moi, lança-t-il à ses hommes.

Deux d'entre eux, accroupis, surveillaient la porte, les autres se trouvaient à l'extérieur de la chambre. Tranquillement, Oleg Kalugin prit un petit appareil photo et se mit à shooter à toute vitesse, photographiant les deux cadavres sous toutes les coutures. Au GRU, on ne se contentait pas de *spravka* (1), il fallait des preuves.

Le film terminé, il battit en retraite dans la maison silencieuse. Une minute plus tard, lui et ses hommes couraient dans le jardin. Encore soixante-dix secondes, et ils avaient franchi le mur. Une dernière course jusqu'aux voitures. Il faisait toujours nuit. Quelques signaux de lampes. Une silhouette se dressa devant le lieutenant Kalugin.

– Alors ? Vous les avez trouvés ?

C'était la voix anxieuse du *rezident* SVR à Bucarest.

– La mission a été totalement accomplie, *tovaritch* colonel ! annonça fièrement le lieutenant Kalugin qui ajouta aussitôt : J'ai pris des photos des deux corps. Nous n'avons rencontré aucune résistance.

– Bravo ! fit à mi-voix le *rezident*. Repliez-vous.

(1) Rapport.

Il fallait refranchir la frontière le plus tôt possible. Au besoin, le commando de Spetnatz passerait le Prout dans un dinghy emporté dans une des Volga. Mais il pouvait y avoir auparavant des barrages sur les routes.

Oleg Kalugin ne commença à se détendre que dans la Volga, en ôtant ses « couches » d'uniforme. Il était couvert de sueur, à cause de la tension nerveuse. Il ferma les yeux et commença à penser aux deux renégats qu'il avait liquidés. Réalisant qu'il ne connaissait même pas leur nom.

*
**

– Ils sont repartis ! souffla Malko, pistolet au poing.

Il allait sortir de la chambre lorsque la grenade éclairante avait explosé, l'éblouissant. Immédiatement, il avait refermé. Fedora Kulak aussi avait vu la lueur éblouissante. Ça ne pouvait être qu'une action offensive du SVR. Ils avaient poussé un fauteuil devant la porte et attendaient, arme au poing.

Mais personne n'avait tenté d'entrer. Vingt minutes s'étaient écoulées, le silence dans la maison était total. Les intrus, quels qu'ils soient, étaient partis. Malko ouvrit et s'engagea dans le couloir, pistolet au poing.

– Ruxandra !

Pas de réponse. Fedora Kulak sur ses talons, il atteignit la porte de la chambre d'Evgueni Polyakov. Elle était ouverte, la lumière allumée. La première chose qu'il aperçut fut le cadavre de la Roumaine, au pied du lit, dans une mare de sang. Il s'approcha : elle avait reçu tellement de projectiles que son visage était méconnaissable ! Une bouillie de sang et d'os nacrés. Un œil pendait sur la joue, explosé. Malko détourna la tête. La malheureuse Ruxandra s'était trouvée au mauvais moment au mauvais endroit...

Evgueni Polyakov ne valait guère mieux... Criblé lui aussi de projectiles. Rarement un cadavre avait été aussi mort...

Un bruit derrière lui le fit sursauter. Il se retourna. Fedora Kulak était en proie à un fou rire nerveux ! Elle montra le mort du doigt :

– *Nado zhe !* (1) Ils ont cru qu'ils le tuaient, ce pauvre Evgueni Trofimovitch ! Et elle, ils l'ont tuée à ma place !

Prise d'un rire hystérique, elle se laissa tomber sur une chaise. Malko la laissa se calmer. Maintenant, tout était clair : le SVR les avait trouvés et avait cru abattre Fedora Kulak et Evgueni Polyakov. Donc, ils ne craignaient plus rien, jusqu'au réveil des domestiques qui allaient forcément alerter la police. Malko prit la Russe par le bras.

– Partons. On va essayer de trouver une voiture.

Elle enfila sa zibeline et le suivit. Malko se dirigea vers des garages qu'il avait repérés la première fois. Il y avait plusieurs voitures dont une vieille Mercedes avec la clef sur le tableau de bord. Miracle, elle démarra au quart de tour ! Le temps d'ouvrir le portail, ils fonçaient vers Bucarest. Fedora Kulak semblait inquiète.

– Où allons-nous ? demanda-t-elle.

– A l'ambassade des Etats-Unis. Je dois rendre compte à Washington.

– Je n'ai plus de passeport, remarqua-t-elle d'une voix égale.

– Je sais, fit Malko.

– Vous n'allez pas me laisser tomber, dit-elle, soudain tendue. Vous savez bien que je ne peux pas retourner en Russie. Je n'ai que très peu d'argent – ce que vous nous aviez donné – et plus de papiers. Je ne connais personne hors de Russie. A part vous.

– Non, promit Malko, je ne vous laisserai pas tomber.

– Vous allez en Amérique ? demanda-t-elle soudain.

Malko sourit.

– Je ne sais pas, mais je pense plutôt que je vais rentrer chez moi, en Autriche, là où vous m'avez appelé.

(1) Tu te rends compte !

– J'aimerais bien venir avec vous, dit-elle d'une voix chaude.

Bonne idée. C'est Alexandra la pulpeuse qui serait ravie devant l'irruption de ce grand fauve. Ça se terminerait à l'arme lourde.

– Je crains que ce ne soit pas possible, expliqua Malko. Je ne vis pas seul.

Fedora Kulak lui lança un regard à faire fondre une banquise.

– Vous croyez que beaucoup de femmes peuvent m'égaler ?

Malko ne répondit pas à cette question brûlante. Ils arrivaient en ville. Il était à peine sept heures du matin. Impossible d'aller à l'ambassade américaine à cette heure-là. Heureusement, il avait gardé sa chambre à l'*Intercontinental.*

– Nous allons à l'*Intercontinental* nous reposer un moment, dit-il, ensuite, nous nous rendrons à l'ambassade.

Fedora lui jeta un regard dépourvu d'aménité.

– Ne pensez pas vous débarrasser de moi. Si vous essayez de me semer, je vous tue. De toute façon, je n'ai plus rien à perdre.

Ils ne se parlèrent plus qu'à l'arrivée à l'hôtel. L'employé de la réception les suivit d'un long regard étonné et admiratif. Généralement, les clients qui ramenaient des femmes ne le faisaient pas à cette heure-là, et elles n'étaient pas aussi belles. A peine dans la chambre, Malko commanda deux petits déjeuners. Il mourait de faim.

– Je peux prendre un bain ? demanda Fedora.

– *Pojalouista.* (1)

Dès qu'elle fut dans la salle de bains, il appela Marin Sorescu, pour retarder son rendez-vous. Il n'y avait plus d'urgence. Quand Fedora émergea de la salle de bains, elle était intégralement nue ! Sans affectation, Malko ne

(1) Je vous en prie.

put s'empêcher de l'admirer. Des muscles assez enrobés pour ne pas lui donner une allure de culturiste, une poitrine de fille de dix-huit ans, ferme comme du marbre, un ventre plat et d'immenses jambes bien galbées.

Un magnifique animal.

Elle s'assit sur le lit et consentit à s'enrouler dans une serviette lorsqu'on apporta le petit déjeuner. Malko était turlupiné par une petite pensée sournoise et désagréable. Comment allait réagir Franck Capistrano vis-à-vis de Fedora ? Il connaissait les Américains, ce n'étaient pas des sentimentaux... Il attendit que Fedora ait terminé ses croissants pour lui demander :

– Est-ce qu'Evgueni Polyakov vous parlait des secrets qu'il détenait ?

– Jamais, laissa-t-elle tomber. J'étais sa détente. On ne parlait jamais de son travail. Bien sûr, je savais ce qu'il faisait, mais c'est tout.

– Vous connaissez bien le fonctionnement du SVR ?

Elle sourit.

– Non. Ça ne m'a jamais intéressée. D'ailleurs, je ne voyais personne. Evgueni était très jaloux. Pourquoi ?

– Par curiosité, fit Malko.

Il ne serait pas facile de la « vendre » à Franck Capistrano. Fedora Kulak n'était pas vraiment une défectrice de poids. Elle s'étira et le fixa de ses yeux cobalt, les jambes légèrement ouvertes, comme pour lui donner le choix entre deux alternatives.

– Souvenez-vous de ce que je vous ai dit dans la voiture, en venant... Je ne plaisantais pas.

*
**

Malko écoutait la voix rugueuse de Franck Capistrano, à huit mille kilomètres. L'Américain avait été catastrophé, lorsque Malko lui avait appris l'échec de sa mission, du fait de la mort accidentelle du général Polyakov.

Dès son arrivée à l'ambassade, qui se trouvait tout près

de l'*Intercontinental*, 7, rue Theodore-Arghezi, en pleine ville, il avait demandé à voir le chef de station – une femme – en se faisant connaître. On avait aussitôt mis un bureau à sa disposition, avec un téléphone « protégé » pour appeler la Maison-Blanche. Assise en face de lui, Fedora Kulak, qui n'avait pas voulu le quitter, l'observait en fumant une Gauloise blonde extraite d'un paquet récupéré dans la maison de Ruxandra Andreanu. Impassible, elle ne comprenait évidemment pas ce que Malko disait. Celui-ci attaqua son problème, expliquant sa situation et le rôle qu'elle avait joué.

– Vous êtes sûr qu'elle ne sait rien ? interrogea Franck Capistrano.

– C'est ce qu'elle m'a dit, confirma Malko.

L'Américain eut un soupir résigné.

– C'est une catastrophe, la mort d'Evgueni Polyakov. Nous *savons* qu'il y a des dizaines de traîtres haut placés à la CIA et ailleurs, et nous sommes désormais incapables de les démasquer ! Je ne sais pas ce qu'on va faire...

– On peut essayer de questionner Fedora Kulak, suggéra Malko. Elle faisait partie du *deal*...

Franck Capistrano laissa tomber, nettement réticent :

– Vous m'avez dit vous-même qu'elle ne savait rien. En plus, elle n'a pas de passeport. C'est délicat. Le *deal*, comme vous dites, se termine avec la mort de Polyakov. Nous sommes passés à côté d'une revanche éclatante sur l'affaire Aldrich Ames. En dépit de votre brillante performance.

– A côté aussi du mystère du dossier « Venona », releva Malko.

– Oui, évidemment, reconnut Franck Capistrano.

Bizarrement, Malko eut l'impression que ce n'était pas ce que l'Américain regrettait le plus. En dépit de ses déclarations précédentes, il allait revenir à la charge pour Fedora Kulak lorsque cette dernière lui fit un signe pour prendre la parole :

– J'ai entendu que vous parliez du dossier « Venona »,

dit-elle. Lorsque nous étions à Kichinev, Evgueni Trofimovitch a expédié une lettre qui contient beaucoup d'informations. Entre autres, sur ce dossier « Venona ». Je suis la seule personne à savoir où et comment on peut récupérer cette lettre.

– Qu'est-ce qu'elle a dit ? demanda Franck Capistrano, qui avait entendu mais ne parlait pas russe.

– Quelque chose qui va beaucoup vous intéresser, répondit Malko.

CHAPITRE XVII

– C'est du bluff ! explosa Franck Capistrano.

Malko venait de lui traduire fidèlement la révélation de Fedora Kulak.

– Possible, reconnut-il, mais nous n'avons aucun moyen de vérifier. Ce serait dommage que cette lettre – si elle existe – ne tombe pas entre nos mains.

– Interrogez-la ! Qu'elle donne des précisions.

Malko posa le récepteur et se tourna vers Fedora, toujours en train de tirer sur sa Gauloise blonde, ses yeux cobalt flamboyants de fureur. Elle se redressa, lissant son pull comme pour bien faire ressortir sa poitrine, et adressa à Malko un sourire ambigu, mélange de sexualité triomphante, de volonté féroce et d'intelligence aiguë. Un sourire de mammifère doué pour la survie.

– Qu'est-ce que c'est que cette histoire de lettre ? demanda-t-il.

– A Kichinev, dit-elle, quand j'ai découvert que le SVR nous avait retrouvés, Evgueni a pensé que peut-être nous n'arriverions pas à gagner les Etats-Unis, que nous risquions d'être abattus, lui ou moi. Alors, il a mis dans une enveloppe les notes qu'il avait prises depuis qu'il était enfermé à l'hôtel. Il avait une mémoire prodigieuse, il connaissait ses archives par cœur. Il y a ajouté quelques documents qu'il avait emportés de Moscou. Des virements bancaires. C'est moi qui ai posté cette lettre à la poste.

– Et vous l'avez envoyée à qui ?

Fedora alluma une autre Gauloise blonde avant de lui répondre.

– A quelqu'un dont je ne vous dirai pas le nom. Poste restante à un certain bureau de poste, aux Etats-Unis. Il paraît qu'ils conservent le courrier pendant un mois. Ensuite, ils détruiront cette lettre ou la renverront à l'envoyeur. Comme il n'y a pas d'envoyeur...

Quelque chose échappait à Malko qui insista :

– A qui avez-vous envoyé cette lettre ?

Fedora Kulak lui adressa un sourire ironique en tirant une bouffée de sa cigarette.

– A un agent du SVR aux Etats-Unis. Ce que vous appelez un NOC, un clandestin. Evgueni savait que cette méthode avait déjà été employée pour lui faire parvenir des instructions. Seulement, les autres fois, il était prévenu de cet envoi... et du bureau de poste où il fallait le récupérer, qui changeait chaque fois. Cette fois, il ne risque pas d'y aller, puisqu'il n'est pas au courant.

– Et comment pensez-vous récupérer cette lettre ?

Nouveau sourire.

– C'est très simple. Il suffit que je prenne contact avec le destinataire et que je lui dise d'aller la chercher, en donnant le code pour qu'il sache qu'il s'agit de sa centrale. Après, je récupère la lettre.

C'était diabolique. Pour quelqu'un n'ayant jamais quitté la Russie, Evgueni Polyakov avait remarquablement bien assimilé la vie américaine. Le courrier *on hold* était une pratique courante et sûre.

Malko reprit le récepteur pour traduire à Franck Capistrano les propos de Fedora Kulak. Cette fois, l'Américain ne cria pas au bluff.

– *For Christ's sake,* grommela-t-il, cela a l'air d'être vrai. Et il y a quelques milliers de bureaux de poste dans notre pays. On ne peut pas demander à tous s'ils n'ont pas *on hold* une lettre en provenance de la République moldave.

– Cela me semble difficile... approuva Malko.

– OK. Je vais m'arranger pour la faire entrer sans passeport. On verra la suite après.

– Pourquoi ne pas en demander un au State Department et le lui faire délivrer ici ?

– Ça prendra un mois. Si seulement elle avait gardé le sien !

– Ce n'est pas vraiment sa faute. Et il est hors de question d'aller le récupérer.

– OK, on verra. Comment allez-vous l'exfiltrer de Roumanie ?

– Je pense que notre ami va nous aider. Il ne faut pas rester longtemps ici, le SVR saura très vite que la femme tuée à Sagov n'est pas Fedora Kulak.

– OK, rappelez-moi dès que vous aurez résolu votre problème.

Au moment où il allait raccrocher, Fedora lui adressa un geste comminatoire.

– Alors ?

– C'est réglé, affirma Malko, vous serez admise aux Etats-Unis sans passeport.

– *Karacho.* Mais ensuite, il me faut un passeport américain.

– Je crois que ce sera impossible, plaida Malko. On trouvera une solution.

– Il faudra que ce soit possible, répliqua calmement la jeune femme. Sinon, *nitchevo.* Pas de lettre.

– Pour l'instant, fit Malko, je dois organiser votre exfiltration. Vous allez m'attendre ici et je vais m'en occuper.

Il alla trouver le numéro 2 de la station et lui emprunta sa Golf. Il n'était pas au bout de ses peines et Fedora Kulak allait lui donner du fil à retordre.

*
**

Le général Troubnikov examinait à la loupe les agrandissements des photos prises après l'assaut de la propriété de Ruxandra Andreanu. Il venait de recevoir de la *rezidentura* de Bucarest un télégramme inattendu.

On lui avait apporté ces documents avec le rapport complet de l'opération. Le dispositif de récupération d'Evgueni Polyakov et de Fedora Kulak avait été levé. Il sonna sa secrétaire, après avoir posé sa loupe.

– Ce lieutenant Kalugin est là ? demanda-t-il.

L'officier des Spetnatz avait apporté lui-même les documents à Moscou, par un vol spécial de l'Armée rouge.

– Il est au troisième étage en train de se faire *debriefer, tovaritch* général, répondit la secrétaire.

– Envoyez-le-moi immédiatement.

Cinq minutes plus tard, le lieutenant Oleg Kalugin poussa d'une main timide la porte capitonnée de cuir vert du bureau du directeur du SVR et claqua des talons.

– Lieutenant Oleg Vassilovitch Kalugin, *tovaritch* général, lança-t-il d'une voix de stentor.

– Vous avez fait du bon travail, répliqua le général du SVR. J'ai lu votre rapport.

– *Spasiba bolchoi, tovaritch* général, fit le lieutenant, radieux.

– Cependant, lieutenant Kalugin, continua l'officier supérieur, je voudrais que vous examiniez ces documents et que vous me disiez si vous ne remarquez rien de bizarre.

Le lieutenant Kalugin prit la loupe et se pencha sur le bureau, à nouveau tendu. Il releva la tête quelques instants plus tard.

– Je ne vois rien, *tovaritch* général.

Le général Troubnikov posa le doigt sur le corps criblé de balles d'Evgueni Polyakov.

– Cet homme a été atteint par plusieurs de vos projectiles, dit-il d'une voix neutre. Or, contrairement à la femme, il ne saigne pas...

Soudain, ce détail sauta aux yeux du lieutenant.

– C'est... c'est vrai, *tovaritch* général.

– Et vous savez ce que cela veut dire ?

– *Niet, tovaritch* général.

– Que cet homme était déjà mort, Oleg Vassilovitch ! conclut le général. Les morts ne saignent pas.

Un silence lourd régna quelques instants dans le bureau, rompu par le général qui posa devant le lieutenant des Spetnatz deux photos. L'une de la femme blonde gisant au pied du lit dans une mare de sang, l'autre de Fedora Kulak.

– Oleg Vassilovitch, demanda le général du SVR, s'agit-il de la même personne ?

Le lieutenant Kalugin examina les deux clichés un long moment, l'estomac noué, puis se redressa.

– Il me semble, *tovaritch* général. Mais elle a beaucoup de sang sur le visage et je ne l'avais jamais vue avant. Il faisait sombre et tout s'est passé très vite. J'ai seulement obéi aux ordres de traiter les deux sujets.

Le général Troubnikov hocha la tête.

– Vous êtes excusable, Oleg Vassilovitch. Moi-même, je l'ai cru en regardant superficiellement ces photos. Mais nous avons demandé à des experts. La femme blonde que vous avez « traitée » est plus petite que celle-ci et son visage est légèrement différent.

Oleg Kalugin était effondré. De ses deux objectifs, l'un était déjà mort et l'autre n'était pas le bon.

– Je ne comprends pas, balbutia-t-il.

– Avez-vous fouillé la maison ?

– Non, je pensais ma mission terminée.

Le général hocha la tête.

– Il aurait fallu le faire. La femme que vous avez « traitée » était la propriétaire de cette demeure. La *rezidentura* de Bucarest vient de me le confirmer. Une Roumaine, ce qui risque de poser quelques problèmes diplomatiques. Heureusement que vous avez pu repasser la frontière... Celle que vous deviez « traiter » devait se cacher quelque part. Elle est probablement responsable de la mort du général Polyakov.

– Et où est-elle maintenant ?

Le général hocha la tête.

– C'est la question à laquelle nous essayons de répondre, Oleg Vassilovitch. Vous pouvez disposer.

Resté seul, le général Troubnikov alluma une cigarette, contemplant les photos étalées devant lui. Ses ennuis n'étaient pas terminés. Pas tant qu'il n'aurait pas retrouvé Fedora Kulak. Il se pencha vers l'interphone.

– Swesta, appelez-moi la *rezidentura* de Bucarest, sur une ligne protégée.

*
**

– Nous partons cet après-midi à 15 h 30 sur le vol Air France pour Paris, annonça Malko, de retour dans le bureau de l'ambassade, à Franck Capistrano. De là, nous prendrons demain une correspondance pour Washington, le vol 009.

– Je serai là et je veillerai à l'entrée de miss Kulak. Comment la faites-vous sortir de Roumanie ?

– J'ai vu notre ami. Il m'accompagne à l'aéroport et lui fera établir par le responsable des gardes-frontière un laissez-passer spécial qui lui évite toute formalité.

– Parfait, approuva l'Américain. Alors, à demain. J'ai rendu compte au président qui vous félicite. Je vous retiens une suite à l'hôtel *Willard*. C'est à deux pas de mon bureau.

Tandis qu'il téléphonait, Fedora Kulak feuilletait des magazines. Elle désigna à Malko une publicité dans *Vogue* représentant un superbe lit à baldaquin recouvert de tissu Versace rouge et or, création de Claude Dalle.

– Je veux une chambre comme ça ! dit-elle. Et un appartement dans le plus haut gratte-ciel de New York. Je vous inviterai. On mangera du caviar, on boira du champagne et on fera l'amour sur la moquette...

– Pourquoi sur la moquette ?

– Parce que c'est mon rêve, dit-elle avec simplicité.

En Russie, les moquettes sont tellement minces qu'on se rape le dos. Il paraît qu'en Amérique, elles sont très épaisses.

– Allons déjeuner, proposa Malko. Nous avons largement le temps.

Il avait fixé rendez-vous à Marin Sorescu à l'aéroport, vers 14 heures.

*
**

A peine étaient-ils sortis rue Arghezi, se dirigeant à pied vers l'*Intercontinental*, qu'une voiture leur fit un appel de phares. Une vieille Volvo de couleur sombre. Malko s'approcha et reconnut au volant Marin Sorescu, l'ancien patron de la Securitate, qu'il avait vu une heure plus tôt chez lui pour arranger l'exfiltration de Fedora Kulak. Son pouls grimpa aussitôt. Le Roumain n'était sûrement pas venu pour rien. Lorsque Malko fut près de la voiture, il baissa sa glace et lui dit :

– Montez avec votre amie.

– Comment saviez-vous que j'étais ici ? demanda Malko.

– J'ai appelé l'hôtel et vous n'y étiez pas. Alors j'ai téléphoné à l'ambassade où je compte quelques amis.

– Que se passe-t-il ?

– Vous devez partir pour le vol Air France de 15 h 30, n'est-ce pas ?

– Oui. C'est ce que nous avons convenu.

– Ce sera impossible.

– Pourquoi ?

– J'ai aussi des amis boulevard Kiseleff, continua le Roumain, et j'ai eu la bonne idée de téléphoner. La *rezidentura* a reçu ce matin des instructions de Moscou : vous retrouver et vous tuer tous les deux. Ils vous attendent à l'aéroport. Ils savent sur quel vol vous partez. Eux aussi ont des amis.

Malko se dit que c'était probablement les mêmes.

Marin Sorescu était en train de tourner autour du rond-point de la Piata Universitari pour prendre le boulevard Balescu vers le nord.

– Où allons-nous ? demanda Malko.

Marin Sorescu sourit.

– Je vous emmène à l'aéroport de Baneasa. Il y a un vol pour la Hongrie dans une heure et demie. Une fois à Budapest, vous vous débrouillerez, mais vous aurez une longueur d'avance. Il y a des vols pour tous les endroits du monde et vous n'avez pas besoin de visa : vous ne sortirez pas de l'aéroport. J'ai réservé deux places sur ce vol sous des noms roumains.

– On ne repasse pas à l'hôtel ?

– Non.

Rapidement, Malko mit Fedora Kulak au courant. La jeune femme tordit simplement les coins de sa bouche vers le bas. Sans dire un mot. Une demi-heure plus tard, ils arrivaient devant l'aéroport de Baneasa qui servait aussi de cimetière d'avions. Une douzaine de vieux jets pourrissaient devant le petit bâtiment blanc tout rond. Marin Sorescu se gara dans le parking et ils gagnèrent le terminal. Quelques policiers en casquette plate faisaient les cent pas. Il n'y avait pas grande affluence. Presque tous les vols internationaux partaient de l'autre aéroport.

Au lieu de se diriger vers le départ, Sorescu fonça vers une porte marquée SOSIRU (1). Au policier qui voulait lui barrer le passage, il exhiba fugitivement une carte et l'autre salua respectueusement. Sur les talons du Roumain, Fedora Kulak et Malko traversèrent la salle déserte des arrivées pour rejoindre les comptoirs d'enregistrement, sans passer par le contrôle des passeports. C'est Marin Sorescu qui alla retirer les billets, les réglant en lei avant de les rendre à Malko avec un sourire malin.

– Ils sont peut-être dehors, fit-il. Je reste avec vous jusqu'au décollage.

(1) Arrivée.

Vingt minutes plus tard, ils embarquaient sur un biréacteur à destination de Budapest. Lorsque l'appareil prit de la hauteur, Fedora se pencha vers Malko.

– Hurrah ! lança-t-elle, avant d'enfoncer sa langue dans sa bouche.

Sous le regard envieux des autres passagers, elle était tout à coup d'humeur câline.

*
**

Yolanda Casas s'engagea sur le Key Bridge enjambant le Potomac, entre le District Federal et la Virginie, s'efforçant de rester sur la droite. Parvenue de l'autre côté, en Virginie, elle contourna le rond-point, évitant la route 66 qui filait vers l'ouest et l'entrée du Franklin-Roosevelt Parkway qui remontait vers le nord le long du Potomac, pour s'engager dans le parking du *Key Bridge Mariott,* un hôtel de quatorze étages sans beaucoup de charme mais très fréquenté. Juste à mi-chemin du centre de Washington et du siège de la CIA, il servait de point de rendez-vous pratique pour de discrètes rencontres.

Passant devant l'entrée principale, Yolanda Casas pénétra dans le parking en prenant un ticket, puis gara sa voiture en surface, en face d'une vingtaine de chambres donnant directement dehors, comme dans un motel. C'est là, jadis, lorsqu'il n'était que sénateur, que Bill Clinton amenait ses conquêtes. Une entrée latérale permettait également de gagner le *lobby* de l'hôtel.

Yolanda Casas gagna la chambre 131, au rez-de-chaussée, et frappa un coup discret. On lui ouvrit aussitôt et elle se glissa à l'intérieur. Mark Spry, en bras de chemise, s'était attaqué vigoureusement à une bouteille de Defender. A voir ses yeux rouges, le combat était inégal. Yolanda Casas se débarrassa de son manteau en fausse panthère et apparut dans une robe rouge sang qui moulait comme un gant ses formes généreuses. Avec son abondante chevelure noire et ses grosses lèvres, elle ressemblait à une Hispanique, bien qu'elle fût née à Little Rock.

Mark Spry lui adressa un regard lubrique, posa son verre et l'attira contre lui, pelotant ses seins sans vergogne. Elle se détacha.

– *Hands off !* Je ne suis pas venue pour baiser. *The heat is on.*

Dégrisé, Mark Spry l'écouta, la tête penchée de côté, se sentant de plus en plus mal. Tout cela lui donnait le vertige. Lorsqu'elle eut terminé, il demanda d'une voix mal assurée :

– Tu crois vraiment qu'il faut faire ça ? C'est vachement risqué.

Yolanda Casas eut un sourire tordu.

– *You got to believe !* (1) Tu connais le Kansas ?

– Le Kansas ? Non, pourquoi ?

– Tu as envie de le visiter ?

– *Sure, no !*

– Alors, tu ferais mieux de te remuer rapidement. Parce qu'au Kansas, il y a un très beau pénitencier qui s'appelle Leavenworth... OK ?

– OK.

– Alors, fais vite.

(1) Tu parles !

CHAPITRE XVIII

Fedora Kulak, le visage collé au hublot depuis le début de la descente sur Washington, se remplissait les yeux de cette Amérique qu'elle découvrait. Malko bâillait à se décrocher les mâchoires. Arrivés trop tard à Budapest pour attraper le vol pour les Etats-Unis, ils en avaient pris un pour Francfort, où ils étaient arrivés à dix-huit heures. A cause de la Russe sans passeport, ils avaient dormi sur les banquettes de la zone sous douane, embarquant le lendemain matin sur un vol direct Francfort-Washington. Ce qui avait permis à Malko de faire le point avec Franck Capistrano. Mais il n'avait guère dormi... Lorsque les roues du 747 touchèrent le sol, Fedora se pencha vers lui et dit triomphalement :

– Nous sommes en Amérique ! Je ne crains plus rien.

Aimable illusion. Les services soviétiques avaient toujours tué ceux qu'ils pourchassaient de leur vindicte, un peu partout dans le monde. Léon Trotski, réfugié au Mexique, en savait quelque chose... Le NKVD l'avait traqué dix ans avant de réussir à le faire assassiner là où il se cachait.

A peine la passerelle était-elle en place que Malko vit apparaître deux visages connus : Chris Jones et Milton Brabeck, ses « baby-sitters » depuis de longues années. Anciens du *Secret Service,* passés à la Division des Opérations de la CIA, les deux colosses aux cheveux très courts, aux costumes gris, mais aux cravates voyantes, se remarquaient dans leurs grosses canadiennes, les yeux froids comme des colins morts. Armés comme de petits porte-avions, ignorant ce qu'était un état d'âme, ils ne craignaient que Dieu, les microbes et la nourriture exotique, c'est-à-dire tout ce qui s'écartait du pur hamburger. Arborant des sourires carnassiers et ravis, ils s'avancèrent vers Malko et Fedora.

– *Welcome back !* firent-ils en chœur. Ça fait un moment qu'on ne s'est pas vus !

Une fois de plus, Malko dut se faire broyer les phalanges. Mais il était rassuré, car ces deux-là valaient une petite armée. Chris Jones se tourna vers un civil qui les accompagnait.

– Voici Sam Woolford, de l'Immigration Office. Je crois que vous avez un petit problème.

– Mr Franck Capistrano m'a donné des instructions, annonça l'Immigration Officer. Vous êtes accompagné de quelqu'un qui a perdu son passeport, n'est-ce pas ?

– Exact, confirma Malko. Miss Fedora Kulak, que voici.

La Russe, en entendant son nom, s'avança, radieuse, impériale, la zibeline ouverte découvrant tous ses charmes. Elle avait eu le temps de se maquiller dans l'avion et ressemblait plus à un mannequin vedette qu'à une espionne.

Chris et Milton se figèrent, ébahis et rougissants sous le regard insistant de Fedora Kulak. Milton, plus déluré, avait du mal à détacher son regard de son extraordinaire poitrine. Chris Jones retrouva le premier la parole :

– C'est ça que vous ramenez du froid ? Je croyais que c'était un homme.

Fedora, agacée de ne pas comprendre, lança à Malko en russe :

– *Chto za tvary ?* (1)

Malko ne put s'empêcher de sourire. Après tellement d'épreuves, c'était bon de se détendre un peu.

– Chris Jones et Milton Brabeck appartiennent à la CIA, expliqua-t-il. Ce sont des « bêtes » très bien dressées et très utiles. Avec eux, vous ne craignez plus rien.

Tourné vers les deux gorilles, il ajouta :

– Miss Kulak était le garde du corps du général Evgueni Polyakov.

Les mâchoires des deux Américains faillirent se décrocher.

– Garde du corps ! répéta Milton Brabeck. Vous plaisantez ? Moi, j'aurais plutôt pensé...

Malko le coupa :

– Ne pensez pas, Milton. Fedora tire aussi bien que vous. Je l'ai vue à l'œuvre. Elle pratique aussi les sports de combat.

– *Holy shit !* soupira Chris Jones, je vais aller vivre en Russie.

– Vous devriez la prendre à l'année, suggéra sournoisement Milton Brabeck.

– Si vous voulez me suivre, proposa Sam Woolford.

Ils se retrouvèrent dans un bureau de l'Immigration où Sam Woolford fit signer une déclaration sur l'honneur à Fedora Kulak, expliquant qu'elle avait perdu son passeport à l'aéroport de Francfort. Il lui remit un visa « volant » de quatre-vingt-dix jours avec un conseil pressant :

– Allez le plus vite possible au consulat russe et faites-vous établir un nouveau passeport.

La douane franchie, ils se retrouvèrent dans l'immense hall de Dulles Airport. Fedora Kulak regardait autour d'elle, éblouie. Elle était en Amérique. Chris et Milton, surveillant tout ce qui bougeait, l'encadrèrent et ils se dirigèrent vers une Chevrolet noire garée dans un endroit interdit. Il faisait beau et froid, Fedora respirait avidement

(1) C'est qui ces deux bêtes ?

cet air nouveau comme s'il était chargé des senteurs les plus précieuses, alors qu'il ne charriait qu'une bonne odeur de kérosène.

– Ne traînons pas, suggéra Milton Brabeck. Mr Capistrano nous a dit qu'on risquait de tomber sur des malfaisants.

Malko trouvait au gorille quelque chose de changé.

– Chris, vous avez grossi ? remarqua-t-il.

Chris Jone se retourna, écartant les pans de sa canadienne. Il portait, accroché à l'épaule par une courroie, le croisement monstrueux d'un pistolet-mitrailleur et d'un lance-grenades.

– C'est un petit truc que la TD m'a bricolé, expliqua-t-il. Ça fait aussi lance-flammes.

*
**

Eblouie, Fedora Kulak contemplait l'étonnant plafond du majestueux *lobby* de l'hôtel *Willard*, décoré des sceaux des cinquante Etats américains. Autour d'eux, c'était la foule habituelle des politiciens de province montés à Washington. Le *Willard,* à deux pas de la Maison-Blanche, leur servait de QG. Lorsque Malko revint, avec les cartes magnétiques servant de clefs pour leur suite, Fedora bâilla et dit :

– J'ai faim.

Malko aussi mourait de faim. Mais avant tout, il fallait avertir Franck Capistrano de leur arrivée. Sa réunion du NSC devait être terminée. Malko emprunta le portable de Chris Jones et s'isola sur la banquette ronde, au centre du *lobby,* tandis que les deux gorilles suivaient Fedora Kulak dans son exploration de l'hôtel, en commençant par la boutique Chanel... En posant les pieds sur le sol américain, la Russe paraissait avoir oublié tous ses problèmes.

– Tout s'est bien passé ? demanda anxieusement Franck Capistrano.

– Parfaitement. Nous sommes au *Willard.*

– OK. J'ai un déjeuner, on se verra après. Il faut absolument que cette fille nous dise comment retrouver cette lettre. Qu'on y aille tout de suite.

– Je vais faire mon possible, dit Malko, mais elle est méfiante.

– Soyez convaincant. On se retrouve à 14 h 30, à la salle à manger de l'*Hay-Adams*, au début de la 16e Rue. Venez seul, laissez-la sous la garde de vos « baby-sitters ».

La communication coupée, Malko alla à la rencontre de Fedora, qui arrivait escortée du fond du couloir menant à l'autre sortie du *Willard,* dans F. Street. Abritant une galerie dont les vitrines offraient tous les produits d'une civilisation de luxe, modestement, elle ne s'était acheté qu'un Zippo à l'effigie des Beatles, symbole de l'Amérique. Le *Willard* occupait tout le bloc, entre Pennsylvania Avenue et F. Street. Ils se retrouvèrent à mi-chemin, juste en face de la porte donnant accès au *Willard Room*, le restaurant de luxe de l'hôtel. Au passage, Malko se vit dans une glace. Les yeux rouges, pas rasé, les traits tirés par la fatigue, sans rien pour se changer, il avait l'impression d'arriver d'une autre planète, triste et noire comme un astre mort. Fedora, quant à elle, écarquillait les yeux devant les lustres, les dorures, les sièges profonds, la décoration un peu trop chargée et les maîtres d'hôtel aux petits soins.

– Ils ont du caviar ? demanda-t-elle.

Malko composa le menu : caviar, émincé de volaille et sabayon. Avec une bouteille de Taittinger Comtes de Champagne blanc de blancs 1988. Comme le maître d'hôtel leur proposait des cocktails, Fedora commanda une « balalaïka » à base de Cointreau et de vodka. Installés à la table voisine, Chris et Milton avaient envie de toute la carte. Leur modeste salaire ne leur permettait pas en temps normal des escapades dans des endroits aussi luxueux... Malko laissa à Fedora le temps de savourer sa « balalaïka », puis lui alluma une Gauloise blonde qui avait fait le tour du monde avec son Zippo à ses armes, et attaqua :

– Vous êtes rassurée maintenant ?

Elle hocha affirmativement la tête, la bouche pleine de caviar, but une gorgée de Taittinger et laissa tomber :

– Il est bien meilleur qu'à Moscou. Je n'en ai jamais mangé d'aussi bon.

Malko jeta un coup d'œil à la boîte bleue. Du Beluga Petrossian qui risquait d'alourdir considérablement l'addition. Mais l'enjeu était de taille... Il la laissa en profiter jusqu'au dernier grain, l'arrosant de vodka au poivre Petrossian, et revint à la charge :

– Vous êtes aux Etats-Unis, on va s'occuper de vous, sur tous les plans. Nous voudrions savoir maintenant comment récupérer la lettre envoyée par Evgueni Polyakov.

Elle le fixa de ses yeux bleu cobalt, totalement vides.

– Je comprends, dit-elle. On en parlera après le déjeuner. Cette lettre ne va pas s'envoler...

Malko n'osa pas insister. Inutile de la brusquer. La bouteille de Taittinger fut vide très vite et il en commanda une autre. Chris et Milton, qui s'étaient contentés d'un Defender « Cinq ans » comme apéritif puis de Coca, terrifiés par les prix de la carte, étaient abasourdis.

– Tu as vu ? souffla Milton. Du caviar et du champagne. Au déjeuner ! C'est toujours les mêmes qui trinquent...

Philosophe, Chris Jones haussa les épaules.

– T'as vu ses seins ? On peut pas lutter. Demande-lui de te donner la boîte de caviar vide. Ça te fera un souvenir...

Une demi-heure plus tard, Malko, bien décidé à « amollir » Fedora Kulak, lui commanda avec le café un cognac Gaston de Lagrange XO qu'on lui servit avec respect dans un grand verre ballon. Le regard de la jeune femme s'était un peu adouci. Elle prit le temps de savourer son cognac et proposa :

– Nous pouvons monter dans les chambres un moment ? Ensuite, nous discuterons.

Dès qu'il eut réglé, le maître d'hôtel, voyant qu'ils

résidaient au *Willard*, leur conseilla de sortir par la porte du fond, moins éloignée des ascenseurs. On regagnait le *lobby* par un petit couloir desservant également le *Round Robin Bar*, rendez-vous de toute la gent politique. Sagement, Chris et Milton prirent position dans le *lobby*, surveillant les nouveaux arrivants.

La suite se composait de deux chambres séparées par une *sitting-room*, au quatorzième étage, avec vue sur le Mall et le Capitole. Fedora gagna sa chambre en lançant :

– On se retrouve dans une demi-heure, ici. *Karacho ?*

– *Karacho.*

Chacun s'enferma dans sa chambre. Faute de pouvoir se raser, Malko avait au moins envie de prendre une douche.

*
**

Il était 14 h 25. Malko attendait depuis dix bonnes minutes dans le *sitting-room*. Il alla frapper à la porte de la chambre de Fedora Kulak. Pas de réponse. A la troisième tentative, il ouvrit : la chambre était vide. Comme la salle de bains dont, visiblement, elle ne s'était pas servie...

Plus qu'inquiet, il fonça vers les ascenseurs. Le spectacle des deux gorilles assis sur la banquette ronde, au milieu du hall, le rassura. Milton était plongé dans l'observation d'un grand Noir avec une queue de cheval, comme si l'espèce lui en était inconnue...

– Vous avez vu Fedora Kulak ? demanda Malko.

– Oui, répondit Chris Jones. Elle est descendue il y a une demi-heure. Son manteau sur le bras. Jésus-Christ, quel châssis !

– Où est-elle ?

– Au *Robin Bar*.

Un petit couloir menait au *Round Robin Bar*, dont les murs d'acajou sombre avaient recueilli tous les secrets de Washington. Malko tourna à droite et s'arrêta à l'entrée, un coup au cœur. A part la bairmaid, il était vide ! Il lui demanda aussitôt :

– Vous n'avez pas vu une jeune femme seule, son manteau de fourrure à la main ?

– Si, si, dit la barmaid. Mais elle n'a fait que passer. Elle doit être à l'*Embassy Room,* je l'ai vue partir par là.

Le pouls de Malko retomba. Fedora Kulak s'était simplement trompée sur le lieu de rendez-vous. Du *Robin Bar,* on pouvait accéder au principal restaurant du *Willard* sans repasser par le *lobby* ! Malko poussa la lourde porte, examina la salle. Elle était aux trois quarts vide et Fedora Kulak n'y était pas. Le maître d'hôtel le reconnut et s'approcha de lui :

– Vous cherchez quelqu'un, *sir* ?

– Oui, dit Malko, la jeune femme avec qui j'ai déjeuné !

– Elle est revenue tout à l'heure ; je crois qu'elle vous cherchait, elle est partie par là.

Il désignait la porte donnant sur le grand couloir, allant du *lobby* à la sortie de F. Street. Malko fonça jusqu'aux portes vitrées donnant sur F. Street. Il avait compris avant d'avoir poussé la porte. Il revint vers le *lobby* partagé entre la fureur et l'angoisse. Chris Jones marcha à sa rencontre, inquiet.

– Qu'est-ce qui se passe ?

Malko le lui expliqua et le gorille blêmit.

– Cette salope nous a faussé compagnie.

– Mais pourquoi aurait-elle filé ?

– Elle possède quelque chose à quoi nous tenons beaucoup, expliqua Malko. Et elle veut le négocier.

Milton Brabeck se rapprocha à son tour. Mis au courant, il jura entre ses dents :

– *Holy cow !* Je pense que je l'ai vue filer.

– Et vous n'avez rien fait ? fit Malko, outré.

Milton Brabeck baissa la tête.

– C'est-à-dire, j'ai vu une fille sortir du restaurant dans le couloir, de dos, avec un long manteau. Comme je venais de voir votre Russe entrer au *Robin Bar,* en pull et en jupe, je n'ai pas pensé à elle.

Fedora Kulak s'était habilement « désilhouettée » ! Vieille technique antifilature.

– En plus, plaida Milton Brabeck, soucieux de se dédouaner, il y avait un type qui rôdait dans le hall et ne ressemblait pas aux mecs qu'on voit ici : un minable petit gros, chauve et mal fringué, mais avec des yeux vachement mobiles. L'air d'un détective. Il y a plein d'histoires de cul dans cet hôtel... Maintenant que j'y pense, il a disparu juste en même temps qu'elle... Par le couloir.

– *Himmel Herr Gott !* soupira Malko.

Il avait envie de hurler. Avoir accompli cette course d'obstacles pour que Fedora lui file entre les doigts à la dernière seconde ! Elle s'était servie de lui pour arriver aux Etats-Unis, maintenant, sachant comment récupérer les documents du général Polyakov, elle pouvait très bien négocier avec le SVR. Et disparaître à nouveau. Repartir vers le froid. Comme avait fait le faux défecteur Youri Yourtchenko en 1985. Circonstance aggravante, elle était suivie par quelqu'un qui ne lui voulait pas de bien, et l'ignorait probablement. Un Russe ou un Américain ?

– Chris, dit Malko, essayez de savoir si elle a donné des coups de téléphone. Ensuite, rejoignez-moi au *Hay-Adams.*

*
**

Franck Capistrano était presque seul dans la salle à manger du *Hay-Adams*, petit hôtel dont certaines fenêtres donnaient sur la Maison-Blanche. Une jolie femme en voilette achevait de déjeuner dans un coin. Le *Special Advisor* de la Maison-Blanche sauta sur ses pieds en voyant Malko. Il était presque 15 heures.

– Bon Dieu, où étiez-vous ?

Le maître d'hôtel le regarda, choqué : dans cette ambiance feutrée, on parlait à mi-voix.

– Il y a un gros problème, fit sobrement Malko en s'asseyant.

Franck Capistrano se décomposa, après l'avoir écouté.

– Et vous ignorez totalement dans quel *Post-Office* se trouve cette putain de lettre ?

– Absolument, reconnut Malko, cela peut être n'importe où aux Etats-Unis. En plus, Chris et Milton ont l'impression que nous étions surveillés, au *Willard.* Qui est au courant de notre arrivée ce matin ?

– Personne, à part les membres du NSC.

– Il y aurait donc une fuite au NSC ? Je ne pense pas que l'homme aperçu par Milton Brabeck tout à l'heure soit un Russe. Et curieusement, il ressemble à la description que le concierge du *Lido*, à Bucarest, a faite du copain de Duarte Gomez.

Franck Capistrano baissa la tête, fixant sa tasse de café vide et jouant distraitement avec son Zippo siglé Maison-Blanche, qu'il finit par remettre dans son étui de cuir accroché à sa ceinture.

– Depuis le début de l'affaire du dossier « Venona », je suis persuadé qu'il y a des fuites au NSC, avoua-t-il. Mais à qui puis-je m'en ouvrir ? Au président ? C'est lui qui a choisi ses membres...

– Vous avez des soupçons ?

L'Américain leva un regard torve, et laissa tomber :

– Oui. Une avocate de Little Rock à la réputation sulfureuse. On dit qu'elle a été la maîtresse du président et qu'elle était mouillée dans beaucoup de magouilles, là-bas, en Arkansas. Yolanda Casas, une sulfureuse salope, avec une masse de cheveux énorme, des gros seins, un cul qu'on a envie de défoncer et un sourire à faire exploser les braguettes. En plus, elle s'habille toujours comme si elle cherchait à se faire violer. Mais elle appartient au staff de la Maison-Blanche, en tant que membre du NSC, et impossible de la surveiller sans demander la permission du président des Etats-Unis.

Un ange passa et s'enfuit, rouge de honte. Miss Casas était habillée pour plusieurs hivers...

– Je pense que tout n'est pas perdu, fit Malko pour remonter le moral de Franck Capistrano. Fedora Kulak est méfiante. Elle sait que cette lettre est tout ce qu'elle possède et veut la vendre très cher. Pour cela, il fallait qu'elle soit hors de notre portée. Je pense qu'elle va reprendre contact avec moi...

– Et si elle va voir le SVR ?

– On ne peut pas l'exclure, avoua Malko. Mais elle ne le fera qu'en dernier ressort, car elle sait bien qu'ils feront tout pour la liquider... Et puis, il y a ce mystérieux suiveur... dont la présence est sûrement liée au dossier « Venona ».

Franck Capistrano n'eut pas le temps de répondre. Chris Jones venait de pénétrer dans le restaurant. A sa tête, Malko vit tout de suite qu'il avait de bonnes nouvelles. Arrivé à leur table, après avoir respectueusement salué le *Special Advisor* de la Maison-Blanche, il annonça à voix basse :

– Votre copine a donné un coup de fil, avant de se tirer. Elle a appelé un numéro de Georgetown. Le 202.342.3199. L'abonné s'appelle Dag Erikson, c'est le correspondant à Washington du journal suédois *Aftonbladet.* Il habite 1228-30th Street, NW.

CHAPITRE XIX

– Je préviens le FBI ! s'exclama Franck Capistrano.

Aux Etats-Unis, la CIA n'a aucun pouvoir de police. C'est le FBI qui arrête ses traîtres. Malko tempéra l'enthousiasme de l'Américain.

– Attendons un peu. Nous ignorons où est Fedora Kulak, et quels sont ses liens avec ce journaliste suédois. Evidemment, il y a des chances pour que ce soit l'homme à qui Evgueni Polyakov a envoyé sa lettre, donc un agent clandestin du SVR. Il risque de repérer une surveillance du FBI. Chris et Milton connaissent Fedora Kulak de vue. Ils peuvent, à partir de maintenant, exercer une surveillance discrète sur le 1228-30th Street. Et si demain matin, je n'ai pas eu de nouvelles de Fedora, on lance le FBI à l'assaut.

– OK, accepta de mauvaise grâce Franck Capistrano. Dieu fasse que vous ne vous plantiez pas.

*
**

Allongé sur son lit, Malko regardait CNN d'un œil distrait. L'assassinat d'une petite fille de six ans le jour de Noël remuait toute l'Amérique. La sonnerie du téléphone lui expédia dans les artères une décharge d'adrénaline à faire péter tous ses vaisseaux. Il se rua sur le récepteur.

– *Moi dorogoy ?*

Il y avait beaucoup d'ironie dans la voix de Fedora Kulak. Il eut l'impression qu'on lui versait du miel dans la gorge.

– Fedora ! Pourquoi vous êtes-vous enfuie ? C'est idiot.

– Pas idiot, répliqua la Russe. Maintenant on va parler business. A propos, j'appelle d'une cabine. *Karacho.*

– Qu'est-ce que vous voulez ?

Rire.

– Dix millions de dollars et un passeport américain à mon nom.

– Fedora...

– Je rappelle demain matin. Si vous dites non, le Centre (1) sera sûrement prêt à payer plus.

– Les gens du SVR vous tueront, dit Malko. Si les autres ne le font pas avant.

– Quels autres ?

– Ceux qui ont tué Lee Brookner à Moscou, ceux qui ont tenté de me tuer à Bucarest. Ceux qui ne veulent à aucun prix que le dossier « Venona » parvienne à la CIA.

– Je sais me défendre, répliqua Fedora. Surtout quand je suis prévenue.

– Un homme vous surveillait quand vous êtes partie du *Willard*, continua Malko. Ce n'était pas quelqu'un de chez nous. Vous nous avez semés, mais probablement pas lui...

– *Khouinya !* (2) cracha Fedora. Vous voulez me faire peur... (Et puis, elle s'arrêta subitement comme si elle allait en dire trop.) *Da svidania*

Malko raccrocha à son tour. Fedora avait réagi comme il l'avait prévu, mais elle ne se rendait pas compte du

(1) Le SVR.
(2) Connerie !

danger qu'elle courait... ni que Franck Capistrano ne donnerait jamais dix millions de dollars *avant* d'avoir la lettre d'Evgueni Polyakov.

Les vrais problèmes commençaient. La moindre fausse manœuvre risquait de provoquer des catastrophes.

Il n'y avait qu'un point positif. Si l'homme aperçu par Milton Brabeck la surveillait vraiment, cela signifiait qu'elle n'avait pas encore récupéré la lettre. Sinon, il aurait abattu Fedora Kulak et se serait emparé de celle-ci, comme on avait fait sur le quai du métro de Moscou.

Ou alors, elle avait la lettre, mais n'avait pas été suivie.

Il devait s'organiser avant le prochain coup de fil de Fedora Kulak.

*
**

Fedora Kulak, allongée sur des coussins en face d'un feu de bois, vêtue d'un pull et d'une jupe, des bottes toutes neuves aux pieds, contemplait les flammes, euphorique. Elle avait été faire son shopping dans les boutiques de M. Street, s'était acheté une garde-robe complète, grâce au reste des dollars de la CIA. Elle n'en revenait pas des prix extrêmement bas. Ses quelques mots d'anglais avaient suffi. Ensuite, elle avait appelé le *Willard*, d'une cabine publique. Lorsqu'elle était revenue dans la petite maison de la 30e Rue, l'agent clandestin du KGB chez qui elle s'était réfugiée n'était pas encore rentré.

Au *Willard*, elle avait presque agi sur un coup de tête. Lorsqu'il lui avait remis la lettre à poster, Evgueni Polyakov lui avait également donné le nom, l'adresse et le nom de code SVR – « Emil » – du journaliste suédois. Fedora Kulak l'avait appelé, ignorant même s'il était là. Elle sentait que les Américains tentaient de la doubler.

C'est Dag Erikson qui avait répondu. Fedora l'avait tout de suite appelé par son nom de code, Emil. Et lui avait demandé de venir la chercher en face de l'entrée du *Willard*, dans F. Street. Il n'avait pas discuté. Vingt minutes plus tard, il était là, dans une Saab grise. Dieu merci, il parlait russe à peu près correctement, ayant été quatre ans en poste à Moscou, là où l'avait recruté le KGB. Grâce à un magnifique jeune officier du Premier Directorate. Dag Erikson était homosexuel à cent cinquante pour cent. Pourtant, Fedora l'avait trouvé plutôt séduisant avec sa haute taille, ses longs cheveux blonds, ses yeux presque aussi bleus que les siens et ses traits pleins de douceur.

Dans la voiture, elle lui avait expliqué qu'elle était en mission secrète et avait besoin d'une planque pour quelques jours. Elle lui avait donné assez de détails sur son passé pour qu'il ne doute pas une seconde de son appartenance au SVR, et pour justifier son appel, avait prétendu que le SVR lui avait envoyé une lettre, adressée à lui, qui contenait des instructions pour sa mission à elle. Ils iraient la récupérer dès le lendemain matin.

Après l'avoir ramenée à la petite maison victorienne où il habitait seul, il était ressorti pour vaquer à ses occupations. Fedora avait fouillé tout et trouvé ce qu'elle espérait. Un petit automatique calibre 32 qu'elle avait « emprunté » avant de ressortir.

Aussi l'avertissement de Malko ne l'avait pas paniquée : armée et sur ses gardes, elle pouvait faire face.

Elle entendit une clef tourner dans la serrure et le journaliste suédois apparut, chargé de paquets.

– J'ai fait les courses ! lança-t-il en souriant. Vous devez avoir faim.

– On va dîner dehors, protesta Fedora, je vous invite. Il doit y avoir de bons restaurants par ici.

Dag Erikson marqua une imperceptible hésitation avant d'accepter.

– OK, dit-il, je connais un club de jazz dans le quartier. On y mange pas mal. Je vais réserver.

– Et moi, je vais me faire belle, annonça Fedora Kulak.

Elle fila dans la chambre où il l'avait installée et choisit une robe de cuir très moulante, au décolleté carré, achetée l'après-midi en solde pour trois cent cinquante dollars.

Avec des bas noirs et un maquillage du soir, elle se trouva très belle. Elle avait l'impression de commencer une nouvelle vie.

*
**

L'intérieur de la fourgonnette AT & T était aménagé comme une chambre, avec des couchettes. Garée à un demi-bloc du 1228 de la 30th Street, elle permettait d'en surveiller l'accès. Après le coup de fil de Fedora Kulak à Malko, Franck Capistrano avait exigé d'alerter le FBI pour une surveillance immédiate. Il était resté évasif sur les causes de sa demande, mais comme cela venait de la Maison-Blanche, le FBI n'avait pas fait de difficultés.

Trois *Special Agents* du FBI, Malko, Chris et Milton se relayaient à l'intérieur de ce « sous-marin ». Ils avaient vu Fedora partir, accompagnée du journaliste. Une autre équipe les filait. Par radio, ils savaient que le couple dînait tranquillement chez *Fatt Daddy's*, un restaurant de cuisine New Orleans avec du jazz, au 316 Massachusetts Avenue. Le couple parti, la fourgonnette AT & T avait fait le tour du quartier. Ses occupants n'avaient rien décelé de suspect : ils étaient les seuls à surveiller Fedora Kulak. Ce qui avait rassuré Malko.

*
**

Fedora Kulak avait vite réalisé que la plupart des garçons installés au bar de *Fatt Daddy's* regardaient en direction de leur table. Se tenant très droite pour faire ressortir sa poitrine, les jambes croisées très haut, elle promenait un regard dominateur sur le petit restaurant bruyant et gai où on pouvait à peine se parler, à cause des cinq musiciens de jazz s'époumonant sur une estrade, au fond de la salle.

Elle achevait son second cocktail, une « Original Margarita », à base de Cointreau, de tequila « Tres Maguyes » et de citron vert, lorsqu'un des jeunes gens installés au bar quitta son tabouret et se dirigea vers leur table.

Elle le détailla avec gourmandise. Un beau visage viril, en dépit de longs cils, des cheveux noirs rejetés en arrière, les épaules larges, les pectoraux avantageux serrés dans une chemise rouge et un pantalon de cuir noir moulant d'une façon provocante des attributs sexuels conséquents... Fedora en ressentit un petit choc agréable entre les cuisses et lui adressa un sourire engageant. Pour sa première soirée en Amérique, ce mâle-là ne serait pas mal.

Surprise ! Au lieu de l'aborder, il se pencha vers Dag Erikson et lui dit quelques mots à l'oreille en pouffant de rire. Le journaliste suédois eut l'air affreusement gêné. L'autre retournait déjà au bar sans même avoir jeté un regard à Fedora. A ce moment, elle réalisa que tous les beaux garçons du bar étaient des homosexuels en chasse ! Et que c'était Dag qu'on regardait, pas elle. De fureur, elle alluma sa dernière Gauloise blonde et lui souffla la fumée en plein visage. Elle n'avait plus qu'une idée : fuir cet endroit.

*
**

– Ils reviennent, annonça la radio dans la camionnette AT & T.

Effectivement, la Saab se gara à quelques mètres d'eux, et Fedora en sortit, précédée du Suédois.

– Quand on pense que ce type vivait là depuis trois ans, insoupçonné, marmonna Chris Jones.

Le KGB et maintenant le SVR avait des centaines de clandestins de cette espèce, un peu partout dans le monde. Malko décida de lever le siège, laissant une voiture du FBI sur place. L'essentiel allait se jouer le lendemain : les *Post-Offices* ouvraient dès huit heures du matin.

*
**

Fedora Kulak jeta un regard furieux à Dag Erikson qui venait d'ôter son manteau. Elle avait encore, gravée sur la rétine, la bosse de cuir noir de l'ami du Suédois. Elle aurait tant aimé faire l'amour ce soir. Frustrée, elle sourit à Dag Erikson.

– *Ty golouboy ?* (1) demanda-t-elle en russe.

– *Da.*

– Tu n'as jamais baisé avec une femme ?

– Non.

Elle s'approcha, le fouillant de son regard bleu.

– Tu ne me trouves pas bandante ?

– Si, si, fit-il, troublé et gêné.

– Alors, pourquoi on n'essaie pas ?

Le Suédois rougit.

– Je ne pense pas que je pourrais...

Son regard vacillait. Fedora saisit à pleine main son sexe à travers son pantalon. Il se recroquevilla. Alors, prise d'une inspiration géniale, elle souffla :

– Pense à ton copain. Si c'était lui, tu banderais, non ?

Instantanément, elle sentit le membre grossir sous ses doigts... En un clin d'œil, elle eut déshabillé le Suédois, le poussant sur les coussins au coin du feu. Tout en lui parlant du brun en cuir noir, elle ferma les yeux pour se concentrer sur son fantasme. Elle se pencha sur le long sexe au repos. C'était bien la première fois qu'un homme résistait ainsi à son contact. Elle se mit à penser de toutes ses forces au brun avantagé par la nature et prit Dag dans sa bouche.

Au bout de longues minutes d'efforts, elle parvint à le rendre présentable, à force d'évoquer sans cesse l'autre garçon, avec des précisions obscènes. Elle arracha sa culotte et l'enjamba.

Hélas, à la seconde où le sexe de Dag Erikson effleura le sien, il s'affaissa comme une montgolfière dégonflée. Fedora Kulak se laissa tomber sur le côté, furieuse, encore

(1) Tu es gay ?

plus frustrée. La voix du journaliste suédois lui enfonça un couteau dans le cœur.

– Je voudrais que tu ailles dans ta chambre, dit-il. Jon va venir.

Fedora se redressa, ramassa sa culotte, folle de rage, et lança :

– *Karacho !* Mais soyez discrets ! Si vous faites du bruit, je viens et je vous tue tous les deux. A propos : demain, on se réveille tôt. J'ai besoin de toi.

*
**

Dell Claridge avait mis son réveil à sept heures. Couché tout habillé sur le lit de camp de son bureau, il s'éveilla en maugréant et fit taire la sonnerie. Il jeta un coup d'œil dehors : toujours la neige. Il alluma la cafetière électrique et, pendant qu'elle chauffait, avala deux barres de Mars.

Son bureau, coincé entre un restaurant iranien et une agence immobilière, occupait le premier étage du 1827-18th Street NW, entre Swan et T. Street. Un quartier minable, avec de vieilles *brown houses* comme la sienne.

Lorsqu'il était revenu de Roumanie, il avait brûlé son passeport, et après avoir touché son argent, s'était bien juré de ne plus jamais prendre de risques aussi insensés. Duarte Gomez était mort, il en était sûr. Il se moquait du sort du Cubain, mais se disait qu'il aurait pu subir le même...

Bien sûr, Mark Spry l'avait chaleureusement félicité, et rien de fâcheux n'était arrivé. Le calme n'avait duré que trois jours...

Cette fois, Mark Spry s'était déplacé jusqu'à son bureau. Encore plus pressant, jurant que c'était la dernière fois, que les risques étaient nuls et qu'il travaillait pour le président des Etats-Unis... Dell n'y croyait qu'à moitié, mais dans sa situation, on ne résistait pas à deux cent mille dollars, dont la moitié d'avance. Cette fois, il s'agissait d'agir aux Etats-Unis et pas dans une contrée lointaine.

Donc, le risque était plus élevé. Mais Mark Spry s'était montré très insistant, presque menaçant.

Lorsque Dell Claridge avait reconnu au *Willard* l'homme qu'il avait déjà suivi en Roumanie, il avait eu peur, mais sans doute l'autre ne l'avait-il pas repéré, à Bucarest. Maintenant, c'était le dernier quart d'heure. Il but son café brûlant, avala encore une barre de Mars et renonça à se raser. Après avoir enfoncé sur sa tête un bonnet de laine, il vérifia le chargeur de son Taurus 9 mm, invisible dans la poche de sa canadienne molletonnée, et descendit. La rue était déserte. Il se glissa au volant de sa vieille Mercury blanche, décolorée à force d'être mal entretenue, et décolla du trottoir. Direction M. Street. La 30th Street donnait dedans, à Georgetown.

Cinq minutes plus tard, il la remontait ; elle était déserte et il finit par trouver une place en face d'une borne d'incendie, au coin de Olive Street. A moins de cent mètres du numéro 1228. En restant dans la voiture, ça pouvait aller. Il mit la radio, sur 103.9 pour savoir s'il allait neiger. Il n'était que 7 h 32.

Ce n'est qu'une heure plus tard que la porte du 1228 s'ouvrit sur Fedora Kulak et le journaliste suédois. Ils gagnèrent la Saab qui démarra aussitôt, descendant la rue. A M. Street, elle tourna à droite, vers l'ouest. Maintenant, Dell Claridge était complètement réveillé. Dans ce sens-là, il n'y avait pas beaucoup de circulation, tandis que l'autre voie, encombrée de tous les banlieusards de Virginie, n'était qu'un long bouchon. La Saab franchit Key Bridge et fila sur le George Washington Parkway, le long du Potomac, vers le nord.

Vingt minutes plus tard, elle tourna dans Chain Bridge Road, vers l'ouest. Direction Mac Lean. Encore un virage à droite et ils se retrouvèrent dans Old Dominion Road, la grande voie parallèle au George Washington Parkway allant vers le nord. Un feu. Quand il passa au vert, la Saab tourna à droite, puis tout de suite à gauche dans Elm Street. Encore une trentaine de mètres et elle s'arrêta en face du numéro 6841, un bâtiment bas de brique rouge. Le *Post-Office* n° 22.101 de Mac Lean !

Le clignotant de la Saab expédia une sacrée décharge d'adrénaline dans les artères de Dell Claridge. La voiture avait tourné sur place et se glissait dans le parking longeant les grosses boîtes aux lettres bleues « drive-in ». Vingt minutes de parking autorisé. La Saab se gara devant le bâtiment. Fedora Kulak et le journaliste suédois en sortirent et pénétrèrent dans le *Post-Office*. Dell Claridge hésita. C'était plus sûr de les suivre à l'intérieur, pour s'assurer de ce qu'ils faisaient. Il pouvait se faire repérer, mais si le couple venait ici, ce ne pouvait être que pour une seule chose et il n'avait pas beaucoup de temps... Il se gara le long du trottoir d'en face, laissant le moteur en route de façon à pouvoir repartir rapidement.

Le carrefour suivant était protégé par un stop. Il ne risquait pas de se trouver coincé par un feu rouge.

Il sortit son Taurus, fit monter une balle dans le canon, puis remit l'arme dans sa poche. Il était sur le point de gagner cent mille dollars dont il avait bien besoin.

*
**

– La Mercury blanche vient de se garer, le conducteur reste à l'intérieur, annonça la voix métallique et neutre du *Special Agent* du FBI Phil Morris.

A l'intérieur du fourgon AT & T, la tension était à son comble. Privés d'action, Chris Jones et Milton Brabeck se morfondaient ; Malko, l'œil collé à une des ouvertures, priait pour que tout se passe bien. Ils avaient suivi Dag Erikson et Fedora Kulak depuis leur domicile de Georgetown, sans difficulté. Lorsqu'il avait vu la Saab se garer devant le *Post-Office,* Malko avait su qu'ils touchaient au but. Quoi qu'il arrive maintenant, ils allaient récupérer le message du général Polyakov.

Humour posthume : Mac Lean était à deux pas de la *Central Intelligence Agency*...

Malko jeta un coup d'œil à sa Breitling *Crosswing* : deux minutes et demie s'étaient écoulées depuis que le couple avait pénétré dans le *Post-Office*. S'il y avait la queue, retirer une lettre en *hold* pouvait prendre un quart d'heure. Il regarda galoper la trotteuse, cherchant à maîtriser les battements de son cœur. La voix de Chris Jones le fit sursauter.

– *Here they come !* (1)

Il colla aussitôt son œil au hublot. Fedora Kulak et Dag Erikson venaient d'émerger du *Post-Office*. A l'expression radieuse de la Russe, Malko sut aussitôt qu'elle avait récupéré la précieuse lettre.

– Le suspect à la Mercury blanche sort de sa voiture ! annonça la voix caverneuse d'un *Special Agent* du FBI.

Il n'avait pas fini de parler qu'un coup de feu claqua. Malko vit le journaliste suédois tituber, en grimaçant de douleur. Au même moment, un *Special Agent* du FBI se découvrit, brandissant son badge dans la main gauche, et hurlant :

– FBI ! *Freeze !* (2)

Dag Erikson était en train de tomber à genoux, sous le regard horrifié de Fedora Kulak. Des coups de feu se mirent à claquer dans tous les sens, sans qu'on sache d'où ils venaient. Par la porte arrière du fourgon, les deux gorilles et Malko bondirent sur la chaussée. Le *Special Agent* du FBI qui avait crié était allongé sur le parking, mort ou grièvement blessé. C'est alors que Malko aperçut deux hommes dans l'entrée du *Post-Office*, des pistolets à la main.

Ils devaient attendre le couple à l'intérieur de la poste. Fedora se mit à courir en direction de la Saab. Posément, un des deux hommes l'ajusta. Malko vit le canon du pistolet se relever deux fois et elle s'arrêta net, frappée dans le dos. Elle parvint encore à faire un pas, avant de s'effon-

(1) Les voilà !
(2) Ne bougez plus !

drer sur le parking. Un des deux tueurs était en train de fouiller Dag Erikson. Au moment où il se relevait, il se trouva nez à nez avec deux *Special Agents* du FBI. Sans hésiter il ouvrit le feu.

Eux aussi. Il retomba en arrière, foudroyé.

Son compagnon, qui venait d'abattre Fedora Kulak, hésita quelques fractions de seconde avant de partir en courant vers un supermarché voisin, couvrant sa fuite en tirant. Il n'alla pas loin. Les *Special Agents* du FBI qui surgissaient de partout le prirent comme cible. Criblé de balles, il tomba à son tour.

Malko s'était précipité vers Fedora Kulak. Il la retourna avec précaution. Elle vivait encore, une mousse rosâtre s'échappait de sa bouche, son regard était vitreux. Elle avait reçu une balle dans le poumon. Il lui soutint la tête et lui parla. Du sang plein la bouche, mourante, elle ne put répondre. Malko releva la tête et héla un des *Special Agents* du FBI.

– Vite, appelez une ambulance, elle est gravement blessée.

– C'est fait, *sir*, les secours arrivent, répondit le policier.

Une pagaille invraisemblable régnait sur le parking du *Post-Office* de Mac Lean. Une vingtaine d'agents du FBI, avec des dossards, avaient établi un périmètre de sécurité à l'aide de rubans jaunes, d'autres fouillaient le *Post-Office*, empêchant les employés de sortir. Une bâche avait été jetée sur le corps du journaliste suédois qui avait cessé de vivre. D'autres policiers fouillaient les deux assassins. Ceux-ci ne portaient aucun papier. Simplement des chargeurs de rechange. D'après leurs vêtements, ils n'étaient pas américains.

Soutenant toujours la tête de Fedora, Malko plongea la main droite dans son sac. Immédiatement, il sentit les contours d'une enveloppe et la sortit. Elle portait le sigle de l'hôtel *Seabaco* de Kichinev et était adressée à Dag Erikson, poste restante, Mac Lean, Virginie. D'après son épaisseur, elle contenait plusieurs feuilles de papier. Malko la glissa discrètement dans sa poche.

La sirène d'une ambulance se rapprochait. Un homme en blouse blanche se fraya un chemin, guidé par un agent du FBI qui hurlait :

– *Medic ! Medic !*

Le médecin s'agenouilla aussitôt auprès de Fedora Kulak, écarta ses vêtements, découpa son pull et son soutien-gorge. Elle portait une blessure dans le dos, et une juste au-dessous du mamelon gauche. Un affreux gargouillis sortait du trou d'entrée à chaque respiration. Son torse était inondé de sang. Elle avait les lèvres pincées, le teint livide. Le médecin lui planta une seringue dans le bras, puis prit sa tension.

– C'est grave ? demanda Malko.

– C'est sérieux. Elle n'a plus que six de tension. Je viens de lui faire une piqûre d'aramine. Cela va faire remonter la tension. Le projectile n'a pas touché l'artère pulmonaire, mais sa capacité respiratoire est fortement amputée.

Des infirmiers surgirent avec un brancard et avec précaution emmenèrent la jeune femme vers l'hôpital de Mac Lean. Malko se releva, en proie à des sentiments divers. Si Fedora Kulak l'avait écouté, elle ne serait pas en train de mourir.

Il rejoignit les agents du FBI qui examinaient les trois cadavres, en compagnie de Chris Jones et de Milton Brabeck.

– Dag Erikson travaillait pour le SVR, remarqua Malko. Il a dû prévenir son « traitant » de l'arrivée de Fedora Kulak, sans réaliser qu'il se condamnait...

Il balaya la scène des yeux, les badauds rassemblés de l'autre côté de la rue.

– Où est l'homme qui les a suivis ce matin ?

La Mercury blanche avait disparu ! Dans la pagaille de l'attaque surprise, tout le monde avait oublié l'homme arrivé en même temps qu'eux. Il avait pu filer tranquillement.

– Ça ne fait rien, fit Milton Brabeck, on a le numéro de sa voiture. On le retrouvera facilement

– Partons, dit Malko, nous n'avons plus rien à faire ici.

Il avait hâte d'ouvrir la fameuse enveloppe. En présence de Franck Capistrano, car il s'agissait d'un secret d'Etat. Malgré tout, il éprouvait une certaine fierté. Les secrets du général Evgueni Polyakov n'avaient pas été perdus, en dépit des efforts des uns et des autres.

Certains allaient avoir de mauvaises surprises.

CHAPITRE XX

Mark Spry avait du mal à tenir l'écouteur, tant ses mains tremblaient. Chaque mot de Dell Claridge lui enfonçait un clou dans le cœur. C'était la catastrophe absolue ! L'horreur. En plus, l'ancien béret vert était dans un tel état d'excitation qu'on avait du mal à comprendre tout ce qu'il disait.

– Où êtes-vous ? demanda-t-il.

– Dans une cabine, à une station-service Sanoco de Chain Road Bridge, au coin de Westmorland.

– Vous n'avez pas été suivi ?

– Non.

– OK. Vous m'attendez. Je suis là dans une demi-heure, trois quarts d'heure.

Il raccrocha, laissa les battements de son cœur se calmer quelques instants, regarda sa montre – il était 9 h 10 – et composa le numéro d'un portable.

Horreur ! Il tomba sur la boîte vocale de Yolanda Casas. Il bredouilla un message réclamant de le rappeler d'urgence, sur son portable, avant de dégringoler l'escalier de son bureau et de sauter dans sa Cherokee.

*
**

– Mr Capistrano est en *meeting* avec le président, annonça la secrétaire du *Special Advisor*. Voulez-vous le rappeler ?

– Qu'il me rappelle, dit Malko. Je suis au *Willard*, chambre 1408.

Il regarda l'enveloppe posée sur la table basse, avec une furieuse envie de l'ouvrir. En ce moment, il était un des hommes les plus puissants du monde. Les deux plus grandes puissances de la planète se disputaient le contenu de cette enveloppe. Les Russes lui en auraient donné de quoi vivre confortablement dans son château jusqu'à la fin de ses jours.

Hélas, ce n'était pas dans son éthique.

Il était 9 h 35 lorsque son téléphone sonna. Il n'avait pas attendu longtemps. Franck Capistrano ne lui dit même pas bonjour.

– Vous avez l'enveloppe ?

– Je l'ai, dit Malko.

Le soupir de soulagement du *Special Advisor* lui mit du baume au cœur.

– *For Christ's sake,* je ne vivais plus ! Le FBI a téléphoné un rapport où il n'est pas question d'enveloppe. Que s'est-il passé ?

– Nous avons bien failli nous faire avoir à la dernière seconde, répondit Malko. Très vraisemblablement par le SVR. Est-ce que le FBI a identifié les deux tueurs ?

– Pas encore, mais cela n'a qu'une importance académique. Je vous attends. Voulez-vous une escorte ?

– Chris Jones et Milton Brabeck sont en bas, je pense que cela suffira. A-t-on identifié l'homme qui suivait Fedora et Dag Erikson ce matin dans la Mercury blanche ?

– Non, pas encore. Venez vite.

Malko enfila sa pelisse : il faisait un froid de gueux. Il savoura les derniers instants de sa puissance... A peine était-il sorti de l'ascenseur que Chris Jones, en faction dans le hall, vint à sa rencontre.

– On a identifié le type à la Mercury blanche, annonça-t-il. C'est un ancien des Special Forces qui a travaillé à la Central America Task Force, pour l'agence. Il a été viré en 1986. Depuis, il a ouvert une agence de détective privé ici, à Washington.

– On l'a arrêté ?

– Non, il n'a pas reparu à son bureau, mais il n'ira pas loin. Lui doit savoir beaucoup de choses.

Ils étaient sortis du *Willard* en empruntant la galerie menant à F. Street. Malko avait envie de marcher en dépit du froid vif. De la 16th Street, ils tournèrent à gauche dans le moignon de Pennsylvania Avenue obstrué par des blocs de béton et gardé par une voiture de police banalisée. Depuis trois ans, l'accès de Pennsylvania Avenue était interdit, entre la 15e Rue et la 17e Rue. Ils longèrent le trottoir, escortés par une dizaine d'écureuils apprivoisés qui se faufilaient dans les arbres maigrichons, jusqu'à l'entrée de la Maison-Blanche.

*
**

La sonnette du portable de Mark Spry le prit tellement par surprise qu'il fit un violent écart.

– Je suis au courant, annonça la voix parfaitement maîtrisée de Yolanda Casas. Rappelle-moi tout de suite au 202.365.7781. C'est une cabine.

Trois minutes plus tard, il s'arrêta à côté d'une cabine, s'engouffra dedans et composa le numéro demandé.

– Je ne pouvais pas te prendre tout à l'heure, expliqua Yolanda Casas. J'étais justement en réunion du NSC. Ton type a foiré...

– Je vais le retrouver, dit Spry. Il est comme un fou. Crève de peur.

– Calme-le. Il y a encore un certain nombre de choses à faire. Nous avons encore besoin de lui.

– Il ne marchera pas.

– Si, j'ai de quoi le décider. Où est-il ?

– Il m'attend à une station-service, sur Chain Bridge Road.

– OK. Avant que tu le voies, on va se rencontrer. Dans le parking du *Mariott*. Dans un quart d'heure.

– Je vais être en retard avec lui...

– Il t'attendra.

Elle avait raccroché. Une vraie dure. Mark Spry fit un rapide calcul mental. Il était 9 h 40. Jusqu'à dix heures, Dell Claridge ne s'affolerait pas. Ensuite, il l'appellerait sûrement sur son portable.

Le temps d'aller au *Mariott* et de revenir à Chain Bridge Road, il serait là-bas à 10 h 30, pas avant.

Il subodorait quel était le plan de Yolanda Casas... Elle avait vraiment des nerfs d'acier.

*
**

Malko posa l'épaisse enveloppe couverte de timbres moldaves sur le bureau de Franck Capistrano. Les deux hommes la contemplèrent quelques instants en silence comme une précieuse relique. Beaucoup de sang avait été versé pour son contenu, et le destin de pas mal de gens allait être modifié par son ouverture. C'était la boîte de Pandore. Franck Capistrano leva un regard grave sur Malko.

– Le président ne sait pas encore que cette enveloppe est ici. Nous serons donc les premiers à connaître son contenu.

Le *Special Advisor for Security* de la Maison-Blanche prit un coupe-papier et ouvrit l'enveloppe d'un seul coup. Il en tira une épaisse liasse de papier pelure, ainsi que quelques documents. Malko vit la déception se peindre sur son visage : tout était évidemment écrit en russe, d'une écriture fine et droite.

– Vous lisez le russe ? demanda-t-il.

– Oui.

– Alors allez-y, dit Franck Capistrano en lui tendant la liasse.

Malko prit les feuillets et les parcourut rapidement. Ensuite, sous le regard vigilant de Franck Capistrano, il en fit deux petits tas. Le plus important comportait une dizaine de feuillets, avec des listes de noms.

– Cela est la liste des « sources » du SVR sur le continent américain, commenta-t-il.

Un document sans prix, l'équivalent de ce qu'Aldrich Ames avait livré aux Russes.

Malko montra trois feuillets, accompagnés de quelques relevés bancaires.

– Voilà le dossier « Venona », dit-il. Par où voulez-vous que je commence ?

– Par celui-là, répondit Franck Capistrano d'une voix qui manquait d'assurance.

*
**

Mark Spry arriva trois minutes après Yolanda Casas qui s'était garée en face du *Mariott* sur l'emplacement réservé aux bus, évitant ainsi de prendre un ticket de parking. La jeune femme le rejoignit dans sa voiture. A part l'expression fixe de ses yeux, elle semblait très calme.

– Voilà, dit-elle en lui tendant deux enveloppes épaisses. Deux cent mille dollars. Les billets sont coupés en deux, comme ça tu es sûr que ce vieux con ne se tirera pas. Charlie est prévenu. Il attendra dans son parking, à partir de onze heures. Ensuite, ce sera à toi de jouer et nous serons tranquilles.

C'était une façon de parler... Mais le raisonnement de la jeune femme se tenait.

– Et Howard ? Il ne veut pas...

– Ce n'est pas le plus urgent, coupa Yolanda Casas. Pour le reste, nous n'avons pas une seconde à perdre.

Elle ressortit de la voiture, laissant sur le siège les deux enveloppes pleines de billets. Mark Spry, secrètement, admira son sang-froid. Non seulement c'était un coup superbe, mais elle aurait pu en remontrer aux businessmen les plus retors.

*
**

Le premier document du dossier « Venona » était une photo du président Clinton en compagnie d'un homme souriant de type oriental à qui il serrait la main dans l'*Oval Room* de la Maison-Blanche, c'est-à-dire son bureau personnel. Malko lut la légende :

Ganesh. 3 mars 1996. Le président Clinton remercie M. Radji Ganesh pour sa généreuse contribution à sa campagne électorale.

Franck Capistrano fronça les sourcils.

– Qui est ce Radji Ganesh ?

Malko prit un second document. Un mémo interne de la CIA, portant comme référence le sigle LD.28, ce qui correspondait au service de contre-espionnage, situé au second étage des nouveaux bâtiments de Langley. Le CV de Radji Ganesh, businessman indien, marchand d'armes traitant avec les Russes depuis des années, considéré par l'agence américaine comme un agent du KGB de longue date.

Ce document avait sûrement été transmis à Moscou par une des « taupes » du SVR au sein de la CIA. Il était accompagné de plusieurs documents bancaires.

Un virement d'un million de dollars à partir d'une banque de Moscou, signé Evgueni Primakov, directeur du SVR. Au profit d'une banque indienne, pour le compte de Radji Ganesh. Un second virement, à partir de la même banque, débitait le compte du même Radji Ganesh, au profit cette fois d'un compte en Californie, au nom d'un certain Charles Ah-You.

Lorsqu'il eut fini d'examiner ces documents, Franck Capistrano était blanc comme un linge.

– *For God's sake !* balbutia-t-il. Comment ce Ganesh est-il arrivé dans l'*Oval Room* ?

Malko regarda les feuillets étalés devant lui.

– Je crois que c'est expliqué ici, dit-il.

*
**

Dell Claridge ralentit, remontant South Kensington qui serpentait à travers une demi-douzaine de communes différentes. Les petites villes de Virginie étaient si inextricablement emmêlées que leurs rues se scindaient parfois en trois ou quatre tronçons, comme un serpent découpé à la tronçonneuse.

C'est le grand logo Nissan, en face d'un parking, qui attira son regard. Il vérifia le numéro en ralentissant : c'était bien ça. Il n'avait pas mis plus de vingt minutes à atteindre Falls Church depuis Chain Bridge Road. Il était juste 11 h 05. Sur le plancher de la voiture, se trouvait l'enveloppe pleine de moitié de billets de cent dollars. De quoi quitter les Etats-Unis très vite, direction le Mexique. Dès qu'il aurait récupéré l'autre moitié. Pour l'instant, il fallait gagner sa liberté.

Posément, il se gara le long du trottoir, puis sortit son Taurus et le coinça dans le vide-poches de sa portière. Ensuite, il démarra et tourna à droite dans une petite voie qui s'enfonçait dans la campagne, longeant la concession Nissan. L'entrée latérale du parking encombré de voitures neuves était ouverte. Il s'y engagea lentement et vit une Buick noire arrêtée au milieu. Il fit un appel de phares et aussitôt un homme jaillit de la Buick et courut vers lui. Un Asiatique de petite taille engoncé dans un manteau poil de chameau. Il ouvrit la portière de la Mercury et s'arrêta net, de toute évidence surpris.

– Qui êtes-vous ?

– C'est Howard qui m'envoie. Vous êtes Charles Ah-You ?

– Oui.

– Alors, montez, je dois vous ramener à Washington. Pour le voir.

Charles Ah-You s'assit sans discuter sur le siège avant. Son visage plat était agité de tics et ses petits yeux noirs bougeaient comme ceux d'un rat. Il alluma nerveusement une cigarette.

Dell Claridge venait de repartir en marche arrière. Il s'engagea dans la rue en direction des bois qui la bordaient. Il parcourut une centaine de mètres puis fit demi-tour et stoppa. Charles Ah-You lui jeta un regard étonné.

– Qu'est-ce qui se passe ?

– Rien, fit Dell Claridge en saisissant son Taurus.

Calmement, il tira trois fois, visant la poitrine du Chinois. Les détonations ne s'entendirent presque pas à l'extérieur. Le petit Chinois recula sous le choc des impacts puis s'effondra contre la portière. A bout touchant, Dell Claridge lui tira un quatrième projectile en plein visage. Pas de risques.

Ensuite, il descendit, ouvrit la portière droite et traîna le corps inanimé du Chinois dans les broussailles, avant de repartir vers la 66, en direction de l'est. Ce n'est que plusieurs miles plus loin qu'il avisa une station-service et se gara. D'abord, il remit un chargeur plein dans le Taurus, ensuite, il alla téléphoner à son bureau. A peine avait-il décroché que la voix affolée de sa secrétaire à mi-temps l'interpella :

– Mr Claridge, où êtes-vous ?

– Pourquoi ?

– Il y a des *Special Agents* du FBI qui vous cherchent. Ils m'ont donné un numéro pour les appeler.

– Pas la peine, je vais revenir, je le ferai du bureau, fit Dell Claridge.

Il raccrocha, amer, l'estomac soudain alourdi par l'angoisse. Il s'y attendait un peu depuis l'incident du bureau de poste. Machinalement, il prit dans sa poche une tablette de chocolat et la croqua d'un coup. C'était la seconde fois de sa vie qu'il travaillait en clandestin pour un président des Etats-Unis et la seconde fois que cela se passait mal. Ce salaud de Mark Spry lui avait toujours juré qu'il ne risquait rien. Qu'il avait le bras assez long pour stopper toute poursuite. Grâce à l'autre salope qui suçait le président...

Il chercha à maîtriser les battements de son cœur. Il y avait deux choses urgentes à faire : d'abord récupérer ses demi-dollars et, ensuite, se débarrasser de sa Mercury blanche.

*
**

Malko reposa les trois feuillets du dossier « Venona », sous le regard anxieux de Franck Capistrano.

– C'est effectivement une affaire très fâcheuse pour le président Clinton, conclut-il. D'après ce résumé écrit par le général Polyakov et confirmé par des pièces bancaires qui paraissent authentiques, voilà toute l'histoire.

Il imaginait le *Washington Post* révélant aux Américains qu'une partie de la campagne de réélection de leur président avait été payée par les services secrets russes...

Franck Capistrano soupira.

– Je connais tous ces gens-là. Ce sont des voyous. Ça ne m'étonne pas. Mais heureusement le président n'est pas directement en cause. Il a été imprudent, certes, mais...

Malko le regarda froidement.

– Qui a cherché à empêcher ce dossier « Venona » d'arriver jusqu'ici ? En envoyant des tueurs à Moscou et à Bucarest. Et c'est probablement le même qui a suivi Fedora Kulak ici. Ce Dell Claridge. Qui lui donnait des informations en principe ultrasecrètes ? que même la *Company* ne possédait pas !

Le silence qui suivit aurait pu être coupé au couteau. Franck Capistrano regardait fixement le cuir de son bureau, comme si la vérité allait en sortir. Il se résigna enfin à affronter le regard de Malko.

– Vous savez bien que je soupçonne Yolanda Casas,

dit-il d'une voix lasse. Elle était aussi intime avec le président qu'avec Howard Moody. Elle a pu vouloir faire du zèle.

– Un zèle sanglant, releva Malko. Qu'allez-vous faire de ce dossier ?

– Le remettre au président. Dès aujourd'hui. Il est parti jusqu'à dix-sept heures. Il prendra les décisions qu'il estimera utiles.

Sans un mot, il ramassa les papiers épars sur son bureau, les rassembla, se leva, alla ouvrir son coffre et les y enferma.

– Vous n'êtes pas intéressé par l'autre dossier ? demanda Malko. Il y a pourtant dedans les noms d'une trentaine de traîtres. La *Company* est bien malade.

– Revenez me voir vers dix-huit heures, dit-il. Je vous dirai ce que le président m'a dit. Et nous examinerons ensemble ce dossier-là.

*
**

Mark Spry mit son clignotant et quitta le George Washington Parkway pour s'engager dans une voie s'enfonçant dans les bois situés entre la voie rapide et le Potomac. Un panneau indiquait « Fort Marcy ». La route aboutissait dans un petit parking dominé par des collines boisées. C'était un ancien point d'appui remontant à la guerre de Sécession. L'été, les gens venaient pique-niquer dans les bois. En hiver, bien entendu, il n'y avait pas un chat... Mark Spry alla jusqu'au fond du parking et sortit de sa Cherokee. Comme le chemin faisait un coude, il était invisible du *freeway*. Il regarda sa montre : midi et demi. Dell Claridge ne devrait pas tarder.

Vingt minutes plus tard, la Mercury blanche fit son apparition. Dell Claridge en émergea, impassible, et s'avança vers lui, les mains dans les poches de sa canadienne.

– Ça a collé ? demanda Mark Spry.

– Sans problème, laissa tomber l'ancien béret vert. Vous avez les billets ?

Mark Spry ne put s'empêcher d'éprouver une pulsion admirative pour Yolanda Casas. Il n'y avait plus qu'à poursuivre son plan.

– J'ai encore un petit service à vous demander, Dell, dit Mark Spry d'une voix suave.

Il vit la lueur meurtrière éclairer les petits yeux de Dell Claridge et eut peur.

– Je n'ai pas les billets avec moi, se hâta-t-il de dire. Mais vous les aurez ce soir. Avec cent « Grands » (1) de plus. Et pas coupés en deux. Il y a juste encore un petit truc à faire.

– *Motherfucker !* siffla Dell Claridge entre ses dents. Ça va jamais s'arrêter ! C'est moi qui ai le FBI au cul, pas vous.

– Le FBI ? Mais comment ?

– Ils m'ont repéré ce matin au *Post-Office.* Ils sont venus à mon bureau.

Mark Spry sentit le sol se dérober sous ses pieds. Dell Claridge n'était pas assez malin pour échapper au FBI. Pris, il se mettrait à table. Encore un problème à résoudre. Mais avant, il fallait appliquer le plan imaginé par Yolanda Casas.

– *Don't worry,* Dell, fit-il d'une voix chaleureuse. Le FBI n'a rien contre vous. Suivre quelqu'un, ce n'est pas un délit. Il faut simplement mettre votre Mercury au garage pour quelques jours. Louez une voiture à l'aéroport, par exemple.

– Ma Mercury, je vais y foutre le feu, grommela Dell Claridge. Votre chinetoque l'a salopée...

Dell Claridge le regardait par-dessous.

– Alors, qu'est-ce que vous voulez que je fasse, d'ici ce soir ?

– Vous revenez à trois heures ici. Il y aura quelqu'un

(1) Billets de 1 000 dollars.

au volant d'un coupé Mercedes marron. Un grand type aux cheveux gris, avec un trench-coat. Voilà ce que vous allez faire.

*
**

Fedora Kulak allait mieux. En sortant de la Maison-Blanche, Malko s'était rendu à l'hôpital de Mac Lean, en compagnie de Chris Jones et de Milton Brabeck. La jeune Russe se reposait dans une chambre scellée, en *Intensive Care Unit,* hérissée de tubes en plastique. Un goutte-à-goutte était piqué dans chacun de ses bras, un tube s'enfonçant dans sa gorge, relié à un respirateur artificiel. Une autre machine prenait sa pression artérielle toutes les cinq minutes. La jeune femme était couchée sur le dos, très pâle, les yeux fermés, abrutie de médicaments, isolée du monde par une paroi transparente.

– Normalement, elle s'en tirera, à cause de son très bon état physique, annonça le médecin de garde. Elle a subi une transfusion massive et ses fonctions respiratoires reprennent. Les prochaines quarante-huit heures seront décisives. Revenez demain.

Quatre policiers du FBI se relayaient dans le couloir menant à la chambre. Les assassins de Fedora Kulak n'avaient pas encore été identifiés. L'ambassade de Russie prétendait ne pas connaître la jeune femme. Malko repartit vers Washington soulagé. Il avait fini par s'attacher à l'intrépide et superbe Russe.

*
**

Howard « Tell'em Nothing » Moody avait mis vingt minutes à trouver l'entrée de Fort Marcy. Le coup de fil de Yolanda Casas l'avait rattrapé au restaurant du *Jefferson* où il avait ses habitudes.

– Il faut qu'on se voie, avait dit la jeune femme. Aujourd'hui, à quinze heures.

– Je viens.

– Non. Il faut que ce soit discret.

C'est elle qui lui avait expliqué le lieu de rendez-vous. Il s'était incliné, vaguement inquiet. Mais, quelque part, il avait confiance en elle. Ils se connaissaient depuis si longtemps...

Il alluma une cigarette, surveillant dans le rétroviseur le sentier derrière lui. A 15 h 10, il vit arriver une Ford grise qui s'arrêta derrière lui. Surpris, il ne bougea pas : ce n'était pas la voiture de Yolanda, mais l'endroit était aussi utilisé par les couples illégitimes pour de discrètes rencontres.

Un homme petit et chauve, les mains dans les poches de sa canadienne, sortit de la Ford et vint dans sa direction sans se presser. Comme pour lui demander un renseignement. Howard Moody baissa sa glace. L'inconnu se pencha, souriant.

– *Hi !* Vous êtes Howard Moody ?

– Euh, oui, fit l'avocat de Little Rock.

Sans un mot, l'inconnu tira de sa poche droite un pistolet dont il appliqua l'extrémité du canon sur la tempe de Howard Moody. Et il appuya sur la détente.

La détonation se répercuta dans les bois et la tête de Howard Moody fut rejetée sur le côté, au milieu d'une gerbe de sang et de matières cervicales. Il tomba sur la banquette, foudroyé. Dell Claridge ouvrit alors la portière. Prenant l'arme avec laquelle il venait de tirer par le canon, il l'essuya avec son mouchoir, puis la mit dans la main du mort. Il lui fallut quelques minutes pour retrouver la douille éjectée qu'il jeta à l'intérieur de la voiture. Ensuite, il remonta la glace, essuya tout et regagna sa voiture de location.

Il lui restait encore un rendez-vous avant de pouvoir décamper. Mais c'était le plus important.

*
**

En revenant au *Willard,* Malko trouva trois messages de Franck Capistrano qu'il appela aussitôt.

– Charlie Ah-You a été assassiné à son garage ce matin, annonça le *Special Advisor* de la Maison-Blanche, et une *highway patrol* vient de découvrir Howard Moody au volant de sa voiture, une balle dans la tempe, non loin du Potomac.

– Il s'est suicidé ?

– On dirait, fit laconiquement Franck Capistrano. Il tenait encore l'arme.

– Vous avez pu voir le président ?

– Non. Demain matin à huit heures. Venez à neuf heures. Nous verrons en même temps le reste de votre mission.

Malko raccrocha, étonné. Franck Capistrano ne semblait pas pressé de connaître les traîtres cachés au cœur de la CIA. Bizarre.

*
**

De nuit, il n'y avait pas un chat dans les rues de Fairfax. Les habitants de la petite bourgade de Virginie dînaient à dix-huit heures et se couchaient à vingt et une. Le centre était totalement mort et Dell Claridge ne croisa pas une voiture depuis la route 66. Il s'engagea à petite allure dans Main Street, repérant tout de suite la maison de bois abritant les bureaux de Mark Spry. En face, le parking était vide, sauf une voiture, la Cherokee de l'ancien de la CIA.

Dell Claridge se gara à côté, puis éteignit ses phares. Il avait un peu neigé et le sol était tout blanc.

La portière de la Cherokee s'ouvrit et Mark Spry sauta à terre, en survêtement gris, un sac en plastique à la main. Il adressa à Dell Claridge un sourire chaleureux.

– J'ai écouté la radio. Superbe job.

– Vous avez l'argent ?

– Tout est là. Vous allez pouvoir prendre de longues vacances au Mexique. En ce moment, là-bas, il fait beau.

Dell Claridge, agacé par le ton artificiellement léger de Mark Spry, lui prit le sac des mains et le posa sur le capot de sa voiture. Il l'ouvrit et sentit sous ses doigts les liasses de billets. Une intuition indéfinissable le fit se retourner. Son pouls sauta à cent cinquante. Mark Spry, la bouche tordue, braquait sur lui un gros Browning. Dell Claridge pensa en un éclair qu'il allait mourir.

Mark Spry appuya sur la détente. Il y eut un « clic » sec. Le temps qu'il réalise que, dans son émotion, il avait oublié de faire monter une balle dans le canon, Dell Claridge, le visage déformé par la fureur, avait sorti son vieux Taurus.

Les détonations claquèrent si vite qu'on eût dit un roulement continu. Puis la culasse claqua à vide et resta ouverte. Dell Claridge regarda le corps étendu dans la neige et se mit à le bourrer de coups de pied en l'injuriant. Mais il reprit très vite ses esprits, rafla le sac, le jeta dans sa voiture et fila. Il conduisait doucement. Ce n'était pas le moment de se faire prendre pour excès de vitesse. Il était encore trop en furie pour réfléchir clairement, mais une chose lui semblait certaine. Mark Spry n'était pas un cerveau. Ce n'était pas lui qui avait eu l'idée de ce guet-apens raté. Dell Claridge avait fait le ménage et on le liquidait à son tour.

Ça n'allait pas se passer comme ça.

CHAPITRE XXI

– Le président est atterré ! lança Franck Capistrano à Malko, alors que ce dernier venait tout juste de franchir la porte de son bureau, à neuf heures pile.

– Vous lui avez montré le dossier « Venona » ?

– Tout à l'heure, à huit heures. Je l'avais fait traduire hier soir par une personne de toute confiance. Il m'a assuré formellement n'avoir jamais été au courant des magouilles de Charlie Ah-You. Il le considérait comme un ami et ne posait aucune question sur les contributions légales – il a appuyé sur le mot – qu'il lui apportait pour sa campagne.

– Et ce businessman indien, Radji Ganesh, agent du KGB puis du SVR, qu'il a reçu à la Maison-Blanche ?

Franck Capistrano eut un geste d'impuissance.

– Il s'en souvient à peine. C'est Howard Moody qui lui a demandé de le recevoir quelques instants, en précisant qu'il avait fait un très gros don et qu'il méritait bien cette faveur. C'est arrivé à plusieurs reprises avec des gens parfaitement honorables qui paient très cher l'honneur d'être photographiés avec le président dans l'*Oval Room*.

Un ange passa, drapé dans la bannière étoilée. Où allait se nicher le snobisme !

– Il y a quand même... commença Malko.

– Howard Moody s'est suicidé, conclut le *Special Advisor*. A mon avis, c'est lui qui a abattu Charlie Ah-You qui l'avait embarqué dans cette histoire horrible. Le président va faire en sorte que l'argent donné par Radji Ganesh lui soit retourné dans les plus brefs délais. Il reste encore des fonds dans la cassette de la campagne. De toute façon, il n'ést pas résident américain, il a seulement une option sur un *industrial park* en Californie, pour y construire une usine de montage de voitures indiennes, les Maruti.

– Je vois, conclut Malko. Plus de coupables, plus d'enquête. Mais qui a tué Lee Brookner à Moscou ? Qui a envoyé deux hommes sur mes traces à Bucarest ? Qui a donné l'ordre à Dell Claridge de suivre Fedora Kulak et le général Polyakov ici, à Washington ? Et surtout, qui possédait ces informations en principe ultrasecrètes ?

Franck Capistrano repoussa son fauteuil en arrière et laissa tomber, d'une voix volontairement candide :

– Je n'en sais rien. Probablement quelqu'un qui a voulu protéger le président. C'est secondaire, maintenant.

– Ce n'est pas ce que dirait la veuve de Lee Brookner...

Franck Capistrano lui jeta un regard noir.

– Lee était un vieux copain, sa mort m'a bouleversé. Si le FBI met la main sur Dell Claridge, on en saura peut-être plus. Mais à quoi bon remuer la merde ? Bien sûr que j'ai des soupçons ! Je vous en ai même fait part... Une proche du président. Mais qui va mener une enquête ici ? Et pour aboutir à quoi ? Notre président vient d'être réélu, il ne faut pas l'affaiblir.

Malko eut un sourire un peu amer. La raison d'Etat jouait à fond. Le venin du dossier « Venona » était en train de s'éventer à toute vitesse.

– Donc, j'ai travaillé pour rien ! conclut-il.

Franck Capistrano sursauta comme s'il avait été piqué par une guêpe.

– Pour rien ? Vous plaisantez !

Il ouvrit le tiroir central de son bureau et en sortit la *spravka* du général Evgueni Polyakov, dont il brandit les feuillets devant Malko.

– Cela est une bombe : ce sont les noms de quarante-sept membres de la CIA, de la Navy Intelligence, de la NSA, et même du FBI, qui travaillent pour les Russes depuis des années. Leurs noms, leurs noms de code pour le SVR, la façon dont ils ont été recrutés, les sommes qu'ils ont touchées et les informations les plus importantes qu'ils ont vendues aux Russes. Vous voulez des exemples ?

– Bien sûr, fit Malko.

– Tenez : un de nos *senior officers* a balancé au SVR les noms de tous les stagiaires en train d'apprendre le métier à Camp Perry. Ces malheureux ne pourront jamais plus aller à l'étranger ; ils sont grillés avant même d'avoir débuté ! C'est dommage que la peine de mort n'existe plus dans notre Etat...

« Autre cas : la NSA avait monté en collaboration avec la Navy une opération très vicieuse d'écoute. Un de nos sous-marins s'était branché sur un câble sous-marin russe transmettant les communications entre Saint-Pétersbourg et Mourmansk, enfoui sur le fond de la mer d'Orkhost. Un fumier de la NSA a vendu l'information aux Russes qui nous intoxiquent par ce canal ! Pour quarante-deux milles misérables dollars.

– Evgueni Polyakov avait une mémoire d'éléphant, conclut Malko. Un véritable ordinateur.

– Et, en plus, il était malin ! souligna Franck Capistrano. Dans ce document, il cite un traître dont il ne connaît pas le patronyme entier. Tout ce qu'il sait, c'est que son prénom est Robert et qu'il devait être nommé à la station de Moscou l'année dernière. Cela va suffire pour le repérer. Le recrutement des Russes s'étale sur une douzaine d'années. Jamais je n'aurais pensé que le mal soit si profond.

– Cela va être un travail de titan de réunir des preuves contre tous ces traîtres, remarqua Malko.

– J'ai convoqué pour midi le directeur de la division V

du FBI, dit l'Américain. La section de contre-espionnage. Ils vont avoir du travail pour un bon moment. Mais tous ces types ont trahi pour de l'argent, cela laisse des traces. Et je pense que beaucoup avoueront quand ils seront confrontés aux informations que nous possédons désormais, grâce à vous.

– Merci, dit Malko.

Comme on était loin du « traître » qu'il avait débusqué une dizaine d'années plus tôt, au sein de la CIA. Un idéaliste qui n'avait jamais touché un dollar ! (1)

– Cela va être un tremblement de terre, reconnut avec tristesse Franck Capistrano. Après l'affaire Aldrich Ames, l'agence aura du mal à s'en remettre. Nous allons être la risée du monde entier...

– On peut brûler cette liste, suggéra Malko, pince-sans-rire. Il n'y aura pas de scandale et nous pourrons postuler tous les deux à l'ordre de l'Etoile rouge, en étant sûr de l'avoir.

L'Américain leva la tête avec un sourire.

– Ne dites pas de conneries !

Mais Malko vit dans son regard que l'idée folle l'avait quand même effleuré. Les services de renseignement avaient toujours préféré laver leur linge sale en famille. Franck Capistrano s'ébroua et replongea la main dans son tiroir, dont il sortit les trois feuillets du dossier « Venona » avec leurs annexes.

– Etes-vous d'accord pour qu'on brûle cela ? L'affaire est close. Il n'y a que le président, vous et moi qui en avons eu connaissance...

Malko grillait de lui dire que l'assassin de Lee Brookner aussi connaissait ce dossier, mais à quoi bon...

– Brûlons ! dit-il.

Le visage grave, Franck Capistrano sortit son Zippo au sigle de la Maison-Blanche et l'alluma. Puis, tenant les

(1) Voir SAS n° 90, *La Taupe de Langley*.

feuillets de papier pelure au-dessus d'un grand cendrier, il en approcha la haute flamme claire du Zippo.

Le dossier « Venona » s'enflamma en une fraction de seconde, une légère odeur de brûlé envahit le bureau et très vite il ne resta plus qu'un petit tas de cendres du *spravka* du général Evgueni Polyakov. Franck Capistrano referma son Zippo avec un claquement sec et le remit dans sa poche.

– A propos, interrogea Malko, que va-t-il advenir de Fedora Kulak ?

Le visage de Franck Capistrano s'éclaira.

– Je me suis occupé d'elle ! Dès qu'elle sortira de l'hôpital, elle sera emmenée dans une des *safe-houses* de la CIA, dans Shawn Lane Drive, à Vienna en Virginie. Elle y restera en convalescence le temps qu'il faudra. Ensuite, la *Company* la prendra sous contrat pendant cinq ans, comme consultant, ce qui lui donnera le temps d'apprendre l'anglais. A l'issue de ces cinq ans, elle recevra une nouvelle identité américaine, après avoir été régulièrement naturalisée.

Il avait débité tout cela d'un trait, visiblement content de faire plaisir à Malko. Celui-ci ne put s'empêcher de penser qu'il y avait un lien direct entre le petit autodafé auquel venait de se livrer le *Special Advisor* de la Maison-Blanche et le sort de Fedora Kulak, dont il se désintéressait jusque-là.

– Je pense que vous lui deviez bien ça, conclut Malko.

Franck Capistrano se leva avec un sourire radieux, et tendit la main à Malko.

– Encore bravo. J'aimerais que vous restiez quelques jours à Washington. Que nous ayons le temps de nous revoir. *On the House, of course !* (1)

– Dans ce cas, à plus tard, dit Malko.

*
**

(1) Vous êtes invité par la Maison-Blanche, bien sûr !

Chris Jones et Milton Brabeck traînaient dans le hall du *Willard* comme des labradors abandonnés. Ils se précipitèrent sur Malko dès qu'il entra.

– Alors ? Qu'est-ce qu'on fait ?

– Je crains que vous ne soyez au chômage technique, laissa tomber Malko. Nous pourrions aller visiter la National Gallery...

Les deux gorilles arborèrent une mine dépitée. Les trésors de la National Gallery ne les faisaient pas fantasmer.

– Décidément, conclut Chris Jones, on est tous au chômage.

– Qui « tous » ?

– Les mecs du FBI ont reçu l'ordre de décrocher de Dell Claridge. Il paraît qu'il n'a rien fait de mal.

Il fallut à Malko tout son sang-froid pour ne pas exploser de fureur. Franck Capistrano l'avait bien eu. Le dossier « Venona » était définitivement verrouillé.

– Allez, fit-il, je vous invite à déjeuner.

– Où ? firent-ils d'une seule voix.

– Là ! répondit-il en montrant la luxueuse *Embassy Room* du *Willard*. Je vous recommande le caviar Beluga de Petrossian et sa vodka au poivre ou à la cerise. Il est merveilleux.

Chris et Milton se regardèrent, estomaqués.

– Vous avez hérité ?

– Non, fit Malko, nous sommes invités par la Maison-Blanche.

Minuscule revanche !

*
**

Dell Claridge n'était pas sorti de sa chambre du motel *Greenfield* de Rockville depuis la veille au soir. Ce qui lui avait donné le temps de vider une bouteille entière de Defender « Success », de regarder plusieurs bulletins d'information à la télé et de réfléchir beaucoup. Dans un sac de toile, il avait près de trois cent mille dollars en cash. Sa Mercury blanche se trouvait toujours dans le parking du National Airport. Avec sa Ford de location, il pouvait très bien rallier la frontière du Mexique en trois jours. Et même la passer. Pour sortir, il n'y avait pratiquement aucun contrôle.

Mais ensuite ?

D'abord, il détestait l'Amérique latine et ses habitants. L'idée de traîner au Mexique plusieurs années le rendait hystérique. Ensuite, il avait peur. Le FBI savait travailler. On allait découvrir ses voyages en Russie et en Roumanie, par ses billets d'avion. Il pouvait avoir été repéré lors du meurtre de Charlie Ah-You. Or, il avait abattu Mark Spry avec la même arme. Et on trouverait des traces de coups de fil entre les deux hommes.

Enfin, s'il demeurait aux Etats-Unis, il finirait par être arrêté. Ou pire. Il n'oubliait pas que Mark Spry voulait le liquider. Il était certain que c'était la fille de la Maison-Blanche qui lui en avait donné l'ordre. A ses yeux, Dell Claridge ne serait bien que mort... Mark Spry lui avait raconté qu'elle était à l'origine de tout.

Il enrageait de se dire qu'une fois de plus, des gens puissants l'avaient utilisé pour des affaires qui le dépassaient. Il ne voyait plus qu'une solution. Aux Etats-Unis, les *prosecution witness* (1) bénéficiaient toujours d'un traitement de faveur.

C'était la solution.

*
**

Malko était remonté dans sa chambre après le pantagruélique déjeuner au *Willard Room,* qui resterait dans la mémoire de Chris Jones et de Milton Brabeck jusqu'au jour de leur mort. En dépit des félicitations de Franck Capistrano, il était amer.

(1) Témoins à charge.

La sonnerie du téléphone le fit sursauter : il n'attendait aucun appel. Il décrocha et fit « allô ».

– C'est la chambre 1428 ? demanda une voix d'homme plutôt vulgaire.

– Oui. Qui demandez-vous ?

– Le type qui est arrivé à Washington avec les deux Russes.

Le pouls de Malko fit un bond prodigieux.

– Vous êtes Dell Claridge ? fit-il, l'homme à la Mercury blanche...

L'Américain marqua sa surprise par un silence interminable, puis dit d'une voix traînante :

– *Yeah !* Vous savez beaucoup de choses.

– Bien sûr, dit Malko. Mais je voudrais surtout savoir qui vous a envoyé à Moscou tuer Lee Brookner.

– *Fuck you !* lança Dell Claridge.

Tellement en fureur que Malko crut qu'il allait raccrocher. Cependant, il n'en fit rien, et, après quelques secondes de silence, il annonça :

– Je vous offre un *deal*. Je vous amène la personne qui a tout manigancé contre l'impunité pour moi.

Malko eut le réflexe de ne pas dire oui tout de suite.

– C'est une décision qui ne m'appartient pas, dit-il prudemment. Mais ce n'est pas impossible. Où puis-je vous joindre ?

– *Don't be stupid,* grommela Dell Claridge. Je vous rappelle demain. Dans la matinée.

*
**

Malko avait longuement hésité, puis décidé de garder le silence vis-à-vis de Franck Capistrano. Il avait mal dormi et, depuis neuf heures, attendait le coup de fil de Dell Claridge. Les circonstances faisaient qu'il n'aurait même pas à mentir à celui-ci.

A dix heures, le téléphone sonna : c'était Dell Claridge.

– Vous avez réfléchi ? demanda-t-il.

– Absolument, répondit Malko. Si vous faites ce que vous dites, le FBI recevra l'instruction de ne plus s'occuper de vous. Ce sera facile à vérifier.

Dell Claridge demeura silencieux quelques instants.

– OK, fit-il, je vous rappelle.

*
**

Yolanda Casas revenait juste dans son bureau quand sa secrétaire lui annonça :

– Quelqu'un veut absolument vous parler.

– Qui ?

– Il n'a pas dit son nom. Il prétend que c'est de la part de Mark Spry.

Yolanda pâlit. On avait découvert le corps de Mark Spry la veille et la police locale recherchait son assassin.

– Passez-le-moi, dit-elle.

*
**

Le téléphone de Malko sonna à 10 h 45.

– Vous savez où se trouve le *Key Bridge Mariott* ? demanda Dell Claridge.

– Je trouverai.

– OK. J'y serai ce soir à six heures pile. Dans la chambre 231. Sur le côté. On y accède par le parking. J'ai rendez-vous avec la personne qui m'a payé pour tuer Lee Brookner. A six heures et quart. Vous pourrez la voir arriver. Elle conduit une Chevrolet Caprice claire. Je pense qu'elle se garera dans le parking dehors. Débrouillez-vous pour la photographier. Lorsqu'elle sera partie, vous viendrez dans la chambre et je vous remettrai une confession écrite. OK ?

– OK.

*
**

Yolanda Casas s'esquiva de la Maison-Blanche à dix-sept heures, expliquant à sa secrétaire qu'elle avait un rendez-vous important, si le président la faisait demander. Sa voiture était garée, grâce à un badge spécial, dans le périmètre interdit, le long de Blair House. Elle se glissa au volant et démarra aussitôt.

La circulation en direction de la Virginie était déjà épouvantable. Elle se traîna le long de M. Street pendant presque quarante-cinq minutes. Quand le Key Bridge fut en vue, la nuit était déjà tombée. Perdue dans le flot des banlieusards, sa Chevrolet Caprice passait totalement inaperçue. Enfin, à la sortie du pont, cela se dégagea, la plupart des voitures montaient la côte en direction de la route 66, laissant le *Mariott* sur leur droite. Elle s'engagea dans le parking, franchit la barrière et se gara. Il y avait toujours des places libres. Elle regarda sa montre : dix-huit heures. Tout allait bien.

Elle prit quelques secondes pour corriger son maquillage puis sortit de la voiture et gagna la porte de la chambre 231, de plain-pied avec le parking. Elle frappa à la porte.

Celle-ci s'ouvrit aussitôt, et elle s'engouffra à l'intérieur. Elle se trouva nez à nez avec un inconnu, chauve, l'expression mauvaise, les mains dans les poches d'une vieille canadienne. Yolanda Casas lui adressa un sourire éblouissant.

– Vous êtes Dell Claridge ? Vous voyez, je ne suis pas en retard.

Dell Claridge ne répondit pas, il la détaillait. Elle était bien comme Mark Spry l'avait décrite : une éblouissante salope bandante, dangereuse comme un serpent à sonnettes. Et pas dégonflée. D'un geste gracieux, elle ôta son manteau, découvrant sa robe en lainage hypermoulante, qui s'arrêtait très haut sur les cuisses, ses jambes gainées de noir.

– Il fait chaud ici, remarqua-t-elle. Alors, que vouliez-vous me dire ?

Dell Claridge était partagé entre le désir et une fureur froide. Son plan s'effilochait un peu dans sa tête. Il se dit qu'une petite revanche personnelle ne ferait pas de mal.

– Je voulais voir la gueule que vous aviez, annonça-t-il.

– C'est tout ? demanda-t-elle en riant.

Il s'approcha d'elle.

– C'est vous qui avez dit à Mark de me flinguer, gronda-t-il.

– Vous êtes fou ! Jamais de la vie. Il a dû avoir peur, c'était un lâche. Pas comme vous.

Ils étaient proches à se toucher. Dell Claridge vit la grosse bouche rouge, le regard trouble, les seins lourds et, avec un grognement, enfonça une grosse patte sous la robe, découvrant d'épaisses jarretelles noires, puis la chair blanche des cuisses au-dessus des bas. Il empoigna le sexe à pleine main à travers la dentelle.

– Salope, je vais te baiser !

Il s'attendait à ce qu'elle se débatte. Mais elle se contenta de roucouler, sans même le repousser.

– Pourquoi pas ! J'aime bien les hommes comme toi. Mais laisse-moi te mettre quelque chose.

C'était si miraculeux qu'il resta sans réaction.

Elle se dégagea, se retourna et plongea la main dans son sac.

Dell Claridge avait encore le cerveau brouillé par le désir quand elle se retourna, un Walther PPK au poing, sa belle bouche rouge réduite à un trait.

Plusieurs choses se passèrent simultanément.

D'abord, Yolanda Casas appuya sur la détente du PPK, y laissant son doigt crispé. Les projectiles frappèrent Dell Claridge à la poitrine et au ventre, le faisant reculer sous les impacts. En dépit des élancements atroces qui le pliaient en deux, il eut la force de sortir son Taurus. Au jugé, il visa la jeune femme, et son index pressa la détente jusqu'à ce que le chargeur soit vide. Il avait l'impression que son ventre se remplissait d'eau, qu'il devenait infiniment lourd.

*
**

– Yolanda Casas, expliqua Franck Capistrano, était au courant de la magouille de Howard Moody. Quand elle a su, grâce à son appartenance au NSC, que l'affaire allait éclater, elle a tout fait pour que cela n'arrive pas. Elle avait connu Mark Spry à Little Rock à l'époque de l'Irangate. Grâce à « l'argent noir » de la campagne, elle pouvait le rétribuer largement.

– Que dit la police ?

– Elle ne cherche pas trop. Ils se sont fusillés mutuellement. L'action de la justice est éteinte.

– Yolanda Casas était très proche du président, remarqua Malko.

Le gros homme haussa les épaules.

– Vous savez, c'est un *womanizer* (1).

– Bien sûr, reconnut Malko. Vous pensez donc que dans cette affaire, Yolanda Casas a agi de sa propre initiative. Sans tenir le président au courant.

– *Of course !*

– Le bon côté des morts, remarqua Malko avec suavité, c'est qu'ils sont généralement peu bavards. Le président Clinton peut dormir en paix.

– Que voulez-vous dire ? fit aussitôt Franck Capistrano, sur ses gardes.

Malko arbora un sourire innocent.

– Simplement que les gens imprudents qui l'entouraient ne sont plus là. A propos, il y a une question que je me suis posé à plusieurs reprises ces derniers jours.

– Laquelle ?

– Pourquoi n'avez-vous pas donné l'ordre à votre ambassadeur en Moldavie d'accueillir Evgueni Polyakov et Fedora Kulak *dans* l'ambassade de Kichinev. Cela s'est

(1) Dragueur.

déjà fait, non ? Et cela aurait considérablement simplifié cette affaire !

Franck Capistrano tira une longue bouffée de son cigare avant de répondre :

– Le président était opposé à ce que la Maison-Blanche soit mêlée *officiellement* à la récupération d'Evgueni Polyakov. Il estimait que cela pouvait nuire gravement aux relations entre la Russie et les Etats-Unis. C'est la raison pour laquelle il a tenu à ce que ce soit une opération secrète, de bout en bout.

– Vous pensez que c'est l'unique raison ?

Franck Capistrano ôta le cigare de sa bouche et, le regard limpide, laissa tomber :

– Evidemment.

IMPRIMÉ EN FRANCE PAR BRODARD ET TAUPIN
Usine de La Flèche (Sarthe), le 12-03-1997.
4695C-5 - Dépôt légal Editeur : 1208 - 04/1997.
ISBN : 2 - 7386 - 5844 - X

42/5844/8

Jason Richards

with
Tony Ralls

New Wine Press

Dedication

To all those who love His name, and hope for His calling and desire to hear Him say: ''When I was in prison you came to me''.

New Wine Press
P O Box 17
Chichester
PO20 6RY
England

Printed and bound in Great Britain by
Anchor Press Ltd, Tiptree, Essex

ISBN 0 947852 47 6

Acknowledgements

I acknowledge, in heartfelt praise to the Lord Jesus, the great contribution Rev. Guy Armstrong, Rev. Graham McKenzie and the Rev. Bob Rudd made to my life in Parkhurst, and to Rev. Fred Pritchard, Rev. Fr. Keith Frisbee and Rev. Tom Johns in Gartree, each having given so much to and for prisoners. To Eddy Martin, John Tanks, Ian Hall and Ron Slee for teaching me so much and giving me so much freedom.

My thanks to Ricky Dehaney who chastened me, threatened me and encouraged me to "Get that book written". To George Morrison for being such a marvellous inspiration and friend. My special thanks to Stephen Jackson for editing, and his helpful criticism and also for one or two good concise statements. Thanks be to God for Trevor Hill for his serving me with the Spirit of Jesus and to John Stewart for helping me to thrash out in fellowship so many ideas in this book. Blessing in abundance upon Tony Ralls who has patiently encouraged, helped, nudged and shoved me for nearly five years to get this written, and for his unflagging help in reading the chapters to make this flow. And to Jean Allsup who has had the unenviable task of transliterating my long-hand from hieroglyphics into English and then patiently typing and re-typing.

Last, but not least, to Ed Harding my longsuffering publisher who must have given up on me many many times. Also to countless Christians, especially Sydney Burch, who prayed and prayed about this book and its author and to all those dedicated believers who have heard me share the contents of this book and through their fellowship and prayers been the instruments of inspiration and encouragement to me as I wrote.

Contents

Foreword

It was approximately seven years ago that I first came into contact with Jason. As the years have passed he has become another member of the family. What started out as what could be termed Pastoral visits, rapidly changed to times of refreshment as I met with my fellow Christian and we shared our problems together. My wife and children have been able, as many Christians have, to meet and share with him.

I know that God is using Jason and other 'lifers' like him in a tremendous way. It is hard for any of us to understand what it must be like to be a Christian in a long term prison. No refreshing Christian holidays, no friends to call on the phone when the going gets tough, no furloughs - a life day in and out of witness in what have been described by Chuck Colson as 'the hell holes of our society'.

Sylvia-Mary Alison, Chairman of Prison Fellowship, talked of the vision of the work of God pouring out into society from our prisons. I believe this book is part of this happening. She also spoke of the body of Christ inside growing and ministering one to another. Again this book gives us further insights, challenges and encouragements concerning this.

There have been many books written by ex-prisoners. This however is the first book written and published by a Christian who is a prisoner and who has no forseeable date of release. There are many controversial issues and I would ask you to pray for Jason that God will protect him and keep him following the publication of this book.

For those of us who know Jason, we can only recommend him to you as a real brother in Christ who is a 'missionary' in a very difficult situation, and as you think of him, perhaps it will lead you to praying for many men and women in our long term prisons around the world who are in similar circumstances.

It has been my privilege to visit many penal establishments through the years and meet such people. It has been an even greater privilege to be able to help to facilitate this book for my co-worker and brother in Christ.

Michael Tony Ralls
Prison Fellowship

Author's Preface

This book has been born through the traumas of living in a very dark and intricate prison experience within a very dark, complex and sophisticated prison system. I hope that through this book the Lord will bring into the light some of the issues facing the Church as it seeks to serve Christ in our prisons. Because the subject is often very complex in approach, it seems appropriate to explain something of its purpose, method and scope in order that the reader may approach it as it has been written.

First the subject is not intended to be just a personal testimony, neither is it an adventure for entertainment or excitement; rather it is a picture of prison as it is; not just a generalization about imprisonment, but one peculiar area of the penal system, long-term imprisonment. The subject is long-term imprisonment from a Christian and Biblical view and analysis. The subject is long-term maximum security prisons, not local prisons, Open prisons or Youth Custody Centres. Please remind yourself of this because I have confined myself to long-term maximum security dispersal prisons only (except by way of a general list of types of prison to enlighten the reader). My subject is to reveal the system as it is, present the Church in prison as it is and a biblical approach to reform.

There are issues which Christians simply must face up to in order to understand Britain's most dangerous and dark dungeons. Perhaps some parallels and comparisons with other types of prison establishment are possible, but that is neither the subject nor my purpose. We are dealing with long term imprisonment in maximum security conditions.

Secondly the purpose is to enlighten, exhort and bring truth to bear alongside what the Church is achieving in prisons. We have a calling to go to Christ in prison and to remember those in prison as though we were suffering alongside them (Hebrews 13:3), and that means understanding, identification and intercessory suffering, coupled with active practical faith. We must therefore understand things as they are.

Little is known of the realities Christians face in long-term prisons in living and testifying to Christ, largely because until recently British law protected the Government through the prison rules, which prohibited prisoners writing and publishing things about prison. Until fairly recently it was out of the question that a prisoner should write and publish such a book whilst still serving a sentence, however one of the benefits of the E.E.C. is that Britain signed the European Charter of Human Rights and has had to comply to 'freedom of speech' after censure by the European Court. Now the Home Office has to allow publication and the doors previously sealed by the Official Secrets Act have opened just a crack.

What I have written may offend many officials, prisoners, Christians and Chaplains if they read this book solely as a critique. If they do, they misunderstand my purpose, for it is not an indictment or condemnation, but rather a catalogue of truth, of reality, of things as they are. In order to face up to the real issues we have got to be open and bring everything into the light that we might see the way forward. (John 3:19-21).

The Prison Service Chaplaincy is under threat by humanist approaches to social problems. There is even debate as to whether the Chaplaincy should be abolished in the light of our pluralistic society and leave religious work to volunteers. The Chaplaincy is under threat from without the Church, and from within by radical Christians who question its validity and ministry. From many sides it is seen as irrelevant and an expensive area of expenditure.

Unless the Church faces the issues fairly and squarely in the power of the Holy Spirit, the Chaplaincy will eventually disappear in its present form. My purpose is to contribute from the prisoners' side to the debate, in the hope that the Church will hear what the Spirit is saying.

Finally the scope of the book. It is vast and as I complete it I feel it is only scratching the surface, but I hope sufficiently to challenge Chaplains, Christians and prisoners to decisive action and faith to bring light into the darkness. This book is written for Christians who understand.

Jason Richards
Full Sutton Prison, York 1988

From Death Unto Life

A poem
by
Jason Richards

Without moving he sat on the edge of a rock jutting out from the cliff, a melancholy figure silhouctted and staring into the silver grey shadows of a moonlit night.

The sea below hissed and gushed as it hit the rocks and was sucked into the unending vacuum of the moving sea; it seemed to be pushed along by the shimmering momentum of the lunar light.

Nothing moved; no sound was heard, save the rhythmic motion of the sea - even this blended into the silence, to create an aura of peace. Pinpricks of twinkling light illuminated the sky, like diamonds sprinkled upon a black mane of hair, the regal crown of the universe shining forth to lesser light, the earth beneath, under the canopy of infinity, where one can stare into darkness unending, yet knowing that it is not really there.

That somewhere those diamonds could perhaps be reached, new worlds as one drew near.

Or was it really just a canopy, illuminated by shimmering lights? Or really a sphere being slowly filled from the depths of the sea? Yes, here was a world drowning slowly, silently with its own tears.

Images form from the shadows, a vision from the drowning sphere. People lay dying of hunger, gesturing pathetically towards their bellies, an act of total despair; but no sound ever reached anyone's ear; a ghastly mime, a sigh of the times.

As mother earth creaked and opened her jaws, crowds panicked, and ran to escape death's claws; pandemonium seen, eyes bulging, jaws spread wide in a silent scream.

Light changed and the shadows became the ghastly spectres of soldiers marching, neat lines of uniforms, shining black boots in glistening unison, ever nearer their goal. Hard faces taut, staring straight ahead, like the shadow of death creeping before styxian lines.

The silence of death pervaded the night, a fog of evil descended on earth, unleashed to devour all things that had breath. Refugees lined up in ragged, dishevelled and hopeless lines, a man hung dying in the rain. "Is it nothing to you, all you who pass by, as you walk aimlessly past life into death?"

The shadows of death were passing, a revolution of dark to light. Day dawned, as though goodness had awakened. Twilight changed, like the yawn of a child as it turned in its sleep and suddenly awoke. Sun rising, light shining, sea changing from shimmering silver to glistening gold-spectres fled before the pureness of light. Transient lines of horizons melted, a metamorphosis from darkness to life. Sun higher, still rising, a radiant orb dazzling the eye. The man sat there, his countenance changed, robed in an aura of light. Is this the transition of death into light - a blazing fire, a furnace that burns and gives birth to life?

1
A Prisoner's Profile

"They are of those that rebel against the light; they know not the ways thereof, nor abide in the paths thereof. The murderer rising with the light killeth the poor and needy, and in the night is as a thief"

(Job 24:13-14)

Born in Devon on the 31st March 1959, I grew up in Dorset and spent a happy childhood in the country. As I reflect upon it now it all seems to have been very good indeed. Being brought up a Roman Catholic I attended the local church school and later a convent run by the Vincent de Paul order. The years from 6-11 in that convent were great fun. At one stage my two elder brothers and younger sister were there at the same time and we gained the reputation from one of the Irish sisters of being "Holy terrors".

Well behaved in class generally, but quite a handful in the playground, I cannot recall doing anything particularly outrageous. We were not angels by any means though. By the time I came up for my eleven plus examination I had little interest in passing and failed, much to the consternation of my parents. Both elder brothers had passed theirs and gone on to a very good Catholic Public School. My punishment was to be sent to a Catholic Secondary Modern where I rapidly gained a bad reputation as a rebel, and within the first year was expelled as being a bad influence on the rest of the school!

My poor parents did not know what to do with me. I failed the entrance exam to my brothers' school and ended up being sent to an ancient traditional C. of E. Public School. It was a very good school with classes of only 12 pupils. Whilst I did well at French, R.E., English and History, my breaktime and extra-school mischief got me into constant disciplinary problems. In all honesty I was no worse than the average boy. It was that somehow I was always at the obvious centre of activity and constantly got the blame for everyone.

The Headmaster said of me in one report "Jason sails very close to the wind". It was supposed to be a warning, so in order not to disgrace my parents any further I really did try to be good. No one really knows or appreciates how hard I tried, in fact many would laugh at this, but try I did and the harder I tried the more trouble I got myself into. I was eventually expelled at the age of twelve.

My dear mother found another private school which had a radical approach to education and specialised in unsettled students. They took me on and I immediately settled into the relaxed atmosphere. No longer were teachers bashing me over the head physically and intellectually, trying to force in facts and figures and moral codes and ethics of their own opinions and belief; on the contrary I was being guided into the way of independent education that seeks to bring out the best in people and train them to evaluate and think for themselves. Nothing was forced upon you and class became a fascinating learning process, an adventure. In a year there I was top of the class and considered one of the best behaved in the school!

Unfortunately my parents decided to leave England and go and live in Spain. They decided I could not stay in England and board at school, perhaps because they did not trust me. So I had to leave the one school where I was really doing well, even at physics, which was a miracle, because maths is a hieroglyphic language to me.

Once in Spain I was sent to the local R.C. College run by the De le Salle brothers to learn Spanish and finish my education. I used to sit at the back of the class and study

Spanish alone, all day, every day. Then another English boy came along and we learned together. One day a strange teacher was taking thc class and I and the other chap carried on as usual. This teacher did not appreciate us chatting and fooling about at the back of his class so came over, told me to stand up and struck me by slapping me with a clenched fist. I punched him on the jaw. The whole class was mortified, so was the teacher and so was I.

The deputy head sent me outside and the class continued. I was made to stand outside three stories up on a long exposed balcony that acted as a corridor in November. It was freezing. This went on for the rest of the day. And the next day. The only person who spoke to me was the English teacher who was English. I explained to her what had happened. She was appalled and said no teacher should ever have struck a child on the face, let alone with a fist. That evening my father was solemnly called in front of the Head brother with the English teacher as interpreter. Whilst the Head acknowledged the teacher was wrong, no pupil had ever struck a teacher before in the history of the school, and was faced with the dilemma that if he did nothing it might be the start of something uncontrollable. He had no alternative but to ask that I should leave the school. It was not expulsion in as much as he asked my parents to take me from the school, however it was clear that had my father refused I would be expelled.

So there I was at 14, school leaving age in Spain, with no certificate and nowhere to go to school. My parents came up with the idea of a correspondence course for G.C.E. exams and promptly got all the courses. Whilst I began well it was very hard to be left alone to study and I never finished them. Eventually after a row with my parents, I got a job working behind a bar for the summer of one year, and after leaving there and working in another restaurant for a while, I started my own business painting and decorating. In a very short time I had made a lot of money and began to expand into building and conversion of holiday homes. I also sold some properties for an estate agent and earned quite a lot of commission.

At 18 I went a little wild. I indulged in an orgy of parties and high living and ended up with massive debts running into tens of thousands of pounds. Eventually I had to leave Spain because I owed so much money and could not cope with howling creditors. In January 1979 I returned to England.

With no qualifications and little possibility of employment I spent a few very depressed months doing very little. I turned to armed robbery, which led to the murder of an innocent victim. Two of us ended up in a nightmare situation and we shot someone. It was a particularly callous crime, the details of which I do not wish to go into here; suffice to say that in 1980 I was convicted of murder and sentenced to life imprisonment. I had no previous convictions. Under the Government policy instituted by the Home Secretary in October 1983 I was given a minimum term of 20 years for my offence, when my first lifer review came up. All murders commited with firearms and in pursuance of crime, the murder of prison officers, police or terrorist offences will get a minimum of 20 years. It is likely that I will do the full 20 years and probably more.

There are no excuses for murder and I don't wish to enter into any sort of justification for what I did. There isn't any. All I do know is that most of the lifers I know are just ordinary working people who have acted irrationally, suddenly, and in a short period of time. Murderers are not often psychopaths or habitually violent people. In fact in most cases it is a domestic affair; lover kills lover, husband, wife, father, son, or son kills father. In my case an irresponsible youth, immature and naive, played around with firearms and armed robbery and in panic killed someone. This is how most killings are, they are rarely premeditated.

Something in the human condition can lead people in the right circumstances to kill, and no class or group of people are exempt. The enormity of what one has done has a devastating effect upon the perpetrator as it dawns upon one's conscience. I ended up in the prison system doing a life sentence like any other convicted murderer, and once the bustle of induction into the alien world began, darkness began to crush me and my sanity virtually disappeared. And this is the ongoing process of most life sentences, except where Christ's light shines in the darkness.

2
Gadarine Swine

"And when he went forth to land, there met him out of the city a certain man, which had devils long time, and wore no clothes, neither abode in any house, but in the tombs.
When he saw Jesus, he cried out, and fell down before him, and with a loud voice said, 'What have I to do with thee Jesus, thou Son of God most high? I beseech thee, torment me not.'"

(Luke 8:27-28)

My relationship with Tony Ralls of Prison Fellowship began a little while after I had become a Christian. I do not now remember how we first came into contact with one another because some of my earlier prison correspondence was destroyed in a cell fire in Parkhurst prison. However, I do recall that I had not been a Christian very long and from our introduction, Tony has been a brother who was sought to help me spiritually and materially in any way he can. He has taught, guided and encouraged me in my walk with God. As I look back over the letters that I do have, going back to 1982, they are full of good counsel and Bible teaching which greatly helped me to grow in faith.

A couple of years ago Tony asked me to pray about writing my testimony. After a lot of prayer I reached an agreement with Tony to write a book about long-term imprisonment from a Christian prisoner's point of view.

There are many books of all kinds of people's testimonies written from an experience of the Lord Jesus Christ's saving grace in prison, many of which I have read. However, none of them deal with the issues of long-term imprisonment and the building up of a fellowship of believers behind bars for men like myself who are liable to be detained for the duration of our earthly pilgrimage.

As time has gone on I have come to an increasing awareness that the Body of Christ thrives upon the milk of testimonies of God's grace behind bars yet fails utterly to digest the meat of doing the will of the Father in pouring out their lives for those in prison.

Everyone wants to know how you were brought to faith in the Lord, almost as if looking for some sort of explanation of what the Lord has done. Yet when the glory of God's grace is given and the challenge presented to the individual believer of "What will you now do for those in prison?" it appears to be beef too tough for the Church to chew.

The Lord Jesus faced this problem in his day, as can be seen graphically from the narrative of the "Gadarene Swine" found in Luke 8:26-40. There in Gadara, a place where the local Jewish people used Gentiles to look after their herds of pigs which they were not supposed to keep or eat, was a man so demonized as to be totally beyond his own control or the control of others. He had lost everything, his wife, family, home, friends, self-respect and dignity, he had almost lost his very humanity. Here was a man that the whole populace of the surrounding area were terrified of. Here he was, a man shunned and rejected by all. He was a mere shell of a man running around naked, bruising and cutting himself as he dwelt among the tombs as one who was living and yet dead. Like us in prison he was a member of the living dead.

In many ways I identify with this chap from Gadara. Like him I had lost everything, like him I had lost my mind, my dignity and almost my humanity. I too had been stripped of my identity, naked, an outcast shunned, rejected and constricted to live among the occupied tombs of the living dead.

Back in Gadara we have a man in a state of total lostness, he is as far as the world is concerned reprobate, beyond cure. Except the world had not taken into account one person, the Saviour Healer, the Lord Jesus, travelling through a storm, a vicious sneaky storm blown up by Satan to prevent the one who could help our friend in Gadara to wholeness. Satan would try anything to stop the Lord from dealing with a whole legion of his hosts of wickedness. A Roman legion consisted of 6,000 men, so Satan stood about to have a substantial number of his minions wiped out at a word from the Lord Jesus. So Satan tried a guerilla tactic to catch Jesus napping (Luke 8:22-25). And of course he failed dismally! For Jesus is Lord of all, he is Lord over all, even the wind and seas obey him.

Picture this scene set before us. Embodied in this poor man from Gadara are some 6,000 or up to 6,000 demons who have seen their own boss fail miserably in his attempts to deal with the Lord Jesus. No wonder the demons within the man of Gadara were so terrified of the Lord Jesus. Jesus had come through a storm to rescue this man and to vanquish the enemy.

The Lord Jesus came through a storm to rescue me in Parkhurst prison. He came through the tempest upon the ocean of my insane mind that had reached the very bottom of every work of darkness. I was sinking into the abyss of insanity and the Lord Jesus came walking by and in Him I saw my Redeemer. Like my brother from Gadara I cried out and He saved and delivered me.

Suddenly it was if a hand had appeared beneath me as I fell into the bottomless dark pit. The Everlasting Arm began to lift me up and from that day to this I have had a deep inner peace and joy, with increasing wholeness that has never left me. There was no one with me at the time when I met the Lord Jesus, like my brother from Gadara, I was alone and desolate. I had a New International Version paperback Bible which my mother had given to me. The only reason it was still with me is because mother had given it to me. Otherwise it would have been long thrown out. The Lord knew who was the right person to give me a Bible. He knows all our weaknesses and is able to use them to both our advantages!

One night in desperation, as my mind was in utter chaos and turmoil, I picked it up and opened it. The Bible opened at Psalm 1, so I began reading there. As I read I fell on my knees. It was not voluntary. It was as though I were being forced down. As I read on, my whole depraved life went before my eyes like a video-tape playback. As I read on, all the while seeing the awfulness of my past, I wept as I never wept before or since, a river of tears. By the time I got to Psalm 51, I had before me a sodden Bible and words that broke through to my heart conveying the grace and mercy of God:-

Have mercy on me, O God, according to your unfailing love; according to your great compassion blot out my transgressions.
Wash away all my iniquity and cleanse me from my sin.
For I know my transgressions, and my sin is always before me.
Against you, you only, have I sinned and done what is evil in your sight, so that you are proved right when you speak and justified when you judge.
Surely I have been a sinner from birth, sinful from the time my mother conceived me.
Surely you desire truth in the inner parts; you teach me wisdom in the inmost place.
Cleanse me with hyssop, and I shall be clean; wash me, and I shall be whiter that snow.
Let me hear joy and gladness; let the bones you have crushed rejoice.
Hide your face from my sins and blot out all my iniquity.

Create in me a pure heart, O God, and renew a steadfast spirit within me.
Do not cast me from your presence or take your Holy Spirit from me.
Restore to me the joy of your salvation and grant me a willing spirit to sustain me.
Then I will teach transgressors your ways, and sinners will turn back to you.
Save me from bloodguiltiness, O God, the God who saves me, and my tongue will sing of your righteousness.
O Lord, open my lips, and my mouth will declare your praise.
You do not delight in sacrifice, or I would bring it; you do not take pleasure in burnt offerings.
The sacrifices of God are a broken spirit; a broken and contrite heart, O God, you will not despise.

Psalm 51:1-17 (NIV)

In Psalm 51 I was arrested by the Spirit of God. Here He showed me everything about my past, present and my future. It is said that at the point of conversion a man is called by God not only to repentance and conversion, but to a vision of the future too. In Psalm 51 the Lord gave all this to me, as He revealed His mercy and grace. For suddenly I realized God was willing to forgive me if I asked Him. I did and pledged my life to Him if he would take me. That night I read the whole of the Book of Psalms once and Psalm 51 many times over, pausing as I was arrested and then captivated by each phrase the Holy Spirit used to communicate to me.

At that time I was ignorant of the history of Psalm 51 and I am sure you can imagine the tremendous joy and encouragement I received later as I discovered this to be King David's prayer of repentance for his murder by proxy of Uriah the Hittite. Psalm 51 is a sinner's prayer, written by a sinner who had murdered. It is thus "The Murderer's Prayer". It is his hope and a doorway into fellowship with a loving, merciful God.

For some time before this dramatic encounter with God I had been 'preaching' to many men in prison about the last days prophecies. It was all so vividly clear to me, from reading the newspapers and the Bible at the same time. I could see that the Day of the Lord, the Day of Judgement was rapidly approaching. Reading the Bible prophecies I could see the real nature of the whole social, economic and political systems of East and West for just what they were.

It became more and more apparent to me that all Governments had flouted God's law and authority and had disregarded His prinicples of mercy and justice. They had aligned themselves to the god of mammon and the god of pride in their reliance upon their own endeavour to secure the best selfish interest of the nation, party and individual. The whole of the materialist society was run upon the principles of ruthless competition, avarice, greed and convetousness, even to the point whereby millions of people starved as a result of our living to excess. Behind it all I could see Satan moving, manipulating and destroying.

Everything became very black or white for me then. There were no grey areas, and the more I looked the more evil I preceived. I became excruciatingly aware that I was, in fact, on the wrong side of the eternal divide between rich and poor, good and evil, Satan and God. That this had always been so was plain to me too and I desperately wanted to change sides.

As I read the Bible, listened to the world news and read the papers I fell in love with the God of Israel. There was this awesomely great God who loved, and loved and loved; who reigned in justice, truth, integrity, righteousness... all these things suddenly became as precious to me as jewels, more to be valued than life or existence itself, and I desired to please God. Yet I knew I was totally lost. I "preached" to others passionately about all I was discovering, warning them of the coming doom with a vague vain hope that somehow God would be able to overlook my sin, yet knowing He could not. Knowing my total lostness I proceeded.

In trying to please God I had done the unforgiveable, as far as Satan was concerned, and he did all he could to drive me totally insane. A battle was brewing for the eternal judgement of the world. Two opposed, diametrically opposed sides were gathering for the final showdown, they still are. Darkness and Light faced each other and all my life I had been fighting on the wrong side and knew I could no longer. No matter what happened, and I did not know, I knew I would no longer fight for evil. I made a declaration against Satan and swore to do all I could to oppose him. I had felt I was disqualified from the army of Light's ranks because of my sin but I would not go down on Satan's side fighting for him.

Desperate to change sides, but feeling I could never get into the Army of Light, I declared my own war on Satan! So there I was out there where no soul should be; but not insane enough to remain in Satan's ranks. I stood alone between the two biggest armies ever gathered. I did not last very long on the battlefield, but long enough for Jehovah Sabaoth (Lord of Hosts) to notice I was there! I can imagine Him handing his field glasses to Joshua and King David, saying:

"I say, do you see that little Brit out there, David and Joshua!"

"Yes, Lord, what is he doing?"

"Do you remember David how you took on Goliath, and how you Joshua put your foot on Hebron and took it by faith from the Amalekite giants, by trusting me alone?"

"Oh, yes Lord, do we ever!!"

"Well you see that little Brit here, he has just declared war on all of that old serpent's armies and he does not

even know who I am, let alone how to trust in my name! He has no army, no sling, no stones and no God, just a sense of tremendous sorrow and contrition for his sin!"

"Wow, Lord!"

"What is more, this little chap no longer wants to be a son of Lucifer, he is rebelling against his master, which is admirable. He is almost one of ours, but not quite and he thinks he can never be forgiven. Do you remember those words of mine that a kingdom divided against itself cannot stand? Well watch this!"

So as the Army of Darkness gleefully awaited the slaughter of this defiant little upstart, the Army of Jehovah rested in the blessed rest of the righteous as they would see what Jehovah Jireh (the Lord will see it to) would do.

I guess my stubbornness was an asset for the first time in my life, even though my declaration was costing me my sanity. I would not give in. Back in the prison Satan sent along a man whom he had commissioned to use any means to drive me insane. I was into the drug scene and the occult had been a powerful influence in my life for many years. This man was a very knowledgeable occultist and did everything he could to drive me insane. The battle was a battle for the mind. I was already blinded to the glorious light of the Gospel and stuck out in no man's land between God and Satan. However, I still had enough of my sanity to choose. I could still use my will and as long as I could there was hope for the Holy Spirit to convict me of the truth about the Lord Jesus.

My life was a living hell and turmoil beyond words, when that great pit of darkness opened up beneath my feet and I was swallowed up in a vortex of evil. I finally reached the end of my own proud attempt to fight my way right with God and in terror I cried out to Him. Immediately I fell right into the Everlasting Arms and all heaven cheered Him as He raised me up!

By the time I got to Psalm 150 that night I was really exhausted, but the storm in my being had stilled and I was totally at peace. I went to bed and slept wonderfully well and awoke radiant with joy. Without understanding quite what had happened the night before, I started the day with peace and an awareness that I was radically different. It was as though light shone all around me.

Like my friend from Gadara with his legion of demons I still had had control enough of my will to throw myself at the feet of Christ and like my friend of Gadara I was transformed into wholeness and health. Just like my brother from Gadara many people have beheld the miracle of God's grace in my life but cannot accept it because it challenges them too much. It asks "What think ye of Christ?" and like those of the city they ask Jesus to depart from out of that country (Luke 8:37).

Suddenly a transformation takes place in a soul in one of Britain's maximum security prisons, something I have since witnessed a few times myself. The Lord Jesus is the cause, Jesus the Redeemer, Jesus the Deliverer, but man cannot accept the veracity of the Lord Jesus's saving power today, even though the miracle is before their very eyes. A man is totally depraved one moment and totally, consistently sane the next. To accept and give credit (glory) of this to the Lord means a response from you, whether you are a believer or not, and I have found few willing to give the glory to God, amongst prison staff, even amongst Chaplains. So the transformed one is labelled a "fundamentalist" a "religious fanatic" a "loonie"; yet his behaviour is all of a sudden exemplary and he begins to do nothing but good (with occasional hiccups only!).

Tragically this is so with the Church at large too, in a slightly different way. Christians delight in hearing or reading the testimony of men in prison, but are rarely interested in much more than that. The testimony fails to challenge them to involve themselves too in building up the brothers in prison as though in prison themselves (Hebrews 13:2). It is for this reason I have dealt so briefly with my own conversion experience within these pages. It seems of little importance to add to the abundance of prison testimonies, when what is important is a presentation of what God has done since conversion, for it is through this that I am convinced the Lord would speak to His people and challenge than to get involved in His work inside.

Conversion is only the springboard into a dynamic life of union with Christ. And it is through this union that brethren inside and outside can together, in unity of the Spirit of Jesus, work miracles in prison, even today.

3

''Born for Battle''

''Let every man abide in the same calling wherein he was called''.

(1 Corinthians 7:20)

''Put on the whole armour of God, that ye may be able to stand against the wiles of the devil''.

(Ephesians 6:11)

One day I was sitting in the textile shop, where I worked at a sewing machine. At this time I was not a Christian, I had been in Parkhurst for a few weeks. As I sat there stoned on cannabis, a Salvation Army Officer came into the shop and went to the workshop's office. After a few moment's conversation with the instructor in the doorway, he pointed towards me and the old boy walked over to me and introduced himself as Brigadier Parker from the Salvation Army Corps. At that time the last person on earth I wanted to see was someone from the ''Sally Army''. Half stoned and embarrassed, I listened to what he had to say.

It transpired that after his last visit to the prison he had travelled back to Portsmouth on the same ferry as my mother, who was in a bit of a state after a harrowing visit with me. The Brigadier had talked and prayed with her and promised to look me up, which he had now done, offering any assistance he could. He was a delightful old boy with a sparkle in his eye and aura of peace about him. So having a soft spot for the elderly I invited him to drop in and see me again sometime, to which the old boy joyfully smiled, wished me Godspeed and departed. The Lord knew that I have always had a great respect for the elderly, so he sent along an eighty-two year old gentleman who came from Bournemouth, a place I was very familiar with. Had a young officer come along I would probably have had no time for him at all. However, this was not to be, I got God's man, Brigadier Theodore Parker.

Sometime later I was going down the stairs to go to work when I literally bumped into the Brigadier, who was looking for me! So we went back to my cell for a chat. By this time he had discovered that I was a Roman Catholic and he explained that he did not want to upset the Padre by seeing me, nor did he wish to impose his beliefs upon me, which in fact he never did in all the time I knew him. He simply shared upon what we had in common. He lived in Bournemouth which is in my home area, and he told me about his life which I found very interesting. At the end of the chat, in which he asked me about my family, he asked if he could share his daily scripture verse with me. I agreed and so he read it out slowly, deliberately and with great enthusiasm! He then asked if he could pray for my family and me. After that, each time he came we would have a chat, a reading and then would pray for me and my family. It always amazed me how he remembered all their names.

It was a great comfort to me to have this quiet Godly man call upon me. I was going through a tremendous inner struggle of which I could not speak. My mind was in a turmoil and even though I understood nothing from what he read or said to me, each time he came he brought with him a breath of peace which seemed to fill the cell. I used to look forward to meeting this loving, gentle man who was so apologetic and considerate.

One day as he was sitting in my cell I was able to tell him of the good news that I was trusting in the Lord Jesus Christ as my Saviour, to which he burst forth into praise. We shared in a great measure of joy together. From then on we really began to understand one another and share in the Lord Jesus together. In no time he had me read his daily reading to him as his eyes were failing. After my conversion I used to look forward to his coming even more. The impact, influence and inspiration that this small, frail old man radiating the love of Christ has had upon my life cannot be measured. The Lord Jesus knows, and He has for him a crown of righteousness. It may seem a very small thing to simply share a verse of scripture, a prayer and himself, by simply being himself. But in fact what he was doing was to bring a cup of cold water to a very thirsty soul who was dehydrated from the heat of a personal hell. His radiant love of God was evident in his whole being and both he and his wife prayed continually for me and all in Parkhurst, as they still do to this day. There is a profound need of such men to get involved as lay ministers in prison, no great intellectuals or psychologists, just men whose lives are immersed in the Spirit of Jesus.

My friends could not comprehend the change in me. They thought that I was taking my 'religion' too far and that I had 'gone over the top'. In the initial months of my experience of God some time in 1981 I was still a heavy user of cannabis. In fact I was smoking as much as I could get hold of, and in Parkhurst there rarely was a dearth of it. To begin with I thought that it was perfectly alright, because it was just a weed and was not addicitive. However, after my conversion I began to have some very weird spiritual experiences whilst high, and come under what I now know to be real demonic oppression. It became increasingly clear to me that what I was experiencing whilst reading the Bible and smoking dope was far from a true experience of God. All kinds of thoughts and guidance came to me which I accepted as being from God, which later turned out to be delusions of my own mind, or evil spirits seeking to deceive me and deflect me from my chosen course of following Christ.

By Christmas 1981 I decided that dope was wrong and evil. Although I could give no Biblical reason as to why, I knew deep down that it was wrong and God seemed to be using all the madness I was experiencing when high, to indicate to me that I should stop using it. Guidance through circumstances was my chief means of discovering what pleased God and what did not. When I was right with Him I had a marvellous awareness of the peace that the Bible says passes all understanding. It surpasses all experiences known to man, drugs, drink, sex, whatever. So after a few false starts I managed to stop using it by asking God to help me.

This latest severing of my old life caused a fair amount of consternation amongst the circle of people with whom I used to smoke cannabis, especially as a couple of them claimed to be Christians. Despite a lot of temptation and an occasional relapse, after January 1st 1982, by grace, I was able to stop smoking dope and ceased to desire it. At that time I still smoked tobacco and for the first time in a long while I had plenty of cigarettes to smoke as I was no longer paying out most of my wages for dope. There was a considerable satisfaction too, because I no longer was a member of the dependents, supplying tobacco, fruit, vitamin tablets, meat and veg to the tables of the men peddling drugs in the prison.

This period of time was a difficult one for me. Whilst I wished to stop using dope, I did not wish to sever myself from my friends with whom I had begun sharing the Gospel at every opportunity and full of the young Christian's zeal, without knowledge! I could no longer sit with them whilst they were smoking, nor would I allow them to smoke in my cell. It all worked out quite well because I spent many evenings alone in my cell with my Bible and God, leaving my friends to call when they wanted. I would also call on people and stay until they got the joints out. Once it was clear to my friends that I was not rejecting them and they understood the rule of my 'dope free zone', they often called for tea and conversation which nearly always reverted to God. They were good days, a time of rest, growth and security, initially anyway.

One other man had made a commitment to Christ at about

the same time as myself and he found it impossible to let go of the god he worshipped, the god of marijuana. His short-lived spiritual life took a nose dive and petered out. It was also to cause a lot of trouble for me too.

The lads I used to smoke dope with gradually became more and more embroiled into the web of wanting and servitude that the demon of dope enslaved his worshippers with.

As they sought to get stoned at every possible opportunity, and began living way beyond their capacity to assuage the high priests' (drug barons) demands for payment, they began living under the threat of ritual slaughter if they did not appease the wrath of a debt unpaid.

For some time I had often helped my friends out with loans of tobacco which became gifts! However, I faced a dilemma because I soon realized it was wrong of me to support their habit. Because they were my friends I could not deny them a cigarette either, so instead of giving them quarter ounces of tobacco, I began to give them small quantities of loose tobacco which they could not trade for dope. The debt situation was getting chronic for them.

After I became a Christian I started to learn to play the guitar. At that time I did not have one of my own, so I used to borrow one whenever I could. From one of my dope smoking friends enmeshed in debt I borrowed his recent gift from home of a 12 string guitar. After lunch one day I left my cell to go somewhere. Whilst I was gone someone slipped into my cell and smashed up the guitar. It was acutely embarrassing. At first I thought that someone who had a grudge against me had done it. During my short stay in prison I had managed to make an abundance of enemies. So there I was with an almost new guitar in pieces that did not belong to me and quite naturally the owner of it was not very pleased.

However, it was soon apparent that it was the owner of the guitar who was the target of someone's wrath and not I.

Within a matter of days a budgerigar belonging to the owner of the guitar was murdered. Someone had slipped into his cell and cut its head off. It was a magnificent budgie and its slaughter was characteristic of the bravery of the perpetrators. What was even more surprising was that my friend went on Rule 43 (Rule 43 is a rule whereby prisoners are separated from others at their own request, for their own safety) immediately after the incident. It was only then that I learned of the large debts my friend had and the pressure that was being applied by one of the drug's dealers.

At that time there were so many people supplying drugs in the prison that there was a glut, so credit was extended for weeks ahead and competition was fierce to sell the drugs for the limited resources of the prison economy. It was only possible to sell as much dope for canteen as men were willing to exchange their prison wages for. So canteen was at a premium because it was only through the canteen that food, etc. could be bought. There was an abundance of cash around, but the dope dealers wanted food as well, and only so many orders could go into the canteen each week. Consequently dealers were willing to "book" canteen orders for weeks ahead, thus giving credit stretching months ahead.

One by one all of my friends with whom I used to smoke drugs disappeared on Rule 43 for fear of violence because of unpaid debts. Some of their creditors asked me what was going on; but I knew less than they did, because I had no interest in the dope scene and my friends and I never discussed it. Some of their creditors suggested that as I was their 'mate' I should make good their debts. However, in view of the fact that everyone knew I was no longer a user nor had been for five months, I refused. I did agree to take a message to my friends who I could meet in the chapel on Sunday, that their creditors only wanted their payment and assured them safety if they would return and pay. My friends were not convinced. There were other things going on amongst the drug dealers and the prison staff at the time, of which I was totally ignorant, and it was only because of subsequent events that I later pieced it all together.

A few days later I was at work and two officers came into the workshop and called me out for a 'spin' (search). This is a regular feature of prison life. Every now and then you are selected for a random search of all your possessions in the cell and clothing. Once I had changed out of my work boots I went with the two officers towards the shop's exit. Outside was a veritable army of screws and they all surrounded me! I asked what was going on and I was simply told "Shanghi" (a shanghi is a sudden move from one prison to another, without notice, day or night and often in the small hours). As a Category 'A' prisoner (category A prisoners are either considered very dangerous or escape risks and under special watch) this is liable to happen at any time for no apparent reason under the auspices of security. I had no intention of putting up a struggle so I was escorted by my little army of screws to the punishment block and locked in a cell.

After a time the cell door opened and the wing Assistant Governor came in and enquired authoritatively,

"Now, what is going on?"

I looked at him dumbfounded as if to say "You are a Governor and you are asking me why I am being shanghied?" My behaviour was quiet within the prison, I was not into any skullduggery. I had a clear conscience. So I replied,

"I have absolutely no idea. First I was called out for a spin, then it became shanghi and you are asking me! I'm afraid I do not know!"

He looked at me with contempt of one convinced you are lying. He probably also thought I was stupid so he went on,

"Someone has just set fire to your cell..."

"What about the budgie, is it all right?" I interrupted.

"Budgie?" he enquired.

"Yes, my budgie, is it all right?"

"I don't know, but I'll find out and let you know. Now tell me what is going on? Why should someone set fire to your cell? " etc. etc.

"I have absolutely no idea!" I replied truthfully.

"Now come on Richards, you are an intelligent young man (they always tell me this!). I wouldn't put it past you to be behind all this trouble, and it is probably you with the hit list..."

"Hit list?" I enquired.

"Yes. You are quite capable of all that has been going on and I wouldn't put it past you".

I had absolutely no idea as to what this man was driving at. Granted, most of my friends were on Rule 43 over drug debts, murdered budgies, etc., but personally I was not implicated in any of it. This was precisely it as far as the authorities were concerned, because I was so 'remote' from all the goings on, and yet involved. I was the evil genius behind the 'C' wing mafia. Nothing could be further from the truth! For once I was innocent! My incredulity began to wane and I began to get angry, indignantly demanding to know why I was being held in the block. What were the charges against me? I had done nothing wrong. At this point the Governor left with his entourage slamming the door and leaving me to the silence of the block.

My budgie was still alive and a prisoner on 'B' wing who was well versed in treating sick and injured birds was doing his best for her. Unfortunately the bird was so badly burned and in such agony that she had to be put down later that night.

I wanted a Bible so I was issued with a 'Block' Bible which had a lot of pages missing owing to the fact that India paper contained in many Bibles is thin enough to be used as a substitute for cigarette papers! However there was more than enough of the Bible left for God to speak to me. It was at this time that I discovered how comforting and uplifting the Psalms are in tribulation. The Psalms got me right with

God and were now my favourite part of the Bible. They still are. Time and again in dark moments, in moments of fear, anguish and depression the Lord has brought me into peace and confidence in Himself. What solace they are to the soul: *"In the multitude of my thoughts within me thy comforts delight my soul"* (Psalm 94:19). Comforts should be singular. It is in fact comfort and it implies a comforter. It is an allusion to the wellspring of the Holy Spirit rising in the believer to reassure, encourage and come alongside us in our darkest most desperate moments. King David knew what it was to pass through the valley of the shadow of death and Jehovah faithfully led him to see the shadows as mere spectres and quite impotent, leading him on to the heights, to heights where in quietness and confidence in the Lord, no man could move him. So too the Lord has used the Psalms in my life. *"He maketh my feet like hind's feet, and setteth me upon my high places"* (Psalm 18:33).

The authorities kept me in suspense overnight and there was little that I could do about it. The next day they informed me that I was to be kept in the block for my own protection, as threats had been made against me if I returned to the wing. The prison authorities have a duty to try and protect us from devouring one another, and they thought I'd be so afraid as to consent to Rule 43. I protested violently, stating that I needed protection from no man. God would look after me. I did not then have a greatly developed theology, but I knew one thing: the Lord Jesus would never fail nor forsake me, and it was manifestly wrong for a Christian to fear evil and I was at war with Satan and all his host. My protestations were ignored, so I stopped eating.

In the meantime the remains of my property were brought to me. Most had perished in the fire. Some was confiscated because it was stuff I had been given whilst in the prison by other prisoners, and because it was not officially on my property sheet, I forfeited it. The officers searching my cell after the fire were from the Prison's Security Department.

They are nicknamed "Burglars" because of their creeping about in the dead of night to search or shanghi the unsuspecting. They were very concerned to know what was going on and asked me a lot of questions, but I just grinned at them and allowed them to confiscate all the stuff that did not belong to me, even though they implied I could keep it if I helped them. A great puzzle to me was that a whole lot of my papers were together at the back of the cell and had all survived the fire with no damage at all. Amongst my orderly pile of files had been one with all my family letters and addresses. But it had disappeared. When I asked the searchers to check the cell again they told me it was not to be found.

They were apparently not concerned about all the dope debts that had gone on, or the dope dealers, so much as the fact that an officer was supposedly involved and they wanted information. It may well have been the searchers who held back my family's addresses in the hope that I would tell them all I knew. But I knew nothing, though they did not believe me.

Two years or so later, I found out what exactly had happened when my cell was set on fire. The first person into the cell was an officer who had gone in on his own with a fire extinguisher. This particular officer was under grave suspicion of bringing in booze and drugs, though security staff could never catch him.

A "runner" is someone who acts as a middle man for the dope dealers. One did not go direct to the drugs barons but to the middle man. My closest friend was the "runner" for all the main dope dealers. But he had become a Christian. He had a terrible time getting off the drugs and began to see how ruthless and callous the drug dealers were in sapping all of the men's wages week after week. They were making a fortune. If you were privileged, they would allow you to empty their ashtrays of dog ends to smoke, even though they had an abundance of tobacco. They would rarely give away any fresh tobacco, only butts.

After the guitar and budgie incident my friend decided that he had had enough of all their oppression and domination, and as everybody else in his group of smokers had gone on 43, and he was faced with all their debts to pay, he went around and collected as many drugs as he could from the various dealers to sell. As he'd being doing it for seven years he was trusted. He then collected in as much tobacco as he could from all thc 'junkics' and wcnt on Rule 43. He was the only person who knew who owed what to whom. Not even the drug dealers knew who owed them, except the overdue debts. So the whole wing breathed a sigh of relief because they had no debts to pay, and the drugs dealers were naturally furious. Most of the wing thought it was extremely funny.

The reason my cell was set on fire was because the drugs dealers and the prison officer suspected of bringing booze and drugs into the prison thought that my friend had told me who the prisoner officer was, and that I might "grass" him up. However I did not know. I simply was not interested in the drugs scene, and the fire was meant as a warning. The missing family addresses were meant to say to me "If you don't keep quiet your family will get hurt". And of course the message went right over my head! Subtlety is always lost on me anyway!

However, because of my naivety I insisted that a thorough search be made for the missing letters and addresses and it was this insistence of mine which almost led to the officer being caught. The officer who had gone into my cell was the only person to enter the cell after my leaving it and before it was sealed by Security. So he had to be the person who had taken the addresses. Thus he was implicated. A short while later he left the prison service. It was three years later that one of the searchers and I were having a chat and we were reminiscing over my adventures in Parkhurst. He then told me what happened. He was truly dumbfounded when I told him that I really did not have a clue as to what was going on. Had they at that time told me more about what their suspicions were I'd have guessed what was going on. But their own paranoia about secrecy kept the secret they wanted exposed! Ignorance is bliss.

Meanwhile I was still under arrest in the block and after 4 days without food the Governor realized I was quite serious. I was told that if I was willing to write a letter to the Governor absolving him from responsibilty if anything happened to me, I would be allowed to go back onto the wing. I was delighted to do this, and much to the authorities' consternation I wrote the letter absolving the Governor from anything that happened to me for the duration of my stay in Parkhurst, and handed it in. The Governor honestly thought that I would capitulate and request Rule 43. Protection of Rule 43 can only be given to men who request it and although the Governor can keep a man on G.O.A.D. (or Good Order And Discipline), he must have good reasons for doing so. I was a well behaved prisoner. At that time I did not realize that my letter to the Governor carried no weight in Law, because the Governor of a prison is always responsible for his charges.

Within a short time I was allowed to return to the wing. There was no doubt about the fact that I was nervous, but I had a deep inner peace and joy, but above all a quiet confidence in the Lord. My time in the block had been good for me to reflect, pray and read the Bible. The Lord also began to show me a lot about my own weakness and character flaws that needed His healing grace. With trepidation and peace I walked back onto the wing. As I was walking up the stairs during the mid-afternoon quiet when most were at work, those on the wing muttered in suprise "He's back. He's back!", and I could sense the buzz of consternation I'd started. The wing got very tense, that is everyone except me! Not because I am a fearless, strong individual, I just knew the Lord was with me and he surrounded me in a tangible aura of peace. Every time I came out of my cell and looked towards anyone they turned the other way. The whole wing, except a few individuals were blanking me. Even the staff were wary of talking to me. No one wanted to be seen in my company. A few made me feel "welcome" by a smile or a wink. But for weeks no one came near me. I was alone, alone with God. He really gave me great peace and joy and the various Chaplains aware of what was going on used to visit me much more frequently. So I really got to know them better.

There were times when I did get paranoid. There were times when I got fearful, angry and bitter. Some of my thoughts were not very nice about my enemies either. But these feelings were momentary. The Sermon on the Mount in Matthew 5,6,7 did not make sense in human terms, but it was God's way and He was helping me to live it out. It was not very pleasant to feel the hatred and cursing of some people towards me, and at times it was very hard, but only for a moment (Psalms 30 and 28). Somehow through each trauma the Lord revealed Himself and brought me through it with peace and joy. I was learning to trust Him. (Psalm 34:4-8).

Another phenomenon was taking place. The Proverbs declare: *"When a man's ways please the Lord, he maketh even his enemies to be at peace with him"* (Proverbs 16:7). Slowly people were beginning to talk to me again and after a couple of months I had a few friends.

The interesting thing is that I was much more detached from others and my relationships were different. I was freer to share Christ than before and able to help and encourage other people.

A Christian did arrive on the wing, but he was afraid of other people and because I was of such a low reputation he could not associate with me freely. He was bound by fear. I was by this time playing my guitar in the R.C. Chapel on a

Thursday morning, when we had a service. My repertoire was very limited, with Amazing Grace being sung nearly every week!

Slowly more and more people were beginning to talk with me and some even made me welcome in their cells for tea and a chat, and I began to receive callers again. However the Lord had other ideas…

4

‘‘Relax and know who I am’’

‘‘Be still and know that I am God’’

(Psalm 46:10).

‘‘For thus saith the Lord God, the Holy One of Israel; In returning and rest shall ye be saved; in quietness and in confidence shall be your strength: and ye would not’’

(Isaiah 30:15)

Prayer for me was a time of repetition of the Rosary, having been brought up as a Roman Catholic. So after my conversion in Parkhurst my knowledge of prayer was very limited to what I had learned as a child, and consisted more of ritual repetition than prayer with intimate meaning.

One day a Chaplain from the Church of England, Bob Rudd, passed me on the landing. At that time I did not go to his service. I always used to greet the different Chaplains and talk to them, because I was keen to find out as much as possible about God. I attended Buddhist and Islamic meetings, and even did some Bible studies with Jehovah's Witnesses. I found the the C. of E. Chaplains at Parkhurst were willing to try and answer my questions, whereas the Catholic Chaplain would never give me a straight answer. Since my conversion I had come to like Bob the Chaplain, even though I was suspicious of his ‘‘dangerous heresies’’. He was always friendly and conveyed a peace about him which drew me to him in the same way, though not as profoundly as Brigadier Parker.

Anyway, on this particular occasion as he passed me on the landing, he paused, retraced his steps and said,

"Pray for Graham. He is in the block".

"Who is Graham?" I enquired.

"Don't you know Graham, Jason? You must be the only con in the prison who doesn't!"

It turned out that Graham was a very zealous Christian whom the whole prison knew about except me! He had been a hospital cleaner all the time I had been in the prison, and our paths had never crossed. Graham had ended up in the Segregation Unit for reasons which Bob could not tell me. All he said was that Graham had done nothing wrong. So I agreed to pray for him. If Bob had known that I would go away and say a few decades of the Rosary he'd never have asked me to pray! But the Lord was in it despite my own spiritual ignorance and was opening the door for a new friendship and communion with a fellow pilgrim.

A week or so later I saw Bob again and I asked him how Graham was. He told me that he was on 'B' wing. He gave me his surname which I promptly forgot and which made it difficult to find him - there were about 120 men on 'B' wing. At that time we were permitted to make interwing visits during exercise times. When I went over to try and find him, everyone I asked seemed very reluctant to tell me where to find "Graham the Christian". My mission ended in failure.

The next time I saw Bob I wrote his name down and went over to 'B' wing one evening. During the Summer and Autumn months there was an evening exercise period. I found his cell without any difficulty. I knocked and a voice said "Yes". So I poked my head around the door and there before me on the bed was a little fellow with a radiant face. He looked so at peace and contented I was awestruck. Before I could say anything at all he said to me, "If you come in here you'll get yourself a bad name. I'm a nonce" (this is a prison expression describing those in for sexual offences). I was a bit taken aback by his casual declaration that he was a nonce. People just don't casually do that in prison. It would be rather like meeting someone for the first time, shaking their hand and saying "How do you do?", and they replied, "Oh, absolutely wonderful. I've got AIDS!" It did not seem at all important to me and without even considering his leprous affliction I was drawn into the cell to meet this fellow Christian. We introduced ourselves and spent the next couple of hours in the most blessed fellowship I have ever experienced. Perhaps it was the first real fellowship I'd experienced with another prisoner. Perhaps it was the circumstances. I don't know. It was a very special time.

Graham was a radiant Christian and his immediate concern was to help me in every way to grow as a Christian. It turned out that he had been a cleaner in the hospital and had been thrown out for being kind to the patients. The regime in the hospital at Parkhurst is very strict and because it is a psychiatric centre as well, there are a lot of unstable prisoners there. The hospital staff at that time took great delight in degrading the prisoners and encouraging paranoia. There was one particular officer whose duties included getting the laundry and clothing exchanges. He would insist that clothing should be either too small or too big for the prisoners, so that their appearance and dignity were further eroded.

Graham was in constant tension with the staff because he would endeavour to give the patients decent clothing and as he could cut hair he would give them decent hair cuts, much to the annoyance of the staff, who delighted to shave the heads of prisoners. In the end Graham was sacked because he was too kind to the patients, His work was immaculate and they sacked him for giving tobacco and cigarette papers to prisoners who had none.

On one occasion they even tried to have him "nutted" off, or sectioned under the Mental Health act. In his constant witnessing to Christ to both staff and prisoners he was beginning to make officers in the hospital very uncomfortable by his consistent peace, joy and love. They wanted to get rid of him. Somehow, they had tricked him with the question, "Does God speak to you?"

"Of course He does, all the time!" replied Graham.

Well the next minute he is called up before the Medical Officer with two other psychos present and asked "Does God speak to you?"

"Yes of course He does, all the time."

"I see. So you hear a voice when God speaks to you?"

Graham realised what was happening and quickly, in a characteristic gesture of his, drew out his pocket Testament like a pistol and declared, "God speaks to me through His word!" There was not a lot they could say about that, so in the end they conspired to sack him.

This was my introduction to this tough little man who loved God and preached Christ at every opportunity. At the end of our long talk he simply said, "Let's have a prayer." Very astonished, I agreed. I had not prayed with anyone since my conversion and my only form of prayer was to recite the Disciples' prayer, Hail Mary's or "Gloria". Graham just began to pray openly, simply and sincerely in a beautiful way, talking to "Father" and asking him to bless us in a most natural and ordinary way. It was awesome to me. When he had finished, the silence and Graham's bowed head indicated that it was my turn to pray. Well, I did my best, and managed to form some sort of prayer, What I prayed I do not remember, but I had learned something about prayer that night.

I looked at my watch. It was 8.30 p.m. I should have gone back well over an hour before. All the gates would be locked and I'd get nicked. Another astonishing thing happened that evening, all the gates through to my wing were open, and not one officer noticed me slip through.!

The next day Graham and I met for exercise, which was the beginning of another round of difficulty for us both. As we walked around together sharing the scriptures, it became patently obvious that our association together was disapproved of. All of a sudden the past became the present and the period of rest was over. It was war again as I stepped out to be 'noticed' by associating with a 'nonce'. It was the only way forward as far as I was concerned. This man was my brother in Christ. We were one. We shared the same Father.

After exercise and back on the wing a number of my friends told me quite plainly that I simply could not associate with Graham. I explained my position, that as a Christian I could not single out any person not to associate with, or indeed those with whom 'I' could find acceptance. God views us all the same and I could not judge another. Further, this man was my brother in Christ and I was therefore compelled to stand with him. I remember one chap who was very sincere, and a seeker for Truth. He said,

"Look Jase, you've just got over all the other trouble and people are beginning to talk to you again. They'll be blanking you again."

"I know, but I have to obey my conscience in this. He is my brother!"

"You're mad, Jase."

"I probably am, but I am a Christian."

It was all I could say. It was simply a situation I could not ignore or hide from. Either I stepped out and did what the Lord Jesus would have done, or I denied Him and what I believed.

Within twenty-four hours the tension was back and more and more people were beginning to blank me. The snide comments and barracking began in earnest. In the end, as the various cliques of gangsters applied pressure to people who spoke to me, I was alone again, and in the midst of a mine field. There were a few particular individuals with whom I had never spoken or had any contact, who proceeded to attempt to make my life hell for me.

Amazingly, the Lord graciously upheld me and I gained tremendous comfort from His word. My peace and joy were such that my enemies began to reap the fear that they themselves had sown and began to become increasingly paranoid and fearful. This went on for a few months, and as the situation got worse the whole wing became increasingly tense. Graham and I continued our daily fellowship at exercise time, despite constant abuse and intimidation.

This time of difficulty and isolation was very good for me and I praise God for it because it allowed me to come to terms with myself, my sentence and God. I was able to come to a point where I began to accept that I would be in prison for many years and it was here that the Lord would use me and train me for His purposes. Had I been surrounded by people I would probably have withered up and gone back to my old ways, because of the cost of being a disciple. As it was, the Lord provided me with circumstances of great difficulty to face up to in faith.

It was in being able to daily witness His grace and protection of my life that I learned so much about my Lord, and I soon stepped beyond the threshold of a mere redeemed believer and onto the way of the cross, the path to discipleship. The Lord so revealed himself to me through my circumstances that I have had to follow on to know Him more; not because He compels me, but because His love is so compelling.

Eventually the situation on my wing began to so deteriorate in terms of paranoia that I could forsee a crisis coming and probably I would be at its centre without wanting to be. So I made an application to move to 'B' wing. Graham and I both agreed that it was the right thing to do, so we prayed. My application was turned down, so I went to the Governor. He turned me down again. I explained to him all that was going on, that I felt sure a very dangerous incident was brewing, and that it would resolve itself if I left the wing. He told me there were no 'A' category vacancies on 'B' wing, but he'd consider it if one became available. The Lord knew there were no vacancies too, so He provided one by making known to Graham and I that an 'A' man on 'B' wing wanted to go to 'C' wing. So we were able to swap wings.

A few weeks after I left 'C' wing all the groups of men who were persecuting me began to fight among themsleves and after one particular fight many got moved. Most of these men were friends who had become so paranoid that they began to devour one another.

My move to 'B' wing heralded two major steps in my Christian life - prayer and Bible study. Graham began to teach me in earnest about the Bible as the word of God that brings life to the Christian. I learned that it was not just a book, or indeed God's book. It is in fact the means through which God speaks to us through the Holy Spirit. Perhaps the greatest thing that Graham shared with me was prayer. He believed that prayer was power with God, and power for living.

Prayer to most people is either recitation or set prayers, or pleas to God for grace and strength. Often it is our attempt to seek God's will as long as it is "my way". However, for Graham there was a need quite simply to be still. *"Be still and know that I am God"* (Psalm 46:10). Prayer quite simply was sitting quietly before God. Psalm 46 seems to have been voiced at a time of great conflict with the heathen raging, v.6, desolations, v.8, and wars v.9. Yet in the midst of it God says "Be still". Now I found it very hard to be still, being a restless person. Yet the call is to "Be still". If it ended there I'd be finished! But it goes on: *"Be still and know that I am God."* - in knowing who He is, in mind and spirit focused upon the fact of Jehovah as the Great I AM. Something transforms the chaos and hectic stirring upon the battlefield of life. Suddenly we are made still by awe at who He is and He becomes our refuge and strength and a very PRESENT help in trouble (Psalm 46:1). He becomes

Jehovah Shammah - the Lord is here. And in the midst of panic, in the midst of a world becoming demented with strain and stress, *"Though the waters thereof roar and be troubled, though the mountains shake with the swelling thereof. There is a river, the streams whereof shall make glad the city of God, the holy place of the tabernacles of the most High."* (Psalm 46:3-4).

When we pause to BE STILL and know, recognise, that is re-establish the fact that HE IS then He becomes a very PRESENT Help. He actually pitches His tent (the meaning of tabernacling) right in the midst of you. Not in the circumstances, not in the battle, but Christ in you, and then the rivers which make glad begin to flow and we realise His being in us as streams of living water welling up within us, and we declare in Psalm 46:11, *The Lord of Hosts is with us; the God of Jacob is our refuge."* Lord of Hosts is translated Lord of Armies or Lord Almighty. It is like this in Isaiah 44:6 (NIV):

"This is what the Lord says, Israel's King and
Redeemer, the Lord Almighty:
I am the first and I am the last; apart from me
there is no God."

This is exactly the same as that which Jesus declares of Himself in Revelation 1:8, *"I am Alpha and Omega, the beginning and the ending"*.

This is the form of prayer, the Lord taught His disciples. *"After this manner therefore pray ye"*. He did not say, "say these words" or "repeat these words". No, He said, "after this manner," use this as a model of prayer, as a pattern:

"Our Father who art in Heaven, Hallowed be thy name," or

"Be still and know that I am God".

The pattern is the same recognition of WHO HE IS and reverence of His Holy Name. A contemplation of the fact that He is 'I am who I am,' brings us into a unique revelation of His revealing for today in that situation, be it as Father -

Abba - Jehovah Shammah (the Lord is there), Jehovah Tsidkenu (the Lord is our Righteousness), etc. As we are still and know Him, He becomes the God of Jacob as in Bethel (Genesis 28:16-19). Suddenly we realise He is there and we knew it not.

Quite often Graham and I would sit together praying in this way, often for as long as two hours. It was not passive silence as in Buddhism or transcendental meditation, but rather a creative stillness of being focused on Him, allowing Him to be Creator and sustainer of our life. In this quiet waiting upon God that is looking at Him, being still and knowing Him, He brought tremendous healing to my mind and being, and His presence was so apparent that like Jacob we often cried "The Lord is in this place!" Such times transformed my life.

There is of course a great need to make all kinds of prayers, because there are many different types of praying for different needs. But for the development of my personal relationship with the Lord, "Being Still" is still the most profoundly effective means to knowing Him. The Lord Jesus had this kind of relationship with the Father throughout eternity "in the bosom of the Father" (John 1:15) and the fact that He was "with" God (John 1:2). The word "with" implies more than the fact of being together with, it implies an equality and an intimacy of relationship. It is this intimacy of relationship that the Lord Jesus has and has always had with the Father that He wants to share with us as His children (Isaiah 40:11). John 17 reveals that *"this is life eternal that they might KNOW THEE the only true God, and Jesus Christ whom thou has sent"* (John 17:3). And this knowing of God and the Lord Jesus not only is Life eternal, but makes us ONE in union with the Father (John 17:21). *"That they all may be one; as thou, Father,* ***art in me,*** *and I in thee, that they also may be one in us."* It is all quite mind boggling or spirit orbiting! To realize it we must simply Be Still and know Him. One translation has it *"relax and you'll know I AM God."*

In the times of my greatest need, the times when I have been in fear and trembling, in difficulty, depression, in doubts about the present and future, in the chaotic mêlée that is the struggle between flesh and spirit, Heaven and the world, the devil and God, being still has done me most good. I say this because it is easy to glory in His presence when all is hunky dory. Yet the scriptural pattern is that it is in adversity that men of God have realised that creative stillness is most needed. When you've ripped off your brother's inheritance and are fleeing for your life like Jacob. Or like Ezekiel in captivity in Egypt, who got into contemplating God's greatness and had some amazing visions, that sparked off an amazing career as a prophet. Or John on Patmos, in great affliction, chained up. (It is said of him that he survived being thrown alive into a vat of boiling water). He was being still and the Lord came and gave him a real peep behind the scenes into the culmination of things. This is the Biblical pattern, and is my experience too, and I know that the art of "Being Still" remains my greatest need, and my greatest reserve of real power and grace to move on in this exciting journey of knowing that HE IS GOD.

5

A Foundation Stone or two is laid

Ye also, as lively stones, are built up a spiritual house, an holy priesthood, to offer up spiritual sacrifices, acceptable to God by Jesus Christ.

(1 Peter 2:5)

Graham's teaching was not just confined to Bible doctrine and spiritual exercises. He was a great advocate of practical Christian living and he constantly used everyday situations to communicate God's will. He had been long enough in prison to know that I was going to be there for a very long time; even if at that time I thought otherwise. Perhaps his greatest ministry to me was in helping me to come to terms with the reality of my situation and positively helping me to seek to serve the Lord in my present circumstances, rather than make dreamy commitments in the future, believing that God would somehow get me out of prison now that I was a Christian.

There was a firmness in Graham's incisive use of truth to confront my unrealistic attitudes and whenever he suspected illusion in my life he confronted me with reality. These were times when I could have quite happily strangled him! At times he found me so unbearable and stubborn that he withdrew from me to make me think about things. Little by little he broke down my resistance and there developed a very strong fellowship between us.

An example of Graham's practical teaching of discipleship came about through our garden plot which we had taken on to grow some vegetables. It was probably a whim of mine and Graham had joined in. However, we laboriously worked to get it into shape, with Graham working at a speed with which I could not keep up. I paused for a smoke, sitting down watching Graham work. As my 'break' extended itself to become spectatorship, he looked over at me, smiled, and leaning on his shovel whipped out his pocket New Testament which was always at the ready in Graham's life! He quoted:

"If any would not work, neither should he eat"

(II Thessalonians 3:10)

He went on, "And if you brother don't pick up that spade and work, you won't eat any of these vegetables we've grown, see!" We had a good laugh and carried on. But I got the point and that little scene remains with me to remind me of laziness.

Having dug, forked, spaded and sieved the soil, and mixed in generous quantities of manure, we left our new beautiful plot ready for planting.

One day I went with Graham to inspect it and noticed that our neighbour had moved the row of bricks which separated our plot from his. He had taken over a good metre of our soil. Immediately I began to move the bricks back to their proper place in order to regain our much toiled over plot.

"What do you think you are doing?" asked Graham, grinning.

"You what?" I queried.

"I said WHAT-ARE-YOU-DOING?". He emphasised each word as though speaking to a foreigner having difficulty in understanding him. By the way he was standing with his hands on his hips and grinning through his drooping moustache, my appropriate response would be best done in sarcasm.

"Well, actually, I am moving these bricks back over there to regain stolen property," I said, gesturing with a brick towards the real border.

"Wait!" he said, smiling dramatically, nodding his head and drawing his New Testament from his pocket like a pistol. Then slowly and deliberatly thumbing through the pages, by which time I was standing behind him, and being a lot taller than he is, I leaned over his shoulder as he turned up Romans. He read:

"Bless them which persecute you: bless and curse not."

(Romans 12:14)

"Do you see that young Jason?", Graham said, pointing to the text and re-reading it slowly and deliberately. "BL-ESS them that persecute you: BL-ESS and CU-RSE NOT. Got that?"

"Uh Huh"

"Good!" He exclaimed triumphantly, thus indicating that he now had me scripturally cornered. He went on :-

"Rejoice with them that do rejoice, and weep with them that weep. Be of the same mind one toward another."

"Mark," he said "the SAME MIND. We gotta be of the same mind young Jason. Agreed?"

"Uh Huh", I concurred realizing that Graham had pounced again and now had me in his mouth like a cat that has caught an unwary mouse. He was merely playing with me like a toy now until he decided to come in for the kill!

"Mind not high things, but condescend to men of low estate. Be not wise in your own conceits, recompense to no man evil for evil."

"Got that? RECOMPENSE TO NO MAN EVIL FOR EVIL!"

"But Graham, he has stolen our plot and it is not evil to take it back," I declared defensively.

"Oh, isn't it? Isn't it? Then what does this say?" he enquired thumbing through the pages of his little blue pistol.

"Here we are - Matthew 5:40 - *"And if any man will sue thee at law, and take away thy coat, let him have thy cloak also. And whosoever shall compel thee to go a mile, go with him twain"*. So what do you make of that young Jason?

According to this 'ere, what we should do is actually move them there stones and give him another few feet! Look he said, winking at me conspiratorily, feverishly turning the pages again to Romans. *"Dearly beloved, avenge not yourselves, but rather give place unto wrath: for it is written, 'Vengeance is mine: I will repay, saith the Lord'.*

"Therefore if thine enemy hunger, feed him; if he thirst, give him drink: for in so doing thou shalt heap coals of fire on his head'. (Romans 12:19-20).

"See that Jason! If we move them there stones and give 'im more of our garden, it'll do 'is 'ead in. So lets just heap some coals on his head and leave 'im to the Lord to deal with. *'Be not overcome of evil, but overcome evil with good.'* (Romans 12:21). And since you were so keen to move the stones in the first place.........

He had successfully caught me as a spider entraps a fly. In his web, however, now that my sense of humour was tickled, I gave in joyfully.

This was typical of the way in which Graham would use everyday incidents to teach me. He had such a mischievous sense of humour that he could use these occurrences to bring the word of God alive to me. In some respects he used the same methods as Jesus Himself.

The story had a good ending. A few days later we went out to discover that our neighbour had moved the bricks yet again - back to their proper place! Obviously the hot coals heaped on him had singed his conscience!

Graham and I began to lobby the Chaplains to pray with us. They were most reluctant to sit and spend time in prayer and it greatly distressed Graham. One Chaplain had begun to pray with us on a Friday morning during exercise in a vacant office, but after a while the office was no longer available, so we never really got going.

Eventually, the Chaplain, Bob Rudd, got permission to hold a Bible Study every Sunday afternoon. To begin with we met in Graham's cell. It commenced with just Graham,

Bob and myself. After a few weeks there were one or two others, then three, four..... so we had to find a larger place to meet.

We were given permission to use the large board room which was used for Governor's applications etc. during the week. On Sunday's it was unused, so were able to use it for our studies. The group began to grow and a lot of people came along at least once, with some coming again and again, if not always regularly each week.

Bob and Graham helped us to come to terms with the Bible and taught us how to digest it daily for spiritual growth. By the time Graham left the prison I was grounded in the basics. Eventually Graham's discharge came. It was a sad departure for me because he had been such a good brother to me, and was in fact the only other Christian in the prison who was serious about the Lord Jesus.

One of the things that Graham had been praying with me about and constantly asking the Chaplain about was to get the local Prison Fellowship group involved in the Prison. One suggestion was that they should come into the Bible study group. Eventually we got permission.

The Sunday Bible Study was probably the major turning point for the fellowship in Parkhurst, first, because the prisoners were now no longer passive pew observers, but had opportunity to participate and share what the Lord was doing. Second, it allowed the P.F. members in and they were able to get to know the people they had been praying for. No longer did they have to imagine the people they were so concerned for, because they got to know the needs of each person who attended and had something specific to hold on to and use in intercession. Third, we were able to receive input and Christian love through fellowship.

Our times together became a focus for the Holy Spirit to work in through both those who came in and those inside, and thus we all mutually imparted and received the blessings given by Father to His people when they meet to commune in fellowship. I know that all those who came enjoyed themselves as they still do each Sunday. I daresay over the last few years many blessings have been given to lots of prisoners and some are now committed Christians.

The group was trouble-free as far as prison discipline and security was concerned. In fact when I once went to see the Governor about some changes, he was unaware there was a Bible study, as indeed were some staff, because we were so quiet and trouble-free. This helped to make way for new changes for the Church in Parkhurst. The Chapel was to be demolished to make way for a new Gate-lodge and visiting room. A new Chapel and religious centre was planned for the long-term, but in between a temporary Chapel was set up in an old sewing machine repair shop.

It was a tall, barn like building inside and the prison works department made a marvellous job of converting it into a light airy place for worship. In the arched roof a huge glass sky-light was placed to give plenty of light. The Chapel was very suitably arranged with the dais running down the 'side' of the building making it a very wide chapel and rather short. There were four rows of chairs and strangely plenty of room.

It created an ideal, intimate, yet bright place for worship, and I feel the Lord was very closely involved in all the details. Indeed He must have been, because the Home Office spent a considerable amount of money in putting a new floor and carpet in. All in all the new Chapel heralded a new era in the worship. It slowly began to become a lot more adventurous.

For sometime I had been learning to play the guitar and endeavoured to get hold of contemporary worship material. With the arrival of a Christian from Wakefield I heard about the "Mission Praise" hymn book, a selection of the best of the great old hymns and the best of the new, specially prepared for Billy Graham's Mission England. As this chap knew how to sing a considerable number of these new songs, I quickly learned to accompany them and in a short while we had a good selection. We were determined to bring some of the new vibrant songs into our worship because they had such power and life, a true reflection of what God was doing in the songwriters' lives and ours.

It was initially awkward because old Bill, the aged organist had been doing the job for years and was pretty set in his ways. He was also quite deaf and often played appallingly! He was a great old boy and in his heyday had conducted the prison brass band, (long since discharged!). It was very difficult not to offend him and so our introduction of guitars was to be rather slow. However, Bill died rather suddenly, so we had opportunity to do something new.

Quite some time elapsed before we got a new organist who proved to be a dedicated music teacher, musician and Christian. Keith brought with him a humble spirit and gentle grace which flowed from his music. We became friends very quickly, and slowly but surely our worship really did become refreshing and new. Eventually the Chaplain bought some Mission Praise hymn books and our worship offering became very enthusiastic.

Bob, the Chaplain, made a great effort to open up the worship and eventually we regularly got away from the traditional 3 hymn sandwich and began our service with a time of singing choruses and songs. Bob must have despaired of me at times because I was always asking him to do something new.

The service also changed as Bob allowed prisoners to do the prayers. Instead of reading a collect and some generalised prayers for various causes and needs, we encouraged one another to take turns to lead the prayers and pray from the heart. This was marvellous because suddenly the prayers became very personal and meaningful; they became an expression of the needs, desires and heart of the prisoner praying. I am certain that this did a great deal to build up the Body of Christ and make the brothers feel as though it was our offering; rather than something laid on for us.

In fact, before I left Parkhurst, on a few occasions, the Chaplain allowed me to preach. This was amazing and quite radical, and began what has become something of an occupation for me. Since then I have preached on many occasions.

Two of the people who came in to the Bible Study were also allowed to come in and join us for the Sunday Service. This gave an opportunity for others to get to know that there were people outside who really cared. We all felt that something was changing and that the church would grow. A couple who came in to the Bible Study regularly were John and Margaret Stewart. I had first met them through Graham who felt I should have some Christian visitors for "edification". John, Margaret and I became very close, almost from our first meeting. We seemed to be involved together in something that the Lord had worked out and we shared a very special fellowship together. The love and encouragement I received from this godly couple still has an impact upon my Christian life. John had a real desire to do all he could for the furtherance of the Gospel in Parkhurst and so we enjoyed a mutual sharing which crystalised into new openings for the Gospel.

John is a Counties Evangelist and a great preacher. He had rarely been allowed into Parkhurst, but because of the Bible Study and his involvement with P.F. and Graham and I, the Chaplain began to allow John to preach a little more often. As trust grew up between them, Bob got permission for John to become a Chaplain's Assistant, which enabled him to visit men in their cells. This was a real breakthrough because it meant that we Christians could spend time with John in sharing, Bible study and prayer. It also allowed him to get to know other prisoners and prison staff and share the Gospel.

One of the other blessings was that Bob asked John to

preach regularly every 4-5 weeks. He brought the freshness of an experienced and enthusiastic evangelist to those who did not yet believe, whilst at the same time punctuating his preaching with spiritual food for growing Christians. This was a marvellous time and it seemed that the Lord was preparing both the way and the people to do great things in Parkhurst.

6

The Axe is laid to the Root of the Tree

"And now also the axe is laid unto the root of the trees: every tree therefore which bringeth not forth good fruit is hewn down, and cast into the fire. And the people asked him saying, "What shall we do then?"

(Luke 3:9-10)

Controversy and conflict were the marks of the life and ministry of the Lord Jesus. All His subsequent followers who have followed him faithfully have led similar lives. It is inevitable that those who live out the Gospel will do battle against the status quo and the PRINCE of darkness. Controversy and conflict are necessary to challenge and revolutionise the Church and the world into repentance and belief. We must be willing to embark upon a pathway of biblical radicalism in order to shake loose the foundations of any system, or any person opposed to the Gospel. If we are to reach into the darkness and depravity of our present age, we have to be radical in order to be seen and heard above the clamour of collective madness which characterises apocalyptical man. Our radicalism must be of the purest kind, that goes right to the foundation of structures, concepts and systems, and rebuilds them upon truly biblical principles. Perhaps many of the liberal wings of the Church will cry "fundamentalists!" I hope and pray that true radicalism goes beyond the snide derogatory inuendos of intellectual impotence suggested by such labels. For how should we label the Apostle Paul, John Wesley, Martin

Luther, Jan Huss, John Calvin, William Tyndale and countless others? Were they fundamentalist loonies, or were they men of God, of great intellect and reason, willing to submit in humility to the Word and command of their Lord?

It was inevitable that controversy and conflict would mark my Christian life once I stepped out of the normal pattern of prison etiquette and associated with the untouchables. How could I do otherwise and claim to love God, who loves tax collectors and sinners? It became a characteristic witness to declare to self-righteous prisoners who railed at the untouchables, "All have sinned and fallen short of the glory of God and you and I are no better than them in God's sight, mate!" Many a confounded man has thus stormed off! By standing with the weak, oppressed and persecuted it did not make those Christians who did so too popular with the masses. Many Christians even kept at a safe, remote distance when there was too much controversy and conflict, even if the untouchable concerned was a Christian.

Over the years I have witnessed countless people tortured and harassed by prisoners who are so self-righteous as to take it upon themselves to be judge and jury of another's sin. How can it be that a people as amoral as prisoners dare to judge others worse than themselves? Perhaps it makes them feel 'good' to say "I'm better than him."

The scriptures make it very clear that the Lord hates oppression and tyranny and calls His people to fight against it: *'Learn to do well; seek judgement* (justice), *relieve the oppressed, judge the fatherless, plead for the widow"* (Isaiah 1:17).

Regardless of how serious we may consider another's wrongdoing, if he is oppressed we are called to relieve his oppression. We do not have to look very far into the life of the Lord Jesus to see the consequences of sitting with the outcasts of society. It is one's lot as a Christian to carry a cross and for our betterment and spiritual maturing it is never a velvet lined one. If we are true to our Lord and the

Gospel, abuse, maltreatment, slander and pain will be the vinegar we are given to drink by the world. We have a calling to patiently endure, to suffer and not to resist one who is evil, to turn the other cheek, to pray for our enemies, forgive them, do good to them, and love them as Christ did and does. In short we are to take on board whatever comes our way without complaint or murmur, only trusting in His faithfulness, His Goodness and His Grace.

For each one of us our tribulation is for our perfecting. Tribulation comes from a latin word 'tribulum', an instrument of agriculture which consisted of a wooden beam rather like a railway sleeper with steel or iron spikes driven through it. It was used to drag through the corn and wheat to separate the chaff. This is what tribulation does for us Christians, ouch!! For each of us our tribulation is individually tailored for us, for example what causes me great pain and suffering and pain may be very easy for you and vice versa. To quote the apostle Paul: *"Since we have been justified through faith, we have peace with God through our Lord Jesus Christ, through whom we have gained access by faith into this grace in which we now stand. And we rejoice in the hope of the glory of God. Not only so, but we also rejoice in our sufferings, because we know that suffering produces perseverance; perseverance character and character, hope"* (Romans 5:1-4 NIV). It all has the divine purpose to kill off our self life and give us the character, perseverance and hope of Christ. Thus all suffering is very positive and consequently we have no right to complain, murmur or shelter ourselves from it. It is the mark of the true man of God. There is a religious fundamentalism abroad today with which I would not wish to be associated, i.e. the excessive literalism where we would cut off sinful limbs. I'd have none left! Or the super-supernaturalism that has its head so high in the clouds that it is blind to God at work in the ordinary things in life. What we must get to is a humble acceptance of what the

Spirit is saying to the churches, and obedience to His leading.

Thus the true disciple of the Lord Jesus Christ is willing to suffer and share in Christ's suffering. As bondslaves to Christ we have no rights to ourselves and yet we are called to fight for the rights of others, for the poor, the fatherless, the oppressed and the widows. Just as today the Church is seeking to live up to its command for the weak in a myriad of ways, so too are we called likewise in prison. For there exists in the minds of many Christians in prison the fantastic idea that upon their release they will serve the Lord in some area and yet are unwilling to do anything to relieve the suffering of fellow prisoners for fear of man. Perhaps one of the reasons why so many men who get out of prison and go into local churches cause so many problems is because they have only a dream of doing great things for God, without the reality of giving people a cup of water whilst in prison.

The Church in prison is more or less just another department of the prison service that offers activities for those so inclined, Chapel, gymnasium, evening classes, Bible study, Education and Bible correspondence courses. When it comes down to actually doing something that challenges the whole ethos of prison culture, there is a sudden inertia and dissipation of zeal and commitment. It is easy to sing praises and talk about being salt and light in the world. It is another matter entirely to live it. Perhaps an example will illustrate my point.

There was a chap serving a life sentence for murder. He was thin, bespectacled, weak, inoffensive and quiet. He was an active churchgoer and very involved in doing Braille for the blind. He was not a Christian. I knew him well enough to chat with him from time to time and he had been in prison for about 18 months or so.

One or two people began to stir up trouble for the 'nonces' on the wing. In their view there were too many of them coming on the wing and settling down to serve their sentences without causing anyone any bother at all. For a long time I had been actively encouraging men not run away from the fear and intimidation of the 'righteous'. Why should men have to live in virtual solitary confinement when many of their oppressors had done far worse crimes? Over a period of a few months a few individuals began to bait all the weakest sex offenders. They never bothered those who could and would defend themselves; they rarely do.

When the baiting begins it is the prelude to the ritual catharsis that goes on from time to time, rather like the pogroms in the Jewish ghettos. Once a number of suitable victims have been singled out the build-up begins. They don't have to be proven sex cases, if they don't fit into the prisoner strata too well and are weak and unable to defend themselves, they are counted as fair game for sacrifice. Generally it all begins by gossiping about so and so and what he is in for. He has done this, that and the other; it may be true, it may not, it is most assuredly exaggerated to gross proportions.

Most people just want to get on with their sentence and are not really bothered about people outside their own little clique, but when confronted with the heinous crimes of so and so, they are more or less obliged to join in the gossip and outraged abuse. So the poison spreads, with most people being unwilling, but active participators in it, for they could not be seen to be disinterested. They have a 'reputation' to consider.

In reality the High Priests who are the most vociferous in whipping up hysteria are generally in for similar offences themselves and do so to take the attention away from themselves. As most people are very insecure in their status in prison they join in lest they be discovered or their reputation diminishes.

One by one the weakest were singled out and ended up on Rule 43 and they were systematically intimidated and assaulted physically. Perhaps the catharsis would have abated then, but for one man who was not yet sated, This man baited him, spat in his food and threatened him. He smashed his glasses publicly and openly did this for months. All the staff were aware of what was going on and did absolutely nothing about it. They simply and sometimes literally looked the other way.

On one occasion I was fixing something in the wing aquarium which I looked after. I enjoyed keeping the fish and tried to make the tank attractive and interesting. My arm was inside the aquarium under the water. As I poked about cleaning etc, in the reflection in the glass I saw to my right my friend, whom I mentioned earlier - the weak inoffensive lifer who did Braille, standing in front of the office; I turned to say "hello" and I noticed blood coming down his forehead and over his face and neck. I went over and asked him what had happened. He muttered something. I ran to my cell and got a towel which I used to stem the flow of blood. The alarm bell began to ring. I sat him down in the now vacant office which had a few seconds previously contained at least six staff who had ignored my friend completely, as did all the prisoners walking by like good Levites. Once in the office alone with the chap who was groaning in pain and evidently quite seriously injured, I prayed with him. He asked me if God could forgive him his crime. I assured him that anyone who comes to the Lord Jesus is never turned away and together we prayed whilst waiting for the medics to come.

Once he was taken to the hospital I returned to my cell and sat down. All of a sudden I felt something come upon me which I can only describe as anger, a very pure anger. It was not physical or violent. It was what I can only venture to suggest is righteous indignation. I had no desire to do anything but pray.

My friend had been sitting in a television room quietly watching T.V. and minding his own business when a 16 stone hulk of a slob crept up behind him and whacked him over the head with a battery in a sock. I decided to do something about it. Everybody knew who had done it, including the staff. Whether it would be proven or not was another matter. I felt compelled to do something about this incident.

For months my friend had been singled out as a sex offender. There was no sexual abuse in his offences at all. His attacker was inside for killing an old lady with a hammer whilst robbing her. As I considered all this and the absolute hypocrisy of all concerned, I decided to do something about it. There were sex offenders on the wing who had appalling crimes to their credit, but because they could handle themselves and would kill to protect themsleves no one said a thing to them. The irony of it is that the man who perpetrated this assault, knowingly associated with a man known as 'super nonce', but because he was an ex-Rampton patient who had quite openly said he'd kill anyone who attacked him, he was quickly accepted into the community and the righteous inquisitors even smoked drugs with him.

In conscience I had to expose this evil for what it was. Already I was getting stick for helping an injured man. Quite simply I made a statement to the Police about what had happened and how I'd helped the victim. Eventually when the case went to trial one other prisoner gave evidence. He was a nutty chap who made no sense in the witness box. Why he was ever allowed to give evidence I'll leave to your imagination. He said nothing relevant and harped on about the bus services being so bad in London! My evidence was superficial as I had only been involved after the event and had not been present when the assault took place. There was little point in my evidence being given, but for me it was a principle that was important. I did what I believed to be right according to my conscience. It was the only way I could stand with my friend and not by passive silence condone the actions of those concerned. Had I spoken without doing anything my words would have meant nothing. By my action I demonstrated the validity of my stance.

To give evidence against another prisoner means Rule 43, going on protection. It was unheard of for someone to blatantly, publicly give evidence against another prisoner and return to the wing as calm as if nothing had happened. I had done what I believed was right. There was no way I could have run away from the consequence. I was prepared to see it through because my faith in my Lord's justice was far stronger than all of hell's armies. It might appear that this was a recipe for instant martyrdom, but I believed that the Lord would vindicate me and that nothing, but nothing could happen to me except He allowed it. It was not provocative of me to try and test God! I simply believed He would honour me and defend me according to His righteousness if I did what I knew was right.

Everyone had known for months that I had made a statement and the night before the trial a friend had indirectly warned me by telling me what he thought of informers (grasses), that our friendship would end, if I went ahead. I don't think people believed I would until afterwards. I lost the company of a few people instantly. All of a sudden I was the most unpopular person again and had the contempt of the prisoners and the staff to live with, and the condemnation of the Christians. The latter caused me most pain. It was said I was trying to bring persecution upon myself, that I should not have done it. If persecution is the consequence of doing right, *"blessed are they which are persecuted for righteousness' sake; for theirs is the kingdom of heaven"*. (Matthew 5:10). Blessed are we if we do what is right. We will certainly be persecuted in a world rebelling against kingdom principles. No, I was not seeking persecution, but if by following the constitution of the Kingship of Jesus in the Sermon on the Mount I must suffer, so be it. *"Yea, and all that will live godly in Christ Jesus shall suffer persecution."* (II Timothy 3:12).

Those Christians who condemned me for what I did also made the point that because of what I had done I had alienated many people, and it was a hindrance to the Gospel. If that statement were true and taken to its logical conclusion we'd also say, you don't have to stop doing evil to come to Christ for fear of offending people. Interestingly a number of people refused to stop talking with me despite a lot of pressure, because they respected the integrity of my actions, even if some did not agree with my position. Since that time I have received letters from some of the Christians concerned apologising for their cowardice and this encourages me, because they had obviously thought about it long after they had left Parkhurst!

"In the end the enemies you make by taking a firm stand have more respect for you than the friends you make by straddling the fence." This is an anonymous quotation from somewhere, which I found to be true. After a while many of my enemies could not look me in the eye and some even began to nod as they walked by. The Lord told us that the world would persecute us. When it does not bother then something is wrong. Persecution is the inevitable consequence of living a godly life which exposes evil, not by word alone but by example.

As a consequence of my stance I obviously suffered a lot of verbal abuse and was sent to coventry by many. One kind soul slipped into my cell one day, stole my radio, tape player and headphones. They were found a while later smashed, a pathetic gesture. During those days I really learned the truth of Psalm 34, and in particular *"The angel of the Lord encampeth round about them that fear him, and delivereth them"* (Psalm 34:7). Fear is a powerful tool in the hands of the adversary and I was not without it, at times I was considerably fearful and had to pray in order to walk down the landing.

'There is no fear in love; but perfect love casteth out fear: because fear hath torment. He that feareth is not made perfect in love.'

(1 John 4:18)

There is no fear in love. God's perfect love drives it out and my experience of those days was to have the Lord deal with my fear and perfect or mature His love in me. Tribulation does that if we have faith to enter in. The Bible does not say we won't get a bit scared in so doing, but through it He refines us and brings out some gold, some precious gold as He reveals more of His Son in us.

It was altogether a marvellous time for me because I spent many hours alone with my open Bible and the Lord and felt the Lord bring great strength and power into my life. It was a great joy to be visited by John Stewart (a Prison Fellowship volunteer) as the Lord was revealing His vision of the Church in prison to me, and together John and I spent many enthusiastic hours in animated fellowship. All the Christian ministers brought blessing to me; Graham MacKenzie, the Methodist came to help me with New Testament Greek, Guy Armstrong came to pray. Trevor came to encourage and help me to know God more. Frank Hull came for tea and encouragement. Each of the many who came brought blessing, encouragement and prayer.

One evening I was standing upon my bed so that I could look out of the window which was above head height and pray. I enjoyed looking out at the sky and I could even see a few green fields. On this particular evening I was expecting John Stewart to come and see me, and on such occasions I used to stand at the window praying until he came, because he had to get an officer to escort him through the gates and often had to wait in the cold for one to pass by.

Suddenly the cell door was flung wide open and a voice said 'I've brought you a present!'' As I turned around to face the door a prisoner flung a bucket full of liquid excreta all over me. I was dripping in it from head to toe. What was even more amazing to me was the complete peace and calm I had, joy seemed to well up within me!

By that time half a dozen officers came through the door I was standing on the floor undressing to take a shower. They were shouting "Calm down Jason, don't do anything silly...." They were the ones who needed to calm down a bit. I was quite serene though somewhat smelly! I walked to the shower and as everyone had gathered together on the long balconies of the Victorian wing to watch the spectacle and have a good laugh at my expense, I began to sing:-

O Lord most Holy God,
great are your purposes,
great is your will for us,
Great is your love,
And we rejoice in you:
And we will sing to you:
O Father have your way,
Your will be done.
For you are building
A temple without hands,
A city without walls
enclosed by fire;
A place for you to dwell
Built out of living stones.
Shaped by a father's hand
And joined in love.

I had a good long shower and moved into a new cell. The following day I insisted on cleaning up the mess. Interestingly none of my treasured study books and Bibles were damaged and no property of mind was ruined, much to my surprise, and this added to my joy.

One great friend of mine, Rudi, a German prisoner who was not a believer, who had become a friend through a mutual love of Spain, Spanish, guitar music and fresh percolated coffee or Earl Grey tea (our two little luxuries we enjoyed together) came to support me throughout all my troubles. The situation was a tense one and it always amused me how he would walk up and down outside my cell and when no-one was looking he'd slip around the door. Such were one or two faithful friends, like John, a Scot, who was always calling to see if his mad friend was O.K. For these great men I am so thankful.

The whole thing was becoming a big problem to the authorities because although I was doing nothing wrong I was at the centre of controversy. Under normal circumstances someone in my position would be on Rule 43 or in the hospital or perhaps dead.

As I offered no resistance and was known for turning the other cheek, as in the past I had been beaten up a few times, they began to wonder how much I could take before I exploded. Frankly I was happy to stay in Parkhurst and would not have considered moving; but the Lord was preparing me for another pasture.

It saddened me that the other Christian prisoners did not support me or come to pray and fellowship, except in church or at the Bible Study. However much criticism I came under from the fellowship I felt I'd done what was right by exposing the evil for what it was. (Ephesians 5:11-14).

The true Gospel is radical and costly to proclaim. He who would follow Christ must be willing to go the extra mile. He must be willing to lay down His life for others and defend the weak and oppressed without defending himself. It is that kind of testimony of faith lived that demonstrates the power of God's grace which strengthens Christians and attracts seekers, real seekers to Christ. A number of prisoners and staff thought very deeply about the Gospel as a result of my radical actions. They were challenged by Christ's love, peace, forgiveness and joy. Since then I have heard of the conversion of some, and received apologies from some of the Christians who fled me too.

Doubtless some will still criticise me in the future, but I would do the same again if I had to, because to do otherwise would be a denial of the Gospel.

7
Conflict with the Authorities

'Everyone must submit himself to the governing authorities, for there is no authority except that which God has established. The authorities that exist have been established by God. Consequently, he who rebels against the authority is rebelling against what God has instituted, and those who do so will bring judgement on themselves'

(Romans 13:1-2 NIV)

One of the hardest lessons for the Christian prisoner to learn is to submit to the governing authorities, not least myself. I had grown to understand the injustices of democratic capitalism and could see them as no worse than people's communism. A glance at British history is not a pretty sight not even in the twentieth century. It was much easier to respect the King or Queen (1 Peter 2:17) or the monarchy than government. But then I began to see that it is not the people one submits to, but the authority. There must be law and order and the Pax Romana of New Testament times allowed for the rapid spread of the Gospel. The Apostle Paul argues that we should pay debts, taxes, revenue, respect and honour (Romans 13:6-7). We are to give to Caesar what is Caesar's and to God what is God's.

The process of forgiving the officers for locking me up each day and the acceptance of an often unjust and primitive penal system takes a lot of grace, only possible through an openness to God. I began to see that it was the Lord's will to give to the State what God had ordained they should have: obedience to the law, taxes, revenue, respect, honour and honour to the Queen. The separation between the 'authority' and the 'person' is not always easy. However, I have found that unless I do submit in spirit and not just in deed, to the governing authorities, my relationship to God is marred. (Ephesians 6:5-8).

Conflict arises when Caesar or the State demands from the believer what belongs to God. In such instances the believer must obey God (Acts 4:18-19; 5:29). In my own experience there are not many notable instances of this occurring. But there is one area where I find myself in conflict with the governing authorities and I believe it is an area in which I must obey God rather than men.

Exactly one week before I left Parkhurst in June 1985 I was called up to attend a long-term review board. This was at the time when prisoners were invited for the first time to sit in on the 'decision making' process about their future 'career' within the prison system. It was the first occasion that I attended such a board. My escorting officer was a fellow Devonian and we got along very well together. Because he was with me he was invited to attend the board as well. Sitting on the board were the resident psychologist, the wing Principal Officer, the Welfare department head, the Deputy Governor, the Chaplain,my wing governor, wing welfare officer and myself.

Beginning with the psychologist each member of the board expressed their views of me and my progress. The psychologist began by saying that he could only find one word to sum me up: "Enigma". To him I was completely unfathomable, as unsolvable as the Sphinxes riddle and he was not Oedipean enough to figure me out! He had seen me twice in four years, once when I first arrived in the prison confused, angry, bitter and aggressive after nine months of solitary confinement, and once four years later, the day before the board, and he could not equate the two reports he had written. And no small wonder, for this particular psychologist was a computer buff who fed all his reports into a computer in an attempt to analyse and label every case he dealt with. His black and white digital computer could not cope with the transcendent wonder of new life imparted by faith in Christ. He was very confused. One by one the board made their comments about me and finally the Governor summed up.

The major point he made was that as far as they saw it there were many good points which they commended about my evident change and determined Christian walk, however it was of great concern to them that I did not seem to show any remorse for what I had done, and they would like me to think about it. At this point I was asked if I had any comments to make or questions. I did.

One of them concerned remorse, and this is the bone of contention I have with the authorities and where I must follow God rather than men.

Remorse, I explained, was as far as I understood it, a morbid sense of having done wrong, whereby the person is griefstricken by the appalling nature of his actions; the board concurred. In my view it was in itself, that is if unaccompanied by repentance, merely a selfish preoccupation with the consequence of one's action in self piteous grief. I cannot believe that because I walk around with my head down and cry out at the enormity of what I have done, that this is valid sorrow for my actions, and such a view of self-centred grief for wrong-doing is unbiblical. I went on to say that I was much more concerned with repentance and that I demonstrated the fact that I was indeed sorry for what I had done in the past by what I was doing today.

If remorse is merely a demonstrative expression of grief for my crime I do not believe it is anything other than a bucket full of crocodile tears for the consequences, of the fact that I am in prison for life. And further, in my view, any man who expresses grief or remorse for his crime without at least enormous effort to change himself is but sorrowing for being incarcerated, and any man who came to the board expressing remorse without repentance was a liar.

The Chaplain said that I could not expect the board to understand repentance! First they were all church goers. Secondly what they were saying was that it did not matter what you were as a person, it did not matter if you wallowed in an unchanged lifestyle as long as you expressed grief for what you had done. Thirdly they were supposed to be in the rehabilitation business.

I explained that I demonstrated my sorrow for my crime by the expression of it visibly manifest in my positively changed Christian witness. If my life and testimony as a believer did not show that I was sorry and changed then there was no other testimony I could give.

The Welfare Officer contested this with the view that many men in prison "hide behind a cloak of religion", a view with which I agreed, but argued that he could not apply that label to me because my actions demonstratively showed that I was willing to put my life on the line for what I believed. Further I argued that the man who goes to Church, professes Christ and shows grief for his crime without radical evidence of the Holy Spirit transforming his personality and mind and life is the man wearing the religious cloak. Yet such a man will get parole and when put alongside me is accepted as being real!

I liken it to a child who steals money from Daddy. Daddy finds out and confronts the child with its sin; child says "I'm sorry Daddy," and cried buckets of tears and then goes off and does the same again. There is sorrow, there are tears but not of real sorrow for the evil done but rather for being caught. If the child were really remorseful, not only would it say sorry and show remorse, but it would demonstrate the veracity of it by actions.

The Bible is full of such examples, such as Esau who sold his birthright for a pot of soup. When the time came and he lost his blessing, the scriptures say:

> *"For ye know how that afterward, when he would have inherited the blessing, he was rejected: for he found no place of repentance, though he sought it carefully with tears"*
>
> (Hebrews 12:17)

He could not change his father's mind because his tears were of sorrow for losing the birthright and counting as nothing his father, his family and the responsibility of an elder son. He was sorry only that he'd lost the benefits of being eldest.

In Luke's account of John the Baptist's ministry of preaching a Baptism of Repentance, where he exhorts the people to straighten out the crooked paths and prepare the way of the Lord, he suddenly turns on the people coming forward to be baptized and says:

> *"You brood of vipers! Who warned you to flee from the coming wrath? Produce fruit in keeping with repentance..... "*
>
> (Luke 3:7, 8a NIV)
>
> *"What should we do then?" the crowd asked. John answered, "The man with two tunics should share with him who has none, and the one who has food should do the same." Tax collectors also came to be baptised.*
> *"Teacher", they asked, "What should we do?"*
> *"Don't collect any more than you are required to," he said.*
> *Then some soldiers asked him, "And what should we do?"*
> *He replied, "Don't extort money and don't accuse people falsely - be content with your pay."*
>
> (Luke 3:10-14 NIV)

Here John is preaching a message of radical repentance, godly sorrow for sin demonstrated by positive action. The inspired Apostle Paul wrote after his letter to the Corinthian church and caused them to sorrow and repentance:

Even if I caused you sorrow by my letter, I do not regret it.
Though I did regret - I see that my letter hurt you, but only for a little while - yet now I am happy, not because you were made sorry, but because your sorrow led you to repentance.
For you became sorrowful as God intended and so were not harmed in any way by us.

(2 Corinthians 7:8-9 NIV)

What he is saying here is that their sorrow, and it means grief, led to repentance which means a changed mind, attitude and direction. And this is the crux of the issue. Does the manifestation of grief, sorrow, remorse lead to change? He goes on further to say:

Godly sorrow brings repentance that leads to salvation AND LEAVES NO REGRET, but wordly sorrow brings death.

(2 Corinthians 7:10 NIV)

I knew a man who manifested the most amazing and grievous remorse for what he had done, he wept and cried and became totally broken by it. He saw psychiatrists and was on treatment. After four years of a life sentence he was transferred to a lesser category prison and pushed on his way out. He was remorseful for being in prison and the grief caused by punishment, not for what he had done. There are murderers who will weep and cry and groan and are obviously broken men and manifest ''remorse'' and the Home Office really is deluded into believing that this is the grief for their crime. It is absolute rubbish. They often grieve because they are in prison. Real remorse brings about change.

When I was broken by remorse and fell on my knees weeping at what I had done, it led me to beg God for mercy and when I found it it led me to give my life to Him. And I believe that the only true remorse manifests a repentant Godly life, and not the pitiful wasted selfish life of a man grieving his life away, which is death.

The truly remorseful man has no time for the consolation of grief. He has taken a life and his grief is transformed into a life committed to God and to pouring out his life for the sake of other people. No one can bring back the person they have killed and unless a murderer demonstrably shows his grief by a changed life, I do not believe he is genuinely sorrowful for what he has done. If the taking of a life is not enough to cause one to throw oneself down at the mercy of God and to lay one's life out before Him for His service to others it is not remorse, but self-piteous self-indulgence in being sorry for the consequences of sin.

Finally, the man whose sorrow for his crime leads him to repentance and faith in Jesus Christ who bore our punishment at Calvary, finds that the sin, guilt and fear is washed away, has peace with God and a desire to do good to all men. What real remorse with repentance and faith in Christ does is to begin to turn all the evil into good. The whole message of the Bible is to declare that in the face of sin, death and suffering God is working all things out after the counsel of His will, and trust in Him in practical, obedient repentance brings about not a sorrow that leads to death, but sorrow that leads to a new life lived in Christ, manifesting the abundance of His love and mercy to others. And on this I cannot go back.

I am not saying that a man can joyfully go around living an ungodly life and pretending to be converted to Christ. What I am saying is that the truly sorry man who repents and give His life to Christ will be possessor of a new nature and life, which will grow and augment itself into a character of increasing godliness and integrity. The only valid measure of a man's remorse is the manifestation in his life of the character of Christ.

But you know that he appeared so that he might take away our sins. And in him is no sin. No-one who lives in him keeps on sinning. No-one who continues to sin has either seen him or known him. Dear children, do not let anyone lead you astray. He who does what is right is righteous, just as he is righteous. He who does what is sinful is of the devil, because the devil has been sinning from the beginning. The reason the Son of God appeared was to destroy the devil's work. No-one who is born of God will continue to sin, because God's seed remains in him; he cannot go on sinning, because he has been born of God. "

(1 John 3:5-9 NIV)

This issue is a continuing bone of contention I have with the prison authorities and doubtless a very costly one, but I know that this is the truth and cannot be silently glossed over. Many Christian prisoners will not take this stand and in order to get early release will conform to the world's sorrow which leads to death. The Gospel must be preached and this is my Gospel. (Colossians 2:13-15). The Christian message of forgiveness and reconciliation to God is absolute, it is complete. Forgiveness as used in the Bible means to let go, it means to let go of one's sin, guilt and fear in faith in Christ's atoning death at Calvary, and in return God lets go of our judgement, sin and guilt. Truly this is what sorrow should lead to:

1. Remorse, sorrow for one's evil.
2. Repentance, change of mind, heart and life.
3. Renunciation, a throwing off of the old ways and this brings about a regeneration, a new beginning, a new life.

It is the completeness of the power of the Gospel to bring man to be reconciled to himself and his neighbour. No wonder the scriptures say *"The preaching of the cross is to them that perish foolishness; but unto us which are saved it is the power of God"* (1 Corinthians 1:18). Power for remorse. Power for repentance. Power for renunciation. Power for regeneration. Power for renewal.

Do I say then that men who are not Christians and who are truly sorry for what they have done are merely acting out a charade? No, not at all. They will instead exert tremendous human effort and struggle to change their lives and do something positive. But outside of the forgiveness and grace of God in Christ they will not find divine power to help them, or the great joy of knowing that He who is above all thrones and principalities and powers says *"Son, thy sins be forgiven thee, go and sin no more."*

8

"A Foundation Founders"

"For which of you, intending to build a tower, sitteth not down first, and counteth the cost, whether he have sufficient to finish it?"

(Luke 14:28)

Little by little the Lord was gathering together people, people whom He desired to mould together into the unity of faith that comes with spiritual maturity to achieve His purpose in Parkhurst.

There were the dedicated band of local Prison Fellowship members (Prison Fellowship is a registered Christian charity - further details at end of book), who were praying, visiting, supporting and sharing in our Bible Studies and even worshipping with us. They were making a great contribution to the growth of the fellowship of believers and reaching out to many men who came along to the church services, the fellowship meeting once a month, or the Sunday afternoon Bible study.

Many of these were just ordinary local people, from one or two churches, committed to Christ in prison. In many respects they probably never realised just how much of an influence they had on people. They did nothing spectacular except in the sense of sharing their love for the Lord Jesus with us in a simple profound way. They brought us great joy and blessing and we all anticipated our fellowship eagerly.

John Stewart, supported by his wife Margaret, was getting more opportunities to minister within the prison and we were all being blessed by his service to us. He added a new dimension to the preaching ministry by using interesting illustrations, and often his Scots sense of humour drove home some point of detail. Perhaps of greatest value was his singular dedication in coming into the prison after a very busy day of ministry on the Isle of Wight, to sit where we sat and reach out by empathizing with the great emotional and spiritual needs of the men. By sitting in our cells at night and chatting he was able to preach the Gospel in a unique way to individual need. Men in long term prisons will not go to Church groups unless they are committed. The Church must go to them - they will not come to us.

Keith, our devoted young organist, was not only providing us with a ministry of unsurpassed musicianship, but also his own unique background and experience enabled him to come right alongside many of the injured souls who came along to the services, especially those from the hospital under sedation and treatment for all manner of emotional and psychiatric problems. After our monthly fellowship meeting when we either had a free type of service, a video, film or talk from an outside guest speaker, like Tony Ralls from Prison Fellowship, or an evangelist or even a musical group, we would all have a cup of tea and biscuits provided by the vicar. At this time everyone had opportunity to sit and chat together in small groups. Keith was often to be seen moving amongst the neediest of souls and on a number of occasions his emotion and great compassion was clear, certainly to me, and I could see in him the Lord Jesus reaching out. He continues to be a blessing there.

One day a fresh breath of the wind of the Holy Spirit began to blow through the sand and dust of the desert wilderness that was Parkhurst. With the wind came Trevor who brought a refreshing flow of living water that made a marked impact upon the growth of our little green patch in the desert. A breeze of great joy and truth emanated from his jolly spirit. He came into the prison as a peripatetic teacher for the hospital patients who could not ordinarily attend classes in the Education centre, and also for those people who were on Rule 43 for protection in the segregation unit.

Parkhurst has a large hospital facility and is only one of a few prisons equipped to carry out operations, despite the fact that its operating rooms have chronic health problems because of their antiquated nature. Apart from the small medical wards, the greater part of the hospital caters for the unstable who can be there for treatment or are in transition to any one of the secure prison service hospitals for the criminally insane or even from N.H.S. secure hospitals.

The hospital is a dreary 'sterile' sort of place with few privileges and an authoritarian regime that likes an atmosphere of monastic silence and subservience. Trevor entered there to teach and really began to bring some creative stimulus to the men there. As a teacher in the prison service he could not and would not proselytize. However once I discovered that he was a Christian I used to seek him out at whatever opportunity to talk about the Lord. Once again the Lord had sent along another Christian who had a great deal to give in spiritual things. In the time that I knew him I learned a great deal about the supernatural side of our faith and above all union with Christ.

The Lord seemed to be strategically placing His people all over the prison and I could see how important it was to bring the Body of Christ together and some of us actively sought to bring about fellowship, prayer and worship together that we might form a unified people in purpose and power to gain ground for Christ.

There were a number of officers who were Christians. Each came from a different church on the Island, manifesting varying degrees of commitment, yet doing something or known for something about their faith in Christ. One P.O. (Principal Officer, the highest ranking officer in charge of a wing) had recently had a dramatic conversion experience and was really filled with the Holy Spirit. He was keen to be of service to the Chaplains and Church in the prison. Whenever he was on duty there would be a queue of people to see him outside his office. He spent a lot of time counselling people. This really reflects the great need in prisons and the fact that people will talk about themselves when they encounter someone who genuinely cares about them.

Bob, the Chaplain, had done many things to facilitate more participation of prisoners in the worship and services. For years the church had been just a steady trickle of regular churchgoers and it was something of a shock to find men committed to doing much more than attending church and growing in their own faith. Suddenly there were men who had a real desire to reach out to others and do something to alter the quality of life in the prison by living out the Gospel.

For some time we experienced a lot of changes in our personal lives and in our fellowship life. Everything looked set to continue in leaps and bounds, except that we decided that we had changed enough and it was time to rest from our labours. How sad it is when the people of God, moved by His Spirit to repentance, change and growth, stop moving with Him as complacency and religious pride sets in and spiritual stagnation starts.

Nothing overtly outrageous happened. It was the mere fact that we decided we had gone far enough. The Lord had brought us so far to reveal more of Himself, to give us more of His life and power. We had reached the point where it was now necessary to become totally honest and open with God and with each other about our problems and thus we would move forward in a loving powerful serving of one another to maturity. It meant that we had to accept one another as equals in Christ regardless of race, background, status or Christian experience. It meant being open to having all our preconceived ideas about the Gospel and how the Holy Spirit works blown aside by the force of His radical, infinitely diversifying Holy Spirit.

At this stage of our growth the demarcation lines of party spirit went up and we said, "This far and no further." The masks of religious hypocrisy went on and our little revival began to dry up. We began to compensate for it by our ritual praise and worship that became increasingly empty of the freshness of the Holy Spirit. So emotion took over from spiritual reality.

The Lord Jesus desires worshippers who will worship in Spirit and in truth and this precludes any pretence. It does not leave room for anything other than complete honesty with God and one another. At that time in Parkhurst the Church was unwilling to open up and receive the healing and fullness that comes from being open and honest with God and each other.

One day the Lord Jesus is sitting by Jacob's well in Sychar and an immoral woman approaches him. She is a worshipping Samaritan from Gerazim and He begins his conversation with her not by preaching but by appealing to her kindness. He simply requests: *"Give me a drink"*. (John 4:6) Here was a request that few could deny anybody and thus the Lord began to bridge the gulf between them. The Lord asks us to bring him a drink offering of selfless praise, service and adoration, and in return he promises to give us living water, water that is full of His holy life and exuberant vitality. *"If thou knewest the gift of God, and who it is that saith to thee, 'give me to drink'; thou wouldst have asked of him and he would have given thee living water."* (John 4:10) This is what he desires of us, an offering of earthly praise and service and He will transform our offering into His resurrection life and power.

As with the Samaritan woman, we all too often only have a desire for our own self gratification, our own selfish spiritual desire and fulfilment. *"Sir, give me this water, that I thirst not, neither come hither to draw"*. (John 4:15) So the

Lord appeals to our morality and says "Go, get your husband or wife or brother or whatever, and by our own response He exposes the true nature of our hearts and we declare, "Sir, I perceive thou art a prophet". The Lord exposes our inner darkness by His light and we respond by the same tactic of the Samaritan woman. Suddenly He has revealed and laid bare her heart and life, and the shock puts her and us on the defensive, so we together praise Him for His great knowledge of our real selves and then retreat into the safety of religion and ask a theological question of God! It is our great safety fuse if the Holy Spirit gets too near the mark. When we don't wish to face up to the light of reality shining in our lives, we retreat into the theological question syndrome, to hide the stark reality of our sin and self.

Her tactic is to divert His attention down the road of an age old theological controversy between Jewish and Samaritan belief. *"Our fathers worshipped in this mountain; and ye say, that in Jerusalem is the place where men ought to worship".* (John 4:20) However, the all knowing, all seeing Lord is not to be sidetracked by such a tactic. Instead he skilfully answers her theologically loaded question and at the same time he reached into the personal problem that she is attempting to conceal behind it, namely that she is an adulterous woman, living in sin.

First He makes no concession to the Samaritan position and reminds her that *"salvation is of the Jews"* (John 4:22) In so doing He does not enter the controversy, but points to the truth of scripture, that out of the Jews would come the Redeemer! Secondly, He goes on to lift the whole question out of space, time and place by revealing: *"God is Spirit: and they that worship Him must worship Him in spirit and in truth".* (John 4:24) Real worship is not confined to one tradition or another, and one has no need to go up any mountain to worship, be it the Jerusalem of ritual orthodoxy or the non-conformists of Mount Gerazim. The truth is that if your relationship with God is right then worship is something which flows supernaturally from within. What He was saying in effect was: "Look you can go up to Jerusalem or you can go to Gerazim. You can go to a High Church service or a Low Church service. You can go Charismatic or Evangelical, but if your heart is not right in spirit with God who is Spirit, it all means nothing. And in truth, if your heart is right, your very spirit itself will be lifted out of this dimension and into spiritual union with God who is Spirit. Thus if you truly desire to worship God your present life style prevents you. As you are now you are out of contact with God, you are worshipping in the outward appearance of liturgy and form, in the flesh and flesh cannot contact God. If you truly get right with God your shoes will be left behind as your spirit goes higher than Gerazim, higher than Jerusalem or Everest. You'll ascend into the very spiritual heart of God!

To so worship God means a complete release of all conceptions of Him, and to be free to move as He wills. The true worshipper will cast aside all sin, pretence and form that inhibits liberty as they respond to the call of a Father who *"seeketh such to worship Him"* (John 4:23) In some measure we had begun the pathway to such worship and gradually we experienced greater liberty, but then we put our spiritual brakes on and tried to live off yesterday's manna, which was putrid.

The Lord had strategically placed his people all over the prison. There were Christian staff on every wing. There were Christian prisoners too, but because of prejudices of denomination and a feeling of interiority, people began to fear their 'position' in the church was threatened by another, or their status among staff would wane if they openly confessed Christ, or prisoners were unwilling to separate themselves from sin and be counted as Christians. No one was willing to commit themselves to open and true fellowship with one another, thus precluding worship in spirit and truth.

There we were, a little band of believers, prisoners and staff, but completely unable to see beyond our own little patch and our own needs to follow the Lord together. Thus our march forward began to slow up and eventually it came to a grinding halt because Christian staff and prisoners, and staff and staff, and prisoners and prisoners, and Chaplains and Chaplains, all of whom professed faith in Christ, were unwilling to see each other as brethren and equals in Christ. Each had gifts, abilities and potential which put together in His Body have power; but we were too insecure as a family and could only function as selfish individuals.

It is a devastating experience to realize that men's vision extended no further than "my ministry", "my needs", "my future" and there was no hint of a vision of the Body of Christ as a gathering of disciples all committed to each other and to the Lord to further His kingdom. Individuals were afraid and would not make a Christian stand for the truth. There existed a real fear of men and what others would think, and it acted as a very efficient brake upon the moving forward in faith that we had experienced.

There was a tremendous blindness developing. Slowly our spiritual vision and perception got dimmer, as the cataracts of self were allowed to form and grow unhindered, projecting our vision inwards upon ourselves. Our walk with God became introspective, to the total exclusion of everyone else. The pride of independence asserted itself and we were unable to receive one another in humility and love, unable to see that God had placed His men in the midst for His purposes and glory. Stumbling in our own blindness we pushed one another aside, rejecting our own brothers by excluding one another from our real inner-most self.

Like Joshua and Caleb and Israel of old, we had all marched through the wilderness together, we had each been set free from Egypt. On the verge of the promised land we sent spies into the land of milk and honey. What glory they saw, what huge figs, grapes and pomegranates grew! What a harvest! What an exciting, abundantly blessed future lay ahead of us. How Joshua and Caleb enthused about the scope and potential of the Kingdom and living under the Kingship of His Son in freedom and liberty in the Spirit, Hallelujah! Praise the Lord! Glory to Jesus! Come on let us go up at once and possess it, for we are well able to overcome it (Numbers 13). A voice of ten unbelieving men who went in with Joshua and Caleb said as one, that there were giants in the land and they were huge and *"we were in our own sight as grasshoppers, and so we were in their sight."* (Numbers 13:33) Suddenly the whole camp began to lose its courage and Joshua and Caleb became a minority of two amongst all of Israel. (Numbers 14). And so the period of wandering around in the wilderness began anew as Joshua and Caleb waited for the faithless to die off. Joshua, who had set his foot on Hebron, meaning fellowship or union with God, waited believing God's word and promises. He set his heart in faith and waited 45 years for the unbelieving to die. It seemed we'd have to wait that long in Parkhurst.

Our situation became rather like that of Reuben, Gad and Mannasseh, who had decided that they did not really want to enter the promised land. They would be quite happy to remain on the wilderness side of Jordan as the land was green and fertile there, or so they thought (Numbers 32). Once challenged by Moses about their unwillingness to fight alongside their brethren to inherit all that God had given them, these tribes resolved to fight with the rest of Israel to possess the land and they wanted to return out of God's provision of freedom in the Spirit to the wilderness side of Jordan to toil in the fields of wordly faith. So they did.

Alan Redpath says this in his wonderful studies in the Book of Joshua:-

"Look through the terrifying record of the consequences of that choice made by those two and a half tribes. Read 1 Chronicles 5. You will discover that these tribes, who had tasted of God's best and enjoyed God's victory, who had led the army of the people into the land of blessing, were the first to be captured by the Assyrians when they invaded Israel. Taken captive, they never returned. They went down to defeat and bondage, even though at one time they had led the people of God in the way of blessing." (Page 44)

Having fought so well and hard the time came when some wanted to withdraw from the comfort of the other side of the Jordan to rest on their laurels. It was so much easier than pressing on to claim all the land God was revealing that needed to be conquered. There are still many giants within our lives to be routed and destroyed. These giants need to be conquered at the foot of the cross of Calvary. Why did the Lord call us to commemorate His death when we partake of bread and wine? If it is merely to remember the death of Jesus as just history, we miss the whole point. If our remembrance goes no deeper than this we are mere spectators looking in on a tragic drama. The truth is that we must think about the cross of Christ, Christ crucified, Christ in agony and torment until we are no longer passive spectators in an historic event. We must think ourselves beyond being spectators in the crowd, until we are actual perpetrators of it.

The cross is essentially about sin. Sin began in Heaven with Lucifer's pride. He wanted to be like the Most High. That pride caused him to fall from Heaven and become the adversary, bent on corrupting God's creation with his own perversity.

Adam, our father, fell for his deception in Eden, "You'll be like God," Satan said. Adam ate the fruit and Satan's venom passed into all humanity, and we have been lumbered with pride ever since. It is the sin of pride that is the root of all sin. Pride is manifest in many ways in our lives and make up the giants we have to conquer to inherit the promises of God.

How art thou fallen from Heaven, O Lucifer, son of the morning!

How art thou cut down to the ground, which didst weaken the nations!
For thou hast said in thine heart, I will ascend into heaven
I will exalt my throne above the stars of God: I will sit also upon the mount of the congregation, in the sides of the north: I will ascend above the heights of the clouds; I will be like the Most High.

(Isaiah 14:12-14)

Such was Satan's pride and in these verses we can see our own giant problem.

1. *"I will ascend to Heaven"*. This is the pride of self-confidence. "The giant of self-confidence." Our pride of self-confidence asserts itself in our effort as believers to achieve for God by our own abilities and skill. When we think we can enter God's Most Holy Place by our own works of tithing, going to Church and doing good. Just as salvation is by grace alone through faith, so is the continuing work of sanctification. This giant of self-confidence is slain when we realize at the foot of the cross "I am nothing, without Him I can do nothing." Thus the independence of our self-confidence is slain by our utter dependence upon His Grace. The "I will ascend to Heaven" is countered by the "I will trust" of dependence.

2. *"I will raise my throne above the stars of God"*. The stars represent the Angels of God. Once in Heaven Satan wants to be above all the angels, above all creation. This is the "I will" of self-importance, pure conceit. Once we have gained favour by achieving for God, we now want honour for it. This pride of position is to be countered by the "I will" of service, the humility of serving the Lord by serving all of our brethren. Conceit is vanquished by humble service.

3. *"I will sit enthroned on the mount of assembly on the utmost height of the sacred mountain"*. Not content with the above, Satan now wants God's throne and to rule in His

place! Oh how like me this is! How I enjoy ruling my life, my way, even Christianising it. This is the "pride of self-will". The "I will" of self-will must die. The pride of self-will which is rebellion must die under the hammer blow at the cross of "I will obey you as King, Lord Jesus." Thus rebellion is vanquished by obedience.

4. *"I will ascend above the tops of the clouds".* This is Satan's desire for glory. Clouds symbolise God's glory and our own evil desire manifest in the pride of self-exaltation, our vain glory. When achieved in our self-important, self-willed, self-confidence, we add another giant to our pantheon of demon gods - the giant of vain glory. This is to be vanquished by giving the glory of God. "I will praise you alone, O Lord". O how we like to boast of our achievements! Let us boast in the Lord.

5. *"I will be like the Most High",* or literally, *"I will make myself like the Most High",* the "I will" of self-worship. The absolute meglomania of pride that culminates in trying to appropriate for itself the very nature of God. How can we ever be like He who has no beginnning or end? But yet self-worship, this pride of self-worship which is idolatry is very evident in Christians. We worship our own achievements, churches and even idolise our possessions and gifts. This idolatry must die by the sword, as we humble ourselves in prostrate adoration by our declaration of "I will worship God alone in the beauty of Holiness, His Holiness".

This simple study outlines the giants we all face in our lives and if we are not confronting them in battle we are compromising with them which means we talk with the enemy and make peace with them. Such was the attitude of the church in Parkhurst right across the board, from the humblest to the most exalted!

Some wanted to live under The Law given in Sinai, the set ritual of tradition and churchmanship, but there were those who sought to cross Jordan and burn their boats, who enlivened by the Spirit of God, sought to enter the land of the Law of faith, in the freedom of the Spirit of the Most High, to experience Victory in spiritual conquest under the dynamic leadership of our Joshua, the Lord Jesus, in dependence, service, obedience, praise and worship. Our wonderful Saviour always has something new, radical and dynamic to reveal to us and we were eager to press on. Finally there were those who wanted to continue to wander around in the wilderness of sin and despair, to die a horrible death of spiritual dehydration.

There was little more that we could do but trust that the Lord would lead us on into victory. For me it was not to be in Parkhurst. It was elsewhere. We failed in Parkhurst and missed a great opportunity. As the days went on I heard how those who retreated over to the wrong side of Jordan dried up and disappeared. But Praise the Name of Jesus, a few warring spirits remained and their work continued albeit a little apart as a remnant of the embryonic church which never quite became a tower in the garden of the Father, because the cost was too much.... *"Lest haply, after he hath laid the foundation, and is not able to finish it, all that behold it begin to mock him, saying, 'This man began to build, and was not able to finish'."* (Luke 14:29,30)

9

"They shall put you out of the Synagogues."

"And if it seem evil unto you to serve the Lord, choose you this day whom ye will serve; whether the gods which your fathers served that were on the other side of the flood, or the gods of the Amorites, in whose land ye dwell; but as for me and my house, we will serve the Lord."

(Joshua 24:15)

Eventually I was moved from Parkhurst prison to Gartree maximum security prison. My stay in Parkhurst has lasted exactly four years; four years of anguish and of peace, of joy and of sorrow, of schooling and refinement; I left with a vision and a dogged determination to see it through. It is said that where there is no vision the people perish. Where there is no vision in the Church beyond our own selfish needs we end up in the quagmire of selfishness and complacent apathy. There is a kingdom principle of the Magna Carta of Christ in His Sermon on the Mount that should sum up the attitude and most passionate desire of all His subjects:

"Seek ye first the Kingdom of God, and his righteousness; and all these things shall be added unto you. Take therefore no thought for the morrow: for the morrow shall take thought for the things of itself. Sufficient unto the day is the evil thereof."

(Matthew 6:33-34)

The Kingdom of God and His righteousness come first and all else will fall into place. We who live in the world which is under domination of Satan have to fight for the establishment of the Kingship of Christ in every area of human existence, not least in the judiciary and in our prisons.

Leaving Parkhurst I realized that one could not rely on some in the Chaplaincy to see what God was revealing. Their set patterns of thought, their training and the practice of "orthodox" churchmanship precluded that. And yet I realized that a prison system which has turned its back on rehabilitation and restoring to usefulness within the community, (if it ever began) had to be challenged by the power of God.

For men who were going to be in prison for many years, some for decades, it became plain to me that we had to go way beyond evangelism and getting men to read their Bibles and go to Church. A community of redemptive healing had to be established which would bring healing, wholeness and discipleship to long term prisoners. Because of the suspicions of some of the Chaplaincy towards Spirit-filled Christian prisoners generally, I realized that we would be limited working with Chaplains and we would when we could, build an independent fellowship of Christians inside the prisons and outside the orthodox church.

Amongst prisoners who are Christians there is just about every denominational status, yet we see and accept one another as brethren in Christ around our common authority under God. Many Chaplains talk about unity and working together as the "brotherhood of man" etc., whilst excluding prisoners by never quite treating us as equals. We are after all convicts and murderers, referred to as 'inmates' not 'brethren'.

All my intelligence reports from the Church outside lead me to understand the enormous difficulties ex-prisoners cause in local churches. It seems that the longer a man has been in the system the less able he is to cope upon release. The "Church" in prison as an institution does nothing to prepare men spiritually for that release into the wide world. As a prisoner expecting to be in prison for at least 20 years I was determined to do what I could to establish a network community of disciples committed to the Apostles doctrine, the breaking of bread, fellowship and prayer. (Acts 2:42).

When I first came to know the Lord I had a dream, a vivid beautiful dream in which I built in prison a monument of thanksgiving to God. It was a fabulous Chapel designed and built to illuminate the awe I felt for God. My dream beggars description, perhaps it is best left for you to imagine in your own mind how you would build a glorious revelatory chapel of beautiful woods, stained glass and mosaics, etc., as an expression of your love for the Lord. Being an intensely practical sort of person, doing things with my hands is natural and I guess in my subconscious my chapel was a dreamy expression of praise.

As time has gone on I have realized that the Church is not an institution, a building or a denomination, but a people called out of darkness and into His glorious light. I have realized that my dream to build a beautiful church in prison is really the same desire of my Father in heaven, only He desires to build a Body of beautiful, dynamic, expressive, luxuriously rich spiritual people that He calls "Church". I came to appreciate Father's will and decided that His vision of Church is far better than mine!

It would be too simplistic to state that there is an early Church pattern for the formation of a fellowship of believers as an infallible blueprint for construction. It is not like that. However there are spiritual principles contained within Scripture for the foundation of the Church. From the New Testament it is plain to see that the corporate life of the church was not led by one man who planned and preached, and prophesied and prayed...., rather that the whole corporate mass fulfilled individual roles in the Church which made up a symphony of worship. There was no passive pew sitting, everyone participated and although there is always need for leadership, that leadership was a plural effort and no one person always conducted the orchestra of worship, or indeed always chose the same score.

We have become accustomed to being passive pew parishioners at church, letting the Pastor, Priest or Parson do all the work and a distinctive class of clergy has evolved. Over the years they have begun calling us the laity, which we were pleased to accept as it took responsibility from us. (Jeremiah 5:30-31) However, God says, *"Ye are a chosen people, a royal priesthood"* and that means all believers. We are all ministers. There is no laity in God's mind. The Prison Service Chaplaincy do not accept the biblical doctrine of the priesthood of all believers. They tend to patronize us as ignorant convicts, of limited intellect and ability and morally excluded from "priestly" office.

If you can imagine our prisons as being rather like Jericho and we Christian prisoners represented by the repentant prostitute Rahab, the Chaplaincy is rather like Israel coming in to wipe out the evil inhabitants, though not very successfully! I wonder how Rahab was treated by Israel? What did they think of her as she came to live amongst them as an equal? I think I know because most Chaplains treat us with the same righteous caution and wariness, completely forgetting that they were once in bondage in Egypt. The priestly divide has always created a caste system of believers and whilst this exists we will always be less than equals before God in the priestly mind.

A vision began to be formed from my experience and the Bible. It is plain that Ephesians 4 sums up the direction we must go. It is clear that there is a need for apostles, prophets, evangelists, pastors and teachers in the Church *"Till we all come in the unity of faith, and of the knowledge of the Son of God, unto a perfect man, unto the measure of the stature of the fulness of Christ: that we henceforth be no more children, tossed to and fro, and carried about with every wind of doctrine, by the sleight of men, and cunning craftiness, whereby they lie in wait to deceive;"* (Ephesians 4:13-14).

During my time in Gartree prison most of the fellowship of prisoners were lifers and the whole impetus of our ministry together was to lay the foundations of an apostolic ministry by which we would disciple men into spiritual maturity and equip them to move on to another prison to begin a missionary work. Our emphasis is upon spiritual educement, that is a bringing out of the individual their full spiritual potential in God. And we are becoming the prophets, apostles, evangelists, pastors and teachers of the long term prison system. Most lifers stay in a prison from 3-5 years before they move on, and in the two and a half years that I was there we were able to send out to other prisons our first missionaries.

George, one of our fellowship, in two years, has had a passionate desire to become a true soldier of the cross trained in spiritual athletics and agriculture. For every step backwards, he took ten forwards and grew in sufficient spiritual stature to become our first apostolic missionary to another prison. Within his first week in his new abode a soul was won to Christ and we are all certain that the truths he has learned from us will equip him to contribute to the life of Maidstone fellowship by warring, training and agricultural activity.

In Gartree the Christian prisoners had established their own leadership and teaching ministry with the ultimate vision of sending men on from there able to carry on the work. I believe that it is purely through such ministry being established in the long term prisons that over the next five to ten years it will produce a spiritual habitation which will be a true Bethel (house of God) where God's Spirit dwells and thus men will begin to be released who will have been equipped spiritually to cope with the rejection and alienation they will face in an unloving world.

The backbone of the prisoner's fellowship will be and is made up of life sentence prisoners who have come to terms with the fact that prison is their home, and possibly will be for the duration of their life on earth. We thus begin to look within the prison walls to serve the Lord and are able to make a great contribution to the spiritual growth of shorter sentence prisoners.

Our work is continuing despite continual opposition and relies upon the support of Christians outside who pray and have supplied Study Bibles, teaching books, reference books, tapes, song books, etc.

There exists a Home Office policy to disperse in the prison any strong group of prisoners that form within any prison. And we have experienced the dispersal of Christians when formed into a strong fellowship, often with the sanction and blessing of the Chaplaincy. This is good because it enables the work to spread further afield. The Lord brought about through the persecution following Stephen's martyrdom in Acts 8:1 a dispersion of the believers and they went out from Jerusalem throughout Judea and Samaria preaching Christ the wisdom of God and the power of God. Over the years I have witnessed a few such dispersals of Christians. It is good and has taught us that whilst this is happening the Church is growing and whilst we may not see great numbers in any place for very long, the small cells are spreading throughout the system, 2 or 3 here, 4 or 5 there, 3 or 4 somewhere else.

The strategy is quite simply to bring into men's lives the fullness of the ministry of Christ to preach the Gospel, to heal the broken-hearted, to preach deliverance to the captives (demonized), the recovering of sight to the blind, and to set at liberty those who are bruised, and to preach to full dispensation of grace. (Luke 12:18).

Our vision extends much further than merely establishing

a Biblical foundation upon which an apostolic missionary church can be built. As the walls of living stones are erected and are released in future years, men will begin to trickle into the Church outside who have spent decades in the wilderness and found through suffering, streams of living water that will flow out into the Church and World at large. There is a depth to the prison experience which put in the hands of the Master potter moulds men of God who will serve only Him. If we, as believers, realize God's prophetic plan for the Church in prison, we will rise up and make our contribution towards building a firm foundation upon which it can stand and flourish within these walls.

The solutions to criminality, to rape, murder, child abusers and the medusa of crime do not lie in any rehabilitative plan or system. The Church cannot evolve a policy to meet the needs of prisoners. It must bend by humbling itself before God to receive from Him the power of the Holy Spirit to meet individuals and lead them to Christ as Saviour and Lord, and go on to teach them how to live a life in union with Christ. It is a work that cannot be done by liturgy and set prayers, it is like the wind. A man must be caught up as he casts off restraint and all ballast, to be blown along at the will of God to do and perform that which He chooses through the individual wholly led by His word as our guide, and His Spirit as our power.

We live in an age obsessed with systems and centralized control which does away with individuality. There has been an overflow of this type of thinking within the various institutions of the universal Church. Such human strategies can never achieve God's plans. It is pointless one trying to make an analysis that presents a plan or a step by step process, it will not work. The Lord's plan has always been for men moved by the Spirit of Jesus to work as individuals within a collective corporation of believers each working together to achieve His purpose. What can be done is to present to others a testament of what has happened, of what I see and what the Lord has done in my life. As a consequence of trying to do this I believe some people will hear the voice of God and perhaps as an individual you can say "Here I am Lord, send me".

The role I am fulfilling is unique in Christ's body, so is yours. No other person can do it. If I die tomorrow no one will be able to fit exactly in my or your place, because you are unique. This is why no system will work. But if I do die tomorrow the Lord will raise up others to build upon what we have started and they will do so in a unique way too. Because each one of us is so very different, the Lord expresses Himself through us differently and we perform different ministries. There are principles, but no laws. The only laws are those of love and grace and faith. We cannot revert to step by step systems, it would be like producing a mishnah of our own, (a rabbinic interpretation of the Law which stated exactly what you could and could not do as a good Jew). We don't need common laws or rules, we need grace, the Holy Spirit and the Word of God to enable each one of us to respond as individuals to the needs of the Church, the world and of course prisoners.

The gap between the Institutional Church and the fellowship of believers is widening and we are as ships passing in the night. There can be no ecumenism, only unity, and that means submission in humility to the Word of God. We have resolved to work on regardless of the rejection we experience, standing very firmly and outspokenly. We continue attending the services. What is needed is a fundamental reformation of the whole ministry to prisoners which involves real repentance and casting aside of all that the light of Christ reveals as darkness. This is on both sides; but meanwhile the gap widens as *"the son born in the ordinary way persecuted the son born by the power of the Spirit. It is the same now. But what does the*

Scripture say?.....'' (Galatians 4:29-30 NIV). We must choose whom we shall serve today. As for me and my house we shall follow the Lord.

10

A peep into the maze - the alley of the lost.

I was hungry - and you formed a humanities group to discuss my hunger.
I was imprisoned - and you crept off quietly to your chapel and prayed for my release.
I was naked - and in your mind, you debated the morality of my appearance.
I was sick - and you knelt and thanked God for your health.
I was homeless - and you preached to me of the spiritual shelter of the love of God.
I was lonely - and you left me alone to pray for me.
You seem so holy, so close to God, but I am still very hungry, and lonely and cold.

Anon.

"The heathen are sunk down in the pit that they made:
In the net which they hid is their own foot taken."

(Psalm 9:15)

There is, without doubt, a major problem within the long-term prison establishments in defining the areas of concern, and those which adversely affect the prisoner the most. The problematical area is enormous and very deep. It is not easy to find a beginning; one is confronted by so many difficulties. I am not saying that criminals should not be punished or that we should send them to the psychiatrist or a social worker. I believe passionately in retribution, restitution and rehabilitation and none to the exclusion of the other. Yet we have a judicial and penal system that is exclusive in the area of retribution, but does practically nothing about restitution and rehabilitation. I am not arguing for 'soft options', rather justice. We have swung from the 'soft options' towards 'extreme options' in recent years without ever pausing in the area of the middle ground and encompassing the balanced ground of justice, fair punishment, fair restitution and fair rehabilitation. Instead we take only retribution to the exclusion of all else.

Superficially men are kept in reasonable conditions. If however one were to consider the conditions of English prisons relative to prisons in West Germany, Holland, Norway, Denmark and Sweden, then our prison conditions are primitive, degrading and inhumane in a number of ways.

The emphasis is no longer upon physical punishment, though most people's concept of prisons is one where convicts are put through gruelling physical conditions to punish them and break their socially rebellious spirits. It has been generally discovered that physical punishment and abuse have very profound adverse effects upon men, which encourages growth in a person's hatred and rebellion against authority and society. Physical punishment tends to boomerang upon the perpetrators of it.

Today we have arrived at the prison of confinement and control. These perform the task of implementing the Government's and Society's policies of retribution and deterrence. If retribution is no longer physical, what does it entail? We are oft-quoted the maxim that 'to deprive a man of his freedom is punishment enough'; yet this simple philosophical idea has thus far remained an often quoted cliché in England.

Within the structure of long-term imprisonment a policy has evolved which makes it one of the most punitive and psychologically damaging penal systems in the Western world. This has, in my opinion, occurred by both a natural evolutionary process and through the deliberate policies of particular agencies within the framework of the governing bodies that operate the penal system. The emphasis may no longer be upon physical punishment, but the plain facts reveal that there is subtle underlying policy of psychological encroachment that has the effect of, and often the design of, breaking the personality of a human being to such a degree that he becomes unable to think cohesively, communicate coherently and perceive reality clearly.

Government bodies, committees and the like have a marvellous way of avoiding the adverse truths that confront them. They simply examine everything, and endeavour to fix the blame upon some cause, preferably a silent cause. But in the ghastly event of not being able to find an inanimate sacrificial gift, a scapegoat of some sort is found, which in the case of prisons will be prisoners or prison officers. This endless diagnostic wrangling does absolutely nothing to alleviate or change things and certainly does not bring the system nearer to achievement. It simply takes the attention away from the issue, manifests an illusion of the government 'doing' something, and dissipates the impact of the indictment against their lethargy and mistakes, (often deliberate ones to further their own peculiar ends).

Any discussion of problems that involves diagnosis of their origins should be used to understand the problem and prevent its re-occurrence. This is what it should be about. If one accepts the fact of a problem actually existing, one can generally look at it, diagnose it and find a solution; whether or not one will apply the remedy is another matter. This is the problem of the penal system of Great Britain. There is endless diagnosis and no surgery, save those who speak of a 'retribution' and 'deterrence' as the salvation for the whole question of criminality, little realizing that the valiant sword of retribution and deterrence, brandished under the banner of 'Law and Order', is endeavouring to address a spiritual problem, that is an ever-growing manifestation of the degeneration which besets humanity; and not as is thought a dragon that may be slain once and for all in mortal combat by a valiant lawyer!

Locking people away for inordinate lengths of time in a closed institution, and claiming it to be a just and fair solution to the whole issue of a person's deviant behaviour, comes far short of fulfilling three of the fundamental principles upon which justice is theoretically founded:

1. To establish the innocence or guilt of a person.
2. To punish the guilty and at the same time to compensate and satisfy the indignation of the wronged parties.
3. To restore that person to a place of usefulness within the community.

Unless the last principle is fulfilled, the body of people who are responsible for the complete judicial process are guilty of self-righteous condemnation. By implication the whole society becomes, indeed is responsible for the whole process. It is not enough to delegate one's responsibility to another, and then to claim ignorance of the way a person has been unjustly treated by the delegated authority. We, each one of us, have a responsibility to uphold the law; and this is not just a statute book, but the whole, complete, exhaustive process of judicial practice.

Because of society's self-righteous attitude to wrong-doers, and its failure to fulfil its commitment to the rehabilitation of those who are punished, prisons have been developed into a dumping ground for the dregs of society. There are those who are in prison merely because of their own inadequacy and deep psychological problems. The bulk of Britain's prison population is not professionally criminal, but rather those whom society cannot be bothered to face dealing with. The most heinous, odious and wicked crimes are often committed by ordinary people who have become tremendously disturbed as a result of the traumas of life.

In the fast moving egocentric materialism of today, it is far better to have the unpleasant things placed out of sight and hopefully out of mind. The prison population of a nation is directly proportional to that country's ability to solve its own human problems. Further it is also a measure of that nation's moral integrity, and its humanity. According to Council of Europe figures published in 1985, Britain was fourth in the highest detention rate per 100,000 of population (see table 1). "Britain locks up proportionally fewer people than Austria or West Germany but more than its other mainland neighbours." (cited from The Economist, April 6 1985). Since 1985 Turkey has dropped a long way down the list because it has released all political prisoners, and Germany has dropped too, leaving Austria as first, followed by Britain as second.

Table 1

	Country	Detention Rate per 100,000 of population
1	Turkey	147.0
2	Austria	111.5
3	W. Germany	99.7
4	United Kingdom	90.0
5	Portugal	87.0
6	France	79.0
7	Italy	77.5
8	Switzerland	68.3
9	Denmark	68.0
10	Belgium	66.9
11	Sweden	58.0
12	Spain	50.7
13	Norway	50.7
14	Ireland	47.3
15	Greece	37.4
16	Netherlands	34.0

"Holland, a sociologically rather similar country to Britain, has consciously decided that jailing people is expensive and pointless.... In Holland the prison population is one third that in Britain: Dutch and British crime rates have been rising at almost the same rate'' cited from The Economist, April 6, 1985. That is not to say that no one should be sent to prison; on the contrary prison must be the ultimate sentence where no other possibility is available. So what is plain to see is that two countries with similar sociological patterns have similar crime rates, but one has a rate of imprisonment three times greater than the other. Now whilst I believe prison is essential for some crimes there are countless people who do not need to be in prison conditions, as Holland has shown without any dramatic rise in riot, rape and revolution, and at a considerable saving of public money.

In 1985 the then Home Secretary added six more prisons to the ten proposed by his predecessor, Lord Whitelaw. ''The 16 new prisons will, by 1991 cost (at 1983 prices) £306m, and add about 4,000 extra employees to the public payroll, to house an extra 6,600 prisoners in modern jails. Major capital improvements to existing prisons will cost another £217m and put an extra 2,000-odd prison officers and other staff on the books''. The Economist, April 6 1985. Yet these figures are now to be augmented by the fact that the present Home Secretary, Douglas Hurd, has proposed another four prisons. The plan is to build a total of ''20 new prisons with 8,000 spaces. However, by the time these prisons are finished, the prison population may have increased by 10,000.'' (Fellowship Communique, Vol.V, Number 5, August 1987. Prison Fellowship International).

There are four main types of prison in which male prisoners are confined in Britain:

1. ''Local Prisons'' - In these one has every type of prisoner. They act as remand prisons, centres for allocation to other types of prison, there are young offenders and long-termers, and very short-termers. Some four-fifths of

convicts do their time in these prisons. There are 11,317 certified places with an average population of 16,318. So we have chronic overcrowding, bad Victorian buildings and appalling sanitation. Average weekly cost per prisoner £200 (1983 prices).

2. "Training Prisons" - These are closed prisons for training long-term offenders who are not maximum security risks. 11,623 certified places, with an average of 11,773. Average weekly cost £205.

3. "Open Prisons" - These are for long-serving offenders and short-termers who are not likley to abscond. All lifers are supposed to finish their imprisonment in Open Prisons. Certified accommodation 3,284, average population 3,114. Average weekly cost £158.

4. "Dispersal Prisons" - These are the eight maximum security prisons for the most dangerous criminals designed to house the 250 or so Category A prisoners who are considered to be a danger to the police, public or the State, and for a further 2,000 or so Category B prisoners just starting their sentences. No overcrowding. Average cost £433 per prisoner per week.

The incredible thing is that by Home Office research there are only 10 or 15 "dangerously disruptive" prisoners in the whole system, and countless people are kept in extremely costly high or even maximum security conditions because there are no places in less secure establishments. It is becoming increasingly popular to put people in prison at great cost despite the fact that there are cheaper alternatives less likely to criminalize people. But because of media hype epitomised by The Sun and the other tabloids, who lambast crime as the cause of all social evil and print outraged headlines condemning sex offenders, whilst titillating their readers with pornography and sex filled letters pages, the total hypocrisy of a society that condemns sexual abuse on the one hand and encourages lust on the other, is a reflection of the moral ethos that governs in our nation and our prisons.

There is increasing pressure to increase sentences and lock away more people rather than follow Holland's example. "The Americans in 1973 had about the same prison population as Britain does today, at 85 prisoners per 100,000 citizens. By 1983 they had doubled that figure to 180 per 100,000 citizens, and started executing criminals again. Their crime rate rose even faster than Europe's. Strict penal policies, adopted as a response to crime, have no apparent effect on the number of crimes committed." The Economist, April 6 1985. Thus the only difference between regimes like Holland and Britain is cost, because neither regime affects the rise in crime, not even the death penalty.

What one is faced with are eight large dispersal prisons (and countless local prisons) filled with angry, bitter and hate-consumed people who are kept in maximum security conditions, where any concessions to greater facilities are implemented only to keep the places from boiling over into bloody prison riots, or after severe and constant censure from bodies like the E.E.C. Commission on Human Rights. The emphasis is never upon giving prisoners what they need in terms of real help, but rather cushions to soften the bed-sores. Tragically it is true to say that if prisons do erupt, and cost the government millions of pounds in wrecked prisons, they generally do attract sufficient interest in their grievances for the media to take up their plight and eventually succeed in some concessions and improvements.

The divide between 'them' and 'us' is enormous and augmented at every new revelation of repressive policies from the Home Office; the 1980's are seeing a large backward slide in prisoner/staff relationships. The hope is gone, the long slow burning fuse is lit, the mutual suspicion and paranoia on both sides is quite alarming. Consequently the whole system functions upon the principle of keeping the status quo stable by almost any means.

A good example of this is drug abuse. For a number of years prisons have had an abundant supply of both legal and illegal mind altering drugs. At various times there have been media reports about this, a number of human rights complaints, and a number of questions in Parliament. Drug abuse is a thorn in the side of every society. However I make the assertion that the use of illegal drugs is actually tolerated 'unofficially' in long-term prisons, even though it is illegal.

This unofficial policy - an open secret - would be denied by the Home Office. Whether it is the official or unofficial policy of the Prison Department, it is certainly happening at a local level. The plain fact of the matter is that even though continual use of Cannabis and other mind altering drugs has serious debilitating effects on the individual, for the most part it will keep one passive, and therefore less violent, and therefore control is much easier. Cannabis is so prolific in prisons now, and I mean that it is rare when it unavailable, that the authorities actually prescribe less and less major tranquillizers and psychotropic drugs. Quite simply, a 'blind eye' is turned to the illegal drug abuse.

Through this form of toleration, the authorities at a higher level, though they may be ignorant of the full extent of the abuse, know nevertheless that it goes on and are able to keep a lid on the prison situation, even though it be an illegal solution. But of course as it is not 'official' policy it does not really go on to the extent that 'people' claim. In a later chapter I will be dealing more fully with drugs in prison. This is merely cited as an example of unofficial compromise, though non-existent on paper, but nevertheless is a reality and known by everyone.

The authorities do get concerned whenever heroin or barbiturates come into the prison, but the day is going to come when they will no longer be able to 'tolerate' the input of one drug without the others. A good example of this is when I was on a wing of 110-120 men. Of these a very small proportion, about 10 per cent, did not use drugs, and this is a conservative estimate.

For a professional service the prison officers are given little or no support. No matter how idealistic they may be when beginning the job, their social conscience to do something to really help is quickly submerged in the expediency of the functional approach to morality. As the lowest rank in the service, they are not infrequently the sacrificial goat to appease the god of blame. These are the men who have to live, work, and deal with Britain's criminal population. Though they may be willing to make an endeavour to do something for people, they cannot be expected to sink or swim alone, as they are left to do at present. No one pays any attention to their opinions and views on prison reform, and any reports they make on prisoners for parole, etc., are almost totally disregarded. Yet often they are able to evaluate a man's sincerity and behaviour far more accurately than the well paid offices of psychologists and welfare people who one sees once a year for reports. After all the prison officer literally lives with a prisoner and cannot help but get to know him.

The policies adopted by a centralised policy-making body at the Prison Department have little or no real idea of the realities of prison life, neither are they prepared to listen. Consequently when policies are handed down to the staff in the prisons for implementation, they are hardly likely to adopt them if they know that they will cause problems or even a riot. What generally happens is that they are 'seen' to implement them.

It is not totally hopeless. There are individual members of staff who are really willing to give something toward positive achievement, as indeed there are a few prisoners too. The problem is leadership and flexibility to do something new. In one particular prison I admired the patience of the staff and how they dealt with very difficult unstable personalities. Though the place functioned in chaos, it worked, somehow it worked. Indeed it did as a means of confinement and control, and the Parkhurst staff do a very courageous job statistically. However they are not solving any problems, they are merely containing a disease, suppressing a bomb that one day will explode. Perhaps one can visualize prisons as sweating sticks of gelignite, and the staff gently wiping away the sweat. It looks O.K., the stuff is contained, but one day....

11

Prisoner Strata - The Social Order

"Come with us, let us lay wait for blood, let us lurk privily for the innocent without cause: let us swallow them up alive as the grave; and whole, as those that go down into the pit: We shall find all precious substance, we shall fill our houses with spoil: Cast in thy lost among us; let us all have one purse:"

(Proverbs 1:11-14)

Prisons have bred a social order of convicts. No doubt a sociologist could make a very interesting stratification study in prisons. To do it effectively he would have to 'become' a prisoner, in order to really see into the maze. I am no sociologist. However, from my experience and perception I will endeavour to paint you a picture of the structure of the social order that governs a prisoner's life, and very often imprisons him far more profoundly than the physical structure of prison itself.

One can only see clearly a social strata or hierarchy in a small village; there are the upper classes, the middle classes and lower classes. Further, people are judged as higher or lower, better or worse according to their intellect, skills and ability to contribute to the community.

Mankind has a perverse propensity to divide, subdivide, and to categorise everything, not least his own kind. This proclivity enables him to put everything, and especially everyone, into neat pigeon holes. Hopefully the inferiority, instilled into the lower echelons of social order, will be fed by the superior arrogance of the dominating group, to such a degree as to keep them in their place. Fear is the key, both in the world and especially in prisons.

Class is generally gauged by race, education, environment, religion, and not least by status, either ascribed or assumed. Prisons have their own way of working this out. Basically one may categorise prisoners by their criminal profession and reputation.

In the real world there is an up-down movement of professional status. For example today the electronics and computer technology professions are climbing up the status scale, and other professions will have to make way and fall a peg or two in the status league. It is just so in prison. The 1960's saw the 'gangster' as the top of the league; these were the thugs who ran protection rackets in an attempt to emulate the American mobsters. However the 1970's saw a great rise in armed robbery on banks and security waggons. Thus gangsterism waned and the authority of the 'robber' types has risen in the league. This is now beginning to wane and by the end of the 1980's the 'drugs barons' will rule. In future years computer fraud will reign supreme until sentences are doubled or trebled on these too.

It is very difficult to make any table or league of the strata, as some people fall into a few categories. Thus what follows is only a guide. A simple rule in prison is that to be accepted at the top you simply fight your way to the top of the league, or to the position you wish to retain. Below is a sketch list of the general prisoners status league - there are many exceptions. One is the highest position; six is the borderline between 'respectability' and contempt, acceptability and ostracism. Eight and nine are the total rejects, the ostracized, the untouchables, social lepers and those to be avoided and persecuted at any opportunity.

1. Robbers - Few remaining 'old time' gangsters. Drug Barons.

Some murderers, particularly 'hit-men' or in pursuance or robbery, etc.
Terrorists, particularly the I.R.A.

2. The 'Boys' - Up and coming, eager, idolatrous younger offenders.
Ethnic groups - i.e. West Indians who, when large enough, stick together regardless of their offences.
3. Thieves, petty criminals, Asians, Arabs.
4. Lifers - generally quiet, loners, who keep a low profile, generally, readily accepted but rather aloof.
5. Domestic one-off offenders.
6. Mental cases.
7. 'Screws men' - pally with staff, often information givers but not generally thought to be direct informers.
8. 'Grasses' - Informers either at court or in the prison, mostly for obsequious reasons.
9. 'Nonces' - Sexual Offenders. Used to mean exclusively child molesters, or related offences. Now a general term for all sexual offences.

It must be emphasized that this is only a guide, because I can think of so many exceptions. Further I know many would disagree with my table. This serves only to illustrate a rough social strata of prison life.

Generally speaking those who fall into category one are readily, or liable to be, acceptable into the highest realms of the prison order. Anyone else is eligible to get up to the top, by gaining acceptance through brute force, fear, or their ability to contribute something of value to the prison economy, i.e. drugs, money, tobacco, food, hobbies, art, etc.

Any individual or group may rise to a dominant position of power within a prison if they are strong enough. Even though it was to minimise this that 'dispersal' prisons were set up, an effort is made not to let any group dominate too much. However what tends to happen is that you get lots of little power groups within one prison, i.e. the Londoners tend to make one group, the 'Jocks' (Scots) another, ethnic groups another, the terrorists another and so on.

The most dominant group will 'run' the prison, that is as far as prisoners can, and the authorities will allow or are forced to allow. These dominant groups, sometimes just the one, rule and decide who is accepted, and who is ostracised, for whatever reason by their patronage. If you are accepted you are 'in', if not you are 'out'. This acceptance may or may not have anything to do with your offence. Because double standards abound, it is the strong who decide what is O.K. for today, and for whom.

An interesting factor in considering this social order, is the fact that many of the men here know one another from their days in children's homes, approved schools, borstals, mental institutions, and from previous prison terms. Further there are many crime-bound areas in which many men have grown up with one another; indeed their ancestors were often criminals. Whereas ordinary citizens, or those who do not get caught, may have friends from school and an ancestral lineage in their profession or job, many prisoners can trace their friendships back to kindergartens of crime and deviant behaviour, and their family line through the Criminal Records Office. By growing together in a system of progressive criminalization they have, by the time they reach a dispersal prison, graduated to become honours degree holders in criminal behaviour.

Many prison relationships exist with a tremendous bond of fellowship, and this may often be augmented by the fact that visitors to prisons will get to know one another, as they travel from adjacent or even the same areas to the strategically placed prisons over the British countryside. As wives, parents and friends form friendships, often over many years of visiting, they help to further cement relationships between prisoners on their release.

Prison by its very nature is introspective. People are thrown together and live at very close quarters. As a result one cannot but help becoming a good observer of human behaviour. Indeed 'man watching' is a very useful tool in a prisoner's toolbox. It is amazing how well you can read your neighbour by listening, often unconsciously, to his movements and the sounds that come through the wall that separates you. Just as a mother gets to know what her baby needs by its cry modulations, whether it is hungry, tired, teething, lonely, frightened, wanting to be cuddled... so too by constant close contact and observation does one get to read men quite well, and as the years go by one gets better at it. Men who have known one another from their progressive institutionalization together know one another's strengths and weaknesses very well. As friends who have survived the rigours of friendships testing thus far to the pinnacle of criminal failure, fellowship can be very strong and familial.

Reputation in prison is a very valuable crown to the average prisoner. Unwittingly the dispersal system helps to greatly enhance the reputation of prisoners. Perhaps you are aware of the tale of the First World War communications problem in the trenches. A runner was sent to run to the next post with the message, "Send reinforcements, we are going to advance". As he reached the post, he passed on his message in between gasps of breath, and so the next runner ran to the next post and so on, until the final message reached H.Q. as "Send three and four pence we are going to a dance!"

Because of men being constantly moved around from prison to prison, and humanity's perverse delight in gross amplification of heroism and villainy the tales which go before one can greatly increase or decrease one's reputation. Consequently there is a constant closed circulation of gossip from prison to prison, and those who are moved the most are the most troublesome elements of the prison population. As their reputations precede them they are readily accepted or rejected in the prison order.

Therefore a group may be weakened in one prison, but enhanced at the next stop.

One prisoner once said to me, ''All you've got in prison is your reputation.'' In other words it is to be defended from the breaches, guarded from adverse intrusion, and greatly enhanced when and wherever possible in order to grow in stature in the prison order. Reputation is one of the prisoner's biggest weaknesses because others will manipulate him through it. For example if the collective opinion of a prison's strongest group is to do X and you do not go along with it, your reputation can be destroyed, if it is a serious enough infraction, or chipped. Enough chips and you will crumble and fall from grace.

Such domination will govern whom you may associate with, and will ultimately control your behaviour in prison. In many, many instances men will be compelled to go along with the crowd; nearly always a minority's opinions prevail, forcing one to do things which go against one's better judgment, or one's own moral and ethical values, whatever they may be.

Generally a prisoner has one code by which he will conduct himself 'outside' of prison and another for 'inside', i.e. the expedient one which will gain him acceptance and a life of relative ease amongst his peers in prison.

From my own experience, whilst awaiting allocation to a long-term dispersal establishment in Bristol prison, as a Category 'A' prisoner I had virtually no association with ordinary prisoners. Even during the weekly chapel services and film we 'A' amd 'E' men had to sit at the back of the chapel, with two empty rows of seats between us and the other prisoners.

Our exercise was separate too, and we would be given thirty minutes morning and afternoon, giving us one hour daily. We were exercised in pairs, occasionally three of us together. We had no choice with whom we shared our exercise.

Because we were liable to be in the local prison for a long time awaiting allocation we were permitted to work (this is no longer allocated for 'A' men in local prisons) and this meant going to a workshop with the other ordinary prisoners; only we went to work before or after everybody else, likewise upon our return. For security reasons we had to sit right in front of the prison officers' observation box, in order that we might be seen at all times, however we were permitted to have some conversation with the other prisoners here and there.

It was on one of these occasions that I was brought to book by other prisoners for sharing my exercise with a 'nonce' (a sexual offender). This particular chap was middle-aged and had been a patient in Broadmoor special hospital for the criminally insane on a charge of rape. Upon his release, or medical discharge, he had been living with a family. He raped and horrifically murdered their young daughter. I have forgotten her age, but I do recall that she was very young. It was a very brutal and sadistic assault and murder.

At that time it did not particularly concern me that he was such a person. I had my own particular problems and sentence to cope with, and I was too preoccupied with myself to be bothered with anyone else, but because of the pressure that was brought to bear upon me by other prisoners, I endeavoured to have my exercise separate from him. In order to achieve this I had to go to the Governor and request such a change. Explaining my position was a fatal mistake, because he saw that I was unlikely to attack the man and therefore he refused to change my exercise. If I had been wiser to prison life I would have attacked him, particularly as Category 'A' prisoners could not go to the segregation unit or punishment block which then was not secure enough. Thus the authorities would not have been able to put me out with him again. However I had no thought of attacking the man and so I simply told him to keep away from me which he did. Often I would sit in the sun and watch that lonely desolate figure trudge round and round the never ending circle of a prisoner's walk, alone, without a friend in the world, a member of humanity's living dead.

In order to be accepted by the majority I submitted to the collective 'ethic' of shunning sexual offenders, not because I desired to do so in indignation at his offence, but because I was afraid of the group and wished to be accepted.

There exists a tremendous silent force in prison, because it is by nature a potentially violent and dangerous place. When one first goes into a prison, particularly as a first offender, one has a natural and very real fear of exactly what may occur. One is therefore very susceptible to the power exerted by the collective ethics of prisoners. To step out and away from the norm of behaviour in any way is to court trouble and ostracism, and requires tremendous folly, courage, faith or a complete individualistic self-confidence.

If you are an old hand, and are known, then your arrival at a prison will be quite an easy time, because there almost certainly will be some you know from the past to welcome you and gain you acceptance into your prison niche. If however you are an unknown person, a first timer, unless your case was particularly notorious or well known by all, you will not be so readily accepted. What generally happens is that you would be left very much on your own and watched. If you are lucky, perhaps even clever, you would be able to work out who it is best to become friends with, and slowly you will fall in with the 'right' crowd.

The test of your 'prison character' will come quickly because you might, for example, begin to associate with a 'nonce' or a 'grass'. Your character will be quickly defined by your reaction to having your card marked as to whom you are associating with, and whether you will obey.

The egoism of prison is evident by the very nature of its introspection. It seems that as men grow older they mature into an egoistic vacuum, which draws them into a vortex of retrospective growth, so one is drawn backwards into further immaturity.

Going to the top of the social order, and taking an example from the 'in' crowd, you have men in their middle years who are desperate to recapture their youth and to demonstrate to all, not least themselves, that they are a criminal success. The manifestation of middle age is heavily disguised, and though no make-up is available in prison, other means are used to paint a picture of youth and success.

This is achieved in a number of ways. First success is gauged by how much one has in the way of the things allowed to be sent in or bought from one's private cash allowance. Most come into prison either over or under weight, so first one either goes on a diet to lose weight or gain some, and gets over to the gymnasium to build up some muscle. As one's body takes on a slightly better shape, sports clothes are purchased and from then on it becomes a fashion parade of leisure wear, worn spring, summer, autumn and winter! It is quite a normal sight to see men wearing shorts over their woolly long-john winter underwear, with thick socks and work boots, in the middle of freezing snowy weather!

Hair is cut extremely short or even shaven so as to do away with the tell-tale appearance of greying hair, thus an illusion of youth is presented to the casual looker, especially when compared with officers of the same age who are looking very much their years.

As the years go by these men become very fit and their muscled bodies constantly exposed to the air in shorts appear much younger. Normally a fully dressed person may be aged by looking at his face. However in shorts one gets an overall picture of the person which will present an illusion of being much younger, because one is looking over a wider area than if one looked directly into the face.

Apart from the physical this is born out by the mental ages of men. Their thought processes and interests tend to be orientated towards those of ordinary teenagers including music and culture. It's quite interesting to see 40 and 50 year olds enjoying 'Top of the Pops'. Bearing in mind the background of the majority of prisoners, they have grown up together, they have been through the system together, and they have spent most of their lives together inside institutions, they have a tendency to follow one another's behaviour very closely.

A rather strange thing to contemplate is the fact that when one is removed from society at an early age, one stops growing with it. The maturation clock stops. Place many people together, as in an institution, and they grow in age but in many normal areas of maturity they remain babes, growing in the case of prisoners in criminal sophistication and maturity, rather than growing socially mature.

Having grown together and shared so much experience they have an enormous wealth of past experience to live on together, not to mention the nostalgic exaggeration which enhances the individual's egoistic reminiscence.

Reputation, with its great sanctity in prison, gives an older person with many years of criminal and penal experience a wealth of knowledge and criminal wisdom to draw upon. These ageing criminal failures are the leading lights, the spiritual fathers, at the pinnacle of criminal society. These are the graduate dons who walk the campuses of Britain's universities of criminalization and higher deviant behaviour, lecturing and passing on their knowledge and experience to young men, who will follow on in the footsteps of failure, in awesome aspiration to the position and status of these 'faces' of criminal failure. (A 'face' being a well-known and 'highly respected' criminal).

As the older 'faces' move on in history's obscure memory they are replaced by younger aspirants and so the medusa of crime and enslavement to progressive institutionalization continues and maintains itself. Thus it has gone on for generations, each passing on its edicts and ethics, each revered and passed on in verbal rubric.

We live in an age of high speed, hi-tech, instant everything. The velocity of human progress and degeneration is awesome. Prisons have not been left out of the high speed revolution of mankind's apocalyptic moral degeneration. We have only been left behind in the conditions of historic interest in which we have to live. The whole process of criminalisation has taken a quantum leap in recent years, and it is moving on fast and manically.

This was brought home to me recently, and leaves me with a frightening vision of the future of prisoners. I went to Bristol Prison on a temporary transfer for visits. I was in Bristol in 1980 for allocation to a long-term establishment. The contrast between 1980 and 1985 was staggering; in fact I became quite disturbed by it.

Coincidence had it that I was placed in one of the cells that my brother had been in, when we had both been in the prison in 1980. The paintwork was the same, except it was filthier than five years previously, when it had been filthy. Nothing had changed in the external appearance of the prison, save that a new reception area had been built. Within the prison itself nothing was new, nothing had changed, not even the prison officers, most of whom could vaguely remember me from my previous visit.

Five years ago the place had been full up to overflowing with old lags and a handful of young men. Today the table is turned and it is full of young men with a handful of old lags, a complete reversal. I was particularly struck by this outrageous contrast because when one examines the nature of the majority of offences it is quickly apparent that these offenders should not really be imprisoned. Research (indeed, Home Office research) shows that they could much more cost-effectively and rehabilitatively be dealt with outside the penal system within the community.

Instead what is happening is that the process of

criminalisation is being augmented by men arriving at the mouth of the dispersal system much earlier through local prisons. The real process of criminalisation begins in local prisons which are filled with young minor offenders who go out having added to their criminal knowledge whilst inside, and begin to use their newly learned skills only to return with a more serious conviction the next time... and so on.

First offenders and young offenders should never be mixed with habitual criminals, neither should teenage boys mix with adult prisoners. It merely criminalizes them. The present system helps to criminalize first offenders and adolescents as they live, eat and sleep with professional and habitual offenders. In many other countries first offenders are segregated from habitual criminals.

When I arrived in Parkhurst I was 22 years of age, the youngest man in the prison and very noticeably so. Nobody could really understand why I had ended up in a prison considered to be the very end of the prison road, which normally only took men over 30 years of age; it shows how bad I was considered.

In the time I was there I watched as the prison system opened wide its jaws and swallowed many younger men. So much has the prison population changed, that it is quite normal for men in their early twenties to arrive there. I watched them arrive young, naive, fearful and intimidated. I watched as they worshipped the 'faces'. I watched their misguided admiration of what they see as success and worthy. I watched them fall down before their idols in homage. I watched them become junkies and paranoic wrecks. I watched them go insane. I watched them taken away to Broadmoor and Rampton special hospitals for the criminally insane. I watched them return as neurotic zombies. I watched them being poisoned and corrupted by older men who dominate and take perverse delight in shining out to young men, and imparting to them the knowledge and wisdom that has brought them so high in criminal failure. I watched them change from young rebels into tough hardened crinminals. I watched as they too are swallowed by the system and so end up filled with hatred and bitterness and resentment towards anything other than corruption of their own kind. Bad becomes good, good becomes bad. Hatred becomes love, love becomes hatred....

What I saw in Bristol is so horrifying because instead of decreasing, crime is growing faster than ever. Indeed the whole underlying brutality of our competitive win or lose, succeed or fail society encourages crime; where light entertainment is violent movies, violent sex and where sexual activity is worshipped as god. We move back into a primitive tribal psyche that finds the most perverse and twisted thoughts as a pleasure. It is no wonder that so many are beginning to try to live out their fantasies.

As the younger men are digested into the bloodstream of the criminal organism, so too they absorb the codes and ethics of prison behaviour and criminal life, to strengthen the social order and renew the leaders of the criminal hierarchy.

12

The Unclean - the Untouchables

"Go away! You are unclean!" men cry to them. "Away! Away! Don't touch us!" When they flee and wander about, people among the nations say, they can stay here no longer."

(Lamentations 4:15 NIV)

"A man is praised according to his wisdom, but men with warped minds are despised."

(Proverbs 12:8 NIV)

To the outsider it must seem outrageous that criminals actually judge one another. Indeed it is, but this is so, and only another manifestation of humanity's perverse delight in self-righteous condemnation of others. In prison there are two, perhaps three types of person who, broadly speaking, are totally unacceptable, are complete outcasts and social lepers, the untouchables, the unclean. These are despised, hated and rejected not only by prisoners but often by staff as well.

There are the 'grasses' (informers), 'nonces' (sexual offenders) and less so in evidence but increasingly the 'nutters' or 'loonies' (mental cases).

A 'grass' is someone who is known to be an informer either at his own trial, the trial of others or within the prison system itself. Generally such a person betrays loyalty to others for money or obsequious reasons in order to ingratiate himself with the authorities to either alleviate the severity of his own sentence or to get parole, etc. However people are labelled as a 'grass' because they speak the truth or at their trial they broke down and dropped their mates in it, through weakness rather than for any ulterior motive.

As a general rule a criminal is not allowed to be known to have given any information to authorities for any reason at all. However in practice all criminals and prisoners 'grass' on one another secretly. In fact the authorities play one group off against the other in order to encourage this vengeful propensity. They receive plenty of information from prisoners about other prisoners; it is in this way that they are able to gauge what is going on in a prison at any given time. The reality is that one 'firm' in a prison (a 'firm' being a group of prisoners/criminals) will grass another 'firm' in order to have them removed so that they may gain position in the prison and take over that 'firm's' business. This is done by means of anonymous notes placed in the Censor's post box or by direct communication with staff. As nobody knows who is grassing who, this practice is acceptable as long as you don't get caught and do it covertly. So much for loyalty amongst thieves! So much for the ethic of silence. The expediency of self-interest overrides any so-called moral consideration.

If one comes out of the closet and openly, in front of everyone, does the unspeakable by blatantly, candidly speaking out against a particular evil in prison, you are a 'grass'. But it is all right to do it secretly - Thou shalt not get caught!

There are those who do grass continually to gain favour with the authorities, but very often it is done for economic reasons within the prison market place as we shall see in Chapter 13.

There are three classes of grass: the secretive, expedient ones; the overt, obsequious ones; and those with a moral conscience (a rare breed).

If you are known to be a grass in any shape or form then your life in prison will be extremely uncomfortable, and possibly extremely dangerous, depending upon the gravity of your henious disclosures and the 'righteous' indignation you have instilled in others.

If you are responsible for giving evidence against someone in particular, and he has received a long prison sentence, you could expect him to have some very violent, if not murderous, thoughts towards you, which are quite liable to become actions if he were to meet you again. Then of course there is the fraternal consideration that 'mates' of his may actually take it upon themselves to do you severe mischief, in fraternal love and righteous indignation at the criminal brotherhoods' laws being broken, and so this could be anyone, anywhere, anytime....

It is said that the term 'nonce' as applied to prisoners is derived from the word 'nonsense' and was used to define those crimes which were nonsensical or completely incomprehensible and worthless in the sense of criminal gain and furtherance. Hence the slang derivation 'nonce'. Whether this is so or not I do not know, but seems to be a logical progression. I can see how criminals of the more noble offences would find child molesting so totally incomprehensible, and thus describe such as nonsense crimes. The evolution of 'nonce' seems natural.

Today those who are labelled as 'nonces' are all sexual offenders and their numbers are increasing, as much as their offences are diverse. They encompass rapists, child molesters, child killers, and a plethora of deviations which are quite horrific. Perhaps these are the most despised people in the world. I know that in reading newspapers or watching television, seeing the photographs of a lovely innocent looking child who has been found horrifically murdered and sexually abused, stirs the emotions of everybody. Tears well up in the eyes of the toughest and most ruthless men alive.

People who are imprisoned for such offences will have the total hatred of the prison population directed at them, not only because of the nature of their offence, but because of our perverse passion for hating the hated for the sake of it. Because of the 'nonces' position as the despised and rejected, they bear the whole brunt of the prisoners' personal hatred, bitterness and resentment that they have towards themselves, society and authority. All our self-pity and frustration is easily directed towards the nonces. It is a catharsis, it is virtually never righteous indignation, because there would be a move to understand, to help and endeavour to bring change. Such offenders are a scapegoat minority of prison society, very much like the Jews have been in history. Take pre-war Germany as an example. Nonces are blamed even for things like parole knock-backs, etc. Due to overcrowding in 43 units (segregation units), 'nonces' often get a bit of parole, which only adds to the flames.

I remember an occasion when I was coming back from a visit. As chance would have it I was the first out of the visiting room to be searched. It was a beautiful summer's day and so we were awaiting the other prisoners outside the visiting room, which on the prison side of the wall overlooks the prison gardens. I walked thirty feet across the lawn and stood by the small fish pond. It was the height of summer and the prison gardens were glorious. My sense of smell, deprived of pleasant smells, was being attacked from all sides by the scent of summer blooms. It was a rare treat, a lovely few moments, standing there quite alone with the other prisoners thirty feet behind me, quietly praising God for the beauty and glory of His creation.

They began to shout in extremely abusive and hate-filled terms. I looked up and ahead of me I saw a very bizarre sex murderer being escorted back to the prison hospital from the Special Security Visits room. He was thirty feet in front of me, the other prisoners thirty feet behind. I was right in the middle and I watched the poor man cower as the hate-filled derisive abuse made its impact upon him. I turned and looked at the faces of the prisoners contorted in abject hatred. Being right in the middle I felt as the receiver of the abuse felt; the full force of their hatred went through me too. It was a most chilling experience and one that many men live through daily for generations of indeterminate prison sentences. They are accosted by fear and total hatred on every side every day.

These people, 'nonces' and 'grasses', are persecuted constantly in prison. The vast majority end up being segregated on Rule 43. If you ask the authorities for protection from other prisoners they have to give it you under the law. Prisoners who are 'On the Rule' are generally locked up in the segregation units for 23 hours a day with one hour's exercise. Segregation units are the punishment blocks, though they are not being punished. They are kept in punitive conditions because there is no other place to keep them. They have no privileges like T.V., association, etc., that other prisoners, their persecutors, enjoy.

In recent years the Government has begun to open special Rule 43 units where prisoners have better facilities and privileges. However the building programme lags so far behind reception of prisoners, and the waiting list is so long that Rule 43 prisoners will for the most part stay locked up 23 hours a day for the forseeable future.

A devastating reality is that the prisoners who persecute others the most are generally in prison for similar offences, and by pointing their finger at others take attention away from themselves: 'He who shouts loudest has the most to hide'.

Any prisoner who has spent years in institutions is liable to have some sort of sexual offence on his record at sometime in his criminal career, either past or future. This is because of prisoners' extremely frustrated and abnormal sexuality. Indirectly the prison system breeds and encourages sexual perversion and deviancy, because it deprives people of a normal wholesome relationship. This leads not just to homosexuality, but a far deeper problem of lack of physical contact, which can cause an abnormal sexual pursuance upon a prisoner's release. Years of sexual deprivation and imaginative fantasy through the medium of pornographic magazines and literature not only perverts sexuality but also the wholesome function of imagination and men begin to see their imagination live in reality upon their release and entry into a "normal" relationship. It is small wonder that so many prisoners' ex-wives and girlfriends have horror stories to tell. Prison not only deprives of freedom but of normal sexual behaviour, essential to a right and balanced being.

There are very few prisons where 'grasses' and 'nonces' will be tolerated on normal location. They are liable to get severely hurt at any time. The majority do not have the courage to even try to stay on the wing. Most who do last but a few days. A few plucky, terrified individuals with a lot of courage last for years living under a consistent barrage of physical and psychological harrassment and torture. They have my deepest admiration and respect; most of their persecutors would wilt and become incontinent under a fraction of the pressure these rare individuals endure.

There have been a few special wings or units set up for such offenders, far too few for the increasing numbers of sexual offences. The fascinating thing is that in such conditions 'grasses' consider themselves better than 'rapists' and 'rapists' esteem themselves higher than 'child molesters'.... Everywhere on earth man persecutes man to vent his own guilt and frustration, with unforgiveness pushing him forward to say "I'm better than you..." Prisons are no exception.

A long while ago I was in the segregation unit at Hull prison. One day a handful of men were sent down due to seriously assaulting another prisoner. A new man had arrived on the wing. He was a very strange-looking character with horn-rimmed spectacles. He kept himself very much to himself and thus fulfilled every pre-conceived requirement in the prison's mind. He was a nonce! These three or four individuals had been nicked for beating up the old man. He was in his late 40's. He had 27 stitches in his head, a fractured skull and numerous contusions from an iron bar. Our illustrious 'nonce bashers' were just about to set him alight with petrol or some inflammable substance (not impossible to acquire in a prison from the Works Department) when officers arrested them and saved the victim's life. It transpired that the victim was a very eccentric old-time thief, who kept himself to himself because he was generally disgusted by other prisoners. He had no sexual offences on his record, ever. The man had been judged by appearance not by facts. It nearly cost him his life.

The interesting thing is that the perpetrators of the assault did not give a damn; it was a big joke. For them it was just another story to tell. I know of numerous similar cases. And it does not seem to matter what happens to the victim, be he 'innocent' or 'guilty', as long as everyone has opportunity to vent their self-righteousness at someone, sometime.

Then there is the third group, the 'nutters' or 'loonies'; an increasing number too. For a long time Parkhurst has been accepting prisoners/patients that Broadmoor and Rampton Special Hospitals have rejected. They have prisoners that the special hospitals for the criminally insane cannot cope with or cure.

Some of them are completely institutionalized. One, for example, has been inside since February 1959. He was fourteen when he was sent to Rampton. Another has done 18 years and I know many who were sent to Rampton Special

Hospital in their adolescence and treated absolutely barbarically (1979 Rampton report).

Prisons are crammed full with people who have severe personality disorders, people who are alcoholics, junkies and social inadequates, people whose brains are battered by drink, drugs and kickings given by the Police and street walkers. These prisoners float about the prisons. They are the court fools, the jesters that everybody laughs at; it is the only way they can be coped with. These are neither accepted or rejected. Sometimes they are helped out of compassion, at others they are given the cold shoulder.

Most of the nutters are accepted or tolerated regardless of their offence because people are afraid that they might go beserk, particularly those who have killed whilst institutionalized. They are tolerated with friendly caution.

One chap had done nine years in Rampton Special Hospital. Upon his release he had gone out on an orgy of rape and murder, just to show the Rampton nurses, who had beaten and abused him for years, that he had not been cured! This man was a 'super nonce'. His arrival in Parkhurst was heralded with abuse and persecution. He decided he would have to act. He was doing a double life sentence, with the judge's recommendation that he serve natural life, i.e. he'd be paroled for his funeral. So he went up to the television room, switched on the light, walked across to the television, switched it off and turned round, glaring at the shocked faces of the prisoners and said, "Right, who is first?" ... Silence ... "Leave me alone or I will kill someone" ... or words to that effect. From that day on no one said a word about him within his hearing. Certainly he was tolerated - they were terrified.

This man had made a public declaration that he had nothing to lose; his sentence meant life. He was prepared to kill anyone to defend himself. He did not care, to him killing was just a reaction. No one ever dared persecute him again. Yet many other weaker 'nonces' were hounded off the wing, but the 'brave illustrious heroes' always omitted to deal with the 'super nonce'. They even smoked dope with him and befriended him....

13

The Market Place of Power - The Prison Economy

"And the light of a candle shall shine no more at all in thee; and the voice of the bridegroom and of the bride shall be heard no more at all in thee: for thy merchants were the great men of the earth; for by thy ***sorceries*** *were all nations deceived".*

(Revelation 18:23)

(Sorceries is pharmakia in the Greek which means literally 'sorcery and enchantment with drugs'.)

There is no such thing as a prison economy as far as the Home Office is concerned. Market trading is strictly forbidden in prison. Convicts are not allowed to have any profit-making enterprises whilst in Her Majesty's establishments. The reality, however, is that with a deliberate and foolish Home Office policy of keeping prisoners short of everything, they are actually encouraging a thriving black market within the prisons, in which both prisoners and staff can make a lot of money.

In theory the Home Office practice is to give an equality amongst prisoners. They argue that their policy keeps richer prisoners from dominating poorer ones. May I assure you that this does not work in Communist economies, let alone ours!

Prisoners are paid a basic wage, even if they have not

been allocated work tasks. This varies from prison to prison, and an average would be just over a pound. With employment in prison industries the average goes up to just under £4.00 at most (1987 prices). In some prisons it is less, in some more. (So much for equality!)

For generations tobacco has been the traditional currency of prisons. If you went into a prisoner's cell and asked him how much he would sell the hobby he was making for, he would probably say 'x' ounces. We think in ounces rather than sterling. Business thrives in 'change ups'. This is where cash smuggled in is converted into tobacco at half its real value. All prisons in the northern region of the dispersal system use cash.

Prison Officers and civilians can make considerable sums in bringing in tobacco and exchanging it for cash. There are regular prosecutions against staff. However most get away with it because they deal only with one or two people, and it is in everyone's financial interests to keep quiet. It is a standard corruption and virtually impossible to control as long as prisoners are kept 'poor'.

The strength of any individual or group lies in their ability to dominate the prison market place of exchange, drugs dealing, tobacco and gambling. The way to conquer a nation and dominate it is through control of the money supply.

In the old days tobacco was the main currency amongst prisoners, but because of the enormous and lucrative growth of the drugs trade, drugs are taking its place. A lump of dope carries enormous value, compared to a wad of notes the same size, meaning that in a concealed space one can compress more value in dope than in notes or tobacco. Secondly, because dope is smuggled in from outside it is not governed by increases in the price of tobacco or limited by wage payments.

A prisoner with money outside the prison can make a lot of money smuggling in dope, selling it for tobacco or cash and doing all the 'change ups'. He makes an awful lot of profit by handing out cash, jewellery etc., and at the same time living well in prison from all the extra food purchased by other prisoners for him from that meagre canteen money....

In the old days there was a certain amount of control over the economy because everyone could get hold of tobacco. But what is happening now is that a lot of the currency is being eaten in meals by a minority, the drugs barons. They live very well, but it has seriously affected the whole prison economy as there is not nearly as much tobacco distributed over the whole population. Instead a few have control of nearly all of it. Some 85 per cent of long-term prisoners are into using drugs. It is a big market.

The wealth of prisons is very tightly controlled by a few individuals with a dope supply. They really do have a lot of control because they have the prison economy's lifeline, and the greatest tool of prison control, drugs.

The Home Office policy of keeping prisoners short of money, ostensibly for equality, is actually encouraging corruption amongst staff, because whereas the profit of tobacco exchange is only 100 per cent, drugs are another ball game and the incredible profits are very tempting.

This present government may have really opened up Pandora's box by cutting back on Prison Officers' overtime by 40 per cent. An Officer's basic pay is very low, but with time and half overtime they earned very good salaries. Now with the taste of higher living standards which they will lose, it makes a bit of wheeling and dealing very tempting. Even under the new working practices of 'The Fresh Start', prison staff will still be tempted because they have lost the massive overtime which boosted their pay packets way beyond the maximum they can now earn under the new scheme. Even though basic pay has increased there is no real overtime now.

With 85 per cent, at least, of the long term prison population using drugs, the 1984 Prison Officers'

Association Annual Conference in Southport faced the drugs problem head on. They are clearly worried. However, they have really brought this problem upon themselves.

For years the use of cannabis has been tolerated in prisons, albeit unofficially. The plain fact of the matter is that most people naively believe that cannabis is a 'relatively harmless' drug, and as a result it has progressively been accepted as a means of keeping control of the excessive sentences that weigh heavy on many prisoners. Cannabis has allowed a large measure of control over inmate behaviour becaue it has kept people 'peaceful' (passive), consequently its value in being recognised as a relatively harmless drug.

One factor is that cannabis is not nearly as harmless as people suppose. I'll deal with that later. The other is that because of North America's increasingly successful Drugs Enforcement Agencies' actions in preventing drugs entering the U.S. it is making life very tough for the smugglers. The smugglers have been increasing their activities in Europe. The price of cocaine has dropped enormously and is no longer the exclusive drug of the rich. Slowly the other harder drugs have been finding their way into prisons, and it is this that the P.O.A. are concerned about, because these drugs do cause mania, dementia, paranoia and psychosis. However they have tolerated the use of cannabis for too long and will therefore find it increasingly difficult to combat the drugs problem in prison.

As with H.M. Customs and Excise, the amount of drugs that are actually found and confiscated are only ever the tip of the iceberg. In many ways their backs are to the wall because the Home Office will only accept that drug abuse goes on to the level of actual drugs siezed! The staff of a prison have to tolerate drug abuse or take up riot shields and helmets. The only way that prisons are controlled today is because the vast majority of prisoners are happily stoned and passive.

An article from the Daily Telegraph, 24th May 1984, is quite illuminating:

"Danger of drug-crazed prisoners"
by T.A. Sandrock, Crime Correspondent.

"Drug-crazed prisoners, manipulated by 'drug-barons' posed threats of murder and complete loss of staff control in British jails," warders said yesterday.

They accused the Home Office and the Prison Department of being too soft over prisoners' rights and demanded urgent revision of rules which make it easier for prisoners to get drugs and more difficult for staff to prevent them from doing so.

Delegates to the Prison Officers' Association's annual conference in Southport told harrowing tales of the effect the 'drug-barons' were having on other prisoners, many of whom had not been involved in drug-taking before.

Many reported the widespread use of cocaine, heroin, LSD and angel-dust, and said that cannabis had now become an acceptable drug in prisons.

Home Office denials of widespread drug-taking in jails were described as 'misleading' by several delegates. One after another they talked of the 'intolerable situation' and criticised the authorities for allowing it to continue. Examples of the problem included:

1. A prisoner dying from mixed drugs tossed over the wall of Northeye Prison, Sussex.
2. A man who had taken angel-dust screwed up a galvanised metal bucket with his bare hands at Ashford Prison, Middlesex.
3. A non-drug user had his tobacco 'laced' with drugs. Believing he was a Spitfire, he then violently assaulted the six prison officers it took to control him.

Scene set

The scene was set for drawing attention to the seriousness of the situation by Mr Roy Richards, the Chairman of the Albany Prison branch of the Association. He said the days had gone when the currency within prisons was tobacco; it had now moved into a more dangerous situation where drugs had taken over. It had even passed through the area when the 'relatively harmless' cannabis was the dominant drug, and the 'drug barons' have taken over. Every type of drug could now be found within most penal establishments.

"We know of instances where cocaine, LSD, heroin, and angel-dust have, without doubt, been used and are readily available at a price within our prison.

Within the last two years we have experienced not only a full-scale riot but serious stabbings and slashings, all of which can be attributed to the control and misuse of drugs".

"We are fearful"

"The Albany branch fear the day is not far away when somebody is going to murder as a direct result of drugs within our prisons, and we are fearful that one of those murdered will be one of us", he said.

The prison system is beginning to reap what it has sown with its laissez-faire attitude towards cannabis, not only by the fact that in recent years a lot of the harder drugs are coming into prisons in increasing quantities, but also because of the fact that prolonged cannabis smoking is extremely harmful.

Some of the toxic manifestations of the drug are motor restlessness, tremor, ataxia, abnormal dilation of the pupil, visual hallucinations and unpleasant and paranoid delusions.

Although there is no physical addiction, psychological dependence does occur with some users, particularly prisoners, and this is because of the extreme emotional crisis prisoners constantly live with, and the claustrophobic and introspective oppression and suppression of normal human expression and creativity.

Psychosis does occur particularly with heavy, long term use of cannabis. Other effects are a debilitation of the will and mental deterioration. Apart from the mood-altering, giggling hilarity and euphoria, perceptual distortions occur involving space and time, sense of distance, sense of organisation and body image. The thought processes also become disorganised, with fragmentation, disturbance of memory and frequent shifts of attention, all acting to disrupt the orderly flow of ideas. There is also a manifestation of loss of reality, in terms of becoming detached, introspective and self-absorbed which leads to depersonalisation and a state of passivity.

In view of the documented surveys of prisoners' mental deterioration which escalates rapidly after ten years of imprisonment, the cannabis phenomenon is not only speeding up that catastrophe but augmenting it with profound mental pandemonium. The danger lies in the fact that this very environment causes one to become introspective. One becomes introspective because of the need to hide one's true personality from the authorities and fellow prisoners as a defence mechanism. Consequently the dementia and chaos of continual use of cannabis is only discerned when the individual has deteriorated to an alarming degree and by that time it is normally too late.

It is interesting to note that the prison staff actually tolerate cannabis abuse. Whilst they endeavour to clamp down on harder drugs they virtually ignore cannabis. This is because it a very good tool to control prisoners. During 1987 in Gartree Maximum Security Prison an officer joined in a discussion between myself, another prisoner, an R.C. priest and a nun. Without any prompting he admitted that as far as officers are concerned cannabis is a good means of control and they are much happier when men are spending their evenings high on drugs and in a passive state enjoying

Rock Music. It is far easier than dealing with clear headed, lucid men who are more liable to be planning something or reacting negatively if they were not using drugs. The Clerics present were appalled at this revelation. Most prisoners are happy to drift along in the airy fairy land of illusion and passivity, which means they become too lethargic and apathetic to bother with making a noise and causing trouble. Secondly, in most cases, when a prisoner goes over the top and cracks up it is in a pathetic and apathetically passive way, and therefore he is not a control problem and may be moved quietly to the hospital and from there to Broadmoor or Rampton... Most prisoners do not see their own mental deterioration until they are held captive by it, until they are passively mesmerized like a rabbit by car headlights at night, until it is too late and the darkness of insanity engulfs them.

I have the personal conviction that, in the light of well documented scientific evidence of the dangerous manifestations of cannabis, the Prison Department is quite willing to stand back and allow prisoners to quietly destroy themselves with cannabis, simply because it wrecks their mental processes and precludes a successful 'career' in crime, and makes men easier to catch. The only time the authorities get jumpy and actually clamp down is when there is a whisper of heroin, cocaine, angel-dust, LSD, etc., which have a much greater extrovert effect and cause people to become extremely violent, particularly prisoners.

Meanwhile they are quite content to tolerate cannabis use, without doing anything to prevent it and thus they are able to destroy the will, determination, reasoning, logic, etc., of prisoners without lifting a finger.

14

Contending for the truth - The Spiral to Insanity

"And have no fellowship with the unfruitful works of darkness, but rather reprove them"

(Ephesians 5:11)

Upon entrance to the prison system one begins to feel the self-righteous condemnation of a 'righteous' society. As you are inducted into the prison reception you are stripped of your identity by the removal of all that is personal, of all that is an expression of you as a person, and as you stand naked you are given a number with which to cover your nakedness. From that moment you literally become a number. Your individuality becomes submerged, you are no longer a whole person, you are a number.

Once given the ill-fitting, drab prison clothing you begin to realize that as far as society is concerned you now not only do not belong to them, but you have ceased to exist as a person capable of independent thought and expression. You have become one of the nonentities of a society that strips you of personal identity, voting rights and human dignity, no longer are you a complete citizen or person. You are a convict.

As the days go on it becomes as though you always were an alien to 'them', as though you were always meant to be a member of the living dead, trudging around a concrete yard as a man without a name - just a number.

This dramatic entrance into the prison system marks a major step in the individual's criminal pilgrimage: the desocialization and dehumanizing process has begun. Now you have to integrate into the jungle of criminality and survive by its ruthless code or perish through weakness.

Weakness is the terrible scourge of the new boy to prison. All of a sudden you are in the midst of gangsters, murderers, rapists, thugs and bullies who are ready to pounce upon any sign of weakness. Desperately you cover your Achilles heel and do anything to take people's attention away from the chinks in your armour. It is essential to survive.

As we saw earlier there is a social order in prison and quickly one has to find one's niche in it. For most people it means a very rapid development of an armour that will deflect any intrusion by anyone. It means that your real person must be buried deep within a prison of your own creation in order to protect the last vestiges of your uniqueness. So much so must this be done that you forget quickly who and what you really are, to become a prisoner who can survive.

It could be argued that society is perfectly justified in degrading criminals and that they are only reaping what they have sown. It should be clear to the Christian that the Biblical principles of justice are those laid out in a previous Chapter, and that any view of an individual's wrongdoing outside of these is judgement in a purely condemnatory way, in the self-righteous sense and proscribed by the Lord Jesus in Matthew 7:1-2: *'Judge not, that ye be not judged, for with the same judgement ye judge, ye shall be judged: and with what measure ye mete, it shall be measured to you again.'*

Justice must enshrine dispassionate and non-partisan punishment, whilst at the same time defending the dignity of the individual and their humanity. Let is be said that justice does not end when a judge, having conducted a fair trial, sentences the offender. It begins at sentencing! Justice encompasses apprehension of the offender, trial, judgement, sentence, punishment and rehabilitation and integration back into the community, and forgiveness too.

At the precise moment that the retributive process begins to go beyond these clearly defined lines, a person's humanity and God's created image is invaded and the consequences of his treatment and subsequent actions become the burden of society's guilt. When the judicial system, inclusive of prison actually causes people to further deteriorate morally, mentally and physically, the judicial process, and by proxy the whole nation, loses its human, divinely-given dignity and becomes the perpetrators of a mere punitive process of self-righteous anger. It becomes just vengeance which goes beyond their prerogative to vent in any way.

A deliberate planned and structured system that perpetrates such degradation and perverse vengeance as a matter of policy becomes a depraved instrument of torture devoid of compassion and mercy. Such a system operates in Great Britain today.

Slowly the image of the State becomes manifest in the consciousness of the prisoner by the uniform that encapsulates the 'screw'. The name 'screw' originates from the days of the 'silent system' where warders supervised the ever utilitarian purposeless treadmills upon which prisoners laboured, producing an abundance of utilitarian things such as energy expenditure, exhaustion, apathy, lethargy and eventual insanity as they madly trod the mill going nowhere. They were controlled by a screw which if tightened made the treadmill stiffer and therefore harder work, or if loosened, easier. Thus for the warders who tightened the screws the treadmill became an instrument of their perverse pleasure.

Today the screws are tightened not upon a machine, but on the treadmill of monotony of long-term prison routine. As the impact of the boring endless days repeat themselves with a continuity that drains away all creativity, imagination and thought, the screw tightens upon the treadmill of the mind.

Every day repeats itself, every conversation is the same endless treadmill of prison communication, each parole review treads out the same answers of how well you are doing and yet the daily treadmill goes on at an increasingly slower pace without ever getting further than the cycle of stagnating daily routine.

As my mind begins to turn from independent thought to apathy and passivity, so imagination crumbles. From the shattered wreckage of my dreams a world of unreality emerges and entices me into the mines of what was once the fertile city of my mind. Dark shadows appear, casting eerie figures upon the rubble strewn street that was once the Avenue of Hope. Rubble piled in the wide, once bustling, four laned road that was once my centre of commerce and activity, where once my mental agility and reason worked out what to do and how. Now it is like a ghost town, like Wall Street after the crash. Only pieces of paper blow through the streets like dust through Ghostville. The tree-lined Boulevard of Creativity that once sported artists, sculptors and writers is burned out and the lush trees that once lined it lie felled and charred. The rose beds and flower troughs are turned over upon the shattered mosaics of the street painters art, and dogs and jackals fight over the morsels of beauty that lie buried in the mire that was once the fertile city of my mind.

I enter the Bank. It is a mess. It has been robbed. The vault door is askew. Inside it is empty. I have no resources left, no energy to go on. Amid the desolation of what was once my mind there is only increasing darkness as I struggle to find the telephone exchange. With vain hope I get there only to find all the lines are jammed and I can make no sense of all the babbled messages. People are trying to get through to me but I cannot comprehend. I stagger away with hands over my ears, unable to find a phrase to tell you what I am going through.

Familiar faces pass me, they confront me and peer into my eyes, they are looking inside my head. Their lips move and hands signal but I cannot hear or understand what they are trying to tell me. Confusion - fear - paranoia, they are following me, they are out to get me......

Communication crumbles. Words will not form. I cannot tell you quite where I am in the process of formulating syllablcs. I grope around. I search for meaning, a friend to whom I may go - a screw you say? - the Welfare? - the Chaplain who has no grace to give? I need love and care and concern, not dispassionate non-commital intervention. A prisoner then? The blind leading the blind? Ah! The psycho then? Yes, he gives me Electro Convulsive Therapy and drugs. Yes this is the only place to go, the only safe haven, to the treatment hatch, that legal drug addiction dispensation.

The drugs legally administered so affect the minds of continual recipients that they are swallowed up into the vortex of insanity thus described.

No other way is known to deal with the men who cannot cope with life, when psycho-therapy and E.C.T.(1) fail, and the unending routine of prison destroys the personality, drugs are the only course of action. These drugs do not effect cure or bring improvement. All they do is flood the consciousness of the individual with a drowsy floating emptiness and push the real problems and realities underneath a scree of suppression. However, drugs in the end lose their effectiveness as tolerance is built up, and so either a stronger drug is used or the patient begins to get unhinged again.

The side effects of men who are reliant upon 'drug therapy' in prison are either dramatic weight loss or disease, apathy, lethargy and an inability to concentrate long enough to hold onto the main theme of a conversation. Independent thought becomes impossible and the only course open eventually is a complete breakdown of the mind. The effects of legally administered mind altering drugs are as frightening and detrimental as any illegal drug.(2)

Notes

1. E.C.T.: Electro Compulsive Therapy. This is still the main form of treatment apart from psycho-therapy and drug therapy in British mental institutions. E.C.T. destroys areas of the brain and causes irreparable brain damage. In many E.E.C. countries it is now banned because of its ability to make vegetables of its recipients.

2. See "Drug Misuse" As Basic Briefing (D.M.3). Issued by the Department of Health and Social Security, or from the Institute for the Study of Drug Dependence, 1-4 Hatton Place, Hatton Garden, London EC1N 8ND.

15

Houses built on the Rock

"Therefore whosoever heareth these sayings of mine, and doeth them, I will liken him unto a wise man, which built his house upon a rock: And the rain descended, and the floods came, and the winds blew, and beat upon that house; and it fell not: for it was founded upon a rock."

(Matthew 7:24-25)

It has been my great privilege to live and fellowship with a handful of prisoners who really do desire to build their houses upon the Rock. Despite many setbacks and failures we have grown in our most holy faith. Despite the dearth of Spirit-filled teachers in prison, it has been my joy to see some young Christians grow and blossom in the Lord Jesus and in future years they will make a tremendous impact upon the institutions in which they live.

There seems to be a consistent pattern in the lives of those prisoners who press on to know God and to become true disciples in the way of the Cross, to continuous daily resurrection life and power. This can be contrasted with those Christian prisoners who constantly fail and fall away. The pathway to discipleship is an arduous one, but the only way is to build upon the Rock.

The wise prisoner who builds his house upon the Rock is the prisoner who hears the word of Christ and obeys it. Such a man will have bought gold refined in the furnace of fiery tribulation and suffering, by being obedient to the Gospel and living out what he knows to be true. Such a man will be clothed in the righteousness of Christ that comes by faith alone in the atoning work of the Lord Jesus Christ through His death and bodily resurrection from the grave. Such a man will have learned to walk in the light and constantly apply the blood of Christ in his life. Such a man will have had the cataracts of self and rationalism cut away by true identification with the Lord Jesus Christ, by taking up his cross, denying self, and following the Lord. The salve to the eyes thus given is the anointing of the Holy Spirit, who opens our eyes to perceive through the word of God with the mind of Christ, in order to identify the biblical material by which the foundations of the Church must be built in order to withstand the evil day:

> *"I counsel thee to buy of me gold tried in the fire, that thou mayest be rich; and white raiment, that thou mayest be clothed, and that the shame of thy nakedness do not appear; and anoint thine eyes with eye salve, that thou mayest see. As many as I love, I rebuke and chasten: be zealous therefore and repent."*
>
> (Revelation 3:18-19)

The man who builds his house upon the rock of Christ shall never perish, neither shall the gates of hell prevail against him, and he shall have his eyes opened to behold the glorious vision of what God in Christ desires that His Church behind bars should be. He will be a visionary, prophetic voice, crying in the wilderness to prepare the way of the Lord, make straight his paths. In the ancient world humble peasants were employed to clear a path before the King and his entourage. There were no real roads and many rocks, thorns and obstacles in his path had to be laboriously cleared away. Likewise in our lives we must strip away all the boulders and walls and overgrowth that prevent His coming.

What men in prison who turn to Christ need is discipline. We have been rebels all our lives and have very little self-control or discipline, because our selfish lives have always led us to take and do just what we want, when we want and however we want. The discipline of discipleship in Christ is so desperately needed in our prisons. The biblical pattern must be firmly rooted in our teaching and lives if we are to turn out of these gates not mere believers in Christ, but men of God following their Captain and King. In Paul's second letter to Timothy he brings together a theme of his teaching elsewhere found in his epistles, which shows us a threefold direction for discipleship training and building:

> *''Endure hardship with us like a good solider of Christ Jesus. No-one serving as a soldier gets involved in civilian affairs, he wants to please his commanding officer. Similarly, if anyone competes as an athlete, he does not receive the victor's crown unless he competes according to the rules. The hardworking farmer should be the first to receive a share of the crops. Reflect on what I am saying, for the Lord will give you insight into all this.''*
>
> (2 Timothy 2:3-7 NIV)

In this passage Paul outlines three tasks we are given to apply ourselves to in training: warring, training and farming. We are to be soldiers, athletes and farmers, enduring battles, self-discipline training and consistent toil in both our own spiritual lives and for the advancement of the Kingdom. Unless we fulfil these functions in strict biblical order and balance we will fail utterly in building a house which will stand. It is imperative to re-establish the basic principles of the ''Apostles doctrine'' in the Church in prison, because at the present time in many prisons they are gathering dust as we entangle ourselves in the civilian affairs of secular philosophy and thinking.

No one serving as a soldier in Christ's army can involve himself in the civilian affairs of wordly ideas:

'See to it that no one takes you captive through hollow and deceptive philosophy, which depends upon human tradition and the basic principles of this world rather than on Christ.''

(Colossians 2:8 NIV)

The deceptive, hollow philosophies which have been handed down to us, whose only authority is that they rest in the traditions of men, must be exorcised from our hearts, minds and religious practice, because they come from the rudiments or elementary principles of the world which lies in the power of the evil one rather than upon Christ who is the only foundation or elementary principle upon which we may stand:

''I tell you this so that no one may deceive you by fine sounding arguments.''

(Colossians 2:4)

It is time that the truth of the light of God's word, the foundation upon which we build and take our battle stance, exposed the fact ''the weapons we fight with'' in our war against the doctrines and philosophies of the world and its ruler *''are not the weapons of the world. On the contrary, they have divine power to demolish strongholds. We demolish arguments and every pretention that sets itself up against the knowledge of God, and we take captive every thought to make it obedient to Christ.''* (2 Corinthians 10:4-5) It is a war, a battle for the mind and if our foundation is the word of the Lord, then every philosophical concept, every hypopthesis, every idea and doctrine must be subject to Christ's word, and if through the illumination of the Holy Spirit via the canon of scripture it is contrary, it must go. Our Christian prisoners need to be trained to apply spiritual principles in order to sift the input into their minds and hearts. Such a prisoner will be a warring soldier and he will gain increasing spiritual intellect and power and he will never fall under the deception of the world.

Christian soldiers well grounded in the basic principles of Christ realize their life calling as warriors who must put on all the armour of God in order to take their stand against all the schemes of the devil *"for our struggle is not against flesh and blood, but against the rulers, against the authorities, against the powers of this dark world and against the spiritual forces of evil in heavenly realms"*. (Ephesians 6:12 NIV). Our struggle is against a spiritual foe and we must teach prisoners to fight it in spiritual ways.

Unless we have our eyes opened to perceive the work of Satan and his hosts at work in our prisons, and the motivating power behind all criminality and crime we will never be effective in battle, nor will we be effective in teaching and training others. If we do not know who our enemy is and recognise the fact that Satan is alive, and well, and powerfully at work in our penal institutions, actively engaged in seeking to destroy people's lives even to the point of demonizing people, we fail utterly, and will continue to fail utterly as ministers of the Gospel who cannot bring love, life and liberty to the prisoners.

Men must be taught to be on their guard because *"The Spirit clearly says that in later times some will abandon the faith and follow deceiving spirits and things taught by demons. Such teachings come through hypocritical liars, whose consciences have been seared with a hot iron"* (1 Timothy 4:1-2 NIV) It is crucial for us to be trained to see beyond our three dimensional world into the supernatural world, in order to discern by the word of God under the illumination of the Holy Spirit just what is from God and what is from the devil.

The Lord Jesus' earthly life began with the Adversary trying to destroy Him (Matthew 2:16-18). He began His ministry by His epic spiritual warfare in the wilderness wrestling against the forces of darkness (Matthew 4:1-11). In Mark's Gospel we see the wilderness battle followed by His baptism and the Holy Spirit coming upon Him and immediately afterwards He is off casting out demons (Mark 1:9-27). We see the demons crying out in shock and horror in full recognition of who He was (Mark 1:24). And if we follow His life to its culmination at Calvary we see it punctuated with His doing battle against Satan and his hosts. The Lord's ministry ended with His agonizing prayer in Gethsemane as He took upon Him the sins of the world, as He struggled in His humanity against the whole host of Hell, culminating in His glorious vanquishing death. *"And having spoiled principalities and powers, he made a show of them openly, triumphing over them in it."* (Colossians 2:15). His whole life and ministry was a consistent warring against Satan, and unless we perceive the world through eyes that have been given to us by being grounded in His Word and filled with His Spirit, to see as He sees, we will continue to stumble along in darkness and blindness at the mercy of Satan.

We must teach prisoners to stand as true soldiers of Christ so that they are able to declare holy war against the hosts of darkness, exposing them to the light of truth and vanquishing them, clad in the fully operational armour of God filled with His mighty power. Teaching men to take authority in prayer in the mighty name of Jesus over Satan and doing battle for the lost souls, the sick and demonized just as the Lord did and taught His disciples to. In the early Church there was a chap Paul mentions in Colossians, *"Epaphras, who is one of you, a servant of Christ, saluteth you, always labouring fervently for you in prayers, that ye may stand perfect and complete in all the will of God."* (Colossians 4:12). Like Epaphras we need to both pray and teach prisoners to pray fervently, agonizing in prayer that God's people may stand mature and whole in all the will of God as revealed in Christ, battling away continually.

It is long since past the time when God's people in prisons should have been through their training ground in the 'boot camp' of spiritual warfare and were equipped to use all the armour of God and skilled in use of spiritual weapons, realising and taking the authority given to each one of us in Christ Jesus: *"I have given you authority to trample on snakes and scorpions and to overcome all the power of the enemy; nothing will harm you"* (Luke 10:19 NIV). He means ALL the power of the enemy. When will God's people become aggressive soldiers in prayer, taking authority over the evil one and cease to be spiritual wimps too terrified to act?

Secondly we are called to be athletes competing in a race against time to obtain a crown of righteousness that will not fade away. The race is on because the clock is ticking away the seconds, minutes, hours, days, weeks, months and years. Time is so short and the days are evil. We are exhorted to be *"redeeming the time because the days are evil"*. We have wasted so much time and our days are numbered:

"The days of our years are threescore years and ten;
and if by reason of strength they be fourscore years,
yet it is their strength labour and sorrow; for it is soon
cut off, and we fly away...........
So teach us to number our days, that we may apply our
hearts unto wisdom."

(Psalm 90: 10 & 12)

Life is short, the days are evil, let us redeem the lost time because of the day of the great final race is at hand, when we are set to sprint into eternity. Therefore let us train as hard as an athlete according to the spiritual principles of the word of life, that we may win our crown and not be disqualified. Further let us train others that they, by our example and instruction may also compete according to the rules and be winners for Christ too.

The man in prison who builds his house upon the rock of Christ exercises himself in the spiritual training that will equip him for an effective life now and in eternity. As an athlete keeps his whole being under control, in mind and body, so too must the Christian prisoner be taught to control his life from within. (1 Corinthians 9:25-27). The man who exercises himself to live from within, from his spirit, begins to bring the lusts of the flesh under the control of the Spirit (Galatians 5:16-17), and the fruit of the Spirit begins to blossom and bear fruit in his life.

Only prisoners thus taught will learn to overcome the chronic sin and evil that pervades these prisons. Only prisoners thus taught will learn to control their lust, and bring their sexuality under the domination of the Holy Spirit instead of the domination of the devil through pornography, fantasy, homsexuality and masturbation. Only the prisoner thus taught in spiritual principles will kick the drugs habit and deal with the gossip and hatred, bitterness, resentment and violence that make up the ethos of prison life. Only men thus taught will go on in God and go out into the world as men who know God and live and move and have their being in Him.

The whole purpose of all our spiritual training is for but one thing, eloquently summed up in the inspired utterance of the Apostle Paul:

> *"Yea doubtless, and I count all things but loss for the excellency of the knowledge of Christ Jesus my Lord: for whom I have suffered the loss of all things, and do count them but dung, that I may win Christ."*
>
> (Philippians 3:8)

Paul cast aside ALL things, everything, position, power, wealth and knowledge, everything gloriously cast aside for the glory of knowing Him. Every ounce of excess fat and weight is thrown off in self-disciplined submission to Christ, that as my whole being becomes toned up and strong enough to win the final race in order to win the prize *"that I MAY WIN CHRIST"*. He is both our way and our prize.

> *"That I may know Him, and the power of his resurrection, and the fellowship of his sufferings,*

being made conformable unto his death; If by any means I might attain unto the resurrection of the dead."

(Philippians 3:10)

To know Him and the power of His resurrection, which comes by joining Him in death to sin and self and rising in His life. We have to teach men the facts of faith that in Christ they are dead to sin and alive to God.

"Not as though I had already attained, either were already perfect: but I follow after, if that I may apprehend that for which also I am apprehended of Christ Jesus."

(Philippians 3:12)

Even Paul did not say he had grasped it all, but he follows Him so that he might receive by faith all that for which Christ has taken hold of him. Thus he trained mercilessly enduring great hardship to attain the prize.

"Brethren, I count not myself to have apprehended: but this one thing I do, forgetting those things which are behind, and reaching forth unto those things which are before, I press toward the mark for the prize of the high calling of God in Christ Jesus."

(Philippians 3:13-14)

The Lord Jesus said, *"And this is eternal life, that they might KNOW THEE and Jesus Christ whom thou hast sent"* (John 17:3). The Christian prisoner who trains aright trains so as to win, and our prize is to know Him, to know the power of His glorious life in us, the same power which raised Him from the grave. That our prison disciples might know Him intimately and press on leaving the old life behind "ever further and deeper into the heart of God" (from "We are Marching" by Graham Kendrick). The training involves an understanding of God's nature and character and a balanced view of His Law and His Grace,

His Wrath and His Mercy, His Justice and His Righteousness, etc. And unless we begin to teach a biblical knowledge of God and help prisoners to study diligently the word of God, we will fail in preparing our prisoner athletes for the race they must run upon release into the world outside these walls.

Thirdly we are called to be farmers, hardworking farmers by whose efforts the seed is sown in our own lives, and in others, to produce a harvest for eternal life. We must teach men to farm spiritually and to feed one another, as well as evangelising the lost in our prisons. There are so many analogies to make from scriptures upon the farm, harvesting, planting, ploughing, removing rocks and setting boundaries, etc. One that seems to be very relevant to our discussion is:

> *"Sow to yourselves in righteousness, reap in mercy; break up your fallow ground: for it is time to seek the Lord, till he come and rain righteousness upon you. Ye have ploughed wickedness, ye have reaped iniquity. Ye have eaten the fruit of lies: because thou didst trust in thy way, in the multitude of thy mighty men."*
>
> (Hosea 10:12-13)

This verse was given as a message from the Lord to us in Parkhurst in early 1985. For far too long the Church has trusted in its "own way" and has very hard ground in its life which cannot receive the word of God. It is time to break it up, plough it up, weed it, remove the rocks and boulders that His word may bring the prison Church an abundant harvest for Christ. By so doing we will see the heavens opened and a great downpour of the Holy Spirit come upon us if only we would prepare the ground.

Yes, warring, training and farming produce an army of agile, agriculturally trained spiritual men who are able to build a strong house of the Lord, and the gates of hell shall not prevail against it if it is built upon the Rock that is Christ (1 Corinthians 10:1-6). The discipleship ministry to prisoners is crucial and must encompass these three dimensions of Christian growth, to bring up men of God equipped to cope with life and able to become active members of the Church behind bars. Remember most of us are going to be behind these walls for many, many years, some for decades. It is imperative to build a fellowship of believers behind bars who realise they will be in prison for years and to train and equip them to help their fellow prisoners on to maturity in Christ, so that when men begin to be released from these long term hell holes, they take with them Christ and streams of living water into the Church at large and the world. Unless a hard core of dedicated disciples who are thoroughly equipped in spiritual principles is founded in our long term prisons, no work will ever be established, no work will ever be sustained and no spiritual house will ever stand.

As things are the prison system continues to push men out of the gates on discharge with a new suit, a small grant, a rail pass and the accumulated poison of the perversions of prison life. We are sending out men who have become degenerate homosexuals, drug addicts and men filled with hatred, bitterness and resentment. The Church, because of its impotent failure to bring Christ and His life-changing power to men's lives, contributes by pushing men out into the world rejecting what they see as an impotent dry, dead religion with no solutions, no power, no God. We are also pushing out men who are "Christians" who are no better than their unbelieving counterparts except they go to church and who go out and rape in the church, steal in the church and even murder in the church, because we have failed to obey Christ and disciple them. Anyone involved in rehabilitation of Christian ex-offenders knows the problem only too well.

16

Houses built on sand

"And everyone that heareth these sayings of mine, and doeth them not, shall be likened unto a foolish man, which built his house upon sand: And the rain descended, and the floods came, and the winds blew, and beat upon that house; and it fell: and great was the fall of it."

(Matthew 7:26-27)

Our failure to achieve the purposes of God in the long term prisons comes down to one simple issue: Authority. There is an almost complete failure to submit to the Lordship of Christ in many crucial areas.

An unbiblical philosophy in parts of the Chaplaincy in teaching and preaching, and a failure in its apostolic task of counselling, building, training and equipping has produced centralized answers to man management based on human reasoning rather than biblical principles.

On the prisoners' side there is a failure to be open about sin and our emotional trauma and the consequent repression causes untold problems.

An almost complete failure to realize the fact that we do battle against all the powers of darkness and that Satan really does have men in profound demonic bondage. In short Biblical authority is ignored and often we only pay lip service to the Word of God.

I must make it plain once more that I write about long term dispersal prisons only. I believe these prisons are bottom of the list of priority for rehabilitative projects in every area of prison department strategy, including the Chaplaincy.

There exists a consistent failure in the realms of liberal and progressive theology to submit to the authority of scripture. This total lack of reverence for God's revelation and incorrect interpretation of scripture by comparing scripture with scripture, and seeking the guidance of the Holy Spirit to interpret God's word for today's church, has led to a total dryness of real spiritual life and apostolic power in the men serving at God's altar.

If one cannot accept the authority of the Bible as the Lord Jesus Christ Himself did, by humbly bringing all our ideas and plans alongside the straight cutting edge of scripture, we fail utterly to have words of life to preach and teach with, to bring spiritual life to our hearers. It is impossible to receive power from an impotent God who did not really walk on water, who did not really feed five thousand from five loaves and two fish, and who did not really rise from the dead in body. But according to the liberal progressive enlightened mind of today it was a mere spiritual resurrection, or so we are told from prison pulpits. Of course, there are many ways to God! To quote the Archbishop of Canterbury in giving the Francis Younghusband Memorial lecture at Lambeth Palace in May 1986 (Sir Francis Younghusband founded the World Congress of Faiths in 1936). The Archbishop said in his lecture,

"True dialogue and a spirit of friendship and reconciliation can help us recognise that other faiths than our own are genuine mansions of the spirit with many rooms to be discovered rather than solitary fortresses to be attacked."

So Islam, Buddhism, Moonies and Jehovah's Witnesses are valid pathways to a mansion of the spirit, but certainly not the Spirit of Jesus, methinks. This is what we sometimes hear from prison pulpits and worse (John 4:6).

What men are looking for in prison as they struggle to hold on to their sanity and reasoning faculties in an environment conducive to the destruction of creativity through boredom, apathy and sterile input, is authority, the very same authority which riveted the attention of the people the Lord Jesus spoke to at the Sermon on the Mount: *"And it came to pass, when Jesus had ended these sayings, the people were astonished at his doctrine: for he taught as one having authority and not as the scribes"* (Matthew 7:28-29) We lack biblical authority, the very thing men in prison need to be confronted with and challenged by. Men are really challenged and compelled to think about the issues when they meet godliness accompanied by unshakable conviction which should be the hallmark of every man of God. Such authority cannot be bought, learned or even put on in dress, it resides in a man filled with the Spirit of Christ who submits to the Word of God.

We long term Christian prisoners have to answer for our failure too. There are so few men really going on in God and growing in **grace.** There seems to be a number of reasons for this. When I was in Gartree, approximately 30% of the population were lifers and we had severe emotional and psychological problems resulting from our offences and childhood experiences. There are victims of just about every form of child abuse in body, mind and emotions. There are those who have only spent 3-4 years out of institutions in 30-35 years of life. Such a background leaves severe emotional scars and little opportunity to grow up emotionally, intellectually or even socially. Consequently you are dealing with grown men who are incredibly insecure and immature and very sensitive because of their own particular hells.

As a point of interest many child molesters and sex offenders were themselves the victims of child abuse or rape at an early age and have sought revenge or *have done what to them was normal.* Many violent men have come out of childhoods of the most amazing violence. Whilst there are many people at large who have experienced the same backgrounds and never offend, it is clear that some people will do what was done to them, for whatever reason.

Amongst Christians in prison there is a real lack of true discipleship ministry which can bring men to the point of being open to the Holy Spirit to come in and bring healing and wholeness to the deep inner hurts and traumas. What tends to take place is that men put on a cloak of zealous religious activity to hide or cover up their problems. They do precisely what the woman did at Sychar in Samaria, and get into religion when confronted with the truth about themselves. Repression inevitably explodes every now and then and we are often surprised by the dirt that erupts out of what appeared to be a clean house. It was there all the time and covered in religious activity, and often is again until the next relapse.

We lack a ministry to the whole man to meet men in spirit, soul (mind, will, intellect and emotions) and body through the ministry of the church. Chaplains are not trained to enter into the realms of demonic oppression and biblical counselling to bring men into wholeness in Christ and consequently the ministry consists of the services, report writing and perhaps chatting with people here and there. Anyone who has lived in a prison environment for any length of time cannot doubt the fact that men in here are demonized. There are those totally obsessed with pornography of the most disgustingly perverse kind. They eat, drink, live and sleep it. Why the authorities allow the most disgusting hard-core porn to come into the prison is another issue. But when men spend years using hallucogenic drugs and fantasizing on pornography, and go out obsessed with lust and act out their fantasies, one wonders why the Home Office and the Church is silent.

Continual exposure to pornography, allied with a weakened mentality through drugs and apathy will prohibit many from a normal relationship with a woman, leading to emotional problems and usually commit more crime to compensate for lack of love and attention. It is a spiral to greater violence and perversion which often causes men to commit sexual offences.

One also wonders why governments who are elected with a massive law and order and moral lobby use pornography, violent films and illicit drugs to control the prison population by turning a blind eye to it, without ''officially'' allowing it!

There are sudden changes in people from reasonable to excessively violent behaviour and spasms of hatred, bitterness and resentment which transform the person into something other than a human being. Deliverance is not a popular subject and a most neglected one in the Church. We fail to see Satan in operation in people at our peril.

There are men I know who have been Christians for years and cannot get victory in problems of obsessive masturbation, for example, and I mean repeatedly daily. There are Christians who are still bound by homesexuality, drug abuse, hatred and just about every evil work. These are men who are committed Christians and struggle to overcome such sin, and cannot come to the realization that there are powers at work in their lives beyond their control. I know a Christian chronically demonized who cannot accept the fact that he is controlled by evil spirits. He displays all the signs of classic demon possession. Because of his faith and prayer he gets relief from these attacks for periods, but they always surface again and again.

If prison ministry is ever to be effective, Christians are going to need to re-examine their theology under the illumination of the Holy Spirit in order to set at liberty the captives.

Drug abuse is a chronic problem in long term prisons and it accounts for 99% of our fellowship problems. Christians in here use illicit drugs and have tremendous spiritual problems as a result. This is a problem that must be faced up to. It is time Christians outside who contact prisoners begin to be a little more discerning about their Christian brethren in prison. We can so easily live lies of hypocrisy in prison. And many Christians live double lives. They are one thing in church and another in private. We can so easily fool wives, family and friends into believing we are really "spiritual", when in reality we have chronic problems we cannot face up to, and which we have covered in our marvellous Bible talk and testimonies. It is so easy to talk about the Lord without making it personal by talking about me and where I really am in God.

It is so easy to build our houses upon the sands of spiritual fantasy in prison. This is a trap all long term Christian prisoners are liable to fall into because of the mundane, boring and apathetic environment. As the world retreats into porn and criminal fantasy, we resort to spiritual revelations and dreams which if augmented with drugs really do cause chaos. Somehow we have to make our Christian witness very practical and it seems to me that the charter of discipleship which is very radical and practical is the Sermon on the Mount. If this is applied in prison it is certain to at least place you in the thick of the battle against darkness.

Perhaps what is most interesting is that what unites prisoners and the Chaplaincy is our sandy foundations which on the evil day will always give way to the wind and rain and tide of public opinion and whatever is expedient. Both sides have sandy foundations and both share the responsibility for the state of the walls in the Church and the gates which are scorched with fire.

Until Chaplains and prisoners get themselves before God on their knees and begin to weep for the state of the Church behind bars in long term prisons, in humble repentance and submission to what the Holy Spirit reveals through His people united in prayer and study of the word, we will continue to build walls that crack, crumble and come down when the rains come. Some parts of the wall will remain because they have been built under the guidance of the Lord, through the lives of the few who are obedient to the Word of the Lord. *"Except the Lord build the house, they labour in vain that build it"* (Psalm 27:1a). The Church cannot be built by human effort, or by centralized Church building plans or good management. Not even with the institution of lavish services, choirs and chanting, not with liturgical excellence, or carol services of unsurpassed brilliance. It is not by might nor by power but by My Spirit saith the Lord, and it is time God's people submitted themselves to God alone and what His Spirit is saying to the Church.

The Laodicean church in Revelation 3 is like us, neither hot nor cold but lukewarm, and ready to be spewed out of the mouth of Christ (Revelation 3:15,16). We are so complacent as to think we can build the Church by the attraction of new songs, and attractive services, by Bible studies and Christian entertainment that make up the materialistic Church (Revelation 3:17). We dare to think we can avoid the fire of tribulation which purifies our motives, theology and deeds. (1 Peter1:6-7). It is only a pure Church that is suffering. Unless we are salt and light in a sick, sinful world, confronting darkness with light, we will remain poor in spiritual experience, blind in vision and naked in our unfaithfulness, without a glimmer of the gold which is the divine nature formed in us by suffering (Revelation 3:18; 2 Peter 1:4). And yet, behold He stands at the door and knocks.... (Revelation 3:22)

17
A Disappearing Ministry

''Remember the height from which you have fallen! Repent and do the things you did at first. If you do not repent, I will come to you and remove your lampstand from its place''.

(Revelation 2:5 NIV)

We have seen how the prison system has failed in its objective of teaching people to lead a good and useful life. On the contrary imprisonment for any length of time corrupts even more and the prisoner gets worse and worse. The only ''hope'' of the majority of prison staff is that as men get older they will get mellower and exercise more self-control. This is ''rehabilitation''. There exists a darkness which is so consuming and overbearing that evil is tolerated as a means of control.

The Chaplaincy has failed in its apostolic commission and prisoners and staff alike see it as an outdated and very costly anachronism. More and more as we approach the end of the century the Prison service Chaplaincy is under threat. For the most part prisoners and staff ignore the Chaplaincy as an irrelevant, harmless department not worth bothering with.

In our pluralist society which has adopted heathen religions there are more Moslems who worship each week in Gartree than Christians. Yet they have no mosque, no full-time Imam and no budget. With the increasing plethora of religions today and the individual right of freedom to practice and learn one's religion, the Home Office has to modify its policy on religion in prison. At the present time it is discriminating in favour of Christian religion. They provide full-time salaried Christian Chaplains. They have a system of regional Chaplain Generals for each prison region, a whole Home Office department and a budget. However, nowadays the Christian religion is becoming a minority in prison in so far as many, and often more moslems worship and participate in religious activity than "Christians". Why should they not have an equal status and be provided with paid ministers and a budget? They don't have a specific place to worship, they are not allowed to use a Christian chapel (and rightly so). And they are beginning to push for their own places of worship along with other religions.

Increasingly the Prison Service Chaplaincy has to justify its existence especially under a Government that seeks to administer the nation's purse prudently. Some of these other religious groups cannot be called minorities in prison any longer. In every other sphere of service the Home Office counts the number of prisoners attending a class or activity as the criteria for whether it will support its cost. And it cannot be justified in saying there are tens of thousands of Christians in prison because everyone who has no religion is put down as C. of E! Prudent administration accords a budget in proportion to the number who use a facility. And nowadays very few attend the Christian Services in long-term prisons.

A debate is beginning in government as to whether or not the Prison Service Chaplaincy should be abolished, because in order to remain fair to all religions they will have to spend millions to provide equal facilities for all prisoners. If they provide elaborate and expensive facilities for Christians, why not Buddhists, Sikhs and Moslems? There is increasing tension amongst other religious groups who are discriminated against. When more Moslems practice their religion than Christians why should they not have a full-time Imam?

On the other hand if the Government abolished the Prison Service Chaplaincy competely it would save millions of pounds. And it could then allow religious volunteers freedom of access to prisons to minister to the various groups. After all, the state is under no obligation to provide funding for religious practice, but only to facilitate it. In society at large the Government does not pay for religious practice, that is up to the charity of its adherents. How can it be democratic and just to provide religious funding for one minority: Christians, and not for moslems or any other religion?

As things are today in long term prisons 90% of men who attend the C. of E. services are not members of the Church of England and desire a minister of their own denomination to preach at least occasionally. However because the C. of E. dominates the Chaplaincy, prisoners are compelled to put up with the exclusivism of clergy who prohibit other ministers coming in to the prison.

If the Prison Service Chaplaincy was abolished and the doors of prisions opened to volunteer ministers committed to prisoners, there would be a diverse team ministry of multiple denominations and all prisoners' spiritual needs would be met by men whose ministry is a vocation. It would enable Prison Fellowship to understand prisoners' needs, know the men and appropriately minister to the individual.

The present Government policy is to take away state control of caring services and encourage charities to do it by tax concessions to industry. The Charities do a far better job than career carers, because they are committed to their cause. The Government would save millions of pounds from its prison budget which could be better spent elsewhere.

The Church would be independent from the Prison Service, and could function in its religious capacity, ignoring the politics of parole reports and discipline. The people involved would be sincerely committed to helping prisoners. Prisoners would respond to that care. Specialist ministers would no longer be prohibited from ministering to the needs of men inside. The caring active Church at large would be better able to assimilate and understand the needs of prisoners and prevent some of the rapes and murders we have seen in the Church committed by ex-prisoners. In fact the sincerity and veracity of a man's conversion would be much better discovered before his release.

The Home Office is increasing the number of part-time Chaplains and decreasing the number of full-time Chaplains. In many new prisons there is no full-time Chaplain. In the 1970's when Prison Fellowship was formed in America and with the political connections of its founders, it has developed both as a spiritual non-denominational body of believers and a political lobby too. As a member of the United Nations Alliance on Crime and Criminal Justice, Prison Fellowship International is heard in the corridors of power. In the United States the Government has been pleased to accept and receive the powerful and dynamic ministry of Prison Fellowship Volunteers into its prisons. It costs them nothing and they have reaped positive results in individual rehabilitation and collective rehabilitation projects started through P.F.I.

On the Chaplain's side he faces enormous difficulty because of Home Office policy which regards all religions of equal value, a policy which is in actual fact a political hot potato because of the Sovereign's constitutional reponsibility to uphold the Christian faith in Her Government. This constitutional responsibility is being overlooked and has been for years! As a result of this the Chaplaincy is regarded as and have become more or less ecclesiastical social workers within the system. Thus to a certain extent prison Chaplains are victims of the system. They face a battlefront on all sides and many have become disillusioned and depressed.

The piles of paperwork and administrative duties Chaplains face, and the importance attached to their attending meetings, detracts from their primary task of preaching the Gospel, healing the sick and casting out demons. Secular offices of psychology, psychiatry and welfare have undermined the spiritual ministry of Chaplains in the areas of wholeness and healing, leaving them divested of areas in which they should operate.

Prisoners do not do very much to encourage them either, and to a large degree born-again believers with discredited testimonies both within the prisons and on release have done little to gain the confidence of Chaplains. To see a man zealous for God and then see him fall is disheartening. Often young believers who are anti institutional religion, having had great experiences of Christ, are conceited and manifest a spiritual pride and intolerance demonstrating Corinthian church gifts and revelations with little spiritual maturity and fruit of the Spirit. It is very easy to alienate the Chaplain who has not had the same radical experience and who is wary of conversions, having seen so many spurious ones.

Chaplains have a very lonely job of ministering to prisoners, staff and often to the community outside too. They get very little support from prisoners, staff or management and it tends to make them feel threatened and very wary. They are very often victims of the system. They have had so many let downs that it is little wonder that they are so discouraged and disillusioned.

Recently I met the Chaplain General of prisons. We had corresponded on a few occasions and when he came to the prison he visited me. We had a marvellous time and a lot of misunderstanding became understanding of our mutual needs and hopes. There is no doubt in my mind that he is a man of God and when we prayed together the Lord really blessed me as he prayed. I have a deep conviction that this man is serious in trying to meet the needs of all Christians and that he is encouraging Chaplains to open to Prison

Fellowship and ministers of other demoninations. For the first time I felt that I was talking to a man in the Chaplaincy who cared and was willing to meet me half way and I feel that on this basis there is hope for a renewal of the Church ministry in prisons.

Keith Pound is working to encourage his ministers to give them renewed vision and I believe his influence will in time filter through to affect the Chaplaincy positively. This is however not ground for complacency, it is a calling to commitment, to prayer, hard work and an openness and willingness to meet the needs of all in our prisons.

18

The Trumpet Sounds

"Again the word of the Lord came unto me, saying, Son of man, speak to the children of thy people, and say unto them, When I bring the sword upon a land, if the people of the land take a man of their coasts, and set him for their watchman: If when he seeth the sword come upon the land, he blow the trumpet, and warn the people; Then whosoever heareth the sound of the trumpet, and taketh not warning; if the sword come, and take him away, his blood shall be upon his own head. He heard the sound of the trumpet, and took not warning; his blood shall be upon him. But he that taketh warning shall deliver his soul. But if the watchman see the sword come, and blow not the trumpet, and the people be not warned; if the sword come, and take any person from among them, he is taken away in his iniquity; but his blood will I require at the watchman's hand.
So thou, O Son of man, I have set thee a watchman unto the house of Israel; therefore thou shalt hear the word at my mouth, and warn them from me."

(Ezekiel 33:1-7)

In the final analysis there are a number of things that should be taken into consideration if Christians are to be able to respond to the real needs of men in prison for long terms and life, also to meet the needs of those who are coming out of the darkness of our prisons to try and resettle into the community.

At the Conservative Party Conference in Blackpool during October 1983, the then Home Secretary, the Rt. Hon. Leon Brittan M.P. addressed the Conference on the issue of law and order. He made a policy speech in which he radically changed the parole review procedure for life sentence prisoners and effectively stopped parole for a wide range of offenders who are normally kept in long term dispersal prisons. At a stroke he effectively took away parole possibilities for thousands of people. For lifers this policy was retroactive and has effectively added years to their time in prison. Some lifers were even recalled from open prisons because the Home Secretary felt that now they should serve longer.

It cannot ever be just to make policy changes retrospective in effect, they should begin from that date forward and not affect people who were sentenced under another policy often decades before. We would not contemplate making the death penalty retrospective if it were re-instituted. It would not be countenanced in our nation; yet we have effectively re-sentenced many lifers to longer terms than they would have served at the time of their sentencing and public opinion then, because of changing attitudes now.

From that day onwards and backwards, affecting all already detained, some who had served many years, there would be no parole for professional criminals, violent offenders, armed robbery, drugs offences, etc. save in the last months of a sentence. This took immediate effect, see Hansard 30.11.83, Appendix C, which outlines the policy. Indirectly this overruled the judges sentencing for sentences given before that date, because the trial judge takes into consideration public opinion, parole and all the other factors at the time of sentencing. The Home Secretary effectively added to that. The Home Office would probably argue that the Home Secretary has this power and that parole is not a right and there is no obligation to consider anybody for it. However it does not make retrospective policy changes just or fair which effectively detain men for decades longer. See Appendix E Section 1.7.

Even more draconian was the new policy for life sentence prisoners whereby he abolished the Joint Parole Board/Home Office Committee, which was an all party committee which considered lifers release. This was, as the name suggests, a body representing all the major departments of the Prison Service which assessed the possibility, and probability of release. In its place, all life sentence prisoners would have their case reviewed and a "tariff" by the Home Secretary, the Lord Chief Justice and the trial judge, if still alive. Their criteria is to decide in terms of "retribution" and "deterrence" how long a man should serve to satisfy these criteria. What it means in reality is that civil servants assess the cases on behalf of the Home Secretary and set the tariff according to a strict category of type of offence, instead of "in committee" with discussion.

Once the tariff set for "retribution" and "deterrence" was served, a Local Review Committee at the location where the prisoner is detained considers the third and most important factor for release "risk" to the public. (A Local Review Committee is made up of Governors, Probation Staff, Magistrates and selected "Independent" members of the Community). They make a final recommendation to the Home Secretary about release and he decides. What this has in effect done is to narrow the terms of assessment, and has concentrated the prerogative to arbitrarily keep men in prison for very much longer than the previous all party committee would ordinarily have recommended.

It is indefensible to argue that under the previous policy the risk factor was not adequately considered, because in 1983 the Guardian newspaper revealed statistics showing that just 1% of all lifers released, who had previously committed homicide, reoffended in the same way, i.e.

committed another murder, thus demonstrating the stringent effective filter the previous system was. In fact the previous consideration of risk had been excellent, of the six people who had reoffended since abolition of the death sentence, four, if I recall correctly, were released from psychiatric hospitals and had severe mental problems, thus making the figure of reoffenders for homicide less than 1% released from prison on life licence.

In spite of the excellent filter that existed for consideration of release proven by the record, the Home Secretary increased the length of time most lifers would serve despite unanimous research worldwide which reveals that detention for periods of longer than ten years is severely debilitating psychologically. I am not advocating that every lifer should be released after ten years, but I think it somewhat perverse that a Home Secretary, knowing the facts about long term confinement's effect, and knowing the excellent British record for risk in releasing lifers, should increase detention considerably for no other reason than that in his *view* people were not punished enough. In reality what it reveals is a correlation between mental deterioration and release which will probably increase the risk factor and thus deny release for many more, because by the time they've been punished enough to satisfy the Home Secretary they will have become too unstable. Either this or it will increase the long-term reoffending rate for homicide because retribution will have gone too far, thus paving the way to make life mean life for all. It is a Catch 22 situation.

The only positive thing about this policy is that it now gives some sort of indication to the individual as to how long he has to serve before he is considered for release. Until then a life sentence prisoner was never given any indication as to how long he might serve. There have been some special cases where a trial judge, in sentencing a defendant, has stated that he would be making a recommendation to the Home Secretary to detain this man for a minimum period.

This practice has been a tradition whereby judges have expressed their personal view and though it carries no weight in law, no Home Secretary would ordinarily overrule the judges view.

Leon Brittan stated that for certain offences of murder a minimum tariff date of 20 years would be set for:

1. Murderers of Police or Prison Officers
2. Terrorist Murders
3. Those convicted of the sexual or sadistic murder of children
4. Those convicted of murder by firearm in the course of robbery

These were to act as a deterrent to others not to commit similar offences. This is in line with a current misconception that long terms in prision will ultimately deter serious crime. The plain fact of the matter is that "deterrence" is a fallacy which is overlooked in a public consciousnes assaulted and raped by the mass media which propogates long sentences as the solution to criminality. It is a term which has come into use by politicians and Home Secretaries to promulgate the idea that if society "gets tough" it will actually do something to stem the flow of uncontrollable violence and crime in our society.

The reality is that "deterrence" only exists in the minds of law abiding citizens. Criminals are not deterred by heavy sentences or judges comments in a particular case. Such policies only encourage greater caution and a greater determination not to get caught. It produces a recklessness which will shoot it out with the police rather than get caught. Recent shoot-outs with the police and recent trials prove this. It leads to an escalation in criminals' use of firearms, forces the police to use more sophisticated military weaponry, increases police fatalities, and innocent bystanders' chances of getting killed in crossfire, and will ultimately lead to the police walking our streets with military style sub-machine guns, like at Heathrow Airport today.

We need to seriously consider the whole question of "deterrence" as a morally just concept. Does society in its justice have any moral right to make examples of other people to deter others? What deterrent sentencing means is that, because of the changing tide of public opinion, we express in prison sentencing public outrage and vengeance rather than fair retribution based upon a moral law or foundation. Our standard is public opinion because we have no moral absolutes in our society any more, there is no real authoritative moral law to guide us, (the Bible having no authority) only the shifting sands of emotional opinions. Thus sentencing policy has become an alleviation of "public feeling" (emotions) in a catharsis upon the prisoner in a vain hope of deterring others into not committing a similar offence. This is based on a false premise that the forces which are driving a man to commit such acts can be brought under control by fear. It is in fact a rather primitive form of pagan propitiation of the gods in the hope that they will leave us alone. It is an enslavement to hopelessness. It was the great Sir Winston Churchill who said "the mood and temper of the public with regard to the treatment of crime and criminals is one of the most unfailing tests of the civilization of our country". I fear that we do not fare well with our primitive policies of locking people up and throwing away the key.

That a man should be punished for his crime is right, just and fair, but to go beyond this into the realms of "deterrence" is not the prerogative of real justice, neither does it have any biblical foundation. Deterrence has slowly been seeded into the public consciousness through the continual overflow of East/West cold war "deterrence" and the political term has become part of our national vocabulary. Quite simply "deterrence" does not work. For example, in East/West relations the nuclear deterrent only works to deter those already in the "Nuclear Club". It does not deter other nations from wishing to join in, for example India, Iraq, Israel, Pakistan, South Africa, not to mention Libya! By the same token deterrence sentences only act as "preventative detention". They do not stop others from committing similar offences. It cannot and will not work, it is a naive concept which has been accepted and adopted without any deep consideratiron. It is in very truth a soft option in order not to get down to the real roots of crime in our society.

As a result of this lack of understanding men are being sentenced to incredibly long sentences, lifers are detained longer and an increasing number fall under a special category who will never be released. And none of it serves any useful purpose. It neither deters nor halts the alarming lawlessness in our culture. In fact it has the opposite effect and is demonstrated by the continuing increases in violent and sexual offences.

When the new policy was introduced in 1983 lifers were led to believe that they would not serve longer than their tariff. However it has become apparent that many will in fact serve longer as indicated by Home Office publication F1530A (Res/12/87) issued to lifers in June 1988. It states on page 7, paragraph 20:-

> The Home Secretary has decided that no life sentence prisoner should normally be detained for longer than 17 years without a formal review of his case even when the initial assessment of the period of detention necessary to mark the seriousness of the offence is longer than 20 years. When the first L.R.C. review is fixed for the 17 year point in these special circumstances, it will be made clear to the prisoner concerned that it does not mean that 20 years has been set as the period necessary to mark the seriousness of the offence. Similarly, the timing of any subsequent

formal reviews may not be related to the period of detention necessary to mark the seriousness of the offence."

Read carefully - and if understanding "Home Office Speak", - it is plain that this is the clearest statement yet that many, if not all in the 20 year class will not be seriously considered for release. It is in effect saying that only those given tariffs of less than 20 years can expect early release at their tariff. Significantly, men I know who had recommendations of 25, 30, 35 years and even "natural life" were all given 20 year tariffs and led to believe that they could expect a possibility of release at the 20 year mark. What this has done is to give no hopers a glimmer of hope without actually giving them any chance of release. It creates an unreal "possibility" of release for those whom the Home Secretary will never release, thus giving a potentially dangerous disruptive prisoner a straw to grasp at, a false "incentive" of "hope" that will snap if he is foolish enough to grasp it. The word "no" is rarely used in communication with prisoners. In my experience whenever I am told of a "possibility" it is a gentle way of saying "no". Jesus said:-

> *"But let your communication be, Yea, yea; Nay, nay: for whatsoever is more than these cometh of evil."*
>
> (Matthew 5:37)

Whenever "possibility" is used in prisons by staff it generally means a clear "no". (Note in the Statutory instrument which follows the special context of the word "possibility" which is to be used when someone is not getting out.) See below.

The Home Office is reluctant to admit publicly that a great many lifers in this category will never be released because of the implications for prison discipline. Hundreds of lifers who have been positively told that they will never be released presents a formidable problem. This is made clear in the statutory instruments No.622 of 1983 issued by and available from H.M.S.O. for the Local Review Committeee as guidelines in recommendations for release on licence. In paragraph 5228 it states:-

> "The Local Review Committee must inevitably from time to time review cases in which the offender's release would clearly be unsafe. In such cases the review should be principally regarded as serving the following purposes:-
>
> (i) Satisfying the prisoner that a ***possibility*** of his release is being kept under review and that anything he has to say on his own behalf is being considered.
> (ii) Assessing how the offender is standing up to prolonged imprisonment.
> (iii) Enabling the local review committee to make a recommendation about when it should next review the case."

And that is all. Convince him that he has a glimmer of hope, evaluate his deteriorating state of mind and set the next review as far ahead as he can cope with. There are always what are termed "exceptional circumstances" in which an earlier than previously thought release is possible. These are explained in Appendix D.

Overall the whole of this system functions to keep men in prison for periods above and beyond what psychiatric, psychological and moral agencies would recommend as a fair period of detention as retribution. The overall effect is to turn out debilitated, degenerated and degraded human beings who lose all sense of reality and become so desensitized in their emotions as to be paranoid neurotics. As this eradication of hope dawns it is creating attitudes of desperation in men who have struggled to reform and enable themselves to be able to be considered for release. For a great many that is now gone, forever.

On another level Home Office policy is now working towards a radical if slow programme of reform for the regimes of long term prisons. This is in line with present proclivities for sentencing which does more than detain people for longer; it is designed to be more "severe" and punitive inside the prison itself. Slowly but surely there has been a tightening up of the rules with the effect of eroding a lot of the small things that make life bearable for the long termer.

Generally long term prisoners are moved from one long term prison to another every 2-3 years and with this constant shuffling of the prison population, regimes are relatively easily changed in 2-3 year cycles without causing too much friction. It is quite interesting to note just how much a regime in any one prison changes in a 2-3 year period. Sometimes it is very dramatic and noticeable. In recent years some of the changes, and what is seen to be an erosion of privileges, has sown many seeds of discontent in many long term prisoners and lifers who can look back to days when the regimes were much more relaxed and it was easy to get along with staff in a relationship of mutual respect, to the degree that nearly everybody worked to keep the peace and left people to do their time without pressurizing them all the time.

For example when I was in Parkhurst prison, an old decaying prison built in Victorian times, the prison buildings were awful and rotten, yet the regime was relaxed and "friendly". It made life easy and bearable not because of the externals but through communication with a staff that had mostly been around for the 1968 and 1978 riots and had learned that men doing long terms need to be treated fairly, with respect and dignity. By contrast I am now detained in Full Sutton prison in Yorkshire, which is an example of the new style of dispersal prisons, built at a cost of £28 million, with more to come for a further phase of building. Compared with the facilities in Parkhurst, Full Sutton is a palace in terms of buildings, toilets in cells and brand new clean design. The prison opened in October 1987 and in only eight short months it has evolved a regime which is strict, tense, untruthful and alienating. This is creating tremendous tension between staff and prisoners which I find alarming and dangerous. This prison has good modern facilities which will count for nothing if the regime remains as it is. Parkhurst, by contrast, had, when I was there, appalling buildings, some of which were falling down, but the staff were reasonable, friendly and helpful. There was communication and a desire to live together peaceably so far as is possible.

When Douglas Hurd, Home Secretary, opened Full Sutton officially earlier this year, he described the regime to the media as "severe". This is his description, and it adequately describes the kind of regimes being formulated not just for Full Sutton but for prisons generally. Full Sutton is just the newest example. Even whilst I was at Gartree, before I came here, the process of changing the regime had begun and continues there as elsewhere with a view to more "severe" punishment.

What kind of things are we talking about in a regime which makes it bearable, relaxed and creates less tension, less alarm bells and less possibilities of a riot? This might sound totally ridiculous, but they are very small things indeed, which taken in totality transform regimes into much more humane institutions. What one must consider is that it is the small things when when piled up eventually break the camel's back.

Someone who was very rich in wisdom once said that "rules are there for the discretion of wise men and the restraint of fools". When the government of a country strictly interprets a ballistic missile treaty for example, it means that they are not really happy with it and therefore they go right to the letter of the treaty in its interpretation, but in times when they feel less aggressive and more trustful they interpret the treaty with discretion. When a long term prison regime begins to interpret the rules to the letter then it immediately evokes an inflexibility in the prison which affects everyone. Discretion goes out of the window and we are governed by restraint. What is always needed is discretion of wise men in interpreting rules.

What generally tends to happen in the prison system, or in a particular prison, is that one person is caught abusing a rule or privilege, so the governor or Home Office put a blanket ban on everyone, thereby punishing all for one. This despite the fact that we are called constantly to be responsible individuals. Instead of penalising the perpetrator and taking the privilege from him, it is applied to all.

When I came to Full Sutton earlier this year I realized that the place would have lots of teething troubles and I was quite prepared to put with the inconvenience of all that, as indeed did many people around me. However, instead of getting better, the regime is deteriorating. The prison is seething with discontent, in fact the Home Office has been deluged with requests for transfers by prisoners and staff because they foresee the inevitable consequences of the rigid, inflexible, petty, "severe" and provocative regime, and don't want to be here when it eventually erupts. People are talking now of a potential for a riot and it is not the "Hooligan" element, it is the quieter, more reflective prisoners who have been using their intellect and powers of perception to evaluate where the daily rise and fall in tension will lead.

In the U.S.A. sociologists conducted an experiment in which they reproduced as exactly as possible prison conditions. In the simulated experiment they made a selection of "prisoners" and "guards" from a group of volunteers who were ordinary middle-class students, and used the two groups to observe as closely as possible the behaviour of the various individuals. What actually happened was the "prisoners" asked to call off the experiment because the experience was so alarming. Those who were in the role of "guards" did not like this idea because they had begun to enjoy the amount of control they had over the "prisoners". Power really corrupts.

The guards could be divided into three groups, those who were "tough but fair"; and others who were poor at exercising control; but the third group really went overboard and became ruthless and repressive. Ultimately this latter group derived enormous pleasure from humiliating, threatening and insulting the "prisoners". One of the "guards" commented "acting authoritatively can be fun. Power can be a great pleasure".

The "prisoners" group were quickly subdued and became passive and depressed. They went on to become dependent and helpless in their situation. Ultimately they became resigned to their situation. Others though began to fight back against the treatment of the oppressive "guards".

On both sides it was proven that a dehumanising process set in and as a result of the experiment, which though limited, proved that as the "guards" became more brutal they lost some measure of their humanity and thus became locked in a "relationship which is destructive to their human nature. Guards are also society's prisoners". (see "Nebraska Symposium on Motivation". 1969 by Zimbardo. University of Nebraska Press). This study is fascinating for us today in evaluating current trends and thinking towards the confinement and control of prisoners.

Once the "guards" realized that they had absolute authority over the "prisoners", it was easy to make the transition in their thinking and to regard the "prisoners" as less than human. They then lost all consideration and understanding of the "prisoners'" needs and humanity. As humans we have a remarkable propensity to dehumanise other human beings by standing in some position of authority and power over others, or under them. Thus on two levels we either degrade or elevate by endowing qualities to others they do not really possess. On the level of elevation we endow our pop stars and heroes with superhuman abilities and obediently fall down in homage before them. These are powerful elevations for our adulation; on the other hand we dehumanise others by deposing their human dignity and endow them with animal status and they become the focus of our vitriol. Once this transition in thinking has taken place it then becomes really easy to treat them as less than human. First we conceive of them as "animals", then we treat them like animals.

The Zimbardo study showed that not only did this affect the staff who became desensitised, but it affected their relationships outside the prison in family life, with tension and divorce, etc. Once started it is a vicious circle of degradation for all.

I believe this is a current trend in the whole prison system which is growing and becoming a militant tendency of peril and danger. One of the principle reasons behind this present trend is the power and influence of the mass media, who through an orgy of vitriol, and by using word mechanisms of hate such as "Animals", "Pigs", "Monsters", "Beasts", etc., having desensitised the popular consciousness of people by presenting flashed images and concepts which have detached them from thinking about the issues deeply. We even have members of Parliament who advocate that soccer hooligans be transported in cattle trucks and treated as animals. Flashing emotive images at people with atavistic slogans is a propagandist mechanism which has had the effect of passifying people to such a degree that the great majority allow those in positions of influence (media) and those who have attained power (Government) to make far reaching statements or decisions without any consideration of the implications and which often have no sound logical basis. When it comes to the treatment of offenders, society has a fundamental right and a moral obligation to be actively involved in the process of punishment, treatment and rehabilitation of prisoners, and we need to evaluate the level of our civilization by measuring our attitudes alongside Churchill's statement, and he was no liberal lefty advocating "soft options". There are no "soft options". *Let he who has never sinned cast the first stone.* (John 8:7).

Once "Authority" and society sanctions a bestial view of prisoners, prison staff, influenced by all these factors, begin to make that transition in thinking and treat prisoners like nonentities. The whole system militates toward this. The present management structure of prisons is helping towards this too. Governors have become remote bureaucratic figures in recent years. Often they are so remote that the management team is able to run the prison without him needing to be there for quite long periods, and he can go and play golf or go rambling. He only needs to appear when major decisions beyond anyone else's experience or initiative arises. It is rare to find a Governor today who really knows his staff and prisoners well, and as a result has become removed from the "shop floor" of prisons. To a certain degree he remains aloof in an Ivory Tower in the clouds somewhere. As a consequence orders are passed on by him from the Home Office or he decides on a course of action from a position of remoteness, little realizing how many waves his decision is making.

This process works against both officers and prisoners who just seem to get a never ending stream of commands from above. The staff then tend to kick the butts of each other down the line of management to the officer on the landing, who metaphorically kicks me. We all begin to get wound up and worse, the prisoners get treated like non-beings in the never ending paper shuffling of new orders and rules. It is at its worst in the overcrowded, overstretched, local prisons and has been so for decades. Not even Lord Justice May's Report in 1979 effected change in the dehumanisation process. Despite the instituting of piles of standing orders to initiate changes nothing has changed, as per ''Grisley Risley''. (Risley Remand Centre, the centre of ''squalid barbarous conditions'' according to a Judge's report, where nothing has changed since Lord Justice May's report 9 years ago).

By providential coincidence I have been detained in every dispersal prison which has rioted since 1968. Between 1976 and 1979 four prisons had considerable riots. I was in none of them at the time, but in the post riot years I have been detained in each of them. As a result of reading the Zimbardo study I have drawn the following conclusions based on my own thinking and prison experience. I have, however, no research to back it up.

My hypothesis is that in a prison situation, inexperienced staff given a mandate of authority, either as real or perceived through media and popular opinion, will begin inevitably to degrade and dehumanise the men under the power of their care. As the power becomes enjoyable they get progressively more over the top. Why this happens is probably as a result of appalling pressures of overcrowing, etc., in local prisons assuaged by media influence and prevalent attitudes. The reasons in a modern dispersal are somewhat different. We'll come to that later. The point is once the cycle has begun it eventually gets out of control and people in prison either go mad, go berserk, kill themselves or start a riot. There is no other way except for the Christian. In these situations the staff have had power without the restraint of experience. What I mean is this. In all the prisons where there has been riot in the last 12 years,

Parkhurst, Hull, Gartree and Wormwood Scrubs (D Wing only), the staff, despite differing regimes and conditions, treat the long term prisoners generally with a certain respect and dignity because they have memories of previous riots, and have learned that power has the responsibility of restraint with it. Thus they tend not to treat prisioners as non-beings, but as people.

This has been my experience with the majority of staff in Parkhurst and Gartree especially. Generally in these prisons there has been a fairly constant staff/prisoner relationship which has kept the peace. Now I find myself in a prison with a majority of inexperienced officers and staff from local prisons, used to treating prisoners as animals, and it does not augur well for the future. The interesting thing is that the small minority of staff who have come here from long term prisons are slowly falling in with the majority staff attitude.

My own view is that this process will overflow into all prisons because of all I've outlined in the "authorisation" of degradation by the public, the media and the politicians influenced by the "monster", "beast", "animal" syndrome.

The reality is that the whole prison system is seething with the imposition of longer and longer sentences, no parole and brutalization of human dignity with psychological encroachment and oppression. Recently there have been riots in some of the less secure semi-open prisons (1987), and more recently (1988), where because of a "tightening of regulations" a full-scale riot developed. Such discontent generally builds up over a period of time. Over the last 5-6 years all realistic hopes of parole have disappeared, life in prison has become a reality for many, and this linked with an erosion of privileges, deterioration of staff/prisoner relationships, "the Zimbardo Factor" and a lack of communication, not forgetting the alienation of management and the discontent of prison officers. It is a recipe for mayhem. It all contributes to priming the combustion chamber of our prisons ready for the "big bang".

Looking into the eyes of men around me I see so many who will go beyond the realms of sanity in a riot situation. At the end of the day it will be the only avenue left for desperate, dehumanized and degraded men for any reasonable consideration for humane, dignified treatment.

The Home Secretary has his back to the wall. Pushed by the extreme right of his party, the press, the public, he has jails full of seething prisoners crying for justice and mercy, and prison officers disgruntled over working practices, manning and overcrowding. Sooner or later something has to give.

The thing that I am in much anguish about is the fact that now, in 1988, all the older officers who remember the riots of the past and have since begun to treat prisoners as human beings are retiring to be replaced by the young men of modern Britain with no experience and too much power. They do not realize that there are large numbers of men who have been enduring all I have described for years. They are desperate and reaching a point where they can take no more. I write this as a warning because I believe with all my heart that I am seeing this situation clearly with prophetic insight. I am not a prison subversive, a control problem, neither do I have an axe to grind. I have a conscience and a deep Christian concern for all around me and I want to shout the warning for all to hear before we have a blood bath in our long term prisons.

Only a complete and radical reform of policy on all sides, in all departments of the Prison Service, will prevent this otherwise inevitable day of judgement. It is not enough to make sweeping generalized policy changes, individual cases need to be treated on their merits and people given a real and tangible hope for the future.

A very special Christian friend of mine had a vision shortly after he became a Christian. In it he saw a huge, dark, black menacing cloud roll over the horizon and engulf the prison in deepest darkness and I feel this day is dawning. This is the darkness we have to face up to and do all in our power to overcome with light, truth, justice, prayer and the love of Christ which seeks to restore the image of God in all, and love all men as creations of God.

19

A Call to Repent

"O Israel, return unto the Lord thy God; for thou hast fallen by thine iniquity. Take with you words, and turn to the Lord: say unto Him; Take away all iniquity, and receive us graciously: so will we render the calves of our lips. Asshur shall not save us; we will not ride upon horses: neither will we say any more to the work of our hands, Ye are our gods: for in thee the fatherless findeth mercy."

(Hosea 14:1-3)

Somehow it is thought that prison reform is accomplished if prisons are modernised and internal sanitation is fitted to each cell with better ventilation. The eradication of the prison "chamber pot" seems to be uppermost in the minds of reformers. If prison reform is to be realistic, rather than an external cosmetic exercise, the whole ethos of criminal justice and prison policy in Britain today needs to be considered. How can it be that society strips a man of all identity and individuality, compresses him into the vacuum of long term imprisonment for 10, 15, 20, 25 or 30 years, and expects him to emerge as a sane, responsible, mature person, able to settle down and lead a good and useful life? Indeed how can anybody emerge from a protracted confinement a better person, when all the psychiatric and psychological research of professionals worldwide reveals that long-term confinement is destructive and debilitating?

Imprisonment itself is the punishment, the separation from society, family and friends. Just as in the eternal dimension man is separated from God by sin, so is the criminal separated from society, and rightly so. We all stand as sinners separated from a Holy God, and yet even as our judge God has sought and revealed to us the means to bring us back into reconciliation, redemption and relationship with Himself through His Son, and all our lives he calls us to turn to Him. He has provided the means of our spiritual rehabilitation, we have only to turn to Him.

When it comes to the criminal separated from society for his crime there exists no means for him to be redeemed, to be reconciled to society, or for him to have his relationship to the community restored once he has paid for his crime by his imprisonment. The punishment goes on interminably because our values are wrong. I reiterate the words of Sir Winston Churchill "the mood and temper of the public with regard to the treatment of crime and criminals is one of the most unfailing tests of the civilization of any country". The philosophy of society in England today is a long way from a caring, healing and forgiving community. As a nation we share an appalling retrograde policy in our prisons that by Winston Churchill's reckoning, put us at the bottom of the civilization pile. Despite the fact that prison rule Number One states that "the prison exists to teach men to lead a good and useful life', nothing is offered during long term confinement to encourage him to turn to the right way of living. We cannot even get beyond Rule One when considering the needs and decay of our prisons! The whole system militates against a prisoner ever returning to society and being able to settle down to a "normalised" lifestyle. See Appendix E Section iv Article 59.

To all intents and purposes the average "lifer" will begin his period of "adjustment" to return to society in the last three years of his detention, the rest of that time he will ordinarily be required to work in prison "industries" making mailbags, fish nets or articles of prison clothing. With such limited "industry" as exists in prisons it is hardly surprising that the boring, repetitive, simple works helps in the process of mental debilitation.

Under the present system there are absolutely no incentives given to the individual to strive to better himself. Because of society's obsession with punitive measures and constant cries for hanging and longer sentences, no thought is given to the positive side of imprisonment, the incentive to change, to achieve, to make a positive contribution to society or make restitution. There exists no positive strategy to provoke prisoners to rehabilitate. There are only increasing negative and repressive measures to confine, control and punish which are provoking consistent prison riots and disturbances up and down the country. See Appendix E Article 60.1.

As things are now the system cannot realistically consider the individual because of the general policy, and thus there is no consideration taken of merit in character change, academic achievement or personal advancement of any kind. Policy has so narrowly confined the criteria for parole and excluded so many before they even start, that whatever previous incentive the parole system contained has evaporated completely.

Advocating a rolling back of state control and encouraging individual enterprise is a very popular concept today and yet at the very heart of our criminal justice system no account is taken of individual achievement. I know men who are not only transformed characters, who desire to turn their backs on crime, but also have significant creative and personal abilities and high academic achievements. They are no threat to anyone any longer and yet they are doomed to detention because of deterrence or public opinion.

What is desperately needed in the prison system is a real and tangible system of rehabilitative incentives which are related to an individual's personal growth and achievement, thus encouraging reform rather than conformity. The current attitude of prisoners is one of apathy "I'm not getting out, why bother?" or "I'm not getting parole, so why bother?" Drugs and insanity offer the only escape from reality.

The whole ethos of the Government in the last decade has been a tearing down of old outdated systems and structures to achieve a re-structuring of society so that individual enterprise and achievement could flourish and state control be relaxed, indeed revoked from the throat of the economy. Even the most antagonistic critics of the Government have to concede that many of the drastic measures taken have been effective. And whilst the cost has been great, fruit has been borne from radical pruning and has begun the process of "recovery" from the decline Britain was in. With all the innovative policy that the radical Thatcher revolution has produced, the one area of constant and consistent defeat has been in law and order. An ever increasing prison population inflation, retrograde policy, increased violence and sex offenders, punitive regimes and harsh sentences have only produced hatred, bitterness, resentment, violent prison riots, disturbance and enormous expenditure. There is no tangible progress. In fact, the situation worsens as lawlessness increases. No matter how draconian the sentences, our society is plagued by the most heinous and alarming crimes that appall and anger. Because of outrage and horror, emotional policies are adopted rather than intellectually sound ones. And although there are alternatives, no one has the courage or commitment to try them because of the unpopular appeal of prison reform, and an uncaring attitude to prisoners, with constant cries for hanging and more punishment. It is a minefield of sensitivity to attempt anything that might be seen as a "soft option".

Ultimately the answers to criminality and real rehabilitation lie on the other side of this minefield and we need desperately leadership that has the courage, conviction and commitment to take the risk and flak to lead us through it. The short-term prospects are outrage, outcry and unpopularity; the long-term rewards are declining crime, declining prison population and real radical rehabilitation. It is a clear choice between short-term unpopularity and long-term rewards, or short-term appeasement and repression with long-term bloodshed.

I do not believe that the state as a centralized system can offer a real programme of rehabilitation that will work effectively because of the problems of impersonal bureaucracy. However I do believe that Government sponsored community based programmes, run by specialist individuals or groups of both a secular and religious nature, can do great things to change the minds of prisoners from a life of crime to life in the community as responsible people. The time is ripe to open up the prison system to rehabilitation projects sponsored by charities and trusts with Government financial support and facilitation, to institute a system of incentive and reward to encourage rehabilitative progress in prisoners. This would begin to fulfil the obligations of justice and restore to usefulness within the community.

It is precisely in this area that Christians, as the body of Christ, have the most to offer, and the real answers to the sin and violence pervading our prisons and society. If the church can prayerfully develop a strategy for the rehabilitation of prisoners that incorporates the whole man, and convince Government, we will have the opportunity of seeing large numbers of men leaving our prisons never to return, instead of large numbers returning and few remaining at liberty. We have the answer in Jesus Christ, but do we have the commitment and faith to beleive that God will move through our prisons? If the Wesleyan revival in this land spared us from revolution, is not our Gospel and our Lord able to move in our prisons to emancipate the slaves to sin and violence and spare us from riot, rape and rebellion?

Because of a national attitude that has grown over the last

century and a half, we have been happy to place men out of sight and out of mind behind walls of prisons. This attitude has been of the philosophies of the world, pervading the church too, and we have been content to leave men in prisons to get on with it. After all prisons have a Chaplain to take care of them, don't they? We have grown so used to the "one man band" concept of ministry in the Church, yet the scriptures reveal us to be a body of people with different gifts, abilities and ministries, which when it acts together harmoniously casts mountains into the sea. To a large extent the Church of Jesus Christ at large, the invisible Church, bears a great responsibility for the state of ministry in our prisons. Now we have the opportunity to remedy this. In the following list I have tried to illustrate a three dimensional, trinitarian model of wholeness ministry to men in prisons which I believe would accomplish:-

1. A healing redemptive community of prisoners within our prisons who may never be released and yet be mature and equipped to serve Christ inside.
2. A Christian paradigm of rehabilitation to teach and encourage ministry in an ever wider context.
3. A filter of discipleship and wholeness to begin inside and continue upon release to bring men into the kingdom of new life and wholeness in Christ.
4. To radically affect the whole philosophy of confinement towards a positive humane system.

I fail to see how one man can achieve this kind of ministry, but I do see a dynamic apostolic team minstry; a multi-disciplinary, multifaceted army of Christians training, equipping and discipling our prisoners to become men of God who are able to function as effective, consistent, complete children of God.

In the Bible we see the three dimensions of man being of Spirit, Soul and body. This is the biblical view of man as a creation designed in spirit to have a God consciousness, in Soul to be self-conscious and in body to have world-consciousness. Ministry must reach these three areas as Paul desires for the Thessalonians:

> *"May God Himself, the God of peace,* ***sanctify*** *you through and through. May your whole* ***spirit, soul and body*** *be kept blameless at the coming of our Lord Jesus Christ"*
>
> (1 Thessalonians 5:23 NIV)

(An excellent study of this is given in Vol. I of "The Spiritual Man' by Watchman Nee and "Soul and Spirit" by Jessie Penn-Lewis). We see here a clear three dimensional understanding of man and God's purpose in sanctifying "through and through" or "wholly" as the A.V. has it. This is the full breadth of sancitifcation and in prison terms the Church needs to develop ministry to "rehabilitate" in Spirit, Soul (mind, will intellect and emotions. The Greek for Soul is psuchikos or our English psyche) and body. This is ministry to the whole man.

Such ministry opens up the individual to three dimensions of living, each with its own responsibilities and directions that make up a complete person. I can see clearly a trinitarian connection in our relationship to God.

God-consciousness - Reveals our relationship to the Father
Self-consciousness - Reveals our relationship to Christ
World-consciousness - Reveals our relationship to the Holy Spirit

In our spirit, the highest part of our being, we experience our Abba-Father comprehension and relationship to God (Galatians 4:6). The loftier our view of God the more secure we are as His children. This whole area of being, and resting secure in God's Fatherhood is essential to a proper growth and development of spiritual life and character.

In our soul we have the medium between the spiritual dimension and the world dimension. It is through the mind that we relate to both these other dimensions and it is for this reason the will is located here. We can see our relationship to the Lord Jesus Christ here as our mediator between God and man, between what is spiritual and what is earthly. (2 Timothy 2:5). It is in our mind that we apprehend and communicate what we receive from the Spirit and from the world of sense. But there is another higher and more profound reason to see Christ in our soul life, because this is the area of self-consciousness, the ego, and it is here that we must die to self (Matthew 16:24) to find our new self (Matthew 10:38-39) as Christ! (Philippians 1:21 KJV; Galatians 2:20) There is a sense in which we must become Christ. We only find our true self in Him.God's highest purpose for me is to *"be conformed to the image of Christ"* (Romans 8:29). Thus we need Christ's "Mind" revealed in us (Philippians 2:4-11; 1 Corinthians 2:16), *"We have the mind of Christ"*.

In our body, that part of being through which we perceive the world of sense, we need to realize our relationship to the Holy Spirit as the one who "quickens our mortal bodies" with resurrection power (Romans 8:11 AV). It is through "Walking in the Spirit" that we overcome our "walking in the flesh" (Galatians 5:16-21).

These three dimensions of man reveal our three dimensional relationship to God. This is the kind of approach we need in prisons.

Accepting this, the next stage in evangelism is appealing first to the mind in knowledge of the Gospel; leading to remorse in the emotions which leads to "repentance". There is a branching out from the activity of the soul to the Body which manifests a change in the mind by a change of direction leading to "regeneration", new life branch outwards to God, each of these three elements producing a new mind, a new spirit and a new life. We do not have room to elaborate on these within the scope of this book. I trust the reader either understands the doctrines of Repentance and Regeneration or will read further on this. We can call this the first phase of rehabilitative strategy. It is the foundation upon which to build.

The next phase is "Healing" encompassing a broad area of need in relationships; to God, to oneself, to one's family, the Church and the world. This has fundamentally to do with our understanding and perception by which we come to terms with ourselves and God and the wider spectrum of relationships. And in this area healing is most neglected. We have then to branch out towards the world in our physical, sexual, economic and social relationships and bring healing in these areas. Then move upwards to God in renewal and transformation of the temperament through our spiritual healing and His manifestation of the Holy Spirit's fruit in our lives as a unit of nine-fold fruit: love, joy, peace, patience, kindness, goodness and self-control (Galatians 5:22). Unless we are able to bring people into this balanced three dimensional life, we end up with imbalance and unstable people who are either too spiritual, too intellectual or too sensual. We need to establish a broad base of experience with tall stature of the character of Christ formed in us. Many people have great experience as Christians, indeed in life generally, and as far as our concern with prisoners goes, they are like a pebble thrown in a deep lake with ever increasing ripples of experience in their lives but still they sink like stones. There is no stature, no growth of wholeness.

This is the crux. At this point we have to realize that our responsibility to the flock goes beyond mere evangelism and teaching spiritual truths. Ministry, it if it really biblical, should have the purpose to prepare God's people for works of service, so that the body of Christ may be built up, until we all reach the unity in the faith and in the knowledge of the Son of God and become mature, attaining to the whole measure of the "fullness of Christ". (Ephesians 4:12-13 NIV). In the Authorised, King James, Version it speaks of the "stature" of Christ and we need to teach men to stand, we have to give them something to stand on, something to stand in and something to stand under in Christ. Ministry is both practical, spiritual, bringing men into emotional, intellectual and spiritual fullness so that they can function in life abundant. We have the task of educing not only new life in Christ, inner healing, spiritual growth and direction, but to help, encourage, teach and educe social and economic life too. In other words minister to the practical "works of service" such as a home, employment and integration into the community as practical godly people.

The Church should be at the centre of directing men to holy living in all spheres of this three dimension paradigm and we cannot escape the implications of this. We need to see in the Church a three way thrust of direction in education as spiritual, personal growth and secular education incorporating the "whole" life of the individual. This is rehabilitation.

If the Church used the current facilities in prisons to the limit and added them to bring about this paradigm of healing and wholeness, we would be able to send men out of prison ready and equipped to find a spiritual home, a family home and a social home. This is integration.

It is my firm belief that we need to develop dynamic, apostolic teams to engage in consistent teaching and training programmes in our prisons, encompassing every area of the model I have so briefly outlined. At the same time we should be teaching men who are lifers or long-term prisoners, using the methods of Jesus to teach by example, and allow the Church inside to draw upon the considerable potential of the men already committed as disciples, and incorporate them into active ministry. At this time the Chaplaincy simply does not have the manpower or resources to even contemplate such a vision. But those who see it must pray for its fulfilment.

It would be wonderful to have a symposium of Christians concerned for prisoners within a suitable prison, like the huge centrally located chapel of Wormwood Scrubs, and include prisoners as delegates to share with Chaplains and Christian workers in receiving from the Lord the way forward. I long to see the day when the men who will never get out of prison will be received as equal, responsible, adult members of the body of Christ and able to participate in discussion, debate, prayer, worship and encouragement of the Church committed to Christ in prison, by conducting seminars and training sessions, etc., in prisons, so that some of the men who live here can be involved and make our contribution to building the foundations of God's house.

Except we build according to the plan and design of God in this trinitarian way and salt all our teaching and efforts with a constant reflection upon the ''threeness'' of God in every sphere of existence, we shall fail utterly. But if we do I believe we shall prepare the way of the Lord, make straight His paths, and turn back a vast tide of lawlessness which will soon break in our prisons and upon our society in the present system that serves only to educate and equip men in criminality and desperation.

20

The House of Eschol - The doorway of Achan

"And they came unto the brook of Eshcol, and cut down from thence a branch with one cluster of grapes, and they bore it between two upon a staff; and they brought of the pomegranates, and of the figs. The place was called the brook Eshcol, because of the cluster of grapes which the children of Israel cut down from thence."

(Numbers 13:23-24)

The previous chapter's outline of a model for rehabilitation is not discussed at length because the scope of this book does not leave room. I hope however it is inspiring and provocative enough to spark off many more contributions to it in actuality and not just theory.

Now we turn to the final consideration. Daily, hundreds of men are released and are back inside again within months, weeks, even days. Some of these are Christians who are released and for a variety of reasons even they are prone to return to prison. I believe that if we had the kind of dynamic ministry I have outlined, we would see very few return, indeed many more would be helped to settle into the community.

Remembering the needs and problems of men inside generally, and the breadth of three dimensional ministry needed to reach into prison, we need also to build the same outside for men coming out. Above and beyond that there is a need for external Christian communities to act as "half-way" houses and as healing redemptive communities, with the necessary gifts and ministries, to bring men into the wholeness and maturity already outlined.

Some years ago whilst I was in Parkhurst Prison I discussed this with John Stewart. John came up with the idea of calling this vision of a community house/training centre "The Grapes of Eshcol" (Eshcol means cluster of grapes). In the Old Testament we see how the Lord had brought His people out of slavery of Egyptian bondage to give them the fulness of life in a new land filled with hope and promise. Joshua sent spies into the land to have a look around and they came back with grapes from Eshcol, figs and pomegranates (note the threeness again!), a token of the great riches that awaited them. We both felt that this accurately describes the need and hope that such houses in England could be filled with the best of God's kingdom. Whilst there are many hostels and halfway houses which do a marvellous job, there exists no specialist ministry to fulfil all that I have outlined to bring healing, deliverance and training, and equipping for Christian service in the community. There exists a huge gap between the present limited prison ministry and the local church. Consequently there is no integrating factor. The proof of this is manifest in the kind of problems many local churches have faced in dealing with ex-offenders. (Drugs, drink, rape, theft, fraud and even murder).

A real community which has sound spiritual leadership would fulfil this integrating purpose and help men to find their feet in the local church and the community. It would need to act as a funnel to channel men into their God given direction for their lives. Only a community oriented to training and healing in this way could adequately do this, and it would demand considerable ministry skills and a large team.

My vision for the House of Eschol has always been for it to be a Bible training centre/community, taking in the demoralized captives from prison and training them to become a victorious people able to conquer the world for God. Consider for a moment the dishevelled rabble of Israelites as they approached the promised land and you can begin to see how men are when they are released after long terms in prison. After years of confinement they need a place of rest, renewal, refreshment and re-direction. What is needed is a dynamic, determined and dedicated team of Christians to fulfil that role. At one stage I thought that I might be released and able to initiate such a vision, but now it is clear that I shall be inside for at least another ten years. I have to pass it on because the needs are for now. I envisage a centre of healing and wholeness which has a diversity of contacts and support from Christians, Christian groups, ministries and missions worldwide, able to channel ex-offenders into a worldwide output of ministry from our prisons.

Such a place needs experience in drugs, drink, sexual, emotional and psychological problems, training in the word of God and the practical intellectual and creative skills necessary to equip a man to live in the community in the service of Christ. The most important task is the real educement of the image of God in the individual with his gifts and abilities. In other words helping to bring out the best in people and giving them the confidence in the Lord to go out there and live.

Within the same type of community and in other places too, there is a need to make provision for the lame, the halt and the blind. Men like George, 75, served 40 odd years. He will never be released simply because there is nowhere to send him and he cannot cope outside. He will die in prison. Or Paul, mentally subnormal, doing three years for "flashing". Because social workers did not know what to do with him, they asked the judge to give him a life sentence! A rapid policy of de-institutionalization came for many mental patients, mentally sub-normal and mentally handicapped patients. Now they are filling prisons with them, because no one in the community at large wants to know or cares enough to give people a home in the community. Our society is too uncaring, too busy to stop and take time to look after the helpless, so we build prisons to put them in as we close the hospitals and homes they had previously. Or another George who served 12 years of a life sentence and after ten years of freedom had a row with a neighbour. The neighbour claimed George had attacked and injured him so George was recalled to prison and since served another seven years. He is at present in a rapidly deteriorating state of mind; he is 65 plus. The neighbour, by the way, has admitted that he was never attacked in the first place.

People like this have now spent so long in institutions that they have no one to care for them outside and nowhere to go. They are so institutionalised that they will never be able to survive alone outside. So they are kept inside to die in the misery and confinement of prison. There is simply nowhere for them to go. Is not the power of the One who rose on the third day able to help the poor, the fatherless and the outcasts who have nowhere to lay their heads? Yes. Through His people, but do they care?

All this is intensely practical and demanding work emotionally, physically, spiritually and intellectually and a wonderful means of preaching the Gospel. But who will exhaust themselves as a "carer" with appalling prospects looking after the refuse of society? The positive rewards of this are a people who have been to the depths of depravity, insanity, alienation, loneliness, fear and despair and who I believe will one day be able to give society and the Church a love and compassion that such anguish transformed and healed by Christ can give to others. A beloved saint I know gave me a handmade poster for my cell wall. It reads:

> "Physical, Emotional, Psychological Suffering rightly orientated to God is a privilege not to be

missed - gives a correct evaluation of what is really worthwhile, spirits are chastened - motives purified - sympathies deepened - characters sweetened."

Jesus said, *"I have come to seek and to save that which was lost"* and that is the only worthwhile pursuit, the redemption of mankind. In our prisons we have a God given resource of human potential through whom the Lord Jesus wants to pour a new kind of healing upon mankind.

I am ever grateful to the late R.D.G. Price who on a study tape expounded the text on Achan's sin in Joshua 7. The Lord had given Jericho into the hand of Israel. He warned the people not to take to themselves any of the spoil of the city, it was to be dedicated to the Lord. (Joshua 6:17-19). Achan, however, took some of the spoil and hid it. In Chapter 7 we see how the Lord leads Joshua the son of Nun to deal with the sin Achan (meaning "troubler") had brought into the camp of Israel. It is a salutary tale and in it I can see Achan as a picture of the criminal, "the troubler" of society. Achan the troubler was executed as an outcast and in many respects this is how criminals are dealt with the world over. They are either executed in some countries, or sent to prison for long periods and afterwards ostracised and precluded from ever starting a new life. The place where Achan was executed became known as the "Valley of Achor" or "Valley of trouble". The glorious thing is that with the curse there was a blessing, and it is tucked away in the prophecy of Hosea. It was R.D.G. Price who made me aware of this example of the Lord's great grace to us:-

"Therefore, behold, I will allure her, and bring her into the wilderness, and speak comfortably unto her. And I will give her vineyards from thence, and the valley of Achor for a door of hope: and she shall sing there as in the days of her youth, and as in the day when she came up out of the land of Egypt. And it shall be at that day, saith the Lord, that thou shalt call me

Ishi (my husband); and thou shalt call me no more Baali (my Lord and Master).''

(Hosea 2:14-16)

What a wonderful promise revealing the glory of the grace of God! Through the "troubler" He would open a door for all Israel to pass through. Through Achan's curse comes a promise of blessing and in this I see clearly the one who is "The Door" (John 10:9) who became a curse for us (Galatians 3:13). What the Lord reveals to me through this is that the way to deal with the Achans of our society, "the troubler," is not execution or perpetual banishment to the dungeons, but rather the answer is as small and as narrow as a little door which is as wide as one person: The Lord Jesus Christ. What God is promising is that through the curse of "the troublers" of society He will open a door of HOPE not just for society, the troubled, but also for the "troublers". It will be through the least in our society, the lowest, the most rejected and cursed, that He in His sovereign grace will open a doorway to a blessing for all (1 Corinthians 1:26-31). This is His Way.

The Lord commanded Joshua to rid the evil curse from the midst of Israel (Joshua 7:12). The only way to do that then was by execution, because Christ was yet to come to be a substitutionary sacrifice. That is the awfulness of the law without grace. Now Christ has come and God made him who knew no sin to become sin for us, so that in him he might become the righteousness of God (2 Corinthians 5:21). Christ came to become a curse for us that we might be freed from the curse of the law. (Galatians 3:13). He took our place and died there for us and offers a new and living way to hope. There exists no alternative that has the same power and potential to so radically transform lives.

Somehow it is this "foolishness" of the Lord to choose the lowest to achieve His purposes which so confounds us. If we can get rid of our pre-conceived notions and bring the outcasts to their knees we shall see the glory of God revealed in the land in a new and dynamic way. It is for those who have the eyes to see this to move in faith to claim this promise and by the empowering of the Holy Spirit to make it a reality. We often talk of a "full Gospel", and I wonder often if when people use this term, they have any conception of the parameters of the model we have taken a glimpse at. If we can see this and act upon it we will reap a rich harvest.

There are some other practical areas which need to be taken up. One is that because of the nature of "dispersal" prisons, which disperse prisoners from all over England, we often end up hundreds of miles from home. For example I am now in Yorkshire and I come from Devon. It makes it very hard for family to travel these long distances to visit. I have often felt that the local churches' ministry in the vicinity of prisons should include a Christian hostel affording accommodation and care for children. It would be a wonderful way to reach out to prisoners' families and show practical love and care. In the U.S.A. Prison Fellowship groups have set up hostels in the vicinity of State Penitentiaries (the equivalent of our dispersal prisons) for prisoners' families and have become a great means to serve the Lord. One woman, so overwhelmed by the love, care and concern of those involved said, "If there is a God, then he is in this place."

Another thing is that many people have to get D.S.S. travel warrants to the prison, but have to either pay for a taxi or bus to the prison which can be up to 12 miles from the station. What some people do is walk. I have known of people who have regularly walked 5-6 miles to visit in snow and rain. One Prison Fellowship group I know of in West Sussex has managed to get use of a "Round Table" mini-bus when not in use, and they operate a transport system for prisoners' families and there are a variety of schemes operating for other prisons!

I know of one man who, because he came back into

prison, his church outside totally rejected him because of his disobedience and the embarrassment he had brought. The tragedy is that for years he had been a single parent, bringing up his two sons, and because he went to prison there remained no one to take care of his children and so they were taken into care of the local authority. He spent his whole sentence struggling in prayer for his children and trying to get them into a decent home; instead they ended up in detention centres and prison because they were thrown together with other children from troubled backgrounds and were sucked into the vortex of criminality that is inherent in institutionalised "care" in this country. You can imagine that man's helpless anguish. He could do nothing but watch and weep.

Through this case I believe there is something the Lord is saying to His people about the children. Fostering! Fostering is usually used when parents are temporarily unable to look after their children for a period and don't want their children to go into care. The eventual aim is for the children to be re-united with their own parents.

Fostering is arranged through the local authority, if the child is in care, or it can be arranged privately. If private fostering is arranged the Children Act of 1975 requires foster parents to notify the local authority of the fostering, between two and four weeks beforehand, unless:

1. The foster parent is a relation, guardian or custodian of the child, or
2. The fostering is for not more than six days (twenty-seven days if the foster parent does not take a child each year).

It is important to note that it is not only commercial fostering that has to be registered, even if the foster parents do not receive payment, the fostering must still be registered. The idea of registering the fostering agreement is to allow the local authority to check the child and to impose any necessary conditions on the number of children in a house, their ages, sex, etc., and to check the accommodation and generally guard the safety and interests of the child.

There exists the national potential for forming a specialist care group for fostering children of prisoners through the local prayer groups of Prison Fellowship who could reasonably know if the home was suitable. The local fostering representative could coordinate with social services, probation services, the police as well as the local prison Chaplains. Further, a national network of links to facilitate and make known the possibilities of this work to every prison, prison Chaplain, welfare department and even the local courts.

Quite obviously the task is to care for the children and not to proselytize and one has to be certain that the carers are competent and understand their task. This is preventative action to stop the criminalisation of the young, and could be a miraculous means of sharing the love of Christ with the children and the parents, and prevent some of the anguish of many prisoners who watch helplessly as their young children are sucked into the same vacuum they themselves are caught in. What about the children? The ones Jesus cares so much for! I would envisage a computer index national register of Christians concerned and willing to foster, with regional coordinators to make the necessary links in the chain to bring this into a practical reality.

One of the things I find hard to comprehend is that many believers are willing to write, visit, support and help people who are Christians but few are willing to take on non-Christians in the same way. I feel we should be willing as kingdom people to give shelter to all the birds of the air that the Lord sends to rest in our branches. This is outlined in my favourite parable:-

"He told them another parable: "The Kingdom of heaven is like a mustard seed, which a man took and planted in his field. Though it is the smallest of all your seeds, yet when it grows, it is the largest of garden

plants and becomes a tree, so that the birds of the air come and perch in its branches."

(Matthew 13:31-32 NIV)

We are to give shelter to individuals until they too are strong enough to join the Kingdom. Our tree needs to grow big and strong and able to take the birds of the air - the jail birds too!

As a final thought I'd like to share a personal testimony which has been a means of great blessing to me. Earlier this year I went to Exeter prison for some visits with my father and my dear friend and brother in the Lord, Sydney Burch. Tony Ralls, David and Jean Allsup and Ed Harding came to discuss this manuscript and urged me to finish it and rest my pen. It is now exactly five years since I started this, though I could never have finished it sooner, the time was not ripe. But at last it is almost done. praise the Lord!

Whilst I was in Exeter the Chaplains there were very gracious and allowed me great freedom to sing my songs, share my testimony and to preach. It was a very special time and a great privilege. What always arrests me when I go to local prison, is the increasing number of young people I see, and it is not just that I am getting older. It thrilled me to be able to share what Christ has done for me, and to be able to hold up my hand and warn them where they were heading. It amazed me that they heard me with such rapt attention, and a number have made a Christian commitment. All were certainly challenged and compelled to reflect upon their lives and where they were heading in the light of my testimony to Christ's glory.

In the future I would like to see an evangelistic team of lifers able to visit local prisons and especially detention centres and youth custody centres to reach out to the young people in a way no Chaplain, no officer, no outsider can and somehow through this God will use our wasted lives in the worldly sense, but through His grace touch others and prevent them from becoming doomed to destruction in a life of crime and prison. I believe that this would turn thousands back from criminality and direct them into useful service for Christ throughout our world which cries out for men for God.

There exists in my mind the vision of attacking crime and criminality from within our prisons and from without. We can do it in Christ if we have the vision, the faith and the hard working commitment to work and prayer. May the Lord richly bless you and make His face shine upon you.

Epilogue

An epilogue has become necessary for this protracted work. Since completing the manuscript on Monday 11th July 1988 and submitting it for censorship I have had to rewrite Chapter 18, The Trumpet Sounds. At 10.00 p.m. on Thursday 14th July I found myself praying fervently for two hours and 20 minutes. At 8.30 a.m. on Friday 15th July I was told of "difficulties" with the manuscript and that I would not be able to hand it out on Sunday 17th July as I had hoped. It seemed Chapter 18 was causing a certain consternation. Having checked the relative standing orders with guidelines on what one may or may not write about prison I realized I'd have to delete one or two points I had made. It so affected the substance of what I was trying to say that I felt I would have to rewrite the chapter. That night at 11.30 p.m. Lindholm prison rioted - another category "C" prison. I did not know until the next day that this had happened. That night I spent the whole evening in deep thought about what I should do about the manuscript being delayed to get it published. I felt that God was with me in it and I had said what I believed to be right. There exist considerable restrictions on what you can and can't say and therefore a lot of what I've written is rather general. It is difficult to talk of "The Governor" of say Full Sutton, because it identifies him. Thus any reference to the governor is not to an individual but to governors in a general sense throughout the system. I must say this because critics might accuse me of not being specific on some issues; it is because the rules of censorship have prohibited me being specific on incidents and individuals.

The positive thing is that the intellectual challenge of having to rewrite Chapter 18 to fall into line with the rules of censorship has, I believe, made it a much superior insight into the problems we face in the long-term prisons. It is a crisis situation.

For many years the Lord has had His hand on our long-term prisons. Through the prayer of His people He has given much grace and prevented the riots we should have had so many times. I believe the day dawns when the Lord will remove His grace from these prisons and Lindholm was a sign of His anger at the way prisoners are treated today in England.

Some months ago I felt the Lord revealing to me a significance in Isaiah 43:1-3. I realized He was going to take me through deep waters and flames but I'd be O.K. and not to be afraid. I had forgotten this and last weekend Isaiah 42:18-25 came to me concerning the prisons and the government:-

> *"Hear, you deaf; look, you blind, and see! Who is blind but my servant, and deaf like the messenger I send? Who is blind like the one committed to me, blind like the servant of the Lord? You have seen many things, but have paid no attention; your ears are open, but you hear nothing. It pleased the Lord for the sake of his righteousness to make his law great and glorious. But this is a people plundered and looted, all of them trapped in pits or hidden away in prisons. They have become plunder, with no-one to rescue them; they have been made loot with no-one to say, "Send them back". Which of you will listen to this or pay close attention in time to come? Who handed Jacob over to become loot and Israel to the plunderers? Was it not the Lord, against whom we have sinned?*
>
> *For they would not follow his ways; they did not obey his law. So he poured on them his burning anger, the violence of war. It enveloped them in flames, yet*

they did not understand; it consumed them but they did not take it to heart".

(Isaiah 42:18-25 NIV).

Oh that people would listen to the word of the Lord and turn to His ways of justice. Judgement is coming to our prisons because the Lord hears the cries of prisoners. (Psalm 79:11; 102:17-21). And so my final word is to all my brethren in chains but free, take to heart the word of the Lord, though we walk the valley of the shadow of death I am with you says the Lord, and the fire of hell shall not burn you. He sighs and groans and this is His promise. (Isaiah 49:8-9).

Out of the ashes of His judgement He will raise His people, victims and justice will shine like the dawn.

If you would like to receive Jason's regular prayer letter or would like to suppport his ministry write to Stepping Stones Fellowship Trust, (reg charity No. 286937) 20, Wendover Way, EXETER, Devon EX2 6JH. England.

For further details of Prison Fellowship please write to P.O. Box 945, Chelmsford, Essex CM2 7PX, England.

Appendix A
Points to Ponder

How do you treat an ex-prisoner in your fellowship? What is your attitude after there has been a discredited testimony in your fellowship? Maybe a theft, a rape or even a murder? One of the issues which I've discussed with Tony Ralls and other P.F. members is the disastrous results of some ex-prisoners entering local churches. I hope these guidelines will help.

1. It is so easy to put an ex-prisoner on a pedestal in the church. You get him to give his testimony all over the place as soon as he comes out and then when he falls into sin or even gets back inside you wonder why. No ex-prisoner has a testimony until he has come out of prison, got somewhere to live, got a job and settled down in the community and the local church. And that takes time. No ex-prisoner should be allowed to give his testimony for at least six months, maybe a year.
2. "The victims of the environment syndrome". This is humanist philosophy. "The poor chap has had a bad upbringing, he's never had a chance..." This is absolute hogwash! Stop making excuses for a brother's sin. Sin is sin, and the Bible teaches personal accountability. Do not fall for sob stories. An ex-prisoner is a saved sinner like everybody else, and has to learn to live in the Vine just like you.
3. The first sign of personal responsibility is "repentance" that is not just sorrow for sin, but a turning away from it to God and restitution of wrong done. If an ex-prisoner does wrong in the church he

must learn to repent. To say "sorry" is not enough. Real repentance is demonstrative.

4. Discipline. The next stage in personal responsibility is discipline in one's personal life and within the church. Submission to the Lordship of Jesus.

5. Accountability. It is very easy to go overboard in helping anyone, especially ex-prisoners. They do need help and support when they get out, especially after a long time in jail. But they must become accountable for their lives and if help becomes dependent it is no help at all. The Body of Christ is there to help a prisoner become accountable and integrated into the Body, but that help can become a curse of 'charity' if it becomes an addiction of defence. Ex-prisoners do need help to become responsible members of the church and community and not full-time leeches on your resources.

If you are giving outside the Lord's will you may be putting a brother in a position where he may stumble. Have you thought that the money you're giving is out of "sympathy" and not in the Lord's will? And it may be causing him to stumble. Have you chatted with your elders or pastor about giving to the man?

Appendix B
Things to do and pray for

1. Writing to prisoners: They enjoy letters especially when on nice paper notelets, cards, postcards, etc.
   In writing to Christian prisoners don't be fooled by letters of great biblical exposition. We have loads of time to produce stuff like that. Get down to personal details about their walk with God.
2. Ask directly about drug abuse, and sexual problems, especially if you are visiting ask what his/her weaknesses are, sharing your own too.
3. You can send in teaching tapes and music tapes as long as they come from a retailer with a receipt in. No personal messages or home recorded stuff allowed. Prisoners are allowed tape players, no recorders.
4. Long-term/lifers need their own Concordance, Study Bible and Bible Dictionary. Ask them if they need one.
5. Christian musicians in prison need worship materials, and instruments. Ask. They won't generally because of cost.
6. Books, L.P.s and magazines can be posted in. For Christian papers and magazines, take out a subscription. (Each prison can be slightly different in what is allowed or not allowed, write for list from the prison).
7. Prisoners are not allowed to receive stamps. All postage must be paid from what they earn in the prison.
8. You can send in money with which they can buy

toiletries, sports equipment and hobby-making equipment.

9. Visits are very important and I would like to see an increasing number of mature Christian couples and families adopt a long-term prisoner to support him spiritually, visit, write and support his material needs whilst inside and to be willing to help him on release.
10. Many prisoners cannot get jobs, especially now the Law has changed and in many instances a record must be declared. Some prisoners have degrees and high qualifications and need a chance to prove themselves.
11. Why are there not more evangelical Prison Officers, psychologists, doctors, teachers, Governors, workshop instructors, etc? Because evangelicals don't apply. How about you? You don't have to be a Chaplain to get involved!
12. Prison Fellowship wants to get into prisons. How about advising Christians how to get a job inside?
13. Many prisoners' wives are lonely, ostracised and afraid. Who will visit them? Who will give someone a ride to a prison for visiting, or put them up for the night so they can rest and share your love for Christ.
14. How about joining your local Prison Fellowship prayer group, or starting one? Write to Prison Fellowship.
15. Remember prisoners are human beings. They are fallen sinners like you and need your total acceptance as equal children of the same father.
16. Pray for the Chaplain General of Prisons and Chaplains that they will allow greater freedom and diversity in worship and accept prisoners as brothers in Christ, equals, and not treat them as "inmates".
17. Pray for Christian prisoners, especially those who are in leadership roles and involved in teaching, preaching and worship.

18. Pray for Evangelism to be effective and don't forget to wage a spiritual war against the evil one.
19. Pray for more people committed to pray for prisons, and take on a prison and compass it about in prayer. Like Jericho, its walls may just fall down!
20. Pray that Christian workers from all denominations and ministries will have access to prisons, especially in the healing and deliverance ministries.
21. Pray that the Lord will overrule the violence of prisoners and misunderstandings between Home Office and prisoners and that the whole prison system will take a new, fair and just direction.

For guidelines on helping ex-prisoners, visiting, writing and other helpful notes, plus details concerning prayer groups and ministry to prisons, **Write to:** Prison Fellowship (England and Wales), A Christian Ministry To Prisons, P.O. Box 945, CHELMSFORD, Essex CM2 7PX England.

For address of Prison Fellowship International, Prison Fellowship Northern Ireland, Scotland and Republic of Ireland write tó same adress.

"A bruised reed He will not break, and a smouldering wick He will not snuff out".

(Isaiah 42:3)

Appendix C

Hansard, 30th November 1983. p.514. Parole Policy

Mr Mates asked the Secretary of State for the Home Department if he will make a further statement on his proposals to restrict the release of parole of violent offenders and drug traffickers and on the release of life sentence prisoners.

Mr Brittan: On 4 August 1975, the right hon. Member for Glasgow, Hillhead (Mr Jenkins) as Home Secretary, made a statement about the ways in which he proposed to exercise the discretion given him in the Criminal Justice Act 1967 with regard to the release of prisoners on parole. That statement was made after consulting the Parole Board and agreeing with it new guidelines for parole selection.

Since then the numbers of prisoners released on parole licence have steadily increased, and in 1982, of all prisoners released from sentences which qualified them for parole consideration, 66.3 per cent. had been granted parole. I do not propose to exercise my discretion in ways which will significantly affect this trend since it accords with my broad strategy for dealing with crime and offenders.

I must, however, take account of the general public concern about the increase in violent crime and the growing criticism in the gap between the length of sentences passed and the length of sentences actually served in certain cases. I have therefore decided to use my discretion to ensure that prisoners serving sentences of over five years for offences of violence or drug trafficking will be granted parole only when release under supervision for a few months before the end of a sentence is likely to reduce the long-term risk to the public, or in circumstances which are genuinely exceptional. The offences concerned are those where the Secretary of State may not under the early release of prisoners under section 32 of the Criminal Justice Act 1982 and are set out in schedule 1 to that Act. In 1982 about 240 prisoners sentenced for these offences were recommended for parole before their final review. In future, there will have to be the most compelling reasons before I would agree to parole being granted in such cases.

I have consulted the Parole Board about how this objective might best be achieved in a way that ensures that the crucial role of the Board in the parole scheme is maintained. The Parole Board expressed a wish to continue to see all of the cases that are currently scrutinised by the Board, following the intitial review by the local review committees, in order to give full consideration to the circumstances of each individual prisoner. Accordingly, I have agreed that the present practice should continue on the understanding in this statement. Under the statute the acceptance or rejection of Parole Board recommendation is, of course, a matter for me.

I am asking the Parole Board to implement this new policy with immediate effect. This statement will be issued to local review committees for their guidance. The board intends to publish the text in its next annual report as an addition to the detailed "Criteria for Selection for Parole", in which there will also be some minor consequential amendments.

Life Sentence Prisoners

The release of life prisoners is at the discretion of the Home Secretary, subject to a favourable recommendation by the Parole Board and to consultation with the Lord Chief Justice and, if he is available, the trial judge. Taking account again of the public concern about violent crime, in future I intend to exercise my discretion so that murderers of police or prison officers, terrorist murderers, sexual or sadistic murderers of children and murderers by firearm in the course of robbery can normally expect to serve at least 20 years in custody; and there will be cases where the gravity of the offence requires a still longer period. Other murders, outside these categories, may merit no less punishment to mark the seriousness of the offence.

At present I look to the judiciary for advice on the time to be served to satisfy the requirements of retribution and deterrence and to the Parole Board for advice on risk. I shall continue to do so.

The joint Parole Board/Home Office committee was established in 1973 to give initial consideration, usually after a life sentence prisoner had been detained for about three years in custody, to the date for the first formal consideration of the case by the Parole Board machinery. The Lord Chief Justice has agreed with me that this is the appropriate time to obtain an initial judicial view on the requirements of retribution and deterrence. In future, therefore, I shall decide the date of the first reference of a case to a local review committee following the initial consultation with the judiciary. The joint committee has therefore been disbanded.

The first local review committee review will normally take place three years before the expiry of the period necessary to meet the requirements of retribution and deterrence. This would give sufficient time for preparation for release if the Parole Board recommended it, having considered risk. The judiciary will also be consulted when release is an actual possibility to meet fully the requirements of section 61 of the Criminal Justice Act 1967.

These new procedures will separate consideration of the requirements of retribution and deterrence from consideration of risk to the public, which always has been, and will continue to be, the pre-eminent factor determining release. They will enable the prison and other staff responsible for considering and reporting on life sentence cases, the local review committees and the Parole Board, to concentrate on risk. The judiciary will properly advise on retribution and deterrence. But the ultimate discretion whether to release will remain with me.

Life sentence prisoners who already have a provisional date of release are unaffected by these new arrangements. Those who have reached the stage of being held in an open prison are similarly unaffected, because the four prisoners whose release in the relatively near future would not have accorded in my view of the gravity of their offences have already been returned to closed prisons. Life sentence prisoners whose cases the joint committee had asked to consider again will, at the time fixed for that consideration have a date fixed for their first local review committee review after consultation with the judiciary as I have outlined. Those who have a date for review by the local review committee already fixed will be reviewed as arranged, but the judiciary will be consulted on retribution and deterrence before the case is referred to the Parole Board.

When a date for a first or subsequent final review is set for several years ahead, the Home Office will review the case on the basis of reports of the kind now prepared for formal reviews, at regular, and in any event not longer than three-year, intervals. Moreover, governors will be told to report at once any exceptional development requiring action. These procedures will ensure that I can consider any special circumstances or exceptional progress which might justify changing the review date. But except where a prisoner has committed an offence for which he has received a further custodial sentence, his first formal review date will not be put back. In any event, Ministers will review every case when a life sentence prisoner has been detained for 10 years.

Sentencing Policy and Parole

Mr Stephen Ross asked the Secretary of State for the Home Department what representations he has received since 11 October 1983 on the questions of longer sentences and withdrawl of parole.

Mr Hurd: We have received some 99 letters of a general nature on the proposals made on 11 October. Of these, 58 - including one from an Hon. Member - have expressed approval of the proposals and 29 have suggested that they are too lenient. We have also received 64 representations about the effect of the proposals on individual prisoners.

Appendix D

Great stress is laid upon the fact that in all these circumstances and sentences there are "exceptional" circumstances in which a reduction of tariff is possible. For years staff in prisons have been telling me this. Recently I discovered what in "Home Office speak" exceptional circumstances are. It is not enough merely to listen to what people say, we must know what they really mean when terms are used that raises hopes in people's minds.

Under the Statutory Instruments of 1983, No.622, paragraph 533 it states:-

> *"It has always been the practice to pay particular attention to the progress made in prison by young offenders. Persons under 18 convicted of murder are ordered to be detained during Her Majesty's Pleasure have commonly been detained for rather shorter periods than those released from life sentences. Old age or failing health may also be a reason for early release and full weight is given to such factors as extreme provocation and mental stress, particularly where two or more persons have been convicted of the same crime there may be doubts, falling short of grounds for reviewing the conviction, about the degree of a particular offender's guilt - for example, it may be apparent that a particular offender, although rightly convicted with others of a crime, played only a minor part in it. These again are circumstances in which earlier than usual release may be thought right."*

This order limits the scope of the use of the word "exceptional".

Appendix E

Below are several relevant extracts from "Standard Minimum Rules for the Treatment of Prisoners" - this is a "Council of Europe (Strasbourg) declaration that the Government of Great Britain and Northern Ireland has signed - therefore has to abide by.

The complete document itself has proved very difficult to get hold of at this late stage - despite contacting public libraries, a university, polytechnic and Citizens' Advice Bureau.

Extract from Section I.(Article 7).

1.7 "Nor shall a heavier penalty be imposed that the one that was applicable at the time the criminal offence was committed."

Extracts from Section IV (Articles 41, 42.1, 42.2, 42.3).

41 So far as practicable, every prisoner shall be allowed to satisfy the needs of his religious, spiritual and moral life by attending the services or meetings provided in the institution and having in his possession any necessary books.

42.1 If the institution contains a sufficient number of prisoners of the same religion, a qualified representative of that religion shall be appointed or approved. If the number of prisoners justifies it and conditions permit, the arrangement should be on a full time basis.

42.2 A qualified representative appointed or approved under paragraph 1 shall be allowed to hold regular services and to pay pastoral visits in private to prisoners of his religion at proper times.

42.3 Access to a qualified representative of any religion shall not be refused to any prisoner. On the other hand, if any prisoner should object to a visit of any religious representative, his attitude shall be fully respected.

Extracts from Section V and VI (Articles 59, 60.1, 61, 62, 64.1, 65, 66).

59 Imprisonment and other measures which result in cutting off an offender from the outside world are, by the deprivation of liberty, a punishment in themselves. Therefore the prison system shall not, except as incidental to justifiable segregation in or the maintenance of discipline, aggravate the suffering inherent in such a situation. The regime of the institution should seek to minimise any differences between prison life and life at liberty which tend to lessen the responsibility of the prisoners or the respect due to their dignity as human beings.

The purpose and justification of a sentence of imprisonment or a similar measure depriving a person of liberty is ultimately to protect society against crime. This end can only be achieved if the period of imprisonment is used to ensure, so far as possible, that upon his return to society, the offender is not only willing but able to lead a law-abiding and self-supporting life.

60.1 To this end, the institution should utilise all the remedial, educational, moral, spiritual and other forces and forms of assistance which are appropriate, **and should seek to apply them in accordance with the individual treatment of prisoners.**

60.2 Communication between prisoners and staff shall be facilitated in order to prevent and cope with tensions which may occur in prison communities and to ensure the prisoners' acceptance of treatment programmes.

61 It is desirable that the necessary steps to be taken to ensure for the prisoner a gradual return to life in society. This aim may be achieve, in particular, by a pre-release regime organised in the same institution or in another appropriate institution, or by **release on trial** under some kind of supervision combined with effective social aid.

62 The treatment of prisoners should emphasise not their exclusion from the community but their continuing part in it.

Community agencies should, therefore, be enlisted wherever possible to assist the staff of the institution in the task of social rehabilitation of prisoners. They should be in connection with every institution social workers charged with the duty of maintaining and improving the relationship of a prisoner with his family, with other persons and with valuable social agencies. Steps should be taken to safeguard, to the maximum extent compatible with the law and the sentence, the rights relating to civil interests, social security rights and other social benefits of prisoners.

64.1 The fulfilment of these principles requires **individualisation of treatment** and, for this purpose, a flexible system of allocating prisoners; it is therefore desirable that prisoners be placed in separate institutions or sections where each can receive the appropriate treatment.

65 The duty of society does not end with a prisoner's release. There should, therefore, be governmental and **private agencies** capable of providing efficient aftercare for the released prisoner and directed towards lessening prejudice against him and towards his social rehabilitation.

66 The treatment of persons sentenced to imprisonment or a similar measure shall have as its purpose, so far as the length of the sentence permits, to establish in them the will to lead law abiding and self supporting lives after their release and to help them to do so. The treatment shall be such as will encourage their self-respect and develop their sense of responsibility.

There are many references to prison and prisoners "rights" made throughout this work. An extract of prisoners rights, etc., can be found by anyone interested enough to want to know by obtaining "Standard Minimum Rules for the Treatment of Prisoners", released and formulated by the Council of Europe, Strasbourg. Then one can compare the New Testament with man's theoretical and practical treatment of prisoners.

If you would like details of the work of Prison Fellowship please write to:

Prison Fellowship (England and Wales),
P.O. Box 945,
Chelmsford,
Essex CM2 7PX

Tony Ralls can also be contacted through this address.

'A bruised reed he will not break, and a smouldering wick he will not snuff out.' Isaiah 42:3.

Also available on Social Needs by M. Tony Ralls suitable for outreach and education for Christians.

Literature

Snatched from the Flames - the story of a woman who against all the odds overcame abuse and violence as a child and seventeen years of drug addiction. (With Anita Hydes) New Wine Press £2.50.

What everyone should know about drugs - a must for those wishing to be informed. New Wine Press £1.00.

The Bitter Harvest - an up to date look at current social problems with practical insights and guidelines on how to help. New Wine Press £2.50.

Out of His Darkness - 14 page comic on the life of Tony Ralls.

Music

Life LP - songs by M. Tony Ralls. Details next page. Produced by the Daylight Co. Cassette/LP £3.50.

Bitter Harvest cassette - songs based on the same theme. Produced by the Daylight Co./New Wine Press £4.95 (cassette only).

Videos (mission Recordings/Tony Ralls)

Out of darkness - half hour documentary on M. Tony Ralls and family with 5 short discussion starters.

The Writing on the Wall - Drugs education video suitable for preventative education for young people. Filmed at Portland Youth Custody Centre. Price £20

Snatched from the Flames - Anita Hydes' story and ministry £20.

Who cares? - 6 lads from Care Backgrounds speak out. Filmed at Portland Youth Custody Centre £20.

LIFE

MICHAEL TONY RALLS

an album of songs by

Michael Tony Ralls

Tony is Regional co-ordinator with Prison Fellowhip - an organisation undertaking Christian work among Prisoners and Prison Staff. As an ex-prisoner himself he is all too aware of the needs found in Prison life. The songs contained on this album stem from Tony's experience and cover a range of styles.

The recording of **'Life'** has been approached in the same way as one might approach the writing of an autobiography. Tony has not attempted to emulate professional Gospel artistes but rather to express the life of Christ that is in him through the medium of music. This fresh approach to recording has given this album an appeal and ability to minister that will probably outlast many more 'highly polished' Christian records on the market today.

Tony's desire in recording **'Life'** is that his songs, along with the written testimony on the sleeve should get into the hands of those who can relate to his experience - those who unfortunately the Church often fails to reach. Whether you buy a copy for yourself, a friend in need or local prison, we believe that this album has a lot to offer.

'Life' is available on both album and cassette. Copies may be obtained through your local Christian Bookshop. All profits from sales will go to Prison Fellowship and other trusts working in the same field.